故事会

2007·19

(总第382–385期)

合订本

STORIES

故事会文化传媒有限公司 出品

(00069)

图书在版编目(CIP)数据

2007《故事会》合订本.19/《故事会》杂志编辑部编.
—上海：上海锦绣文章出版社，2007
ISBN 978-7-80685-718-2

Ⅰ.故… Ⅱ.故… Ⅲ.故事-作品集-中国-当代 Ⅳ.Ⅰ247.8

中国版本图书馆CIP数据核字（2007）第035789号

责任编辑：朱　虹
封面设计：李宝强

故事会2007年合订本19
(总第382-385期)
《故事会》编辑部　编
上海锦绣文章出版社出版
地址：上海绍兴路74号
网址：www.storychina.cn
中国图书进出口上海公司发行
地址：上海市广中路88号
电话：36357888
字数280,000
ISBN 978-7-80685-718-2/G·012

382
2007
SEMIMONTHLY
上半月版
1月

故事会

—STORIES—

2007年1月

上半月·红版

主　编：何承伟

常务副主编：吴　伦

副主编：姚自豪（上半月·红版）

副主编：夏一鸣（下半月·绿版）

本期责任编辑：吕　佳

电子邮箱：lujia411@yahoo.com.cn

红版发稿编辑：

姚自豪　周　吟　郑继文

特约编辑：

范大宇　崔新三　申之珉

美术编辑：李宝强

电脑制作：郭瑾玮

通　　联：归依玲

本社办公室电话：021-64375030

上半月刊编辑部电话：021-64332325

下半月刊编辑部电话：021-64336469

（上海市绍兴路74号 邮编：200020）

主管、主办：上海文艺出版总社

制作、发行总监：张　凯

电话：021-64313938

广告业务：上海故事会文化传媒有限公司

广告总监：张　淮

广告业务：021-34010383

广告投诉：021-64333738

广告经营许可证

沪工商广字3100320050022号

发行：中国图书进出口上海公司

精明购物

一个农妇吵着要丈夫给她买顶绒线帽，丈夫却执意只给她买顶草帽，并理直气壮地说：“买草帽最划算，如果你以后觉得它过时了，不想要了，还可以给咱们家的山羊当草料！”

（贺潇宇）

没有他更容易

同事们去马太太家串门，马太太向他们抱怨，昨天打扫屋子时搬家具弄得自己腰酸背痛。一个同事问：“你为什么不等丈夫回来后再搬？”

马太太立刻用惊奇的眼神看着她，说：“难道你不知道，他没有躺在沙发上的时候，我搬起来更容易吗？”

（爱　威）

（本栏插图：包丰一）

记忆妙法

王老师有一套独特的记忆方法，他每遇到新事物，都要用自己熟悉的事物去联想记忆。

一次，王老师临时到一个班去代课，提问时一学生名叫“马林树”，他就联想到了“马铃薯”。

过了两个月，王老师又到这个班来代课，再次要提问这个学生时，却一下想不起他叫什么名字，愣了半天，才说：“土豆同学，你来回答……”

（黄桂华）

不止此数

一位著名诗人的妻子穿着一套华丽的晚礼服出现在宴会上，艳惊四座。有人对诗人赞赏地说：“太棒了，您太太今天的装扮简直就像一首诗！”诗人摇头答道：“岂止是一首诗，她的衣服足足花了我半部诗集的稿费！”

（卜黎飞）

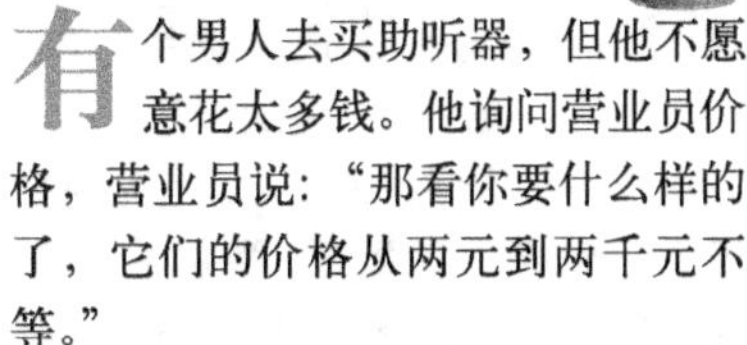

葬 礼

格林夫人去世后，葬礼安排在当地的小教堂举行。仪式结束后，人们抬着棺材朝教堂外走去。在一个狭窄的拐角处，棺材不小心撞到了墙上，这时从棺材里传出一声微弱的呻吟，人们又惊又怕地打开棺材，发现格林夫人醒了过来，便马上把她送到医院进行抢救。

半个月后，格林夫人奇迹般地恢复了健康。

10年后，格林夫人再次去世，葬礼依旧在小教堂举行。仪式结束后人们又开始抬着棺材向外走。快要走到那个狭窄的拐角处时，格林先生突然在后面大声喊道："当心！别碰着墙！"

（杨 松）

长寿秘诀

一位老人高兴地举行他的百岁生日宴会，一名记者走到他身边，问："先生，请问您长寿的秘诀是什么？"

老人想了一会儿后回答："每天晚上我都喝一小杯葡萄酒，听说这对健康有好处。"

记者追问："就这些？"

老人微笑着说："还有，我取消了那次乘坐泰坦尼克号的旅行。"

（孙开元）

间接作用

有个男人去买助听器，但他不愿意花太多钱。他询问营业员价格，营业员说："那看你要什么样的了，它们的价格从两元到两千元不等。"

男人说："把两元的给我看看。"

营业员取出两元的助听器，提示道："你只需将这个装置塞进耳朵里，再把开关打开就行了。"

男人问："这管用吗？"

营业员回答："说实话，这助听器本身没用，但当人们看见你戴着它的时候，他们说话就会大声些！"

（艺 民）

·笑话·

作　弊

父亲看完儿子的成绩单后，长叹了一声，说：“至少有一点我可以相信——看你这种成绩，就知道你没有作弊。”儿子闻言，也叹了一声，说：“不是没有作弊，是作弊没有成功。”

（孙　愉）

害　羞

阿龙从城里打工回来后大开眼界，他对青梅竹马的玉凤说：“现代科技真了不得，据说人造卫星可以清楚地拍到地面上的一切。”玉凤听了，顿时羞红了脸，说：“那俺以后再也不和你手拉手到后山去了……”

（杨　松）

花　心

李老太太：“大妹子，你家王先生怕有70岁了吧？他老爱跟在漂亮女孩后面走，这样不好吧？”

王老太太：“他爱跟就跟吧！你看街上那只狗，它不也爱追着汽车跑吗？可就是追上了，难道它还真能开汽车吗？”

（蒋宁贤）

委婉的评语

小军是一名初三的学生，平时特别爱请假，而且每次请假的理由都不同，不是感冒，就是发烧，时常还要参加亲人的葬礼，这让班主任很为难。

临近毕业，班主任老师要给每位学生写评语，他在小军的毕业评语中这样写道:“你是我见过的最多灾多难的学生。”

（高　翔）

绝对优势

新歌剧演出之前，导演从后台向台下张望，见台下稀稀拉拉地只坐着几个观众，导演怕演员们泄劲，于是回过头去给他们打气，说：“大家一定要沉住气！今天在观众面前，我们在数量上占绝对优势……”

（杜　鹏）

铺铁路

为铺设一条铁路，一位勘测工程师走进一家农舍，对女主人说："我们的铁路将正好通过您这所房子，十分抱歉。"

农妇答道"这倒没啥，但是，你们别以为火车每次打这儿通过时，我会帮着开门和关门！"（涛 风）

恋 母

一对年轻夫妇决定把各自的工作时间错开，这样总有一人能与孩子们呆在一起，随时回答他们提出的有趣问题。

一天，妻子对丈夫说"孩子们总是问我，人为什么有男有女、白天怎么没有星星、鱼儿为什么会游……多有意思呀！你在家时他们都问你什么问题呢？"

丈夫不无妒意地答道"他们总是问我，妈妈到哪里去了，她为什么还不回来……"

（蒋宁贤）

休息一会儿

儿子做错了事，被妈妈训斥后大哭了一个小时，妈妈故意不去理他。待儿子不哭了，妈妈问："你不哭了？"儿子答道"不是不哭，我先休息一会儿。"（默 默）

互换一下

阿财刚拿到驾照，便驾着借来的老爷车上路过把瘾。一路还算顺利，可是在一个路口车子突然熄火了。眼看红灯转成了绿灯，可车子就是启动不了。一会儿，后面传来阵阵喇叭声，阿财满头大汗，可越急越不行。后面的司机见状，更加拼命按喇叭。

阿财气急败坏地下了车，朝后面那辆车走去。别人都以为一定会发生口角了，却见阿财对车内的人说"先生，这样好不好，我来帮你按喇叭，你去帮我发动车子，怎么样？"

（格永泉）

本栏欢迎来稿，读者、作者可将有新鲜感、有精彩细节的笑话佳作投寄给我们。来稿一经采用，最高稿费为一则100元。本期责任编辑电子信箱：lujia411@yahoo.com.cn。

飞机为什么飞得远

□於全军

城管大队副队长王壮开着车上街执勤，老远就看见一个山民打扮的老人在卖山里红。这里是不允许摆摊的，王壮二话没说，把装山里红的竹篓扔到了汽车上。老人都快七十岁了，好半天才回过神来，忙低声下气地央告。王壮不想听，再说隔着窗玻璃也听不见，他摆摆手，开着汽车扬长而去。

进了城管大队的院里，王壮把竹篓撂在了屋檐下。这时有个朋友打来电话，请他出去喝酒。王壮想，这山里红反正不值钱，便不再管它，坐车径直走了。

过了一会儿，王壮的独生子，九岁的洋洋走进院子来玩。一进院子他就看见那个竹篓了，小孩子嘛，一见有吃的东西拿起来就咬，刚咬一口山里红，他立刻又吐了出来，呸，又酸又涩，比家里的苹果差远了。可这一拿不要紧，山里红底下露出个蓝布包来。洋洋拿出布包，打开一看，里面是本旧书，书页边角都卷起来了。他正愁没好玩的呢，马上撕下十几页来叠起了飞机。叠成一个投一个，叠成一个投一个，不大工夫院子里就落了一大片纸飞机。

这时，院门外来了个小男孩，是个山里娃，看上去比洋洋大不了多少。他在院外看了一会儿，对洋洋说"你的飞机叠法不对，一定没我叠的飞得远。"洋洋一听就急了，说："那咱们比一比，谁输了，谁就给赢的人当马骑。"小男孩走进院子，说："我叫小虎，我输了就给你当马骑，我赢了就要这本旧书。”洋洋答应了。

比赛开始了，洋洋从书上撕下一页，给自己叠飞机，又要给小虎撕，小虎忙说：“我自己来。”他接过书，翻看了一会，然后小心翼翼地选了一页撕下来，背对着洋洋叠好飞机。

两架小飞机都完工后，两人站在一条线上，喊“一二三”同时投了出去。这时恰好刮来一阵风，洋洋的飞机飞到半路就掉了下来，小虎的飞机却顶着风飞过了高高的院墙。

洋洋输了，他故作大方地把书递给小虎，心里暗笑：小虎到底是山里娃，一本旧书能有什么用？小虎接过书来，仔仔细细地用蓝布包好，揣在了自己的褂子里，才跟洋洋说：“这些飞机都是用书上的纸叠的，也该归我。”洋洋点点头，小虎便弯着腰一下一下地捡飞机。捡完后小虎扭头便跑出了院子，急得洋洋直喊：“先别走啊，快告诉我，你的飞机为什么飞得远？”

小虎没回头，洋洋有些闷闷不乐，他想知道小虎的飞机是怎么叠的，有什么诀窍。想起小虎捡走地上飞机的一幕，他忽然有些明白了：小虎一定是怕自己学会他的叠法，这个小虎，真是自私啊！想到这里，洋洋鼻子一酸，竟委屈得抽抽噎噎哭起来。

这时王壮喝完酒回来了，一见洋洋哭成这样，不由火冒三丈，厉声问：“说，是谁欺负了我的宝贝儿子？”洋洋哭着说了事情经过，王壮一听，抱起洋洋就跑出院子，发动汽车，爷俩一起沿路寻找小虎的身影。终于在一个路口，洋洋指着前面走着的一个男孩，叫道：“就是他！”只见那男孩一拐弯走进一家旧书店，王壮赶紧停车，拉着儿子跟了上去。

这个男孩正是小虎，他拿着书和一堆小飞机走到旧书店里，对店里的一位老人高兴地说：“爷爷，我的课本找到了！”原来，小虎的爷爷就是那个卖山里红的老人。小虎每年都不买新课本，而是在城里这家旧书店买别人用过的。新课本一本要十多元，旧

的两元便可以买到。每年小虎爷爷都带孙子来城里卖山里红，然后再用这钱买课本。可是今年买的课本和山里红放在一起，却连篓子一起被没收了。小虎爷爷只好到旧书店再买一本，可店里已经卖完了。要不是小虎借比赛把课本赢回来，这一学期就没课本用了。

小虎爷爷见课本被撕掉一小半，就跟书店老板借了瓶糨糊，一个一个拆开飞机，想照原样粘起来。爷孙俩一个拆，一个粘，正忙乎的时候，忽然王壮走了进来，连书带飞机一把抢过去，说："这是我没收的，你们怎么又拿回来了？"说完扭头便走，留下小虎和爷爷呆呆地发愣。

王壮把书和飞机都拿到还在哭泣的洋洋跟前，说"爸爸把小飞机拿来了，你仔细研究研究。"洋洋把小虎的飞机拆开又叠上，叠上又拆开，脸上还是一片迷茫："和我的叠法没什么两样啊，为什么他的飞机就比我的飞得远呢？"王壮见儿子一副愁眉苦脸的样，心疼得要命，便拿过飞机来仔细看，看着看着他笑开了："是这样啊，叠法一样，但用的纸不一样。他的飞机是用封底的硬纸叠的，你用的是书心的软纸，不如硬纸能抗风。嘿，这山里娃鬼点子还不少呢！"

洋洋一听也笑了，可他们都不知道：其实，小虎之所以要用封底的硬纸，只不过因为这是整本书里字最少的一页罢了。

（题图、插图：安玉民）

·第一推荐·

漂亮的一跃

□高　宇 编译

莱尼和他的老搭档彼得是穿着体面的职业窃贼。他们总是穿着西服，打着领带，有时还戴着软呢帽。他们有自己的规矩，那就是只偷有钱人。

这年冬天，他们来到一个陌生的北方城市，经过仔细的踩点，他们选择了一幢高级公寓。在一个没有月光的夜晚，莱尼他们撬开公寓大门，没发出一点声响就进了屋子。

此刻，公寓的主人卡洛威先生正在书房里打着盹，两个窃贼很快制服了他，莱尼把卡洛威拖到壁炉架边，逼他说出保险柜的密码。

卡洛威先生惊恐地说："不！你们不能抢走我的钱。我不会让你们……我……"

"啪"的一声，没等卡洛威说完，莱尼用枪托重重地击在了他的后脑勺上，卡洛威"砰"的一声倒在地上断了气。

彼得紧张地看着莱尼，小声责怪道："你为什么要杀了他，这不是自找麻烦吗？"

莱尼不耐烦地挥着枪，说："少啰嗦，你这个笨蛋。快把保险柜弄开！你要再唠叨一句，我让你和这老东西一样！"

彼得知道莱尼心狠手辣，他不敢再多嘴，忙在保险柜边蹲下。彼得是个开保险柜高手，他动作精准，左拨右转。十分钟后，柜门终于被打开了。

然而就在莱尼伸手拿钱的时候，突然，一阵刺耳的警报声响了起来。

莱尼向后闪了一下，惊恐地看着保险柜，原来保险柜的门上连着报警装置，他马上命令彼得：“你赶快去发动汽车，等我拿了钱，咱们就跑！快！”

几分钟后，两个窃贼驾着马力强劲的跑车冲上了公路。一路上莱尼不断催着彼得：“快开，脚别离开油门！我们唯一的机会就是冲进主干道，消失在车流中！”

这时，警笛声在车后响了起来。不一会，从后面追来的警车上传来了三声枪响，莱尼他们汽车的轮胎被射中了，车头一歪，一头冲进一条水沟里。

莱尼和彼得两个人从车里钻了出来，顾不上检查一下身上有没有受伤，莱尼抓起那包抢来的钱，跑上了小路，彼得紧紧跟在他的后面。

他们拼命地跑着，这时前方出现了一座大桥，两人很快跑到了狭陡的桥旁，莱尼停了下来，他转向彼得，恶狠狠地说：“警察在车里找不到咱们，一定会顺着这条路追上来！咱们靠两条腿肯定跑不过他们，所以现在只有一种选择：我们只能跳下河去游水逃走！”

“跳下河去？”彼得犹豫了，他瞅瞅漆黑的四周，惊慌失措地说：“不、不！天这么黑，这么冷，我不跳，我不会游泳！”

莱尼冷冷地看着彼得，说：“不跳也得跳！我才不在乎你会不会像石头一样沉下去，但我不能让你留在这儿把警察招来！”

彼得从莱尼那冰冷的语气中听出了什么，他倒抽了一口冷气，猛地转过身，拼命向远处的桥头跑去。

莱尼毫不犹豫地朝彼得的后背开了两枪。

这时，警察们冲了过来，一名警官喊道：“别动……否则我要开枪了！”

“留着你的子弹吧，警察！咱们就此告别！”莱尼曾经练过跳水，所以向远处挑战似的大声嚷着，然后纵身就往桥下一跳，在空中他还夸张地来了个前空翻，这真是漂亮的一跃……

很快，警察们赶到了桥上，他们伏在桥栏杆上，打开强光手电向下一照，不禁都惊呆了：莱尼最终没能跑得了。他连个水花都没溅起来。他摔在了河面上，桥下传来了骨头折断的声音。

原来，这条河早已结了厚厚的冰！

（题图：安玉民）

（“第一推荐”征稿启事详见本期第50页）

卷头发（文：黄桂华；图：包丰一）

1. 爸爸是个幽默的人，他有一句口头禅：“我说的笑话能让你笑得连头发都卷起来。”

2. 一天，儿子阳阳从外面听了一个笑话，急着回家告诉妈妈。

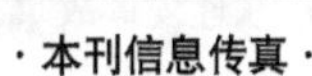

3. 阳阳一进门就学着爸爸的语气叫道：“妈妈，我要说一个能让你头发卷起来的笑话。”

4. 他说着一扭头，看见了妈妈新做的卷发造型，阳阳不由失望地说：“原来你已经听过了。”

· 本刊信息传真 ·

编读聊天室：众手浇开故事花

《故事会》红版的“编读聊天室”栏目在新年的爆竹声中开张啦！这里就像一个小客厅，编读可以在此畅谈各自的观点和看法，共同探讨大家感兴趣的话题，尤其欢迎读者朋友提出您的问题和建议。创办“聊天室”的目的只有一个：满足读者的需求，把杂志办得更好。

读者惠若虹：阅读是我的爱好，经常在家乡的报刊上看到一些很有趣的小故事，我想让更多的朋友分享，可以向你们推荐这些作品吗？

编辑部：欢迎您的推荐！除了“笑话”、“3分钟典藏”、“外国文学故事鉴赏”等原有的推荐栏目，《故事会》今年还重点推出了一个新栏目：“第一推荐”。平时我们常会看到这样一些好故事：她们不仅有着精彩的情节，而且见解独特、信息丰富、充满情趣，看后令人拍案叫绝，过目不忘，并有一种立刻向朋友转述的欲望。如果您身边有这样的作品，欢迎推荐给我们，和《故事会》的千百万读者共同分享，具体办法请见本刊第52页。

读者陈敏：我参加了2006年《中国最有影响力的故事》征文活动，不知结果如何。不行的话，我明年再来！

编辑部：2006年《中国最有影响力的故事》征文大赛已落下帷幕，并于12月中旬在风光旖旎的海南三亚举办了颁奖大会。这次大赛有两个特别值得注意的“亮点”：一是评委的组成和人数。除了专业评委，本次活动还邀请了131名读者和作者代表作为特约评委共同参与评选，他们的评选结果直接影响了获奖名单的产生。二是对优秀作品的奖励力度进一步加强：获奖作品(包括中篇故事)的稿酬达到了每千字一千五百元的新高，此外，编辑部还承诺将为部分获奖作者出版个人故事作品专集。现在，2007年《中国最有影响力的故事》征文大赛已如期展开，欢迎爱读故事、爱讲故事、爱写故事的朋友们踊跃来稿，一展身手！

读者田煜：我是《故事会》的忠实读者，我看《故事会》是受爸爸的影响。从记事起，我家就每月都有《故事会》，从最初的只看笑话到后来的每篇不落，《故事会》已经陪伴我走过了二十多年。现在，我还想试着给你们投稿呢！

编辑部：谢谢您的支持！《故事会》的发展离不开像您这样热忱的读者。

百姓话题

说大事、小事,普通人的身边事
讲闲话、实话,老百姓的心里话

端起新年的酒杯

有这样一个故事:

这天夜里,中国驻国外一支维和部队的指挥官马力上校刚返回营地就接到了一个电话,这是当地维和部队指挥官打来的,他告诉马力,今晚对中国部队值勤情况进行突击检查时,发现17号哨所的士兵在酗酒!马力知道这情况后十分震怒,立即驱车急赴17号哨所。到了哨所,马力进去一看,里面有三个中国士兵,哨所内还弥散着一股淡淡的酒气,据班长说,下午巡逻时他的手臂不小心被荆棘划伤了,为了防感染,才擦了点酒精,刚才当地部队指挥官前来检查时他已经解释了,可他们没有听明白,所以误会了……

马力没有轻信,他看了看桌上,桌上摆着一瓶酒,三个茶缸子,那酒居然是茅台!马力拿起酒瓶,嘲讽地说:“嗬,不简单,你们居然在这里搞到这样的酒!这是国酒啊,可你们这是在给中国军人丢脸、给中国人丢脸啊!”

话音刚落,一个战士用带着哭腔的声音说:“报告首长,瓶里装的是水,是我们班长从祖国带过来的黄河水!”

这时,班长向马力敬了个礼,说:“报告首长!今天是咱们中国人的除夕,再过一会儿,就是新年了,所以……所以我就把这瓶带在身边一直没舍得喝的水拿了出来……”

马力一愣,这两天他一直在忙别的事,竟然忘了今天是中国的除夕

——大年三十！他的眼眶湿润了，他让战士多拿几个缸子来，然后，他亲自往每个缸子里倒上了那珍贵的“国酒”，郑重地举起杯，对哨所内所有的人说：“来，让我们端起新年的酒杯！”

“端起新年的酒杯”，这话说得多好啊，一年的祈福，一年的希望，一年的憧憬，都在这小小的酒杯里盛着了！今天，我们就聊聊这个话题。

•第一个故事•

迟来的祝福

村里正在修一条通往县城的水泥公路，这天黄昏时分，村主任正带领村民在工地上干活，说来也巧，村主任的铁锹这么一挖，挖出了一样黑不溜秋的东西，原来是一个坛子，上面还绘着龙凤呈祥的图案。

就在这时，一个村民走了上来，他叫孙老头，孙老头对村主任说，这儿原先是土地庙，这坛子就是他十年前埋在这里的！孙老头的话没人相信，大伙儿一个劲地嚷着要看看坛子里装的是啥值钱的东西，孙老头没办法，说是这坛子可以打开，但是要当着他女儿和女婿的面才能打开，于是便有人掏出手机，给孙老头的女儿和女婿拨电话。

孙老头的女婿叫李民，在县城开了一家大公司，听说资产过千万。这次接了电话，女儿倒是从县城赶来了，但李民到外地收货款去了，要晚些时候来。眼看天黑了，村主任就派几个村民先把坛子抬到孙老头的院子里好生看着，只等李民到来，好戏开

锣!

李民是深夜才驾着小车来到丈人家的，村民们听到消息，全都蜂拥而来。一会儿，孙老头摆出一副长辈的架势对李民说："阿民，一会儿我把坛子开了，你觉得值多少钱，你就给；不值，你就分文别给！"

说完，孙老头取出一把铁锤，小心翼翼地敲掉了封在坛子口上的泥土，接着，他又把坛子盖一掀，顿时一股浓浓的香味在院子里飘散开来，大伙儿一齐惊叫出来："酒，是酒啊！"孙老头叹了口气，说起了这酒的来历……

这酒叫"女儿红"，早在孙家女儿呱呱坠地时，孙老头就酿下这酒，下了窖，按风俗，将来女儿出嫁时，便拿这酒招待宾客。孙家的女儿平时挺孝顺的，可在婚姻大事上，她却是犟驴子赶磨——硬拉不回头，她铁了心肠要嫁给穷小子李民，孙老头把女儿关在家里不让出门，可女儿硬是把窗户砸碎逃了出去。孙老头气得肺都炸了，连夜把藏在窖里的"女儿红"挖出来，埋到了村东的土地庙下，他说，他宁愿拿酒孝敬土地爷也不送给没良心的女儿！那时的风俗还讲究着呢，嫁女儿没有"女儿红"，夫家脸上挂不住，为这事，李民在村里始终抬不起头，为此，他把全村人都恨上了，一咬牙，便跟孙家女儿搬到县城住了。没想到这小子聪明、勤劳，几年工夫就富了，更没想到的是，鬼使神差，这坛埋了三十多年的"女儿红"，今天竟然重见天日。

孙老头不好意思地拉着李民的手说："阿民，当初我眼拙，门缝里看人，现在这坛'女儿红'，算是我迟来的祝福。"

听完老丈人的话，李民十年的心结终于冰消雪融，孙家人早就拿出了一个个碗，把"女儿红"一碗碗盛出来，送到乡亲们的手里，大伙儿一齐端起酒碗，酒碗相碰之时，孙老头家的挂钟响亮地敲响了十二下，原来已经到了第二天凌晨，嗨，新年到了！

这时，村主任向孙老头使了个眼色，孙老头会意地一笑，他走到满面红光的李民面前，说："女婿啊，这坛子打开之前我有言在先，现在你说说，这坛酒值多少？"

李民没说话，他从里屋搬出了刚才放在汽车后备箱里的一个大皮包，这是他今天刚收来的货款，30万，他把这钱全送给村里修公路了……

这当儿，有两个人在偷着乐，一个是村主任，还有一个是孙老头，原来，为了修公路的事，村主任几次找李民募捐，可李民记恨当年那码事，硬是一个子儿不肯掏。无奈之下，村主任只好找孙老头商量，两人便合伙演了一出好戏：那坛"女儿红"是陈年老酒不假，却是孙老头花几百块钱从城里买来、前几天晚上才偷偷埋

的，真正的“女儿红”，早已在当年被盛怒之下的孙老头砸了个粉碎……

当然，酒是“假”的，情却是真的，孙老头和乡亲们对李民夫妇的祝福是火热火热的……

•第二个故事•

福星是这样降临的

农历腊月二十九晚上，市里发生了一起重大抢劫杀人案：一名歹徒趁着夜色潜入市博物馆，杀死了值班人员，盗走了一件珍贵文物，那是一个元代青花瓷瓶，当地前不久才出土，暂存在库房里的，价值无法估量！

刑侦队长大郝负责侦破这起大案，可一天一夜过去了，案情毫无进展，大郝急得满嘴起泡。年三十下午快六点时，大郝头昏脑涨地离开办公室，准备回家吃了团圆饭后再回局里。路上，经过一处“烂尾工程”，大郝突然想起了一个孤寡老人，这老人六十多岁了，无亲无眷，独自为“烂尾工程”看场，平时在空场地上种些蔬菜，还捎带着捡点儿破烂。大郝和老人本是素不相识的，有一天，老人被几个小混混欺负，大郝恰好路过，就挺身制止，老人心里感激，便经常送些自种的蔬菜给大郝，大郝也经常把积攒起来的啤酒瓶、饮料罐送给老人，“礼尚往来”，关系越来越好。眼下到了年三十，想到老人孤苦伶仃，大郝就顺便买了些点心送往老人的住处，打算陪他说几句话、喝几杯酒再回家。

“烂尾工程”占地有五六个足球场大小，围墙围着，围墙里面除了一栋连一栋的“半拉子”楼房，就是杂草丛生的空地，这片地方可以说是城市里的荒村，很少有人问津。

老人见大郝年三十来看望自己，感动得直抹眼泪。大郝进门后就把装酒水点心的袋子打开，一件一件往饭桌上摆“今晚是除夕夜，我陪你老人家喝几杯酒，辞旧迎新！”说着，他就坐了下来，满满地斟上了酒，第一杯，祝愿老人身子骨硬朗，无病无灾，寿比南山；第二杯，祝愿老人日子顺心，不求富贵，只求安康 第三杯……这第三杯酒刚敬上，大郝的手机响了，原来是妻子、儿子催他回家吃团圆饭的，大郝被案子缠着，已经一天一夜没回家了，于是，他把第三杯酒喝完就起身告辞。老人知道眼下不是留客的时候，他送大郝到了门口，突然对大郝说："你等等！”说着，他回到屋里，一会儿提着一个塑料袋走了出来，说："送你一件拿不出手的礼物，也算是提前给你拜年了。"

老人过日子不容易，大郝觉得收他的礼物不应该，就一个劲儿地把塑料袋往老人怀里推。一方执意要送，一方不好意思收，推来让去的，就在这当口，老人不轻不重地说了一句话："里面是个瓷花瓶，当心别碰破了！”

瓷花瓶？大郝脑里“刷”的一亮，打开袋子一看，他的眼睛立刻瞪直了：没错，案发后他曾反复看过照片，眼前放在塑料袋里的，就是那个价值连城的青花瓷瓶！老人解释说，今天早饭后他去整理那些废品，无意间发现一个塑料袋里有这么个花瓶，他已记不得是什么时候捡的了："我觉得这物件放在家里当个摆设还不错，您别嫌弃……"

大郝不等老人话儿落音，当即拨打电话给公安局，一会儿，一群干警赶来了，博物馆的人员也随后赶到，大家一致认定这瓷瓶就是被盗之物，他们是这样推测的：博物馆值班人员咽气前，曾用手机报了案，警察来得及时，歹徒带着文物未能逃出市区，估计这家伙在市区没有落脚点，他见警察在市内布下了天罗地网，怕“人赃俱获”，便先将瓷瓶藏匿于“烂尾工程”内的废品堆中，准备等风声过后再转移赃物……

这一夜，大郝“呼噜呼噜”地睡倒在老人那张小小的床上，是累倒的？醉倒的？谁都不知道……

那个作案的犯罪嫌疑人是在年初三那天落网的，那是后话了……

•第三个故事•

山道弯弯情悠悠

阿锐是一个“驾车游”的爱好者，大年初一那天，他邀上朋友小齐，驾车前往洞村。洞村是一个未经开发的旅游处女地，那里山势险峻，奇峰林立，风景特别优美。

路上，阿锐他们遇上了一个老人，那老人灰头土脸，神情疲惫，看样子已经走了很远的山路。阿锐停下车，招呼了一声："大伯，新年好！您要去哪？”老人的态度相当冷漠，他说要去“洞村”，两人一听都很惊讶：

从这到洞村少说还有一百多里，这么远的路，老人要走多久啊，于是两人就邀老人上了他们的车。

老人上车后显得非常拘谨，阿锐和小齐注意到了一个细节：老人坐下后，特意把原先装在衣袋里的一瓶酒拿出来，捧在胸前，生怕打碎了似的。一路上，老人很少说话，问了老半天，两人才弄明白一点：这些年，老人一直在城里捡垃圾为生，今天想赶回家里去，结果没搭上班车，只好步行了。

不多久，天突然变了，下起了大雪，不知怎的，车里的暖气也没了，这时，小齐对身边的老人说：“大伯，你不是带着瓶酒吗？咱们三个喝一点，暖和暖和身子。”老人一听，突然一愣，紧紧护着那瓶酒，说：“我、我有用的。”

小齐一听就火了，他气恼地说：“大伯，你说这酒值多少钱，我买了！”说着他伸手从老人手中夺过那瓶烧酒，拧开瓶盖，就要往嘴里倒。就在这时，老人惊恐地扑了上来，一把夺过酒瓶，紧紧地捂在胸前，说啥也不肯给小齐。两人见此情景，都很奇怪：这是什么琼浆玉液，老人会这么舍它不得？

一路上，三人很少说话，气氛显得非常沉闷。快到洞村时，阿锐问道：“大伯，想跟您打听一下，海娃的家在哪？”老人一愣：“你们找海娃有事么？”阿锐说：“我们想去看看他的家人。”

接着，阿锐说出了去年发生的一件事：那天，阿锐和小齐驾车到洞村，途经仙女湖时，不慎落入湖中，两人困在车内，很快就要沉入湖底。正在这时，一个路过此地的年轻山民一头跃入水中，用石头砸开车窗，使阿锐和小齐得以逃生，可是谁也没有想到，那年轻人因一时慌乱，被快速下沉的车体压在了湖底，事后，阿锐和小齐才知道那年轻人叫海娃……

老人早已泪如雨下，抽泣着说："海娃是我儿子，他从小死了娘，是我一手把他拉扯大的，没想到还没娶媳妇，他就走了……我今天回来，就是想去坟头上看看他。"

听老人这么一说，阿锐和小齐的眼圈都红了。很快，洞村到了，阿锐在一家小卖部前停了车，突然问道："大伯，海娃平时爱喝什么酒？"老人说是啤酒，阿锐和小齐一道走进小卖部，几分钟后，他俩走了出来，手中拎着几瓶啤酒和几个一次性杯子。

三人到了坟地，小齐拿出四个杯子，摆在地上，对老人说："大伯，今天是大年初一，我们三个就在海娃坟前敬他一杯酒吧。"说着，他冷不丁从老人手中夺过那瓶烧酒，"砰"地一下摔碎在地上，老人见酒瓶碎了，便蹲下身子，双手捧头，痛哭起来。

摔碎的是瓶下了毒的酒！原来，小齐先前在车内抢老人的酒要喝时，就闻到了一股异味，当时就有了怀疑；刚才，阿锐打听海娃平时爱喝什么酒，老人回答说是啤酒，但老人上坟带的却是烧酒，这更使两人生疑；后来，他们又在小卖部打听到老人患了重病，要十多万的医疗费，于是什么都明白了。阿锐和小齐扶起老人，阿锐说："大伯，你不该往绝路上想啊！今天你要是喝下这毒酒，死在你儿子的坟前，海娃他会怎么想？"

老人说不出话来，只是哽咽着。这时，小齐打开刚买的啤酒，倒在四个酒杯里，洒一杯在坟头，又递一杯给老人，说："大伯，来，咱们三个喝了这酒，立即就到医院去！从今以后，我和阿锐就是你的亲儿子！新年里，一切都会好起来的！"

老人端起那杯酒，泪水"吧嗒吧嗒"地落在酒杯里……

开篇故事作者：廖华；"迟来的祝福"作者：王猛；"福星是这样降临的"作者：尹全生；"山道弯弯情悠悠"作者：许申高。

下期话题：寻找身边的"文明"　　（**题图**、**插图**：刘斌昆）

征稿

《百姓话题》是我刊精心打造的一个经典栏目，我们热忱欢迎广大作者来稿。该栏目题材不限：社会热点，人间冷暖，街谈巷议，家事国事，古今中外，天南地北，尤其欢迎富有时代新鲜感、为老百姓所喜闻乐见的题材内容。

来稿要求短小精悍，一般在2千字以内；每篇都需要有一个新鲜、奇巧的核心情节。

本栏目优稿优酬。来稿可从邮局寄发，也可发电子邮件（E-mail地址：yaobianji@126.com），请在信封或电子邮件的主题栏内注明"百姓话题"字样。

收购生命

□邹 进

大学毕业后，我毅然来到这座南方的城市独闯天下，经过了几年的风风雨雨，我的“四方广告有限公司”如日中天，就在这时，我听了别人的劝说炒起了股票，而且越陷越深，终于有一次，我如同赌徒一般把公司的所有资金都投到了股市上，可不到半个月，我的黄粱梦破灭了，成了一个真正的乞丐，我一下子失去了生活的勇气……

那是一个凉风习习的秋夜，我来到市东的江边。听人说，原先这江边有一个亭子，叫“望乡亭”，传说很久很久以前有一个商人，他外出经商，拥资万贯，可有一次买卖不慎，赔了老本，那一天，他来到这个亭子里，远望故乡，泪水涟涟，最后投江自尽。现在，这望乡亭没了，但时不时还会有一时想不开的人来这里自尽。

我徘徊在江边，望着滚滚东去的江水，心里万念俱灰。就在我准备跳下去的时候，忽然身后有一个苍老的声音传了过来：“小兄弟，怎么这么没出息？”

我恼怒地回头一看，只见一个西装笔挺的老人正平静地看着我，他的神情很安详，有一种阅尽人世沧桑的感觉。我愤怒地叫道：“我商场失败，想自杀，关你什么事！”

老人不以为然地说：“这么一点小事也值得自杀？太英雄气短了吧？你别激动，现在我们来做一笔生意，怎样？”

我感到莫名其妙，问：“你与我做什么生意？”

老人“哈哈”一笑，从口袋里摸出一张名片，说：“你还不知道我是谁吧？喏，这是我的名片。”

我满腹狐疑地接过名片，一看，只见上面印着“环宇外贸有限责任公司董事长汪顺海”的字样，我惊讶不已：他这样显赫的身份怎么会平白无故地找我做生意？

汪顺海看着波涛汹涌的江水，感叹道：“唉，我虽然身价过亿，但谁都比我富有啊！”

我忍不住奇怪地问：“什么意思？”

汪顺海沉默了半晌，忽然从口袋里掏出一张纸，说：“答案就在上面，你自己看吧。”

我定睛一看，原来是一张“肝癌晚期”的诊断书，而患者正是站在我面前的这位风度翩翩的汪顺海！

汪顺海淡然一笑，说“我的生命只剩两个月了，当医生把诊断的结果告诉我时，我也想到了死，两个月后，我将一无所有，包括自己的生命，你说，我是不是这个世界上最贫穷的人？”

我默然无语，汪顺海继续说“如果我用所有的家产收购你的生命，你愿意吗？”

我听了无法回答，这时，汪顺海语重心长地说：“年轻人，记住我的话，生命才是最宝贵的财富啊！你拥有年轻的生命，这是一笔无法用金钱衡量的财富啊，你真是太幸福了！”

我的心灵顷刻间受到了极大的震撼：是呀，我怎么这么没志气呢？只要生命还在，我还可以重振旗鼓、东山再起啊！看着面前这位饱经风霜的老人，我语无伦次地安慰说：“汪董事长，你别难过，现在科技发达，你的病说不定能治好呢！”

汪顺海笑道：“没用，什么医院我都去过了……小伙子，珍惜自己的生命吧，我走了，你多保重！”

看着消失在夜色中的老人，我的双眼潮湿了……

回到公司后，我千方百计地从银行贷了款，卧薪尝胆，从头开始，经过不懈的努力，终于峰回路转，生意越做越大……

这天，我忽然生出了一个念头，想去看看汪顺海老人，老人还在不在呢？他说他只有两个月的寿命，而现在已经过去一年半了。我犹豫了很久，最终还是找出了他的名片，打了电话，电话是一个女人接听的。

我询问老人的情况，女人沉默了许久，才说了一句：“汪顺海是我的爷爷，他的情况电话里三言两语说不清，我们见面再谈，好吗？”

我心情沉重地搁下电话，心头涌上了一种不祥的预感！

在公园里，我见到了老人的孙女，她向我道出了事情的真相。

原来，这位名叫汪顺海的老人并不是什么董事长，只是一名普通的退休工人。有一次，他去医院看病，被诊断为肝癌，大概还可以活三个月的光景。当时，汪顺海吓呆了，他失魂落魄地回到家里。汪顺海不想让子女为他担忧，也不愿增加他们的负担，于是，在一个月夜，他偷偷来到了江边，来到了那个望乡亭的旧址，准备投江自尽。然而，就在这时，他看到一个中年妇女也准备投江自尽，汪顺海赶紧上前抱住了那个中年妇女，声称自己是一家公司的董事长，还拿出了诊断书给对方看，用“生命”、“财富”之类的话劝说她，中年妇女在汪顺海苦口婆心的劝说下，终于打消了自杀的念头，她千恩万谢地告别了汪顺海。看着中年妇女远去的背影，汪顺海欣慰地笑了：想不到自己在生命将逝之际，竟然挽救了一个生命！

经过了这事后，汪顺海索性拿出积蓄买了一身名牌西装，并为自己印了一盒名片，每天晚上都要一个人跑到江边去看看，他想在自己的有生之年多拯救几条生命。就这样，汪顺海开始了“收购生命”的行动。转眼半年过去了，汪顺海的身体不仅没有衰亡，反而越发精神焕发了，他到医院检查，病情竟然好多了，医生分析说，这是因为汪顺海心情舒畅，缓解了癌细胞的扩散，照此下去，他还能再活上一年、两年……汪顺海听了喜极而泣，从此，他更加坚定不移地往江边跑，在这一年多的时间里，他一共挽救了六条人命。

我听了这一切欣喜不已，急切地表示想马上去见老人，老人的孙女忽然哽咽着说：“爷爷上个月过世了。”

我惊呆了：“啊——”

老人的孙女说：“上个月的一个晚上，爷爷从江边回来，在大桥上出了车祸……”

我掩面而泣，伤心至极……

现在，在那波光粼粼的江边，时时会有一个年轻的身影在夜晚徘徊着，那个年轻人穿着一身笔挺的西装，正随时准备从事“收购生命”的“买卖”，那个年轻人就是我……

（题图、插图：谢　颖）

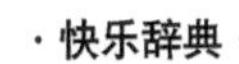

大话高考

罗贯中： 滚滚长江东逝水，高考淘尽英雄，中榜落榜别看重，高考年年有，几度夕阳红。

李商隐： 高考时难考后难，呆在家里只等闲。电视节目全看尽，各种饮料都喝干。

阿庆嫂： 打开小书桌，翻找试卷忙。题题都得做，天天有考场。试卷交上去，过后不思量。高考过，题就忘，说什么周详不周详。

李玉和： 铃声响，交卷忙，我迈出考场，头昏昏，肢乏力，我意志更坚强。

孔　子： 学而时考之，不亦说乎？有通知书自远方来，不亦乐乎？别人不录取我，我也不怨恨，不亦君子乎？

陆　游： 考后原知万事空，但见答案各不同。成绩发到我手日，回家无法见吾翁。

项　羽： 力拔山兮气盖世，时不利兮考不上，考不上兮可奈何？复读复读奈若何？

花木兰： 昨夜见通知，录取在北方。学费六千整，外加吃住行。阿爷无大儿，木兰无长兄，家庭收入少，学费很头痛！

（**推荐者**：杨海英）

宝宝看世界

耳朵： 爸爸用它挂眼镜，妈妈用它塞耳机，至于我的耳朵，妈妈说那是个堆垃圾的地方。

鼻子： 我发现爸爸的鼻孔之所以比我的大，是因为他的手指比我的粗。

嘴巴： 妈妈说，我的嘴巴吃饭时很小，摔跤时很大。

手指： 不许揉眼睛，不许抠鼻子，不许挖耳朵……我真不明白人要那么多手指干吗。

橡皮泥： 有一天，我不小心把橡皮泥弄进了鼻子里，后来我好不容易才把它们挤出来，真开心，橡皮泥一点都没少，还比原来的要多一些呢。

花生： 妈妈说芝麻有两种：黑芝麻，白芝麻。我发现花生也有两种：红花生，白花生。

捉迷藏： 我用小手绢和妈妈捉迷藏，爸爸用工资和妈妈捉迷藏。

电视剧： 每当电视上广告播得太累了，就会放一点电视剧休息一下。

老虎： 我和好多小朋友家里都养小猫，而可怜的老虎，因为我们都抱不动它，所以只好孤单单地呆在动物园里。

绵羊： 小山羊烫过头发后就变成了小绵羊。

钱： 妈妈没钱就到银行，要多少他们就给多少，只要签个字就行了。

年纪： 你不太可能知道我有多大，因为它每年都不一样。

（**作者**：杜　勇；**推荐者**：言守义）

剥皮街的良心

□ 刘金涛

来了一个老乞丐

在一座大城市里有一条狭长的小街道，它的名字很难听：剥皮街。据说，以前这条街道上有好几家手工屠宰牛羊的作坊，屠夫们常把血淋淋的牛羊挂到街边剥皮，人们就把街道取名“剥皮街”。

这年冬天，剥皮街来了一个衣衫褴褛的老乞丐，一连十几天，他白天在市区到处转悠，晚上就到剥皮街一个废弃的破棚子下过夜。他走路的时候，一只手拄着一根竹拐杖，另一只胳膊下夹着一个破旧的麻袋，麻袋里装着一条薄薄的旧毛毯。

一个寒风凛冽的夜晚，老乞丐的身影又出现在剥皮街狭长的街道上。走着走着，他在一家牛肉面馆门前停下脚步，面馆那热气腾腾的灶台上正炖着一锅香喷喷的牛肉。

一个店员走出面馆，呵斥老乞丐：“快走，别影响我们做生意！”

老乞丐的眼睛直勾勾地盯着肉锅，身子一动不动。店员动了恻隐之心，返回店里捡了一大块牛骨头，伸手递给老乞丐，说：“快走吧，天太冷了，你会冻死的！”

老乞丐接过牛骨头，朝店员连连鞠躬，一边啃着骨头，一边拄着拐杖离去。

那个搭在墙角的破棚子很狭窄，

老乞丐蜷缩着身子才能勉强躺下，奇怪的是，老乞丐躺下时，总是脸朝着大街。街对面是一家烟酒店，每到下午早早就关了店门，老乞丐常常盯着烟酒店那黑漆漆的大门一动不动。

敲开一扇黑店门

这天老乞丐刚刚躺下，一个中年妇女的身影出现在街上，她推着一辆自行车，焦急的目光从一家家店门上掠过，终于在那家烟酒店的门前停下。妇女犹豫了一下，停好自行车，走向紧闭的店门，抬手在店门上狠狠敲打起来："开门、快开门——"

门开了，出来一个理着光头、叼着香烟的年轻人，冲妇女瞪了一眼："干什么？"

妇女大声说："有人说你们这里有一家'黑网吧'，我儿子常来这里上网，我要进去找儿子！"说着妇女冲进店内，却发现店内面积很小，里面也根本不是网吧。光头年轻人伸手把她推出店外，狠狠地骂道："我们这里是烟酒店，哪里是网吧，快滚！"说着，关上了店门。

妇女在寒风中呆呆地站了一会儿，突然捂住脸哭出声来。几个行人好奇地停下脚步，妇女边哭边向行人诉说自己的愤懑：她有一个十三岁的儿子，迷上了打电子游戏，经常逃课，在网吧一呆就是一天一夜。今天下午，儿子从柜子里拿走了家中仅剩的三百块钱又去上网玩游戏，她出来寻找，已经找了好几个地方却都没找到。

行人听了，同情地摇头叹息几声，逐渐散去，店门前又只剩下那妇女孤零零的身影。就在这时，老乞丐一瘸一拐地走到妇女跟前，他把妇女拉到僻静处，小声地说了些什么，然后，又蜷缩进了那个破棚子。

妇女再一次走向那扇紧闭的店门，把店门敲得更响，光头年轻人不得不再次打开门，还没等他开口说话，妇女便发疯般冲进店内，目光很快落在角落里一处高大的货柜上，她猛地拉开柜门，一下子惊呆了：天啊，柜门里竟然是一处密道，从密道进去，后面是一个乌烟瘴气的大屋子，一台台电脑前，一个个满脸稚气的少男少女正在如痴如醉地打着游戏！

光头年轻人拦阻不及，妇女很快找到了自己的儿子，拖着儿子就往外走，大屋里一下子乱了套，妇女边走边说："哼，连这街上的老乞丐都知道你们这里的把戏，做这种伤天害理的事是不会有好下场的！"

妇女带着儿子走后，那扇黑门又重重地关上了，街道上恢复了平静。到了半夜，街上已经少有行人，那扇门又悄悄开启，里面走出两条手执短棍的黑影，蹑手蹑脚扑向蜷缩在破棚子里的老乞丐。不一会儿，随着一声凄厉的惨叫，两条黑影飞快地消失了

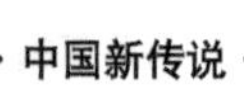

踪影。

惨叫声引起了附近牛肉面馆那位店员的警觉。他急忙过去看个究竟，见老乞丐卧在血泊中，赶忙拨通报警电话。片刻后，一辆警车和一辆急救车呼啸着赶到，人们把昏迷的老乞丐抬上了急救车。

急救室里，医护人员从老人身上找到一张皱巴巴的老式身份证，上面的地址是一百公里外的乡村。警察接通了当地村干部的电话，村干部说村里是有这么一个人，他老伴已经去世，有一个儿子就在警察所在的城市工作。一个月前，老人离开村子，说是想念城里的儿子、孙子，要去看他们，这一走就再没有回村。

警察赶忙按照村干部提供的线索寻找老人的儿子，他们惊奇地发现，老人的儿子就住在离剥皮街不远处。警察还了解到，老人的儿子大学毕业后就留在这座大城市工作，娶了一个本地的妻子，如今夫妻俩的儿子已经上了初中。

警察很快跟老人的儿子通了电话，通知他赶快带上钱去医院为父亲缴纳医药费，并说警方会立案调查打人凶手的下落。做完这一切，警察回到医院，想把情况告诉老人。

老人还未从昏迷中苏醒，只听他嘴里喃喃地说："孙子、孙子，我的孙子……"警察轻轻地对昏迷中的老人说："你放心，我们已经找到你的亲属，他们很快就会来看望你。"

一晃三天过去了，医院方面忽然给警察打来电话，说今天早上老人刚刚清醒过来，却突然从医院失踪了。老人的伤还没有痊愈，如果停止治疗，会有生命危险。

警察赶忙来到老人的儿子家调查，刚询问了老人的儿子两句，里屋就跳出一个女人，指着男人的鼻子吼道："你爸在乡下有地种、有饭吃，他干吗非要来咱们家？如果你敢把他接

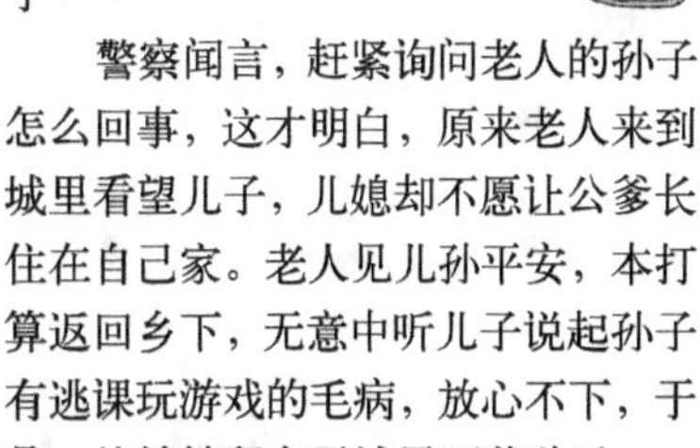

回咱家住，我跟你离婚！”

老人的儿子闻言，脑袋一耷拉，一句话也不敢说，后来他悄悄告诉警察，其实自己已经偷偷去医院看过父亲，还给父亲留了两百块钱，父亲可能已经回乡下老家了。警察点点头，说："你父亲还没痊愈，你要尽快联系上他，回医院治疗。"

建起一尊纪念像

几天后，一场鹅毛大雪覆盖了整座城市。警察突然接到电话，说在剥皮街一处破棚子内发现了一具老乞丐的尸体。

警察迅速赶到现场，死去的老人正是那位受伤的老乞丐。牛肉面馆的那个店员告诉警察，老乞丐是几天前回到破棚子的，蜷缩进去后再没有出来，他的眼睛一直死盯着对面烟酒店那扇门。警察十分敏感，联系到最近接到的一些相关举报，当即对那家烟酒店展开搜查，"黑网吧"被捣毁，店里的两个年轻人供认了报复伤害老人的罪行。

警察把老人儿子一家三口叫到现场认领尸体。老人的儿子抱住父亲冰冷的尸体，痛不欲生："爹，你真傻呀，你为什么不回老家？你为什么要住在这冰冷的棚子里呀！"

这时，老人的孙子突然扑到尸体跟前，抹着眼泪大喊："爷爷，你都是为了我才冻死在这里的呀，你醒来吧，我再也不来网吧上网了……"

警察闻言，赶紧询问老人的孙子怎么回事，这才明白，原来老人来到城里看望儿子，儿媳却不愿让公爹长住在自己家。老人见儿孙平安，本打算返回乡下，无意中听儿子说起孙子有逃课玩游戏的毛病，放心不下，于是，他悄悄留在了城里盯着孙子。

对孙子盯梢了一段时间，老人终于发现了孙子常去上网的那家"黑网吧"的秘密，这时老人身上的钱也花完了，他索性在破棚子里住下，孙子一出现他就上前阻止，还对孙子说："如果你再去上网，我就告诉你同学，说你有一个当乞丐的爷爷，看你还有脸见人！"

孙子的自尊心很强，果然不再去那家"黑网吧"了，老人仍不放心，担心孙子的身影再度出现，每到晚上就一直盯着那家店门。

谜底揭开了，剥皮街的居民们震惊了，纷纷谴责老人的儿子儿媳，大家都说："剥皮街可以一无所有，就是不能没有良心！"经过讨论，居民们自发集资，请一位有名的雕塑家为死去的老乞丐雕了一尊石像。

不久，居民们向有关部门申请，拆掉了那处废弃的破棚子，把石像安放在老人死去的地方，石像下方刻有一行金色大字：剥皮街的良心。

（**题图、插图**：魏忠善）

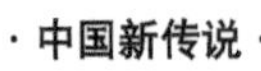

鸡王是怎样诞生的

□尹利华

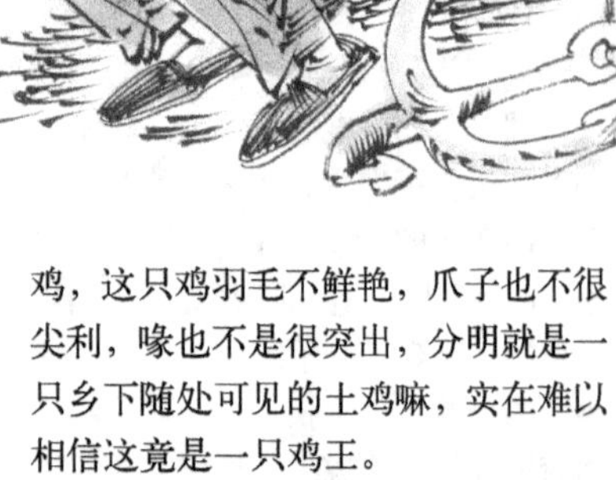

凌晨四点，记者小林接到一个电话，一艘客船在进港时失事了。小林赶到海难现场，只见乘客们已经陆续被救上了岸。这时，有一个乘客引起了小林的好奇。这是一个四十多岁的男人，独自躲在角落里，怀里紧紧抱着一只大公鸡。在这样的生死关头居然有人死死抱着一只鸡不放，凭职业敏感，小林觉得他一定有些出人意料的故事。

于是小林有意和他套近乎，闲聊中终于了解到，这人是牛角尖村的村主任，姓牛。牛主任骄傲地告诉小林，自己怀里抱着的是一只鸡王，本打算来这座靠斗鸡闻名的海滨城市卖个好价钱，没想到遇上了海难。牛主任爱怜地抚摸着怀里的大公鸡，说："幸好，我的宝贝鸡王没事。"

小林仔细看了看牛主任怀里的鸡，这只鸡羽毛不鲜艳，爪子也不很尖利，喙也不是很突出，分明就是一只乡下随处可见的土鸡嘛，实在难以相信这竟是一只鸡王。

牛主任压低嗓门，说："林记者，你可不要小看了我的这只鸡，它能斗得过全村的狗呢，村里的狗，没一只是它的对手。我的命可以不要，这个宝贝可不能扔……"

一只鸡竟能斗过全村的狗？虽然在海难现场谈斗鸡斗狗的话题并不合适，但作为一名记者，小林知道，如果对方说的是真的，这件事还是有报道价值的。于是他留给牛主任一张名片，告诉他，有什么关于鸡王的消息，可随时联系，然后就匆匆赶回报社去了。

过了几天，牛主任给小林打了电话，他说，不知道怎么了，这鸡王一到城里，连普通的鸡都斗不过，但回到村里后，鸡王仍然可以斗过所有的狗，这是咋回事呢？是不是水土不服？真是邪门得紧。小林听后觉得很有趣，他看看日程安排，恰好有几天休息时间，便决定到牛角尖村“拜访”这只神奇的鸡王。

刚一进村，小林就看到了让他终生难忘的一幕：只见一条膘肥体壮的大黄狗忽地从一条小巷中蹿出来，边跑边往身后瞧，仿佛后面跟着什么猛兽。随后，一只气势汹汹的公鸡扑棱着翅膀跟了出来，正是牛主任的宝贝鸡王。

只见鸡王伸长脖子，往狗屁股上狠狠啄去，一叼一缕狗毛。大黄狗痛得汪汪怪叫，更加不要命地逃去。鸡王见状，不再追赶，得意地收拢翅膀，神色倨傲地长鸣一声。一只路过的黑狗闻声吓得一哆嗦，夹着尾巴，灰溜溜地从鸡王身旁溜过，看也不敢看它一眼。

事实摆在眼前，这公鸡的确是鸡族中的异类。小林百思不得其解，这时，他见一个老头正坐在巷口晒太阳，便走过去，指着那鸡王向老头搭讪说：“大伯，这是牛主任家的鸡王么？”

老头咧嘴一笑“可不是咋的，牛主任家的鸡。”

“看这鸡不起眼的样子，怎么这么厉害？”

老头咂咂嘴说：“村主任家的鸡，特意培训的，能不厉害么？”

“特意培训？”小林想不到牛主任还有这本事，居然能培训出追着大黄狗满街跑的公鸡。

老头解释说，前几年村里狗多，牛主任家的鸡老是被狗追。牛主任恼火了，他规定，以后不论谁家的狗，只要咬掉他家鸡身上一根鸡毛，一律打死吃狗肉，还要包赔一百元。说打就打，几个月就打死了好几十条狗，罚了好多钱。

小林奇怪地问：“可现在，这鸡怎么反倒追着狗啄呢？”

老头嘿嘿一乐，说：“是这样的，后来大家都学乖了，从小狗娃时起，谁家的狗一追村主任家的鸡，就往死里打，打几次后，狗娃就知道那鸡是碰不得的，长大后也不敢咬村主任家的鸡，那鸡一追，反倒吓得满街疯跑。”

小林听了老头的话，恍然大悟：原来鸡王是这样诞生的，怪不得一到城市里，连普通的鸡也斗不过。但奇怪的是，牛主任怎么就没有想到其中的原因呢……

（题图：安玉民）

·中国新传说·

高贵的下跪

□赵　风

这年，河谷县农村大丰收，年底时，县专业剧团受到好几个村子邀请，下乡唱戏。签完合同，团长又喜又忧，喜的是有戏可唱，忧的是这几年市场不景气，主要演员几乎都跑光了，好多剧目无法上演。思来想去，团长想起了镇业余剧团的杨婉儿。

杨婉儿是业余剧团的台柱，在四乡八寨很有人缘。团长找到杨婉儿，讲定春节期间每天付给她100元。杨婉儿早就想到县专业剧团学学艺，拜拜师，于是便一口答应下来。

杨婉儿不但嗓子甜，嘴巴也甜，一进县剧团，逢人开口笑，见人就叫老师。可当她叫当家花旦林叶儿时，林叶儿却把嘴巴一撇，说："我咋敢当你的老师？我叫你老师还差不多。"

杨婉儿来团后，最不高兴的就数林叶儿。她一个堂堂专业剧团的主要演员，一个月工资才千把块，而一个从乡下业余剧团来的农家女娃子，一月拿三千，这叫她心里哪能舒坦？对杨婉儿哪有个好脸子？

转眼就到了春节，三天大年一过，剧团来到了第一个演出点大柳庄，演出《秦香莲》。乡亲们见演秦香莲的杨婉儿扮相俊俏，表演逼真，嗓音圆润，唱得又特别动情，便决定为剧团送"腰台"。

啥叫"腰台"？原来这是河谷县一带自古就留下的习俗，但凡村中唱戏，倘若演员们演得出彩，唱得动情，庄里就会将宰好的整猪整羊披红挂彩，派年轻力壮的小伙子抬着它们从戏场中间敲锣打鼓地往台上送，以示对演员们的赞赏和慰劳。后来送猪送羊不时兴了，逐渐演变成村民手捧托盘，托盘上摆着各家各户亲手做的糕点往台上送；由扮花旦的演员跪在台口拜接。这仪式是在演出到一半时进行的，便称之为送“腰台”。

不过，后来县里成立了专业剧团，演员们的身份变了，接“腰台”时，一般都是站着接，不肯下跪了。

大柳庄是个大庄，这天送腰台的人特别多，排成了长长一大溜。再说林叶儿，她自从当上了主要演员，便端上了架子，一般情况下，她都不愿接腰台，而让那些演配角的演员去接。偏偏这天她在《秦香莲》中扮演陈世美的后妻公主一角，行当刚好是花旦，这出戏中花旦行当只有她一个，她不接腰台谁接？团长同林叶儿说了半天好话，她才十不情九不愿地来到了台口。

也是合该有事，当林叶儿接过几个台下送上来的托盘后，轮到庄中一个外号叫“愣头犟”的小伙子近前了。送腰台前，“愣头犟”喝了点酒，他跌跌撞撞地走到台口，用双手把托盘高高举过头顶，林叶儿弯下腰刚要伸手去接，“愣头犟”却把手缩了回去。林叶儿不知他是何意，脸上顿时窘得通红，立在原地不知所措。正当她进退不得时，“愣头犟”又把托盘举了起来；等林叶儿伸手去接，他又把手缩了回去。如此反复再三，林叶儿气得双手直哆嗦，一跺脚，转身就朝后台走去。

这时，“愣头犟”却嘟嘟囔囔地说话了：“咱给……给你送腰台，妹……

妹子，你得……得跪着接……”林叶儿哪受得了这个气？当即把脸一沉，小声骂了一句“神经病”，转身就往后台走去。

“愣头犟”来气了，对着林叶儿的背影大吼一声：“转来！”林叶儿不由自主一回头，见“愣头犟”脸上涨得通红，双手高举托盘，朝她猛地一下砸了过来，眼看托盘就要砸着林叶儿的头脸，突然，从后台闪出一个人影，伸手半空一捞，稳稳地接住了那飞旋的托盘。林叶儿抬头一看，正是自己平素看不上眼的杨婉儿。

杨婉儿扶着林叶儿进了后台，林叶儿刚想说点啥，没想到“愣头犟”从台下冲了进来。他冲到林叶儿面前，对她吼道：“我好心好意为你……送腰台，你为啥不……不接？”这时，其他等着送腰台的人见林叶儿进了后台好半天不出来，也都不耐烦了，在台下七嘴八舌地嚷了起来。

正当台下闹闹哄哄乱成一锅粥时，杨婉儿重又回到台上，她紧走几步来到台口，对着观众深深一鞠躬，开口说道：“各位乡亲，林老师双腿患有关节炎，不便下跪，请大家原谅，现在由我来接各位乡亲送的腰台，并在此先向大家赔个礼，道个歉……”说完，她“扑通”一声跪了下来，台下顿时安静下来，那些小伙子都自觉地排好队，一个个用双手把托盘高高举过头顶，朝杨婉儿走来……

送完腰台，演出继续进行。演出结束后，当杨婉儿手牵她的一双“儿女”出台谢幕时，整个戏场爆发出雷鸣般的掌声，经久不息……

林叶儿只觉心里堵得慌，便第一个冲进了后台，恨声说道：“真巴不得早点离开这个鬼地方！”在后台的团长听见这话，不满地瞪了林叶儿一眼。这时杨婉儿和大家也都回到后台卸妆。团长朝杨婉儿走去，杨婉儿赶紧起身，不料脚下一个踉跄，扑倒在地，好半天也没爬起来。旁边的一个小演员连忙将她扶起，对团长说：“团长，你还不知道，婉儿姐姐才真正患有关节炎，可她接腰台时，还是跪……”不等小演员说完，团长急忙蹲下身来，轻轻捋起杨婉儿的裤腿一看，只见她双膝上渗着一道道血丝，肿得就像发涨的大馒头。

团长眼眶一红，颤声说：“让你受委屈了！”杨婉儿扶起团长，轻轻地说：“全县的父老乡亲，都是我的衣食父母，是我的亲人，趁这新春之际，我对他们下跪，只当是为他们拜个年，有啥委屈的？要说委屈，我只怕林老师她……”杨婉儿话未说完，有人看了林叶儿一眼，只见两颗泪珠从她的眼角无声地滑落下来。

而那些正在说笑的年轻演员们，听了杨婉儿的话，立马噤声，原本喧闹的后台陷入了一片寂静之中……

（题图、插图：黄全昌）

给死人送礼

□徐自谷

·中国新传说·

莫阿林原先是青亭县一家工厂的工人，有点文艺细胞，在厂里的业余文工团算得上一名骨干。后来工厂倒闭，阿林下岗了，一时找不着称心的活，口袋常常瘪塌塌的。

这天，阿林来到一个家政服务公司找活干，对方接过他的简历看了一眼，忽然像发现新大陆一样，打量了他一番，问:“你姓莫？”

阿林点点头，家政公司的人说:“太好了！”他告诉阿林，有个钟点工的活，急着要人，“工资开得蛮高的，只消干半天，人家付你五百元，只是工作有些特别，你愿意就当场敲定。”

阿林听见有五百元进账，心里一乐，就开玩笑说:“就是背死人，冲五张老人头也干了。”

家政公司的人笑着说:“倒不要你背死人，是给死人去送点礼物。”

阿林以为他和自己玩笑，凑趣道:“给死人送礼？踏上黄泉路那可是回不来的！乖乖，去不得。”

那人笑道:“不开玩笑，是让你给死人送一份礼，倒不须走黄泉路，去墓地就行。”说着还加了一句，“看你够条件才叫你干的呢。”

阿林奇怪地问:“什么条件？”

工作人员一本正经地说:“过几天是清明节，有一家子要去国外旅游回不来，怕他们地下的先人不高兴，因此委托我们公司给物色个本地同姓

的人代他们扫墓，正巧你和他家同姓，都姓莫。清明节下午你过来就行，随我们的车去墓地，穿戴可要整齐些啊！”

原来是要代人家做孝子，虽然有点伤自尊心，不过看在五张老人头面上，阿林还是点点头，当下签了约。

没几天清明节到了，阿林早早吃过饭，赶到了家政公司，一看，门前果然停着一辆车，车厢一半用塑料布盖着，另一半坐了几个拉丝弦吹箫笛的。阿林想，真是富人能做孝子，雇人上坟，还带奏乐的。

阿林上了车，一路上鼓乐嘟嘟奏起，车子开了好久，在一座三面环水的山脚边停了下来。家政公司的人指着山腰的一座坟说："大家下车，把祭品抬去放好了。"

阿林仰头一看，山腰上几棵松柏中间有好大一座坟，白色大理石的栏杆，中间一块黑色石碑，上写泥金大字：先父莫大庆之墓。真的和阿林五百年前是一家。

家政公司的人掀去塑料布，先把那栋纸扎的房子卸下来，这是一栋三层楼的欧式大别墅，两个保安守着大门，屋子里还藏了两个女人，一个年纪大些的似在干活，一个年轻的却打扮得极时髦，坐在沙发上搔首弄姿。阿林不知这是什么路数，看得发呆。

奏乐的和阿林用竹杠抬起"别墅"，和鲜花蔬果等供品一起运上了山。一切就绪，家政公司的人从车上拿下一架摄像机来。

阿林觉得纳闷，问："怎么还要拍录像？"

"你当五百元是好拿的？人家要看过录像才给钱的，所以你要万分认真。"家政公司的人说着，看看时间差不多了，就对大家一声喊："奏乐！"悠扬的乐声奏起来，香烛点燃，又"乒乓乒乓"放了一通爆竹，音乐和爆竹声惊动了不少来看热闹的，把坟头四周挤得满满的。

人一多，阿林觉得脸有点发烫，但要赚这五百元钱，也只能打起精神。他捧着香跪在了坟头，接过家政公司的人递来的一篇祭文朗声念起来："家政服务公司受莫主任委托，请同宗子弟莫阿林代祭老父，并恭送老父祭礼计：别墅一套，保安二人，保姆一人……念老父地下寂寞，再送给老父小蜜一名。望老父九泉之下保佑儿子莫福庚财源广进，平平安——"

眼看快要念完了，阿林最后那个"安"字没喊出口，忽然"啊"一声怪叫，把在场的人都吓了一大跳，看阿林时，只见他身子向后一仰，直挺挺倒在地下，口里吐着白沫，已经不省人事。摄像的家政员工赶忙来搀阿林，可哪里搀得起？

四周看热闹的村里人哄起来："鬼缠身啦，鬼缠身啦——"说着纷纷往后退，坟头上一时大乱。

正乱着，阿林却猛地一个鲤鱼打挺从地上直蹦起来，一双眼睛怪怪地盯着大家，盯得人心里害怕。突然，他一弯身从地上拾起刚才抬“别墅”的一根竹杠，狠狠抡在了“别墅”上面，只听见“喀嚓喀嚓”，一栋价值几千元的“别墅”顿时架散纸飞。大家不敢劝，呆看着阿林对着祭礼一杠子一杠子砸，嘴里一腔哭音喊道：“莫福庚啊——你这个逆子，我生前清清白白，没想养了你这逆子，做了个芝麻官却不想为老百姓正经做事，现在还要拿这些来害你爹，我没你这儿子——”

村民们先前都退得远远的，这时听阿林又哭又骂，又好奇地一步步挪过来细听。听着听着，忽然人群里“哗”地爆出一片掌声，有人喊“骂得好——砸掉它！咱村子容不得腐败官！”

一番折腾几乎持续了半个钟头，阿林似乎累了，丢下手里的竹杠。突然，阿林“啊”一声怪叫，又直挺挺仰面倒在了地下，好半晌才悠悠醒来，呆呆地看着人们问：“我怎么啦？怎么回事？”

家政公司的人看着他直跺脚：“你，你，这叫我怎么向莫主任收钱啊！”

阿林一双眼睛茫茫然，心里却在暗笑：原来，那坟主的真正孝子，就是阿林原先厂子的厂长，叫莫福庚。几千万资产的一个国营大厂，在他任上没几年，就被他吃喝占捞破了产，几百个工人下岗回家，这莫福庚却又钻营去了一个外贸公司当了主任。阿林看见坟头石碑上刻的孝子竟然是他，当时心里“腾”的一股怒火升起，于是仗着自己的做戏功夫，表演了一场闹剧。阿林虽然白做了一回孝子，可是心里却有一种从来没有过的惬意。

这件事一下传得沸沸扬扬，没多久青亭县里对莫福庚立案审查，阿林听见，心里越发得意了。

（**题图、插图**：谢　颖）

·中国新传说·

捕鼠传奇

□北　方

鸡场鼠患

大兴养鸡场的秦老板近来总是面带愁容——鸡场日益严重的鼠患让他堵心：大白天成群的老鼠公然跳进食槽和鸡抢食，育雏车间每天都有鸡雏被咬死，连种蛋也被啃出了窟窿。

这时有人举荐镇上的毛二爷，毛二爷从小给生产队看粮仓，跟老鼠斗了几十年，治老鼠的招儿都神了。秦老板一听，立马来了精神："有这么个神仙还不快去请！管他猫二爷、狗二爷，能治了老鼠就是我亲二爷！"

毛二爷倒是不难请，一个电话打过去，老爷子挺痛快，答应到场里来看看。秦老板赶紧亲自到场门口迎候。

苦等了一个多小时，才见一辆破驴车在远处慢吞吞地露了头，毛二爷从驴车上下来，只见他七十上下，脸膛黑瘦，戴顶青布便帽。秦老板一见，心里先凉了半截。

秦老板引着毛二爷进了鸡场大门，一边走一边介绍场里的"鼠情"，正说着，只听前面"乒乓"乱响——几个年轻后生抡着拖把追打着一只肥硕的老鼠，吆五喝六地跑到后面去了。毛二爷"扑哧"乐了："秦老板，这可不是个办法啊！"秦老板臊得脸通红。

毛二爷在场里遛了一大圈，秦老

板腿都酸了，毛二爷精神头儿还很足。他蹲在会客室门口的台阶上抽完一袋烟，拍拍秦老板的肩膀，说“我晚上再过来。”秦老板再三挽留，老人执意不肯。

与鼠过招

当晚，月亮升起来了毛二爷才到。夜班的工人纷纷跑来看热闹，毛二爷让人开了饲料库门前的大灯，吩咐大伙儿到僻静处躲着，然后掏出一包东西撒在空地上，自己也走到灯影里去了。

过了半天，毛二爷冷不丁尖着嘴巴学起了老鼠叫。这一叫不打紧，十多只老鼠一下溜到空地上，东闻西嗅一阵，埋头狂吃起来。紧接着不断有老鼠从各个角落里冒出来，冲到空地上聚餐。小老鼠只顾低头猛吃，大老鼠吃上几口就抬头机警地四下望望，不大工夫，毛二爷撒下的东西就被黑压压的鼠群一抢而光。来晚了的老鼠在空地上四处寻觅，悻悻叫着不肯离去。

秦老板和工人们都看傻了，不知谁嘟囔了一句：“这鼠药真是神了！”没想到毛二爷却笑起来：“我这鼠药没毒，老鼠吃了，一个都死不了！”秦老板傻眼了，心想：您老人家是来灭鼠还是来喂鼠啊？

秦老板的心思毛二爷像是一点也没看出来，临走他让秦老板准备八口大缸，按他指定的地点埋好，缸口要与地面平齐，明晚这时候他会再来。

第二天月亮过了树梢，毛二爷带着两口袋麦糠来了。老爷子吩咐往每口缸里灌大半缸水，水面再撒一层麦糠，最后往每口缸里都撒了一包“神药”。和昨天一样，毛二爷几声“鼠叫”像是吹响了老鼠们的开饭号，只见大大小小的老鼠纷纷聚到缸沿上，“义无返顾”地跳下去，“扑通扑通”像下饺子。秦老板和工人们这才如梦方醒：真是神了！

到天亮时，每口缸里都堆了一大堆死鼠。毛二爷看着一只只鼓胀的死鼠，叹息道：“作孽呀！”

秦老板让人给毛二爷送去了红包，没想到红包被退了回来，派去的人带话说：“毛二爷说了，咱场里的‘鼠王’未除，他不想把事情做绝，如果‘鼠王’知趣搬走也就算了，如果继续为非作歹，毛二爷再来收拾它！”秦老板赶忙吩咐工人严加防范。

鸡场太平了没三天，果然祸事来了。先是一夜之间一百多只鸡雏被活活咬死；接着，饲料库的保管员趴在桌上打盹儿，竟被咬掉了半个耳垂儿，据他说，这只老鼠比小猫还大。鸡场里人心惶惶：“这是‘鼠王’在报仇啦！这家伙不但吃鸡，还要吃人哪！”秦老板连忙派人去请毛二爷。

老爷子叼着烟袋在场区溜达到半夜，临走让工人们在几个重点区域撒了一层石灰。

第二天一早，饲料库旁边一个杂物间门口出现了几行清晰的爪印，早早赶来的毛二爷脸上有了笑容。

毛二爷在杂物间里转了一圈，盯住了门后的一个破木柜。毛二爷随手关紧了屋门，让人把木柜里的破烂儿抖落出来。清理到柜底，除了一层破棉絮，连粒老鼠屎也没见。工人们正泄气，柜角的窟窿里突然蹿出一只七八寸长的青灰色大老鼠，尖叫着逃向屋门。工人们一拥而上，抡起铁锨一通乱拍。

“二爷，‘鼠王’被我们结果了！”几个工人提着大老鼠的尾巴高兴得直嚷。毛二爷打量着这只膘肥毛亮的老鼠摇摇头：“这不是‘鼠王’，它想把咱们引开。”

这时，只听木柜后面“咕隆”一声，一只一尺多长的巨鼠猛蹿出来，径直冲向屋门。“鼠王！”毛二爷高喊一声，吓愣了的工人们这才抄家伙撵上去。谁料巨鼠见无路可退，猛地转过身，平地跳起足有二尺高，怪叫着向人们腿上乱撞，惊得几个工人“妈呀”大叫，连蹦带跳地躲出去老远。“鼠王”并不追击，它半蹲半伏在木柜前，一双眼睛乌溜溜地瞄着众人。

天哪，这“鼠王”真的比小猫还大！长满息肉的鼻头下，锋利的黄牙闪着潮湿的亮光。工人们被镇住了，傻愣愣地望着毛二爷。老爷子手里不知什么时候多了一把大弹弓，他拉满了弦对准“鼠王”——“啪”地一弹发出，“鼠王”尖叫一声，滚了几下不动了。人们正要上前看个究竟，只听门外秦老板问道：“逮着了吗？”话音未落，门“咣”的一声被推开，秦老板冒冒失失地闯进来。

毛二爷急得大喊“关门！”话刚出口，“鼠王”一跃而起，箭一般地蹿出了房门。毛二爷急得直拍大腿，人们追出去，早不见了“鼠王”的踪影。

智斗“鼠王”

一晃半个月，鸡场里太平无事，秦老板和工人们琢磨：“鼠王”一定是知道了厉害，跑到别处去了。大伙儿绷紧的弦也就松了下来。

又过了几天，场里的电话通讯总是断断续续，后来干脆“罢工”了。电信公司的人来修，发现电话线断了，断口上还有一排坑坑洼洼的牙印儿。秦老板心里明白：“冤家”来了！他带着几个工人翻箱倒柜，却连根鼠毛也没看见。

接下来的几天，鸡场里越来越多的鸡被活活咬死。咬死的鸡都在三斤以上，内脏掏了一地，场面惨不忍睹。秦老板慌了，派人火速去请毛二爷。

毛二爷很快就赶来了，秦老板有些不好意思，喃喃地念叨：“该查的地方我都查了，您说这畜生还能藏在哪儿呢？”

“藏在哪儿？不在天上就在地下。”

秦老板苦笑：“二爷净拿我开心。”

毛二爷一脸严肃：“你误会了，这场里顶棚都薄，‘鼠王’个儿大、身子沉，不会藏在上面。你带我看看场里的下水道吧。”

职工餐厅门口，大师傅们为了倒泔水方便，在下水道口上凿了个大窟窿。毛二爷蹲下身子仔细看看，捏起了油渍上粘着的几根细毛。

听说“鼠王”就在下水道里，餐厅的几位大师傅跑过来摩拳擦掌：“兔崽子！原来就在我们眼皮底下，二爷您说吧，咱是烟熏还是水灌？要不就用土把它填上！”毛二爷笑着摇头：“这下水道四通八达，用烟用水根本就伤不着它。要是把这儿填上，它跑到别处就更难逮啦！”

那怎么办？一帮人你看我，我看你。

毛二爷背手转了几圈，看来已经胸有成竹：他嘱咐秦老板近期鸡场要“坚壁清野”，重点区域派人二十四小时严加防范，又吩咐大师傅们不能再往下水道里倒泔水。接着他让工人把先前用过的大缸搬过来一口，里外用开水烫了一遍，找了张厚牛皮纸封住缸口，又弄了个木梯子倚在缸沿上。最后毛二爷到餐厅弄了点儿剩饭倒在牛皮纸上，周围地上也撒了一些。

秦老板抓了把花生送过来：“二爷，老鼠最爱吃这个了！”毛二爷摆摆手：“‘鼠王’太狡猾，好吃的反倒让它起疑心，我自己配的‘药’这次

也不能用，就用这剩饭最好。”

一连几天没有动静，秦老板沉不住气了，毛二爷却心里有数：“放心吧，饿急了它会出来的。”

这天早上，秦老板欣喜地发现撒在地上的饭粒少了一些。毛二爷听了也长出了一口气：“这畜生要撑不住了。”

以后几天，牛皮纸上的食物逐渐减少，毛二爷却没事儿人一样，每天照样往上面放吃的。秦老板心里着急，却不敢吭声。

第八天晚上，毛二爷把梯子最上面的一格木头拆掉了，临走撂下话：明天缸里要是有了动静，等他来了再说。

转天早上天没亮毛二爷就到了，秦老板兴奋得直搓手：“二爷，逮着了！逮着了！正在里面拼命呢！”

原来，“鼠王”每天晚上都是沿着梯子小心翼翼上水缸吃东西，昨晚它到了梯子顶上发现少了一格，只有使劲跳才能到缸面上，于是纵身一跃。可哪里知道，那牛皮纸已经让毛二爷事先用刀划了个大十字……

缸里传出一阵阵“鼠王”的悲嚎。毛二爷装上一袋烟，蹲在缸根儿吸起来。工人们听说逮住了“鼠王”纷纷跑来看热闹，餐厅的大师傅也凑过来：“二爷，我正烧了一锅开水，待会儿要不让这‘鼠王’先洗个‘热水澡’？”工人们哈哈大笑，毛二爷却只是闷着头抽烟。缸里的“鼠王”像是听懂了人话，用爪子疯狂地挠着缸壁，“吱吱”怪叫。

毛二爷抽完一袋烟，慢慢地起身，用烟袋锅儿在缸壁上使劲磕了几下。“鼠王”反应越发激烈，撞得水缸“当当”山响。

毛二爷长叹一声，说道“待会把它拿出来埋了吧。”说完背着手扬长而去。众人大眼儿瞪小眼儿，听不懂他的话。

又过了许久，缸里没了动静，秦老板让人小心翼翼地揭开封在缸口的牛皮纸，往里一看：却见“鼠王”斜躺在缸底，双眼失神地睁着，已经头破血流，气绝多时。

（**题图、插图**：魏忠善）

梦境追踪

□陈 舰

梦中奇事

汉密尔顿小姐最近总是做同一个噩梦，她梦到自己走在一条小巷里，巷边一扇阴暗的门里突然传来一阵痛苦的呻吟声。她心惊胆战地推开那门，只见一个地下室的入口，她壮起胆子摸索着走下去，突然眼前一亮：地下室里灯火通明，一个脸上有刀疤的男人举着一把斧子正砍向一个蜷缩在角落里的男子，随着血光飞溅，那男子的人头飞了出来……

梦到这里，汉密尔顿小姐就会“啊”的尖叫一声，惊醒过来。已经一个月了，每天晚上她都做着同样的噩梦，这可怕的梦境使她头痛欲裂。

这天中午，汉密尔顿来到公园散步，长椅上散落着几张报纸，她随手捡起报纸，社会版上的一则消息引起了她的注意：“本市牙医林克夫妇失踪一月有余，警方悬赏征集有关信息。” 林克？这个名字好像在哪里听过……想着想着，汉密尔顿小姐的头又疼了起来，脑子里一片糊涂，她不由合上眼，靠在长椅上进入了梦乡。

这次是在一个小树林里，汉密尔顿急切地往前奔，前方似乎正有可怕的事发生。是的，又是那个刀疤男人，这次他正举着斧子砍向一位女士，女士绝望地叫着：“约翰，我的丈夫约翰·林克在哪？”斧子落下，又是血光飞溅……

汉密尔顿一下惊醒了，又是一个梦。突然她想起了什么，马上拿起报纸仔细一看，对，没错，那个失踪的牙医正是名叫约翰·林克。难道在自己梦里被杀死的那一男一女就是失踪的林克夫妇？难道自己通灵？汉密尔顿无法解释这一切，她决定向警方告发。

第二天一早，汉密尔顿打电话找到了负责此案的警官多尔："我有失踪的林克夫妇的线索。"多尔很感兴趣，忙问下落。

汉密尔顿没有把握地说："他们很可能被一个脸上有刀疤的男人杀死了。"多尔一下紧张起来，问："你怎么知道？"汉密尔顿支支吾吾地说："我……我做梦梦见的。"多尔恼怒地说："小姐，请不要浪费警方的资源！"说着就挂了电话。

虽然汉密尔顿早料到会是这种结果，但还是有点失落。下午，她搭上一辆巴士出门购物，巴士驶过一个教堂时，汉密尔顿感到一阵眩晕，不知不觉地，她又睡着了：梦中她下了车，来到教堂前，这是个天主教堂，前面矗立着圣母像，汉密尔顿向教堂走去。突然，一个女人冲了过来，对着教堂大叫："约翰，告诉我约翰·林克在哪？"汉密尔顿吃惊不小，这不是林克夫人吗？

一个人影冲到林克夫人背后，一棍子砸在她后脑，林克夫人晕倒在地。又是那个刀疤男人！他扛起林克夫人走远了。接着，一阵天旋地转，在汉密尔顿醒来的一瞬间，她看清了小街的名字：道尔顿街。

摸着疼痛的脑袋，汉密尔顿发现自己坐过了站。回想自己的梦，汉密尔顿觉得这就像一出连续剧。也许自己真的通灵，必须要把梦里的新情况告诉警察。

汉密尔顿亲自来到警察局，找到了多尔警官。多尔警官颇不以为然："您别这样，这年头谁会以通灵来作为破案的证据？”可汉密尔顿依然坚持，一定是林克夫妇托梦给自己，并要求多尔警官调查有关道尔顿街的情况。可多尔警官笑了笑，说：“本市有道尔顿街吗？”汉密尔顿思索了一下，是啊，本市的确没有这个街名。

本市没有，不代表其他地方也没有啊！回到家，汉密尔顿在互联网上找起来。

全国有这个街名的城市一共有十二个，汉密尔顿仔细回忆梦里的细节。对，教堂！街口有一个圣母教堂。汉密尔顿马上致电本市天主教会，终于知道了那个有圣母像天主教堂的道尔顿街在几百公里外的圣安东尼市。

寻梦追凶

一天后，汉密尔顿赶到了圣安东尼市，站在天主教堂前，虽然她一点线索也没有，可她还不是很担心。汉密尔顿知道，自己只要在这睡一觉就可以了。

晚上，汉密尔顿果然在旅馆里做梦了：她在穿越一片丛林，看见了，那个刀疤男人正在林子深处埋着两具尸体。汉密尔顿屏息观察着，丛林边是公路，有个标志牌，看清了是什么路口后，她继续观察着凶手。对！跟踪他，看他住哪。汉密尔顿正要跟上去，突然，天旋地转起来。糟糕，自己要醒了，不能啊！幸好，汉密尔顿没有醒，她继续做着梦。她发现自己突然站在了一条街道上，沿街的一个房间亮着灯，客厅里刀疤男人正在喝酒，汉密尔顿看清了街名和门牌号。好，知道他住哪了，一定要告诉警察。突然，刀疤男人看见了自己，他一下子站了起来，眼中充满了杀气……

汉密尔顿惊醒了，浑身已经被冷汗湿透：还好是个梦。

天亮了，汉密尔顿叫了辆出租车，报了梦里丛林边公路的名字，竟然真的有这条路！司机把她带到了那个路口，汉密尔顿再次穿越那在梦里走过的丛林，在刀疤男人埋尸体的地方，汉密尔顿动手挖了起来，直到挖出了一个已经腐烂的人头，汉密尔顿大声尖叫起来。

警察来了，他们仔细询问汉密尔顿，她的托梦之说搞得他们不知所措，但尸体是真实存在的，是否是林克夫妇，还要做进一步的确认。汉密尔顿说，她还知道凶手住在哪里，警察很矛盾，不能因为一个梦境就去搜查公民的住宅啊！

“好吧，既然警察不能去，那我自己进去找线索。”汉密尔顿不知道哪来的勇气，她觉得自己既然有这样的特异功能，就要好好利用，为林克夫妇报仇！

汉密尔顿根据梦里记下的地址，来到了那所住宅的门口，按响了门铃。然后，她飞快地跑到拐角处悄悄

地看着，门开了，天啊，果然就是那个刀疤男人！

当天夜晚，汉密尔顿看见刀疤男人开车出去了。她悄悄来到住宅的后门边，用发卡撬开门，进了屋。屋里很暗，她摸索着来到客厅。因为在梦里见过这客厅，汉密尔顿觉得熟门熟路。

壁炉上摆着很多照片，汉密尔顿想走过去看看，突然，屋里的灯全亮了，刀疤男人杀了个回马枪。他看见汉密尔顿也感觉很意外，两个人都傻在那儿。汉密尔顿先回神过来：要赶快逃，不然没命了。她一下从刀疤男人面前冲过，从正门逃了出来。街上正好有辆出租车，汉密尔顿跳进车里直奔机场。

汉密尔顿一口气赶回了家才觉得安全。刀疤男人虽然看见了自己，但他毕竟不知道自己是谁，总不会他也有特异功能吧？汉密尔顿泡在浴缸里舒展着自己紧张的神经，不知不觉又睡着了。

突然，刀疤男人那狰狞的脸出现在汉密尔顿面前。“宝贝，你到哪去？”他说着抡起一根木棍就砸了下来，一边还喊着：“只有死人才不会告发我！”

汉密尔顿吓得一下从浴缸里跳了出来。天啊，又是梦！可这一次，汉密尔顿的头不疼了，她摸着脑袋，感觉这梦境是如此真切。

汉密尔顿穿好衣服，拿了一杯饮料来到窗前，想看看夜色。她一拉窗帘，窗外站着一个男人，一个脸上有刀疤的男人！他冲着汉密尔顿一笑：“宝贝，你到哪去？”“啊——”汉密尔顿惨叫一声，这个家伙也有特异功能！刀疤男人一下砸碎玻璃闯了进来。汉密尔顿把杯子朝他砸去，转身就逃，却被刀疤男人一把抓住头发。

刀疤男人狂叫：“你这婊子竟敢告发我！”汉密尔顿用

尽浑身力气，回身猛踹一脚，刀疤男人一松手，汉密尔顿起身就逃，刀疤男人在她身后紧追不舍。

汉密尔顿冲出卧室，穿过客厅，一下子冲出大门。突然，眼前灯光骤亮，随着警笛长鸣，一个声音在喊："举起手来，我们是警察。"汉密尔顿一下子感觉上帝到了，这时身后的刀疤男人猛扑过来，汉密尔顿机智地往地上一趴，警察开枪了，刀疤男人中枪倒在地上。

警察冲上来，刀疤男人没死，警察马上呼叫救护车。汉密尔顿看见刀疤男人躺在地上恨恨地看着自己，直到被抬走。她长出一口气，自己终于帮林克夫妇报仇了。

噩梦成真

多尔警官走上前来，扶起了汉密尔顿。汉密尔顿忙说："我的梦是真的，就是他杀死了林克夫妇。"

多尔警官点着头说"是的，我们知道了。圣安东尼市的警方通知我们，已经证实你找到的尸体就是林克夫妇。我们有理由相信，山姆，也就是那个刀疤男人，利用林克先生对宗教建筑的爱好把他骗到圣母天主教堂，然后绑架了林克先生，敲诈林克夫人。可惜林克夫人没有报警，而是选择和绑匪做交易，反而和林克先生一起被害了。"

汉密尔顿笑了，她欣慰自己帮警察找到了真凶。可多尔警官又说："凶手山姆还有一个帮凶。"汉密尔顿很奇怪，帮凶？自己怎么没梦到？正想着，一双手铐戴上了汉密尔顿的手。

多尔警官说道："这个帮凶就是你。"

汉密尔顿惊呆了：怎么可能！多尔警官拿出一张照片，说"这是我们在山姆家的壁炉上找到的。"汉密尔顿一看，这是一张合影，照片上一个女人亲密地搂着山姆，而这个女人，竟然就是自己！

汉密尔顿的头又开始疼了，突然，一幕幕往事像放电影般在她脑海里出现：男友山姆胁迫自己参加他的犯罪计划；林克先生如约来到教堂，山姆砸昏了他；在山姆家的地下室，山姆当着汉密尔顿杀了林克先生；拿到了赎金，山姆又杀了林克夫人；最后，山姆为了独吞赎金，也为了杀人灭口，举起木棍砸向了汉密尔顿，他说的最后一句话就是："只有死人才不会告发我！"

可是，汉密尔顿并没有被砸死，她被山姆抛在荒凉的郊外，两天后醒了过来，但她失去了这段可怕的记忆。她迷迷糊糊地回到家里，继续过着她不是罪犯的生活。

是的，汉密尔顿的梦境其实不是梦，而是往日记忆的恢复！

（**题图、插图**：佐 夫）

黄金嫁衣

□汪 洋

我是一件黄金嫁衣，从匠人决定以世间最珍贵的黄金制造算起，我那不同一般的命运就已被注定。

我的第一位主人是一位公主，她将穿着我出嫁。此时的我，不仅拥有万两黄金的身价，更代表了幸福。无数金银饰品向我投来羡慕的目光，一个镶嵌了数颗千年珍珠的头钗对我毕恭毕敬地行了个礼，说："嫁衣大人，以后还得你多多提携啊。"这一刻，我觉得自己的价值和地位比谁都高，我的未来一定无比美好。

可是婚后第二天，公主便将我放进了一个黑匣子，尽管我喊破了喉咙，公主也没有理会我。我失宠了，我的价值再大，充其量也只是黑匣子里的收藏品。

直到有一天，有人打开了黑匣子，一双苍老的手颤抖着将我拿起，把我和几件珠宝藏在一起偷偷带出了宫。我的第二任主人是一个被逐出宫的老宫女，也许她是想靠我安度晚年吧。虽然不可能再是众人瞩目的中心，我还是很高兴。因为老宫女有一座大宅，生活奢侈，我一样能吃香喝辣，不会贬低了身份。

可惜出宫没多久，老宫女便死了，我和她一起被埋入了地下。在这个暗无天日的鬼地方整日与泥土为伍，我不甘心，不断挤向地面，希望有朝一日能逃出，再被重用。

终于有一天，一阵刺眼的光亮照来，一双大手将我举起，只听那人大笑道："太好了，终于找到了，早听说这老宫女有不少宝物……"是盗墓人！我心中不禁犯起了嘀咕：太缺德了，竟然干这种打扰亡灵的事。结果，我被他以五千两的价格卖给了一个不法商人。

商人拿着我，一脸得意："哈哈，这个不识货的家伙，这么便宜就卖给了我，明天到京城的大金店里卖了，我的下半辈子就不用愁了。"

第二天，天刚蒙蒙亮，商人便带着我悄悄进了京城，一年没见到京城繁华的街道了，我心中不禁一阵激动，想：这才是我命定的归宿啊，这才配得上我万两黄金的价值。

不久便到了大金店，商人说道："看这嫁衣上的纯金、做工，千年难得一见啊，一口价，五万两！"

我心想，这不是乱开价吗？虽然我价值不菲，但也值不了这个数啊。谁知金店的老板连眉头也不皱一下，便爽快地答应道："好，你等会，我这就去取钱。"

商人奇怪地自言自语："这老家伙出了名的小气，今天怎么这么爽快便答应了？"他将头转向一旁，若有所思。忽然，墙角的一张皇榜吸引了他的注意，只见那上面画了我的画像，下面的字迹有些已经认不太清了，但最后几个大字依然清晰：悬赏一万两！

还没等我反应过来，商人撒腿就跑。而此时，金店老板也走了出来，身旁多了两个威猛无比的大汉，只听金店老板一声大喝："快抓住他，别让他给跑了！"两个大汉便冲了过来。

就这样，商人抓着我一路狂奔，逃到了悬崖边。眼看两个大汉一点点逼近，商人咬咬牙，紧紧抓着我，纵身跳下了悬崖。

我紧闭双眼，什么也不敢看。当我再次睁开眼时，已经身处一只小船的船舱之中，船头有一个憨憨的小伙头戴斗笠，看着我乐呵呵地说道："今天鱼没网到，倒是网到了这么件衣

裳，正好卖给王老汉当蓑衣。”

原来谷底是一条小溪，我被渔夫救了。傍晚时分，渔夫将我带到一间小茅屋前，敲了敲门，一个黑黝黝的老汉走了出来，道：“哟，是小三呀，找我有什么事？”

“听说你常常缺蓑衣，这个卖给你吧，耐用。”

王老汉伸手摸索着我，说“是不错，得要多少钱呀？”

小伙笑道：“就二十文吧，既然是当蓑衣卖，也就按蓑衣的价，更何况咱山里人也没钱呐！”

我简直不敢相信自己的耳朵：什么？二十文，真把我当蓑衣了？我心里暗骂这个渔夫“白痴”。

我被王老汉拿去和其他几件雨具一起放在了小茅屋里。看见眼前这些浑身污泥的雨具，我不禁后退了几步，尽量离他们远些。晚上，下起了大雨，我独自蜷缩在墙角，冻得浑身发抖。一件蓑衣对我说“你是新来的吧，中间暖和些，你也过来吧。”我心中一阵感动，但当我看到他身上的污泥，立刻感到一阵恶心，便拒绝了他的好意，就这样过了一夜。

第二天一清早，王老汉来取蓑衣，大家都争先恐后挤到门旁，唯有我不屑地坐在墙角。大家对我的行为很不解，我轻哼了一声，道：“我是黄金嫁衣，怎么能给他当蓑衣？”

可是从那以后，王老汉就再也没出现，我不禁为自己无用武之地而苦恼，并开始回想小三的话：既然是当蓑衣卖，也就按蓑衣的价。是啊，我有价值是因为我能用啊！

后来我才知道：那日大雨，王老汉摔断了腿，一直在治疗，但终究还是不治身亡。按照风俗，他用过的东西都要被烧毁，我也不能例外。

烈焰燃起，大火煎熬、重塑着我，我无怨言，愿在火熄后能邂逅真正欣赏我的人。

（题图、插图：黄全昌）

·本刊信息传真·

“第一推荐”面向全社会征稿

把“最好听的故事”推荐给《故事会》

为加强故事的可读性，本刊决定开辟“第一推荐”栏目，面向海内外读者征集“最好听的故事”。除发行量较大的文摘类杂志（如《读者》、《青年文摘》、《特别关注》等）外，凡公开或内部发表的作品均可推荐。推荐作品要求故事性强，有口传性，能引起读者的兴趣。

推荐稿务请注明原作者、出处，一经采用，每篇付稿酬100—200元。

来稿方法：1. 从邮局寄发，请在信封上注明“第一推荐”字样，本刊地址：上海市绍兴路74号《故事会》杂志社，邮编：200020。2. 从网上传递，可发以下信箱：wulun@vip.sohu.net，请在主题上注明“第一推荐”字样。来稿也可直接发至各责任编辑的电子信箱，本期责任编辑的电子信箱：lujia411@yahoo.com.cn。

花季的情感很纯：第一次发现一个人的美好，感受成长的喜悦；花季的情感也很轻，如同一朵薄薄的云，托不起太多的雨。蓦然回首，也许你我都经历过这样的故事……

丢不掉他的

□芦宏伟

男生芦迪在县城上初中三年级，差不多离毕业还有半年的时间，他隐隐约约发现一件事：坐在他前面的那个女孩丹丹，似乎喜欢上了他。他察觉到，丹丹总爱悄悄地看他，常常是不经意似的，微微朝他这边扭一下头，迅速地看一眼，然后继续跟她的同桌晓鑫聊天；芦迪感觉到丹丹在看自己，有时也疑惑地看她一眼，目光一相对，她就会急忙移开目光看向其他地方，眼神中流露出慌乱。

时间久了，芦迪差不多相信：丹丹可能真的喜欢自己！他感到一分惊喜、两分不知所措，还有七分，却是害怕。他怕丹丹有一天会向自己表白，怕被同学们知道，怕被那帮哥们取笑……

不知哪来的灵感，芦迪开始找茬跟丹丹吵架，三天两头蛮不讲理地找出各种理由跟她吵。出于女孩子的脸面，丹丹开始还击。两人的争吵逐渐升级，很快，同学们都知道了，芦迪跟丹丹是“冤家对头”。芦迪很高兴，他想，这样一来，丹丹就没法开口向自己表达什么了。

转眼春天来了，学校要举行一年一度的春季运动会，丹丹报名参加了投标枪。丹丹的同桌、班上的体育委员晓鑫是个五大三粗的女孩，这天她找到芦迪，让他陪同参加运动会的同学训练。芦迪随口问：“陪谁训练？”

晓鑫眨了眨眼睛，说："你就陪丹丹吧！"

芦迪的脸立刻变得通红，只听晓鑫继续说道："如果有你在旁边，丹丹一定会努力训练，为班上争得荣誉。"听了晓鑫的话，芦迪的脸更烫了，难道晓鑫也知道了……但因为她把芦迪是否当陪练，跟集体荣誉联系在了一起，尽管心里不情愿，芦迪还是老老实实地去了。

同学们在操场训练，芦迪就吊儿郎当地呆在旁边，拿小石子在地上乱画，不时嘲笑几句丹丹的投枪姿势。他想，我就是要做出一副讨人嫌的样子，看你还喜欢看我吗？他假装不去看她们，其实却悄悄注意着丹丹和晓鑫的一举一动。突然，他觉得丹丹有点反常，几次投枪都投偏了。

"告诉你，你一下子丢掉他的名字，就什么也没有了！"忽然间，芦迪听到晓鑫的声音，这句话好像和自己有关，他不由竖起耳朵注意听着。只听晓鑫继续说："这个办法绝对管用，你把他的名字写在标枪上，然后用最大的力投出去，当标枪扎进地上时，他的名字也会埋进土里，从此你的心里再也不会有他了。来，我帮你做，铁定管用的！"

芦迪双手插进牛仔裤口袋里，踢着一个小石子，装做无意地扭过头去，只见晓鑫蹲下身子，掏出笔来，在标枪的尖头一端写着什么。是在写自己的名字么？芦迪很想走过去看看，但还是忍住了。

丹丹站在那里，始终低着头，她的长头发垂下来，遮住了脸颊，芦迪看不清她此时的表情。晓鑫很快写好，把标枪递到丹丹的手里。丹丹抓着标枪，还是低着头，在晓鑫的催促声中，她抓标枪的手终于缓缓扬了起来。不知道是不是错觉，芦迪看到丹丹的手有点抖。

此刻，芦迪的心跳也加快起来，觉得这一枪似乎也跟自己有莫大的关系。丹丹的身子一冲，胳膊一颤，标枪却还抓在手里，没投出去。晓鑫大声地鼓励着她。终于，丹丹狠命地把标枪投了出去！芦迪隐约听到丹丹似乎还发出了一声闷闷的轻喝。他心里一松：或许，丹丹从此便解脱了吧。奇怪的是，这份轻松里，还夹杂了那么一点点的失落。

芦迪发现，晓鑫的绝招真的很灵验，这天晚自习，丹丹果然没有再侧了身子偷偷看自己，反而一直背着身。

下了晚自习，芦迪因为赶写一篇作文，晚走了二十来分钟。离开时，操场上没了喧闹，显得十分冷清。操场的灯已经熄了，月光带着丝丝凉气铺了下来，鬼使神差地，他朝丹丹投标枪的地方走过去。

走近了他才发现，标枪落下的地方，此时正蹲着一个人影，朦朦胧胧的，那是丹丹的身影。芦迪心里涌出一股难以言说的感觉……

这个时候，一个人走到丹丹跟前，蹲下来拍了拍丹丹的肩膀，轻声说："走吧。"这是晓鑫的声音。丹丹一动不动。晓鑫叹了口气，说："别这样了，走吧。"丹丹的呼吸声有些重了，肩膀轻微地一耸一耸的，要哭的样子。晓鑫没说什么，伸出一只胳膊把丹丹搂在了怀里。

"我丢不掉他的名字！"丹丹忽然大声哭了出来，哭得好委屈。平日里斯斯文文的丹丹，此刻在晓鑫的怀里哭得像个孩子："我丢不掉……我要来这里看看，我是不是在这里弄丢了什么东西，我想捡回来……"

不久后，因为芦迪的爸爸从县局调进市局工作，他们一家人也从县城搬进了市里，芦迪也从县城初中转学进了市中学。

芦迪再也没有见过那个叫丹丹的女孩……

（题图、插图：安玉民）

包公考子

□于 强

包公一生清正廉明，铁面无私。这年，包公告老还乡，他吩咐家人悄悄收拾了行囊，连夜雇了一条船，顺流而去。

走到半路，包公的船被一条大船追上。大船上下来一位身着簇新官服的少年，见了包公跪倒在地，说：“孩儿拜见父亲。”原来这少年是包公的二公子包催。今年包催上京应试，中了金榜三甲，被委任为县令，即刻上任。走到半路，包催得知父亲告老还乡，便赶来相送。

包公见了很高兴，说：“你与为父正是顺路，咱们不妨一同乘船上路，也省下一半路费。”

包催只好打发走自己乘坐的官船，与包公同乘一条船前去赴任。路上，包公问起包催的为官之道，包催毫不含糊，说自己立志成为父亲那样的清官。包公沉吟道：“做清官可不容易啊！”

父子俩一路走，一路聊，不觉船行到清江口。一位渔翁听说包公告老还乡路经清江口，死活要送他一条清江鲫鱼。包公见渔翁态度坚决，只好收下，但悄悄吩咐下人临走时留下几钱银子，算是买鱼钱。

清江鲫鱼味美肉鲜，天下闻名。包公命下人拿去厨房炖上，不想过了半天，去厨房端鱼的下人慌里慌张地跑进来，说他刚才去厨房端鱼，不料却发现鲫鱼不知道被谁偷吃了，只剩下一堆鱼骨鱼刺。

包催一听，勃然大怒：“这一定是下人们馋嘴，偷吃了鲫鱼。”可是下人们都说自己没有偷吃。包催一时无法，望着包公。谁知包公却平静地说：“你身为县令，如果连一个偷鲫鱼的案子都断不清，还能去治理一方吗？”

包催面露羞色，他在船舱中踱了一会步，便命令下人们一一接受询问，要讲清在鲫鱼被窃的半炷香工夫里，他们都在哪里，有谁为证。结果，包催发现有三个人无法证明自己的清白，一个是炖鱼的厨子，一个是丫鬟小柳儿，一个就是端鱼的下人。

厨子说他一直在厨房做菜，只在鱼快熟时离开了一小会去方便。丫鬟小柳儿则说她有些晕船，那会儿独自一人在船头透气。而端鱼的下人说自己一直侍候在船舱外，去端鱼的时候发现鱼已经被人偷吃了。

包催一时犯了难，三人均有作案的时间：厨子可以利用他一个人在厨房的便利，从容偷鱼；丫鬟小柳儿有可能利用厨子出去方便的时候进厨房偷鱼；端鱼的下人更别说，他完全可以在端鱼的时候偷吃。包催不知道该如何是好，他思忖半天，想不出办法，一时性急，命令随从：“给我打，我看是他们的嘴巴硬，还是板子硬。”随从不顾三人的哀求，刚想举起板子下手，就听一声怒喝：“住手！”

只见包公黑着脸，怒气冲冲地走进来，他训斥包催：“我以为你有何高明手段，原来不过是严刑逼供、屈打成招。用板子审案的官全是昏官庸官，你连一件窃鱼案都要借助板子，以后如果遇到大案，岂不是每次都要动大刑？与其让你留下无数冤案，给我包家丢脸，还不如不去做这个县令。”说着，包公拿起包催的官印，就要丢进水里。

包催赶紧上前跪倒：“父亲，我错了，是我一时性急，请父亲放心，我在一天之内定要断清此案，否则我自己把官印归还朝廷，脱下官袍，回家种田。”

包公见包催言辞恳切，才收起怒气：“也好，就看你一天之内如何了断此案。”

包催来到厨房，翻看了盘中剩下的鱼骨，思忖半天，突然眼前一亮，急忙端着盘子来到包公房中，说：“父亲，我找到了一处疑点。”包公忙说：“说来听听。”

包催指着盘里的鱼骨说：“常人吃鱼时，要十分留心鱼刺，因为一不小心，就会被鱼刺卡住喉咙。但是看看这个盘中，鱼刺根根不少，上面鱼肉皆无，鲫鱼被偷前后不过短短半炷香工夫，什么人有如此本事，能在眨眼间把这么大一条鲫鱼吃得干干净净、骨肉分明？这不是太奇怪了吗？我想，这盘子里的鱼根本不是渔翁送的清江鲫鱼，偷鱼的人一定是先把鲫鱼偷走，再用早先吃剩下的鱼骨冒充。”

包公听后，捋须点头说：“不错，你的洞察力还不差。”

包催说：“既然偷鱼的人还没机

会吃掉鲫鱼，我想鱼一定还藏在船上。”他立即下令让随从搜船。不料把船翻了个遍，仍没有发现鲫鱼的影子，包催又被难住了。他怎么也想不到，自己竟然会被一条小小的鲫鱼弄得灰头土脸。包催心里烦恼，一不小心，打翻了一个砚台。这时正巧夫人进舱，见砚台翻倒在桌上，便问：“是哪个丫鬟如此粗心，打翻了夫君的砚台？真是该打。”

“夫人不用生气，砚台是我自己打翻的……”包催心不在焉地说着，突然，他脑海里仿佛划过一道闪电，心里一阵亮堂。

包催兴奋地赶到包公舱内，说：“父亲，我已经找到了偷鱼的人。”

“哦，是谁？”包公问。

包催微微一笑：“请父亲恕罪，那个偷鱼的人，就是父亲您。”

“为什么说是我？”包公饶有兴趣地问。

包催胸有成竹地说：“刚才我不小心打翻了一个砚台，夫人便怀疑是丫鬟打翻的，这使我想到，我们总是责怪下人犯错，却不想我们自己同样会犯错。其实鲫鱼失窃当时，除了三个下人，还有一个人也有作案的时间，这人就是父亲您。当时您曾经出去过一会，可我却根本没有怀疑您。搜船时，全船也只有父亲您一人身上没有被搜。而最为关键的一点，就是父亲您穿的是宽袍大袖，平时您都是垂着袖子，可自从丢鱼后，父亲却一直把袖子拢在一起，因此我断定，鲫鱼一直都藏在父亲的袖子里。”

包公听完哈哈大笑：“不错，鲫鱼是我偷的。”说着，他垂下袖口，一条半熟的鲫鱼从袖子里掉了出来。

原来，包公见包催虽然志向远大，却有些纸上谈兵，夸夸其谈，于是他临时想了个主意来考验包催的断案能力。如果包催断不清此案，包公将会上书朝廷，收回包催的县令之职，免得天下又多一个昏官。

包催明白了父亲的苦心，上任后勤勉自爱，善治政事，终于成了像包公一样的清官。

（题图、插图：黄全昌）

一流的杂志要有一流的作者，一流的作者要有一流的作品，一流的作品要有一流的回报

2006年 2007年 “《故事会》最有影响力的故事”征文大赛 评选揭晓 拉开帷幕

四大奖励措施　稿酬外追加千字千元奖金

2006年“《故事会》最有影响力的故事”征文大赛评选工作已结束,经评委会审定,下列作品荣获**优秀作品奖**:

《一盘玉棋300年》(黄胜)、《站在明处说话》(赵和松)、《做人的尊严》(唐雪嫣)、《善心如水》(许申高)、《你有一百万吗》(宾炜)、《上车不买票》(魏柏林)、《用生命证实》(吴宏庆)、《舔血的狼》(尹全生)、《老哥儿们》(李元奎)、《真正的大侠》(童树梅)

下列作品荣获**百姓话题作品奖**:

《十年后捅破了那层窗户纸》(杨格)、《丢了半袋玉米面》(刘江波)

(所有得奖作品除稿酬外另追加千字千元的奖金)

下列作品荣获**入围作品奖**:

《一个女儿几个娘》(孙新华)、《卡努的选择》(曲育乐)、《当手掌》(黄廷洪)、《亲爱的傻叔叔》(郭选)、《真假题词》(岳春辉)、《把头发烧成灰》(李澍声)、《与歹徒过招》(钱岩)、《小丑的秘诀》(张东兴)、《热雪》(耿建华)、《“坦克帽”,你在哪里》(张国心)

(所有得奖作品除稿酬外另追加每千字四百元的奖金)

12月中旬《故事会》杂志社在海南召开了隆重的颁奖大会。《〈故事会〉2006年最有影响力的故事》一书也正在编辑，不日将与读者见面。

为鼓励多出优秀作品,《故事会》杂志社决定继续举办2007年“最有影响力的故事”征文大赛，并对优秀作品实行四大奖励措施:

1. 入选作品除在杂志上发表外，还将收入《〈故事会〉2007年最有影响力的故事》一书。2. 入选作品可得两笔稿酬: 在《故事会》杂志发表的作品，首发稿酬每千字400元;获“《故事会》最有影响力的故事”优秀作品奖，再追加每千字1000元。3. 入选作品均颁发奖励证书。4. 本刊将邀请有关作者参加5月在上海举办的第十二届“故事创作研讨班”、10月在外地举办的优秀作品改稿会以及年底的颁奖大会,所有费用均由编辑部承担。

征稿范围: 1、具有现实感、新鲜感且可读性强的中短篇(包括超短篇)原创作品;2、故事性强、有口传性、能引起读者兴趣的推荐作品。

超短篇(如幽默故事)的字数一般在1500字以内，短篇(如中国新传说)的字数一般在5000字以内，中篇故事的字数一般在15000字以内。

来稿方法: 1. 从邮局寄发，请在信封上注明“征文大赛”字样，本刊地址: 上海市绍兴路74号《故事会》杂志社，邮编 200020。2. 从网上传递，可寄以下信箱: wulun@vip.sohu.net，请在主题上注明“征文大赛”字样。此外，重点作者的稿件可直接与有关责任编辑联系,本期责任编辑的信箱是lujia411@yahoo.com.cn。

·传闻逸事·

百世修得同船渡

□李子胜

邂逅

一个盛夏的傍晚，有个公子哥打扮的英俊小伙来到了百里滩渡口。公子面若凝脂，眉如弯月，生得十分清秀，他手里还提了个木箱子，非常引人注目。这个箱子古色古香，有四尺见方，看样子轻不了，但是公子提在手上，却显得十分轻松。

公子踱入渡口边的小酒馆，在众目睽睽之下，把木箱横放在桌子上边，好像故意提醒人们，这个箱子很重要啊。公子坐下不久，又有几个面目狰狞的汉子走进了酒馆。这些汉子的手上，都抓着刀剑兵器。

公子坐定了，酒保立刻过来招呼："这位爷要用点什么酒菜？"公子和酒保耳语了几句，点了三样有百里滩特色的海鲜：梭子蟹、对虾、大黄鱼。公子偷偷打量酒保，不由得有些诧异：这酒保长得英俊魁梧，目光深邃，不像乡野俗人。

酒菜上来了，公子笨拙地掰开蟹壳，露出里面石榴色的满黄。酒保和公子攀谈："看样子这位爷不是本地人啊，您是来投亲的吗？"

公子喝了几口烈酒，两腮泛起桃红，摇摇头："我来寻找一个未曾谋面的人。二十多年前，家父与好友指腹为婚，可我来到人世不久，家父就被放到江南做官，失去了好友的音信。家父谢世前，嘱咐我在20岁的时候前来寻亲，我不能违背先父的遗愿啊。唉，沧海桑田，也不知道要寻觅的人是否还能找到。”

酒保说：“您放心，我在这里开酒馆，还买了条船渡南来北往的客人，我为您打听着。敢问您要找的人姓甚名谁啊？”

公子叹了口气：“家父谢世时，我尚且年幼，只知道要找的这个人姓石，祖居百里滩，是个武师。”

酒保闻听，呆了一呆，突然说：“天晚了，您住下吧，明日过河不迟。”接着他就招呼小伙计帮公子把木箱搬到后院。

这个夜晚，狂风大作，公子在梦里似乎听见一片嘈杂的脚步声，公子很警醒，立刻悄悄起身，但屋外又突然没了动静。

这一夜，再没有发生什么。

相　认

转天早晨，酒保备好了船，招呼公子。公子提着那个沉重的木箱上了船，昨天那几个狰狞大汉也面无表情地踏上了船板。酒保最后一个沉稳地跳上船头，提起铁锚。

公子坐在船舱里，闻到风里的腥咸气息。这条大河直通渤海，这里接近入海口，水面很宽，雾气茫茫，看不清楚彼岸。

渡船缓缓出发了。公子悄悄观察那几个汉子，这些人表情焦躁，目光时不时瞥向公子身边的木箱。公子心里暗暗觉得好笑。

渡船行驶得很慢，好半天才过了河中心，对岸的轮廓也渐渐清楚了。就在船距离对岸还有十多丈的时候，几个汉子突然站起来，摇摇晃晃地扑向木箱。就在这一刹那，酒保横过竹篙，在木箱侧面戳了一下，木箱“扑通”一声滚入了浑浊的河水中。

这个变故让公子和大汉们都惊呆了。汉子们怒不可遏地挥刀舞剑冲向酒保，但是，他们刚抬起脚，船身猛然晃动了一下，几个汉子纷纷跌倒在船板上，嘴里破口大骂：“娘的，又坏老子的好事！”原来，这些汉子果然是想劫财。

公子腾身跃起，从腰间抽出一条白晃晃的丝带，丝带在公子手里抖动了一下，立刻变成了一把软剑。

这时候，船距离岸边只有几丈远了，公子的软剑寒光闪闪，那些汉子抱头鼠窜地跳下船，拼命向岸边游去。公子哈哈大笑，用手指点着：“哼，就你们这几个毛贼，还想打我的主意？”

公子转过身，举手之间，剑已经架在了酒保的脖颈上：“看你仪表堂堂，原来也是见利忘义的鼠辈！快还我的箱子来！”

酒保面不改色，说道：“公子息怒，公子请看——”

说着，酒保走到船尾，从船边拽出根绳子。很快，那个湿漉漉的木箱被拽上了船板。

公子疑惑地望着酒保。

酒保说“公子误会了，这几个狂徒想抢夺木箱。昨天半夜他们就要下手，是我用计阻止了他们。我知道今天他们肯定不会放过公子，于是故意把箱子丢到河里，让他们断绝谋财害命的念头。其实我已做了手脚，所以箱子并未真正沉入河底。”

公子思忖片刻，点点头，说:“不过，你我素昧平生，你为什么要这样帮我？”

酒保说:“如果我没有猜错，公子应该是女儿身！”

公子听了，愣了片刻，突然发出一阵清脆的笑声，然后摘掉冠帽，顿时露出一头秀发。

酒保见状，上前深施一礼，道:“方小姐，在下石羽有礼了。我在这里等候小姐多日了。”

“公子”惊讶道:“你就是我父亲的好友石前辈的公子？”

“不错，我叫石羽，方姑娘名讳是个慧字，对么？”石羽说着，从怀里掏出半个铜钱，递向方慧姑娘。方慧也掏出半个铜钱，两个半拉铜钱完美地契合在一起。方慧重新端详了一会石羽，石羽的目光和方慧相碰，方慧立即脸颊绯红。

方慧低头走到木箱旁边，笑吟吟地说:“我这个木箱里，其实没什么宝贝，谁也猜不到里面是什么。”

石羽摇摇头:“也许我知道，箱子里面是——是好多人的牙齿……”方慧惊讶得简直要跳起来，这个人，怎么什么都知道啊？方慧顿时拧紧了眉头，咄咄逼人地说“告诉我，你是怎么知道的？”

石羽叹道“你放心，我并无恶意，等到合适的时候，我会都告诉你。”

成 亲

三天后，百里滩渡口张灯结彩，石羽和方慧要在今天拜堂成亲。

方慧原想过段时间再成亲也不迟，但石羽却很坚决，执意要立刻成亲:“我们成了夫妻，父辈九泉之下就可以安息了。”

方慧笑了:“是你自己猴急吧，还搬出父辈做援兵啊。”不过，她还是点头答应了。几天来，石羽和她谈古论今，互相倾诉心事，方慧觉得自己未来的夫君是个志向高远的大丈夫。方慧甚至打心眼里感激父亲，为她定下了这门称心的亲事。

夜深了，客人们都已散去，方慧坐在洞房里，不知道坐了多久，石羽还是没有走进洞房。方慧有些纳闷，就自己揭掉盖头，走出房去。在后院，方慧找到了石羽，石羽仰望着星空，一副沉思的样子。

方慧轻轻咳嗽一声，柔声问道:“你在这里发什么呆啊？”

石羽深情地说:“我在感激上苍让你成为了我的妻子……”

一个月后，方慧羞涩地告诉丈夫，自己有喜了。

石羽非常高兴，可是他眼睛里开心的火苗一闪现就黯淡了，他好像满腹心事。

转天方慧起床，发现石羽竟然不知去向了，她的床边多了一封信。方慧脑袋里“轰隆”一下，她预感有些不妙。

看罢书信，方慧的表情僵硬了，一会儿，她已经泪流满面。

信中的大意是这样的:

我的爱妻，你看到这封信的时候，我们就要永诀了。其实，我是朝廷的捕快，而你是让贪官污吏闻风丧胆的百变剑侠，你杀的贪官污吏越多，朝廷给我的压力就越大。因为我不与那些贪官同流合污，他们就向当今圣上参奏，给了我最后期限，让我捉拿你归案，希望我们斗一个两败俱伤。我内心钦佩你，但是圣命难违，于是暗中摸清了你的情况，万没想到，名闻江湖的百变剑侠竟是我从未谋面的未婚妻。我知道你会来百里滩，所以扮作酒保等在这里。

我第一次见到你，真的如同久别重逢的故交一样啊！可是自古忠孝难两全，我的父亲嘱咐我做个好官，又为我们安排了亲事。于是我只有一个办法，和你成亲，留下我们的后代，再回朝廷谢罪伏法。你尽快离开这里，隐居起来，好好抚养我们的孩子。俗语说，“百世修得同船渡，千世修得共枕眠”，我们有千世的缘分，不怕来生不能相见。千万不要动营救我的念头，你是插翅也飞不进天牢的，千万要为我们的后代着想啊……

方慧看完信，擦干眼泪，重新换上了那身公子装束，提着木箱，只身消失在百里滩。

永 诀

三天后的深夜，一个夜行装束的身影闪进了皇城天牢。

那些狱卒在闻到一股奇怪的清香后都昏昏睡去。黑影用剑劈开牢门，牢房里晃晃悠悠站起一个人，正是石羽！

石羽低声怒吼“你疯了吗，为什么不听我的话？”但是，说着说着他还是和黑影拥抱在一起，忍不住痛哭起来。

黑影哽咽着说：“我要把你劫走，什么也阻拦不了我。”

石羽长叹一声：“我何尝不想和你远走天涯长相厮守啊！可是，你不明白，你这么做，会让我背上不忠的骂名，还会牵连我的族人，我又有什么面目去见九泉下的先父啊！我别无他法啊……”

石羽话音刚落，就听见远处传来杂乱的脚步声。

石羽脸色大变，突然，他夺过方慧手中的宝剑，闪电般刺入自己的胸膛。

“快走啊……继续杀那些贪官……”话音刚落，石羽气绝身亡。

几天后，那些弹劾石羽的贪官都在熟睡中被杀，这些人的牙齿连同下颌骨被一起割下，在他们臃肿肥胖的身体上，都用剑尖划出了几个字：无耻之徒死有余辜。

一时间贪官们惶惶不可终日，但是，这个百变剑侠很快就销声匿迹了。

多年以后，在江湖上又出现了两位神秘的剑侠，他们武功高强，其中一个被认出很像当年的百变剑侠，只是她的身边，多了个同样武功盖世的潇洒少年。

（题图、插图：黄全昌）

根据日本作家大木敏之的作品编译。

生命烛

□孙开元 编译

神的秘密

从前有一个穷佃农，叫麻田。麻田上了年纪时，他的妻子才给他生了个俊秀的儿子。

这天，家里来了个陌生的漂亮女人，她说自己住在附近的一座庙里，特来祝贺麻田家新生了个婴儿。她和善地邀请麻田带着孩子去庙里接受礼物。麻田正因为太穷、办不起庆祝宴而发愁，听了女人的话自然很高兴。

麻田抱着孩子，喜气洋洋地跟着这个女人上路了。

女人把麻田带到了一座古庙里，举行完一套庆祝新生的仪式后，她领着麻田穿过了几间装饰怪异的屋子，走进一个巨大的山洞。山洞尽头是一片宽广的空地，空地上燃烧着亿万支蜡烛。有的蜡烛很长，像是刚点着，有的已经烧到了一半，有的则快要燃尽了。有的蜡烛很亮，有的却忽明忽暗地闪着微弱的光。在墙角还有一些崭新的蜡烛，尚未点燃。

“看！”女人说，“这些是生命烛，世上每个人都有他自己的蜡烛，当一个人的生命烛燃尽时，他也就要死了——那时我就把他带走。”

麻田颤抖着问:“你到底是谁？”

女人微笑了一下，说:“我？我是死神。我的职责就是在世间游荡，带走那些生命已到尽头的人们。”

麻田吓得目瞪口呆，好一会他回过神来，突然想起一件重要的事。他

怯怯地问死神："您能告诉我，哪根是我的生命烛吗？"

死神把他带到一支很短的蜡烛前，那蜡烛摇曳着微弱的光，仿佛随时都会熄灭。死神指着这支蜡烛，说："这就是你的蜡烛呀。"

麻田脸都吓白了，央求死神把他的生命烛加长一些。

但死神无动于衷，只说了声不行。她轻轻地从麻田怀里抱过孩子，温柔地对婴儿说："让我们给你点上一支新蜡烛吧，可爱的宝贝！"

趁死神转过身和孩子玩耍时，麻田抓起一支崭新的生命烛，掰下一截，快速地点燃后，接在了自己的烛台上。

死神马上发现了麻田干的事，她责怪说："你这是在造孽，你会后悔的。"麻田羞愧地低下了头。

死神点燃了一支新的生命烛，对麻田说"现在你可以回家了，让孩子他妈也高兴高兴。"说着，她给了麻田五个金币作为添丁贺礼。

神的礼物

麻田拿着金币急匆匆地赶到酒店买了一瓶酒，他要尽其所有庆祝孩子的出生，也要好好款待一下死神。死神高兴地说："麻田先生，你这么穷，我帮帮你吧。我可以让你成为一名神医，你会挣很多钱的。首先，你得给一个高明的医生做学徒，治病的事交给我，我不会骗你的。"

死神在麻田的耳朵上涂了些神秘的药膏，把他带到一个远近闻名的医生那里，客气地劝说医生收麻田为徒，医生痛快地答应了，但他心里却对麻田的能力有些怀疑。作为考试，医生把麻田带到野地里采草药。

多亏了死神的药膏，麻田能够听见每一种草药的说话声："我能治胃痛。""我能退烧。""我是治皮肤病的特效药。"

医生见麻田熟知各种药物，对这个新学徒刮目相看。他说："你很懂草药，比我知道的还多，我倒应该拜你为师，咱俩一起干怎么样？我们可以药到病除，名扬天下。"

麻田名正言顺地成了医生后，死神又来了。

"现在，我将让你成为世界上最高明的医生。我正要在世上散播一种疾病，你将被请到各地去为人们医治。不过，你得照我说的办：我会站在每一个病人的床边，当然，除了你，没人能看见我。如果你看到我站在病人的脚边，那就说明他能治好，你就立刻给他开药。病人痊愈后，一定会对你感激涕零。

"可是，如果你看到我站在病人的头边，那就说明他的生命烛已快燃尽，我要把他带走。你必须严肃地说：他寿数已尽。"

麻田照死神的计划行事，很快就成了最有名的神医。只要他肯医治，再危险的病人也能起死回生，而他无法医治的病人则必死无疑。人们到处传颂着他的大名，王公贵族也争相请他上门。

这天，麻田被秘密邀请到了一座宫殿中，躺在病床上的正是国王本人。麻田看到死神已经站在了病人的头边，他知道国王活不成了。但在大臣们的再三请求下，麻田改了口：“我不敢肯定，尽力而为吧。”

麻田让仆人们把国王的床掉了个头，于是病人的脚朝向了死神。最后国王痊愈了，麻田得到了一大笔赏金。

当麻田再次见到死神时，她厉声责备他：“麻田，以后你再也不许玩这样的小把戏了。他不应痊愈，他的寿数已尽。我只是推迟了一点时间，国王的蜡烛已经燃尽。”

死神说的没错，不久国王还是死了。

几年后，麻田的名气越来越大，但他也越来越老了。他的头发变得灰白，皮肤满是皱纹，身子也十分瘦弱。他开始失去了活着的乐趣。

他哀求死神：“我老了，累了，活够了。请把我带走吧。”

但死神说“不，不，你还得活着，因为你把自己的生命烛延长了。你必须活到蜡烛燃尽。”

麻田叹了口气：“唉！我还得活那么久？生命太漫长了！真是烦死人。”

神的宽恕

不久便发生了一件怪事。

麻田的儿子已经长大成人，胸怀锦绣，招人喜爱，可突然间孩子倒下了，看起来很快就会死掉。麻田虽然是个神医，却束手无策，只能眼看着儿子受病痛的折磨。

这天，麻田在儿子的病床边醒

来，一眼看见死神站在了孩子的头边，他悲痛欲绝："啊！我的儿子就要死了！请您让我替孩子走吧。您要带走这样一个前途无量的年轻人，却让我这把老骨头继续活在世上，这是多么的不公平啊！"

死神冷笑着说："这都是你的错。你还记得吗？你儿子出生的那天，你折断了一支新的生命烛，安在了自己的烛台上。你以为那是谁的蜡烛？那正是你儿子的生命烛。是的！你让你儿子的生命缩短了一半。我说过，你会因此而后悔的。"

麻田追悔莫及，他说："我错了，请带我再去一次那个山洞吧。我要把生命还给儿子。"

死神看到麻田的诚意，同意了他的请求，再次带他来到燃着生命烛的山洞。她指着一支马上就要燃尽的蜡烛说："看！这就是你儿子的生命烛。"

"哪支是我的？我的呢？"

"你的在那儿。"

麻田认出了那支陈旧、但还很长的生命烛。他把这支生命烛从烛台上拔了下来，安在了儿子的烛台上。儿子的生命烛立刻恢复了活力，烁烁闪亮起来。

"这就对了，"死神说，"你救了你儿子的命。"死神点燃了麻田那支只剩下很短一截的生命烛，"现在回家看看你儿子的笑脸吧，我会看着你的生命烛。你剩下的时间不多了，你不会遗憾吧？"

"当然不会，只要让我看一眼儿子的笑脸就行。"

当麻田回到家时，他的儿子已经下地了，正容光焕发地站在窗前迎接父亲。麻田看着儿子，快步走向屋门，但死神随后也跟了进来。

就在死神手里的蓝树枝碰到麻田下巴的一瞬，他的眼无力地合上了，头慢慢地垂了下去，身子趴在了死神的膝上。麻田好像是安静地睡着了，脸上带着微笑。

看到麻田倒在了家门口，人们都喊起来："哎呀，麻田死了！这么好的医生，太可惜了！他可是个了不起的神医啊，再想找到他这样的医生可难了。"

与此同时，在远处的山洞里，麻田的生命烛渐渐熄灭。

（**题图、插图**：谭海彦）

人生犹如长途旅行，谁都愿意平平安安，自自在在，欣赏一路好风光。可也有人，人生的前一半旅程肆无忌惮，玩的是“超级豪华游”，后一半旅程却如丧家之犬，仓皇出逃、流离失所……

神秘旅行团

□焦松林

1．奇特的出逃

最近，小小的临江市里出了件大事：一天深夜，刚建成不久的临江步行大桥突然整体垮塌。由于垮塌发生在半夜，桥上行人不多，才没有造成大面积的人员伤亡。但还是有几个下夜班的福利厂工人正经过步行桥，掉入河内，造成了一死五伤的重大事故。据说，那个不幸遇难的工人还是个二十刚出头的小伙子。这起事故引起了全市人民的强烈关注。要知道，步行大桥是市里的重点工程，建成时被当地媒体誉为“临江市一道亮丽的风景线”，可还不到一年时间，大桥竟然整体垮塌，如此低劣的“豆腐渣”工程，怎不让人们义愤填膺。

此时，临江市里最为惴惴不安的人恐怕就是步行桥的承建者、市一建公司的经理陈子林了。事故一出，他就意识到自己情况不妙。其实自承建开始，他就担心会有这么一天，可他万万没想到会来得这么快。

当初，为了揽到这个工程，陈子林没少请客送礼，后来还是通过熟人向临江市分管市政建设的赵成安副市长表示了点“小意思”，才顺利接到了建造步行大桥的工程。为了捞回成本，他花在造桥上的钱还不到预算资

金的一半。

现在事情出了，市里已成立了专案组来调查此事，陈子林急得如同热锅上的蚂蚁，他清楚自己罪责难逃。渐渐地，陈子林萌发了“一走了之”的想法：对，趁市里还没有对自己采取措施，逃得远远的。

其实这几年来，外逃的念头已经不止一次出现在陈子林的脑海里了，他在临江承建了近百项工程，哪个工程都有猫腻。随着他接的工程越来越多，偷工减料的手笔越来越大，他心底深处的恐惧也与日俱增。为了保证妻儿今后不会卷入自己这摊浑水，四年前他与妻子协议离了婚，由她来抚养孩子，同时悄悄把一部分家产转移到了国外的银行。可是，真的到了关键时刻，陈子林心里却一点底也没有：怎么逃，又往哪儿逃呢？那天，陈子林走在大街上还紧蹙着眉头想心事，就连撞到对面一个路人也没注意。

“先生，‘十一’黄金周马上就要到了，有兴趣出国玩玩吗？”陈子林还没来得及道歉，被撞的那个年轻人倒先开了口，他一边说一边往陈子林手中塞了张小广告。陈子林皱了皱眉，正要随手扔掉，那年轻人又轻声说道：“陈经理，在这个时候，出国去散散心可是您最好的选择啊！”

陈子林一惊，忙问道：“你是谁？你怎么认识我？”对方微微一笑：“我当然认识你，没准过几天全临江人民都会认识你了，你可就要‘出名’了。”一听这话，陈子林顿觉胆战心惊，他连忙将那个年轻人拉到路边，冷冷地说：“你说什么，我可听不懂。”

那个年轻人却不慌不忙地说：“实话告诉你，这可是送上门来的机会，要不要由你。”说完，他看也不看陈子林一眼，迈开步子转身走了。

陈子林愣在原地，好一会才反应过来，他小心翼翼地展开已被自己捏成一团的小广告，只见上面写着：南太平洋岛国期待着您的光临。有意者请接洽能人旅行社经理郑明明。后面是联系电话。

虽然这则广告表面上和街头散发的普通广告没什么两样，但陈子林越想越惊心：这个能人旅行社到底是什么来头，竟能洞察自己的心事。思前想后，陈子林决定打电话给郑明明，先探探他的底。

电话接通了，对方正是郑明明，陈子林还没开口，郑明明竟先打了招呼：“是陈经理啊，真没想到你这么快就打电话来了，考虑得怎么样了？”

陈子林佯装若无其事地问道：“不知贵社准备带团上哪儿去旅行？”郑明明打了个哈哈，道：“陈经理，这次去的可是个好地方。这个南太平洋小岛现在正是气候宜人的春天，还有，那里和我国还没有签订引渡条约。对您来说，可真是最佳选择了。”

陈子林心里一动，可还是不肯松口，他故作轻松地答道：“好啊，我也正想出去散散心，不过，得先等我把手边几个在建业务完成。”

话筒里传来郑明明轻轻的冷笑声：“哦，你还有这样的雅兴？也好，那等你需要的时候来找我吧，春安路19号，记住，只能你一个人来。还有，不要在白天来找我。”说着，郑明明挂断了电话。

尽管陈子林早已萌发了出逃的念头，可多年在商海摸爬滚打，他自然不会轻易相信郑明明的话。挂上电话，他立刻通过在全省的各种社会关系，打探“能人旅行社”的情况。很快就有人告诉他：那个能人旅行社一直以来只是听说，可从没人见过跟这个旅行社出行的游客。在旅行社竞争日趋激烈的今天，能人旅行社一不做广告，二不拉生意，一副神龙见首不见尾的模样。

正在这时，陈子林的前妻打来电话，询问他准备怎么应付步行桥的事，“听说，省里也成立了调查组，马上就要赶赴临江调查了。你得尽快拿个主意。”陈子林顿时懵了，前妻的弟弟在市建委工作，相信这话绝不是空穴来风。放下电话，陈子林狠了狠心：走，就跟郑明明走！

当晚九点，陈子林悄悄开车来到了春安路19号。那是一排门面房最靠西的一间，卷帘门早已拉下了。陈子林找了半天，才在门边找到一个门铃，他轻轻地摁了一下，只见屋内的灯马上就亮了，紧接着，门拉开了，一个身材矮胖的中年汉子出现在陈子林面前。

见到陈子林，那矮胖子立即笑了起来，他拉住陈子林的手往屋内让，嘴里还说着：“陈经理，我就知道你一准会来，所以到现在还没休息呢。”敢情这人就是郑明明了。

进了屋，陈子林仔细打量了一下眼前这个人，只见郑明明圆圆的脸上挂满了肉，肥嘟嘟的，一双小眼睛眯着缝，乍一看就像尊笑弥勒。陈子林一时不知怎么开口，却见郑明明掏出本护照来，递给陈子林，道：“陈经理，我们什么都为你准备好了，只要你正式报名，我们就能出行了。”

陈子林打开护照一看，不由一愣：这个郑明明的确不一般，这本护照的持有人叫陈凡，更难得的是，护照里还夹着一张陈凡的身份证，用的照片几乎就像从陈子林脸上刻下来似的，完全一模一样。到了这个份儿上，大家都已心照不宣，陈子林也不再多说，只是问了句：“多少费用？去哪儿？什么时间出发？”

郑明明脸上的笑容一直没消失，他殷勤地答道：“南太平洋的岛国。两天后出发。团费七万五千块，对陈经理来说，这个价格还算公道吧。”

七万五千块钱，那在一般人眼里可不是个小数目，在郑明明口里却是这样轻描淡写。不过，陈子林还是一口答应了下来。郑明明把陈子林送到门口，临出门时，陈子林终于忍不住问了句："你是怎么知道我……"郑明明笑吟吟地双手一摊："商业秘密，无可奉告。"

2. 怪异的旅伴

两天后的下午一点,陈子林按约定的时间赶到了邻市滨海市，他将在这儿与郑明明会面，然后登机直飞出境。

陈子林来到机场，候机厅里坐满了人，却不见郑明明的影子，陈子林正在纳闷，郑明明却不知从哪个角落里跑了出来。他快步走到陈子林跟前，还是那个似笑非笑的模样："陈先生，你汇的钱我已经收到了，以后的一切，就都由我替你安排了。"说着，他将陈子林引到候机室的一个贵宾包厢，已经有三个人等在那里了。

郑明明指着陈子林，乐呵呵地对包厢里的三个人说道："各位，这是我们旅行团的新旅伴，大家来认识认识。"

陈子林打量了一下包厢里的三个人，只见一男一女低头坐在角落里，较远处，一个穿黑色风衣的瘦高个男人默默地站着。那个坐着的男人，年纪四十出头，皮肤白皙，鼻梁上撑着副珐琅架眼镜；女的约莫三十上下，虽不美丽，打扮却很入时，外穿红色开衫，内着深蓝色旗袍。

当郑明明向他们介绍陈子林时，这一男一女抬起头来，快速地朝着陈子林看了一眼，又缩回了目光。一瞬间，陈子林忽然觉得自己见过这两个人，他们是谁？也来自临江？他想了半天，也没想起自己究竟在哪儿见过他们。郑明明介绍他们的名字时，陈子林一点印象也没有，他想，这肯定不是他们的真名。

而那个穿黑色风衣的年轻人，一直面朝另一个方向,郑明明介绍他叫刘杰。陈子林讪讪地正要走过去和他打招呼，刘杰突然转过头来，向陈子林看了一眼，这一眼，冷冷的，如同利剑一般直刺陈子林的心底。陈子林不由自主地打了个寒噤。自打这一眼后，陈子林再也不敢随便去看他了。

时间过得很快，已经开始登机了，郑明明却还没有领他们去检票的意思，他的眼睛一直没有离开过候机厅的大门，难道旅行团还有"客人"没到？

陈子林正想着，却见一个矮个子身形快捷地溜进了候机厅，四处打量了一下，径直朝着他们走来。真被陈子林猜中了，只见郑明明迎了上去，拉过这个打扮邋遢的矮个儿，向陈子林他们介绍："陆阿云，我们的新朋友。大家认识一下。”

陆阿云嘻嘻笑了一下，说道：“不好意思，临来前出了两个货，来迟了。”

陆阿云是个自来熟，工夫不大，他就和在场的几个人一一握了手，就连那个浑身冒冷气的刘杰，也被他抢过手去握了握。

陈子林打心眼里对这个陆阿云感到厌恶，这个人的眼神太邪了，眼珠总是滴溜溜地乱转。和陈子林握手的一刹那，陆阿云就对陈子林手中的提包瞄了好几次。这人一定不是什么好人……可自己呢，自己又算什么人，想到自己出国的目的，陈子林暗暗叹了口气。

陆阿云不知什么时候溜到了陈子林的身边，轻声说了句：“那小子怪邪的。”说着，他冲刘杰努了努嘴。这句话，又让陈子林心中格登一下：这陆阿云也是临江口音，难道这回被郑明明带出来的都是临江人？

郑明明终于领着他们走向安检。走在陈子林身边的是那一男一女，男人据郑明明说叫吴凡，女的叫聂雅兰。一起出行的几个人中，陈子林对这两人还算有些好感，他悄声向吴凡问了句：“您是怎么知道这个旅游团的？”吴凡避开这个话题，答了句：“这天气不冷不热，还真是出门旅游的好时节。”陈子林一听，又是临江口音，怔了怔，没再问下去。

郑明明果然神通广大，一行人无惊无险地通过了安检。上了飞机之后，陈子林发现这架波音737客机上坐满了人，只见同行的另五个人的位子都与自己的座位离得挺远。陈子林暗想，这样也好，省得相互搭话，有道是言多必失。

按照行程，他们将先取道香港，再转机去澳大利亚，然后再由澳大利亚飞往最终目的地南洋岛国。飞到香港少说也得两三个小时，陈子林将头往椅背上一靠，准备休息一会儿。这几天，他可真是身心俱疲。正在这时，他听到了陆阿云的问话声：“喂，我说哥们，你是干什么活儿的呀？怎么跑

那么远去玩啊？”

“我……我是搞技术工作的。”听话音，被问的那个是吴凡，他回答得很勉强，分明是不想与陆阿云说下去了。

陆阿云却刹不住话匣子，硬是要把谈话继续下去：“看你这模样，就像没吃过什么苦啊，你不会是个贪官吧？”话一出口，不仅陈子林忍不住朝着两人看了过去，其他听到对话的人也都好奇地向吴凡伸过头去。吴凡推了推鼻梁上的眼镜，很不高兴地说：“你胡说什么呢？”

陆阿云却不肯饶过他，指着坐在前排的聂雅兰，又道：“那个俊女人，不是你的姘头吧？”吴凡真的火了，他解开身上的安全带，腾地一下站起来道：“你有完没完？”陆阿云愣了愣，吐了吐舌头道：“哟，发火了，开个玩笑，开个玩笑还不行吗？”

陈子林刚想笑，一眼瞥见刘杰正冷冷地看着自己，顿时吓了一跳，脸上的笑容僵住了。而那个聂雅兰却始终满脸漠然，好像完全没有听到她也是陆阿云嘴里的主人公一样。

坐在机舱后侧的郑明明饶有兴趣地看着陆阿云他们，那张脸，还是像个笑弥勒。

三个小时后，飞机抵达了香港。香港已是华灯初上时分，绚丽的灯光从候机厅外透了进来，陈子林透过窗户向外看了看，心里幽幽地叹息了一声。这里，他曾先后来过多次，可没有哪一次是像今天这样。飞机再次起飞后，就是异国他乡了。以后的日子，是颠沛流离，还是亡命天涯，也容不得他多想了……

3. 危险的旅行

飞机再一次起飞，陈子林下意识地回头看了一眼旅伴，只见吴凡低着头，看不清任何表情，而聂雅兰的眼里亮晶晶的，分明是泪光。

陆阿云忽然走到陈子林身边坐了下来，摇了摇头道：“晦气，咱这一帮人是咋了？一个个耷拉着脑袋，好像不是到国外去潇洒，倒像去坐牢一样。”陈子林强笑道：“你是去国外潇洒的？”陆阿云点点头，答道：“是啊，我这些年在外面打工挣了些钱，准备回老家接我那个弱智弟弟一起出国享享福，没想到回到家乡才知道，他竟已过世了……”说到这里，陆阿云难过地停了停，又接着说，“我一时也想不出什么好去处，只好一个人到外国转转，没准儿还能挣点外国钱。误打误撞找到了郑老板，也算圆了梦。”

陈子林看了陆阿云一眼，心想：这个人肯定不是什么正经打工的，打工的哪有这样的浑主意，十有八九是玩“空手道”的小偷。想到这儿，他把头向后一仰，两眼一合，不再搭理陆阿云了。陆阿云见这人也不是可以谈话的对象，站起身来，又不知找哪位聊天去了。

天渐渐地亮了起来。陈子林睁开眼向窗外看了一眼，心里明白：快到澳大利亚了，这里离中国已有万里之遥。想到家乡，陈子林心中一阵刺痛。

飞机再一次降落。这里已是澳大利亚的南部。一行人在郑明明的带领下，走出了机舱。郑明明轻车熟路地领着陈子林等人走出机场，打了个电话，一辆面包车前来迎接。车很快将他们载入一间华人餐厅。可能因为还不是用餐时间，餐厅里冷冷清清的一个人都没有。几个人闻到菜香，顿时觉得饥肠辘辘。陆阿云见吴凡四处找菜单，不禁嗤之以鼻，道："我说你们这帮人啊，只要能填饱肚子就行了，何必还挑肥拣瘦呢。"正说着，餐厅老板已将一盘盘快餐端了进来，放到桌旁，随即转身走了出去。

陈子林狼吞虎咽地吃着饭，一抬头，突然发现，不知什么时候，餐厅里多了六个彪形大汉，把住餐厅的出入口，冷冷地盯着他们。而郑明明，却已站起身来，笑嘻嘻地望着目瞪口呆的五个人，说："车到码头船到岸，各位，这一路走来不容易，我就开诚布公吧：这次'旅行'，我保证将你们安全地送到目的地，但你们的旅费……呵呵，现在可要稍微再调整一下了。"

陈子林心里咯噔一下，他盯着郑明明问道："怎么调整？我已经交了七万五，你还想要多少？到了那边，我可是要靠这些救命钱过日子的。没了钱，我们就没了活路。"

郑明明哈哈大笑："那就是你们的事了！告诉你们，各位做的一切，我都清楚。就凭你们在国内做的好事，能活着出来留一条命就不错了，至于你们随身带的财产嘛……呵呵，你们可以不交给我，不过，不付清旅费的人，我可就不能带他继续去南太平洋岛国旅行了，他要去的地方，将是中国驻澳大利亚大使馆。何去何从，全凭你们自己拿主意。"

毒，这小子真毒！

陈子林这时才明白过来，这个郑明明可不是一般的蛇头，他是要把他们所有人都榨干啊！五个人你看看我，我看看你，一时都没了主意。突然，聂雅兰低声抽泣起来，而吴凡也好像屈服了，他慢慢地拉开了旅行箱。

不料，郑明明却挥挥手，说：“不急，你们先把自己在国内的所作所为给我说说，当然，你们说的话我都会录下来好好保存。你，先来。”说着，郑明明指了指穿着黑风衣的刘杰。

陈子林知道，郑明明这是要留下所有人的口供作为把柄，这样就是到了南太平洋岛国，他也不用怕这些人有什么举动。但陈子林也突然有点好奇，想听听这些和自己一起“旅游”的人，到底都是什么底细。

这时，只见刘杰用手拉了拉风衣的领子，冷冷地说：“郑老板，既然我的情况你早就查清楚了，何必还要玩什么花样呢。我是杀了人，没奈何，只有到外国躲躲，钱倒是没多少，再替你杀几个人还可以。”刘杰这话一出口，陈子林的脸都吓绿了。他万没想到，自己竟和一个杀人犯一起呆了这么久。

第二个轮到的是陆阿云。他不耐烦地说道：“我是个小偷，郑老板你也知道，虽说挣了几个钱，可油水不是很足，我本来是想挣点钱回乡养我弟弟的，可谁知他……现在我是彻底无牵无挂了，郑老板你真要，给兄弟留一半就行。”

轮到吴凡了，他起先支支吾吾地不肯开口，可哪里躲得过去，他一开口，就让陈子林大吃一惊。吴凡说：“我是临江步行大桥的设计师，施工时我发现有些地方不合设计标准，就提出了异议。但后来，有人给我送了十万块钱，我、我收下了钱，就没再吭声……大桥出事后，我没有得到过片刻安宁，那天，在路上收到了能人旅行社的广告……”吴凡的声音越来越低，话音里充满了悔意。

陈子林暗想，难怪自己看着这个吴凡这么面熟，原来他也是因为临江步行大桥事件而出国的，而且连结识郑明明的方式也和自己一样。

陈子林还没从吴凡给他的震惊中回过神来，聂雅兰接下来说的话更让他陷入了迷惑。只见聂雅兰看了一眼吴凡，说：“我……我出国的原因也是因为临江步行大桥。我是负责验收步行桥的质监站工程师。验收时我发现大桥质量存在着不少问题，就上报给负责此事的赵成安副市长，可一直没有收到答复。后来，有人给我送了八万块钱，叫我保证大桥验收合格……出事后，我怕得要命，就在我不知怎么办好时，收到了一个短信，说有一家旅行社能让我安全地出国‘旅游’……”说到这儿，聂雅兰的泪水

顺着脸颊流了下来，她的声音哽咽了，再也说不下去了。

大家都说完了，最后一个轮到了陈子林，他把自己向赵副市长行贿、偷工减料造桥的经历说了一遍，然后长叹一声:“事已至此，任你郑老板宰割吧……”

交代的时候，陈子林感觉自己就像坐在被告席上，在等待法庭的判决。话一说完，他就注意到，吴凡和聂雅兰都愣愣地看着自己，陈子林知道，他们此刻和自己心里想的一样:这事怎会这么凑巧?

而刘杰和陆阿云两人也听得出了神，尤其是那个陆阿云，早已收起了他那副玩世不恭的嘴脸，吃惊得眼珠子都快瞪出来了。

郑明明等这五人全部说完，拍掌笑道:“好好好，各位还都算坦诚，现在你们到底是继续跟我走，去一个中国警察永远抓不到你们的地方，还是让我把这个交到澳大利亚警方手里，由你们自己决定。”他扬了扬手中的那份录音，继续说道，“要知道，中国和澳大利亚可是有引渡条约的。等待你们的，有的是吃一颗‘花生米’，有的是把牢底坐穿。”

显然，郑明明已抓住了他们的要害。陈子林等人面面相觑 交了钱，到了那个岛国后语言不通，他们将何以谋生? 不交，就意味着兜了一圈，又回到了起点。这桩生意，能人旅行社的郑明明是稳赚不赔，他的算盘可真是打到家了。

4. 幕后的黑手

就在郑明明一个劲儿地催促众人交钱时，他的手机忽然响了。郑明明看了看号码，嘱咐几个打手好好看守陈子林他们，自己转身走进了餐厅里间的一个密室，接听电话去了。

这个电话是赵成安打来的，他就是那个在陈子林、聂雅兰的交代中屡被提起的临江市主管市政建设的副市长。

原来，步行大桥出事后，赵成安为了逃脱罪责，找到了一直和自己有来往的能人旅行社社长郑明明。这家旅行社表面上和普通旅行社没什么两样，但暗地里却做着非法偷渡的勾当。赵成安命令郑明明主动联系和大桥垮塌事件有关的三个关键当事人:陈子林、吴凡和聂雅兰，想尽一切办法怂恿他们三个外逃。只要他们一外逃，许多重要证据就会随之消失于无形，那时，赵成安就可以从从容容地想办法把罪责全部推在这三个人的身上。

不过，贪婪的郑明明在组织这三个人偷渡的同时，还顺便接了另两笔生意，那就是刘杰和陆阿云。

此时，郑明明接通电话，说道:“赵市长，我们已经在澳大利亚了，您放心，一切都按计划进行。”他想，赵

成安打这个电话来，无非是想听自己报个平安。

可没想到，电话那头赵成安的声音却显得异常低沉和紧张："除了那三个人，这次你的旅行团里还接了什么人没有？"

听到问话，郑明明有点奇怪：以前只要自己能顺利完成赵成安布置的任务，他从来不过问其他客人的情况，这次是怎么啦？

只听赵成安继续说道："我刚刚得到消息，临江市公安部门怀疑你的能人旅行社有偷渡嫌疑，这次，你团里有一个'客人'，是警方卧底，具体是谁，我还不清楚……你尽快解决一下，不要影响了大局……"

放下手机，郑明明发现自己的手在不自觉地颤抖：这五个人中间有警察？而自己居然没看出来！要不是赵成安及时得到内部消息，后果不堪设想……那么，到底谁是警察呢？郑明明一阵心悸 显然，不会是陈子林、吴凡或聂雅兰，因为他们都是赵成安一手安排出逃的。那么，剩下的就只有刘杰和陆阿云了……

郑明明再次回到餐厅时，再也不是那个笑弥勒的模样了。此时餐厅正笼罩在一片愁云惨雾中，聂雅兰还在哭泣，陈子林和吴凡站在她身边劝解。陆阿云也不再多话，正在狠狠地抽烟，而刘杰还是那么不动声色……

郑明明看了刘杰一眼，又盯着陆阿云看了半天，突然对几个打手使了个眼色，打手们一拥而上，死死摁住两人，开始搜身。很快，他们就从刘杰身上找到了一副微型的联络设备……

郑明明狞笑一声："行啊，你还真行，竟混到我的地盘来了。"旁边的一个打手举起手中的铁棒，就要朝刘杰的头上击去。郑明明伸手制止："不，不要在这儿动手。澳大利亚警察会找我们麻烦的。给他灌点迷药，把他也带上飞机。到了那个岛国，再把他推到海里喂鲨鱼……"

这个突然的变故是陈子林他们万

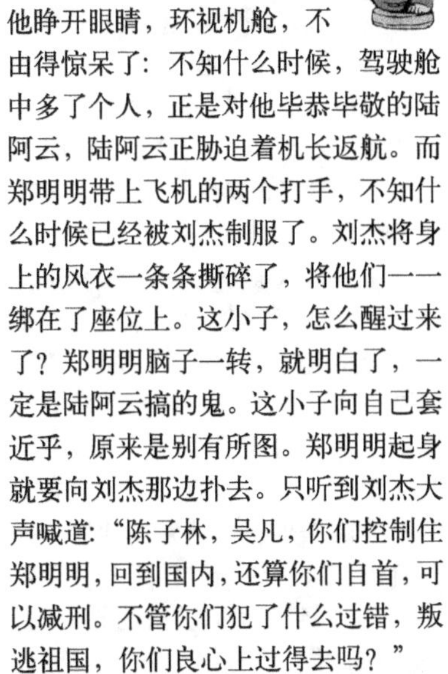

没想到的：这个刘杰的真实身份竟然是警察！陈子林此时的心情十分复杂，吴凡和聂雅兰也紧张地看着眼前发生的一切，嘴唇都抿得紧紧的，显然，他们也陷入了矛盾之中。最后，还是陆阿云先笑了起来："还是郑老板厉害，竟能看出我们中间有警察。"

打手给刘杰灌入迷药后，陈子林他们带来的钱财还是被郑明明洗劫一空，他们还被迫说出了国外银行的账号和密码。陆阿云交上了自己的那份"旅费"后，对郑明明不住地阿谀奉承，还表示以后想跟着郑明明干。他甚至帮着两个打手把昏迷不醒的刘杰带上了一架直升机。

与前两次乘坐的公司航班不同，这次众人乘坐的是一架私人直升机，飞机显然是受郑明明控制的。

5. 最后的较量

直升机稳稳当当地飞行在南太平洋上空。这一趟惊心之旅，即将以郑明明的胜利告终。除了他，还有谁能算是最大的赢家呢？实现了出逃梦的陈子林、吴凡和聂雅兰不是，乔装成杀手的警方卧底刘杰不是，那个完全倒向郑明明的小偷陆阿云也不是，他也被劫掠一空，没准儿他和郑明明套近乎，只是为了能让郑老板还给他几个零花钱。郑明明和两个打手放心地靠在座椅上小憩了。

不知过了多久，睡梦中的郑明明忽然感觉到飞机内有动静。他睁开眼睛，环视机舱，不由得惊呆了：不知什么时候，驾驶舱中多了个人，正是对他毕恭毕敬的陆阿云，陆阿云正胁迫着机长返航。而郑明明带上飞机的两个打手，不知什么时候已经被刘杰制服了。刘杰将身上的风衣一条条撕碎了，将他们一一绑在了座位上。这小子，怎么醒过来了？郑明明脑子一转，就明白了，一定是陆阿云搞的鬼。这小子向自己套近乎，原来是别有所图。郑明明起身就要向刘杰那边扑去。只听到刘杰大声喊道："陈子林，吴凡，你们控制住郑明明，回到国内，还算你们自首，可以减刑。不管你们犯了什么过错，叛逃祖国，你们良心上过得去吗？"

这时郑明明已逼近了刘杰，刘杰手里没有任何武器，郑明明若是与他厮打一番，让那两个打手有可乘之机，胜负还很难说。

就在此刻，陈子林突然本能地伸出脚来，将正向前狂扑的郑明明绊倒在地，吴凡与聂雅兰也一扫以往的斯文模样，都赶了过来帮忙。吴凡和陈子林一人摁住了郑明明的一条胳膊。

郑明明被压得不能动弹，可他嘴里还在不停地劝说："你们别信他，回到国内，你们就是死路一条。现在可是唯一的活路了，你们醒醒吧。"

聂雅兰走上前来，狠狠地朝着郑明明的嘴上踢了一脚，郑明明立即闭了嘴。飞机上的局面完全被刘杰控制了，直升机开始向澳大利亚返航。

返回滨海市机场前，国内警方已经接到了刘杰从澳大利亚发出的联络讯号。一时间，滨海市机场内，警车云集，消息灵通的记者们也纷纷赶到，来采访这难得一遇的重大新闻：临江步行大桥事件的涉案人员外逃后，却又主动返回国内自首，这简直就是一个奇迹，一部传奇。

当飞机在滨海市机场着陆时，户外已是又一个凌晨了。刘杰在滨海警方的帮助下，将郑明明等人一一押进了警车。给陆阿云戴上手铐时，刘杰轻轻地拍了拍他的肩膀，说："谢谢你，没有你偷来的解药，我完成不了这一趟任务，说不定还没有命回来。"

陆阿云微微地笑了，他顺从地将双手并拢在一起，伸向了刘杰。刘杰给他铐上手铐。车门临关前，刘杰问了陆阿云一句："我想不明白的是，你为什么要这样做？"

陆阿云的眼睛突然红了，他恨恨地盯着陈子林、吴凡和聂雅兰，过了许久，才答道："当我知道他们三个为什么要出逃时，我就决定这么做了。我弟弟是个弱智，没有生活自理能力。从小我们兄弟俩就没了父母，相依为命。为了养活弟弟，我才走上了这条不光彩的路……这几年我挣了很多钱，本想洗手不干，回来和弟弟在一起好好过日子。可回到临江我才知道，大桥垮塌的那天夜里，弟弟他，就在桥上……他死得冤啊！我要是为了自己，眼睁睁地看着他们三个跑到国外去逍遥，弟弟也不会原谅我……"

陆阿云说完，现场一片寂静，警车里的人一个个脸涨得通红，陈子林平生第一次感到了深深的羞愧。许久，刘杰长叹了一口气，原先，他只是来调查能人旅行社的偷渡嫌疑，没想到无意中却掀起了巨大黑幕的一角。他知道，回到临江，等待着自己和同事们的，还有一场更艰巨的战役……

（题图、插图：杨宏富）

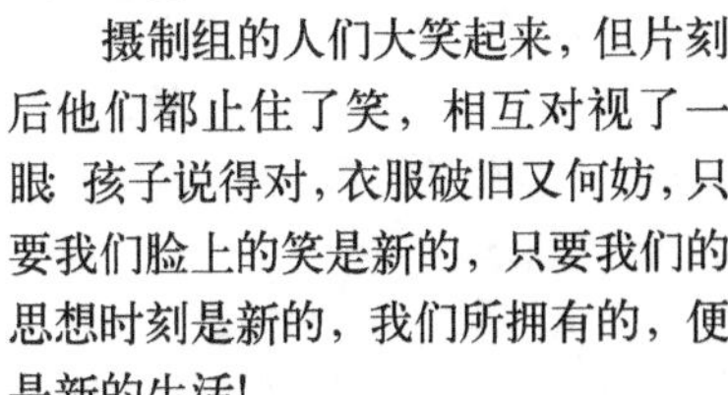

我的笑是新的

那年夏天，一个摄制组去湘西山区采风，几个孩子跟着摄制组看热闹，对着摄像机、照相机指指点点。于是工作人员招呼一个特别活跃的小男孩来拍一张照片。

男孩雀跃起来，他像模像样地摆出个抬头挺胸很威风的姿势。岂料还没等摄影师调整好角度，屋子里出来个妇女，大喊："别照别照，细伢子，你鞋子都没穿，裤子是旧的，献丑呢，快别照……"

孩子躲开母亲拉他的手，脱口而出："裤旧衣旧，我不怕，我的笑是新的哩，嘿嘿嘿……"

摄制组的人们大笑起来，但片刻后他们都止住了笑，相互对视了一眼 孩子说得对，衣服破旧又何妨，只要我们脸上的笑是新的，只要我们的思想时刻是新的，我们所拥有的，便是新的生活！

（**推荐者**：王　猛）

打翻的鱼缸

小学三年级的教室里，同学们正在紧张地进行考试。教室最后一排，一个小男孩的脸一阵红一阵白，这并不是因为试题太难，而是他太想上厕所。小男孩忍得满头大汗，忽然，最尴尬的事发生了，他尿裤子了。幸好同学们都在聚精会神，没有人发现小男孩的异常。

细心的监考老师发现了小男孩的焦躁不安，他轻轻地走到小男孩身边，立刻就明白了一切。于是，老师不动声色地来到窗边，端着窗台上的金鱼缸走过来，经过小男孩身边时，他"一不小心"打翻了鱼缸，小男孩身上溅满了水。

老师连忙向男孩道歉，并示意其他同学继续考试。接着，他领着小男孩来到自己的办公室，擦干男孩身上的水，并给他一条干净的裤子换上。

小男孩回到教室的时候，穿着一条极不合身的裤子，皮带都系到了胸口上，看上去滑稽极了，但是没有一个同学嘲笑他，而都对他报以同情的目光。男孩心里充满了对老师的感激。

考试结束了，小男孩走到老师身边，他怯生生地对老师说："谢谢您，老师。"

老师拍拍男孩的头，微笑着说："不要紧，我小时候也弄湿过裤子。"

（**编译**：王　豪;**推荐者**：蒋宁贤）

英　雄

那是芝加哥有史以来最冷的一个冬天，所有房屋都被厚厚的积雪覆盖，很多屋顶已经不堪重负，快要坍塌了。罗伯特从窗户里看见妻子跑进后院的车库。随即，他听到一阵猛烈的断裂声。

罗伯特慌忙朝窗外望去，他吃惊地看见车库顶坍塌了。他来不及穿衣戴帽就抓起一把雪锹，冲了出去。

罗伯特不停地在废墟中挖掘着，如雨的汗水在他脸上冻成了冰。很快，他听到了妻子的声音，看到了妻子的手。他继续不停地挖掘着，把雪铲走，抽出板子……

一会儿工夫，妻子就躺在了罗伯特的怀里。罗伯特哽咽着说："你还好吧？没伤着吧？"非常幸运，罗伯特的妻子毫发未损。

罗伯特成了英雄。然而，事情的真相是罗伯特所不知道的：他的妻子由前门进入车库后又从后门走了出去。车库顶坍塌时，她已经安全回到了屋里。而屋外，她的丈夫罗伯特却正挥汗如雨，努力地设法营救她。她透过窗户看到了这一切，她不能让英勇的营救者失望。于是，她又穿上外套，走出门，悄悄地从后门回到车库，让丈夫成为她的英雄。

（**推荐者**：曹炜明）

满分

老赵在建筑工地给人家挑砖。他最开心的是说起上一年级的女儿毛毛。

这天，老赵对工友们说："昨天毛毛刚考过试，一百分！满分！这是考试卷。"

工友们拿过考卷，只见这张数学试卷上，毛毛有一道题做错了，老师已在旁边扣了一分。这是一道要求把事物和量词连线的题目，毛毛在"一块砖"和"3克"之间画了道连线。

为了培养学生的语言表达能力，试卷上还要求学生写一段80字左右的话。这段话是不算分的，但却打动了老师。毛毛的这段话是：我爸爸是个挑砖工。我希望所有的砖头都不要太重，只有3克就好了。爸爸太累、太辛苦了。我爱我的爸爸！

老师用红笔在这段话旁边加了一分，还写了一段话：爱心加一分，你得了满分。祝贺你，爱心满分！

（**作者**：绍　龙；**推荐者**：马义玲）

完美的盔甲

一个工匠奉命为国王精心打制一副盔甲。完工后，国王把盔甲穿在木偶身上，亲自举起宝剑来检验它的牢固程度。他猛刺一剑后，盔甲出现了裂缝。国王要工匠回去打一副更好的盔甲来，如果再不堪一击，就要拧断工匠的脖子。

送第二副盔甲时，工匠请求自己穿上盔甲进行检验，国王则派了一个机灵的士兵出场，士兵挥剑刺盔甲时，工匠大叫一声冲了上去。国王问工匠为什么这样做？工匠说："陛下，我的盔甲不是做给木偶穿的。当敌人猛刺过来时，穿盔甲的人必然要反抗，这样盔甲就不会轻易被击破了。"

勇气也是坚韧不摧的盔甲，它是一种内在的信念，而不全在于外部条件。

（**推荐者**：李　明）

马的礼物

马儿在山上吃草，来了一只狼。狼想：多肥的马儿呀！光一条腿就够我吃好几天了！可狼不敢轻易吃马，马儿毕竟是大块头呀，谁知道它厉害不厉害呢？

狼决定试探试探，他龇着牙，嚎叫几声。马儿不理睬。

狼围着马儿转了几圈，大声威胁：“我要吃你！吃你！”马儿冷冷地看了狼一眼，又低下头去吃草。

狼想：原来是个无用的家伙，怪不得只配吃草哩！它放心了，对着马腿就咬。马儿扬起后腿，照着狼脸狠狠一踢。狼脸上顿时鲜血四溅，它打了几个滚，哀嚎着爬起来就跑。

“站住！”马儿说，“我送你如此珍贵的礼物，你还没谢谢我呢！”

狼哭着问：“你，你送我什么礼物了？”

“我送了你一个教训——不要把善良当成软弱！”

（**推荐者**：吴国志）

相信自己

张军到一家网络公司应聘编辑。考题非常简单：修改一篇已经打好的稿子，谁改得最出色，就聘用谁，时间为半小时。

张军拿过稿子通读一遍，略作思忖，便大刀阔斧地删改起来。紧张的二十多分钟过去了，他放下笔，抬起头来，突然发现其他应聘者并不像自己这般忙碌，他们的稿子上基本见不到红颜色，而且大家都用一种嘲讽的目光看着自己。张军心中一惊，忙拿起稿子又看了一遍，终于看到稿纸的背面有一行不起眼的小字：此稿选自《海明威全集》。

张军呆住了，难怪大伙儿都用那种眼光看自己。可他又寻思：这篇文章的确有好些令人不满意的地方啊……

就在这时，时间到了，秘书小姐将稿子都收起来，进了主任室。过了一会儿，秘书出来对张军说：“主任请你进来面谈。”

主任对张军微微一笑，说：“你被录用了！不好意思，这次笔试我跟大家开了个小玩笑，故意把一些与文稿内容不相关的文字打印在了稿纸的背面。”张军心头一松：关键时刻，幸亏相信了自己的判断！

（**编译**：甄春亮;**推荐者**：杨　松）

（**本栏插图**：安玉民）

学写作文，可以从读故事开始

睡来的美差

□宁书科　供稿

廖二毛到上海打工，干的是累死牛的力气活。有一天，他在街上闲逛，无意间从地下捡了一张报纸，报纸上登着一家公司招聘保安员的启事，他便决定前去面试。

廖二毛来到这家公司的应聘大厅，这当儿，大厅的电子屏幕上出现了几行字幕："上午9点整正式面试，望大家稍候。"

这时，大厅墙上的电子钟才7点25分，有人看看时间尚早，便出去做别的事情了。廖二毛由于平时太劳累，坐在软乎乎的沙发上，竟稀里糊涂地睡着了。

转眼9点到了，大厅变得熙熙攘攘，却不见招聘人员出来，电子屏幕变换成如下字幕："面试推迟一小时。"到了10点钟，大多数人忍不住退出大厅，电子屏幕又迅速变换如下字幕："11点钟正式招聘。"

又过了一会儿，大厅里只剩下呼呼大睡的廖二毛了。

廖二毛一觉醒来，已经12点了，瞅瞅左右，一个人影都不见，正要垂头丧气地离去，只见电子屏幕上突然出现如下字幕"大厅里还有人吗？如有，哪怕一人，你就被幸运地录取了。我公司招聘的这位保安员，是在市郊的'成品仓库'值勤，那里偏僻、寂寞，要想长期固守仓库，必须要有耐心，你能够坚持四个多钟头，证明你非常合格。保安员待遇如下：管吃管住，月薪2500元。请你再坚持5分钟，将有人领你到'成品仓库'报到。"

原来，电子屏幕上的字幕都是事先自动调试好的。

果然，12点刚过，一位漂亮小姐出现在廖二毛面前，客气地说："跟我走吧。"廖二毛做梦都想不到睡觉睡来了一份美差！

不要和陌生人说话

□王常青

最近小城里传言纷纷，说是有许多人在街上遇到了陌生人，陌生人有一种特殊的药，只要他靠近你，让你一闻，你就会不由自主地听那陌生人的话。

一时间，“不要和陌生人说话”成了人们茶余饭后谈论的焦点。

这天，造纸厂的李二碰到一个陌生人向他问路。问路就问路吧，不知怎的，李二竟迷迷糊糊地把陌生人领回了家，把存折上的五千元钱取回来，给了陌生人。妻子晚上回家时，李二还躺在沙发上没睡醒呢，而手上存折里的钱已被全部取完！

第二天，李二到了单位，惟妙惟肖地讲述了昨天发生在自己身上的事，同事们听得瞪大眼睛，大气都不敢喘，仿佛在听恐怖故事。

下了班，李二的好朋友刘四找到他，对他说：“走，喝两盅去，今天哥给你压压惊。”

几杯酒下去，李二有点喝高了，他拉着刘四的手说：“还是大哥关心我，小弟非常……非常感动，再来一杯……”刘四说：“你小子行啊，丢了五千元钱，没看出你心疼上火！”

李二说：“谁说不上火？该咱哥们倒霉，遇到了‘雷子’，只好认了……”

刘四一听糊涂了：碰上骗子骗钱，警察来了不正好吗？怎么遇上警察反而倒霉？刘四困惑地问：“你说什么？”

李二哭丧着脸说“其实，我是在和小姐干‘那事’时被警察抓住了，罚了五千元。哪是什么被骗！”

听到李二的话，刘四顿时满头是汗，他扔下酒杯，起身就往家赶：因为，昨天他妻子回家，也说自己被一个陌生人骗了五千元钱……

补过

□王彦民

药监局监察科胡科长这两年挺闹心，他的儿子得了哮喘，听说有位老中医对治哮喘有一套，这天胡科长特地上门求药。老中医拿起笔写了个方子。胡科长欣喜地接过药方，赶忙找药店抓药去了。

离胡科长家不远处，新开了个小药房，胡科长大摇大摆走进去，口口声声找老板。这药房老板一出来，胡科长愣住了，这不是卖菜的张三吗？前几天胡科长还因为张三的菜分量不够和他大吵过一架呢。胡科长一打听才知道，原来这药房是张三的儿子开的，张三来帮忙看店。打听明白，胡科长胸有成竹地掏出工作证，张三一看，肃然起敬，又是上烟又是倒茶，最后还亲自给胡科长抓了药。胡科长心想：你也有落到我手里的时候！他装模作样地要掏钱，张三按住胡科长的手，说："这么点药还要啥钱？以后我儿子的小店还请胡科长多多关照呀！"胡科长没推辞，心想这张三还算识相，便回家给儿子熬药去了。

一副药下肚，胡科长的儿子上吐下泻，浑身起了大泡，胡科长赶忙拉着儿子去找老中医。老中医看后说："我这药方许多孩子都用过，肯定安全，八成是你抓的药有问题！"胡科长一听火冒三丈，带着儿子就找张三算账去了。

一进门，胡科长大发雷霆，一边嚷着说药店里有假药，一边拿起处罚单就给张三开票。张三大惊失色，满脸委屈地说："别说没假药，就是有也不敢给您呀！"胡科长大声吼道："你看我儿子这一身泡！你是不是因为卖菜跟我有矛盾，在药上做了手脚，打击报复呀？"张三的泪一下子就涌出来了，哭喊着："您大人不记小人过，以前是我不对，为了弥补我的过错，您方子上一味药是10克，我这次给您20克，秤杆还高高的呢！"

助听器风波

□郭　华

老李头最近心里不大自在，好朋友老张头的孙子给爷爷买了一款最新的助听器。老张头动不动就在老李头面前炫耀，还说老李头的助听器过时了。老李头回不上话来，自此，他便惦记着最新款的助听器。

周末，读大学的孙子来看爷爷，老李头高兴得不得了。唠嗑时，老李头使劲向孙子暗示，说最近自己的耳朵越来越不好使了，可孙子对老李头的话好像没啥反应。

老李头忍了又忍，吃午饭时他再也忍不住了，他看看正低头吃饭的孙子，终于直截了当地说："孙子，爷爷也想要一副最新款的助听器。"孙子却仍不停地吃着，好像没事人似的。老李头又大声地重复了一遍，孙子还是埋头吃饭。老李头见孙子这样，又气又伤心，一口汤呛住了，咳个不停。孙子抬头，见爷爷突然这样，赶紧起身走到爷爷面前，关心地看着老李头，问："爷爷，怎么了？"

老李头伸手打来："我打你这不孝的子孙！"一记重重的耳光，打在了孙子的耳朵上。孙子一歪头，从耳朵里掉出来一个黑色的东西。老李头一看，顿时住了手，后悔地问："孙子，你的耳朵没事吧？我说你怎么不理我呢，原来你也戴助听器了！"说着他拉住孙子的手，凑在他耳边大声说："我前几天听老张头说，有一款最新的助听器可好使了，爷爷出钱，咱爷俩各买一副！"

这时，孙子红着脸，对老李头小声说："爷爷，我没戴助听器……那是我为了今天上午考英语四级买的抗频作弊耳机，谁知道那耳机是骗人的，不但作不了弊，还掉进耳孔拿不出来了，多亏您的一巴掌才……"

遇到了知音

□王留强

老马退休后，为了排遣寂寞，参加了老年大学举办的美术班。过了一阵子，老马觉得自己画的画已经很有点味道了，特别是他觉得自己画的观音惟妙惟肖，简直和画家差不了多少。

一天晚上，老马的儿子下班后，没见爸爸的面，就问妈妈，妈妈说："你爸这人不知怎么发神经了，到夜市上卖他那些宝贝去了。"

儿子赶到夜市，只见老马摆着一个地摊，摊上摆着几张观音像，其中一张《观音出海》摆在正中间。老马看见儿子来了，就和儿子大侃起画经来，说是他现在的画很有特色，很多人建议把他的作品推向市场，要不太可惜了。儿子暗暗觉得好笑：就这画，送谁谁也不一定要呢！当然这话他没有说出口，怕伤了老爸的心。父子俩聊了一个多小时，过往行人无一问津。儿子劝老爸收摊回家算了，老马说："现在时间还早呢，我就不信，没一个识货的。"

又过了好长时间，总算过来了一个人，老马一看，是一个老太太，她站在画摊前，眯着眼盯着那些画，似乎很投入的样子。老马一见心花怒放，嘴巴凑在儿子耳边悄声说："怎么样，看看，知音来了吧！"

这时，老马眉飞色舞地对老太太说："大姐，您看这画……"

老太太愣了一会儿，收回目光，说："啊，你这画真不错，我都看得入迷了。"

老马激动地说："我就知道会有人欣赏的，您真识货。"

老太太说："是啊，我记得这夜市有个算卦的，摊子前挂了张菩萨像，找了半天，原来你搬到这里来了！"

神童的秘诀

□谭必久

萧萧从三岁多就开始学钢琴，一晃就学到六岁了，可每次参加钢琴比赛都名落孙山。萧萧的爸妈急了，他们请来著名音乐教授，想看看萧萧到底有没有学音乐的天分。

教授听萧萧弹了几支练习曲，说“这孩子有音乐天分，是个好苗子。”

萧萧爸妈赶紧问：“那为什么他的成绩老提不高呢？”

教授笑道：“这可说不清，音乐是要用心去感受的，如果只有技巧，那是小和尚念经，有口无心。”

教授临走前推荐了几个情感强烈的曲目让萧萧练习，其中有贝多芬的《命运交响曲》。说来也神了，自从萧萧弹了《命运交响曲》以后，他的水平有了突飞猛进的提高。不久，萧萧参加了全省少儿钢琴大赛，凭着一曲《命运交响曲》，他一路过关斩将，竟然夺得了第一名。

各路记者将萧萧围得水泄不通。一个记者将话筒凑到萧萧嘴边，问：“你小小年纪为什么能将《命运交响曲》弹得这么好？”萧萧想了想，说：“我是带着感情弹的。”

“什么样的感情？”记者更好奇了。萧萧没吭声，记者又问：“你很喜欢弹琴吗？”萧萧停了一下，突然说：“我、我不喜欢，我最喜欢的是去动物园看猴子。”

记者们听了都呵呵笑了，没想到萧萧的眼圈却红了，他说：“我三岁就开始弹琴，我想看动画片不行，想在窗子边听麻雀叫也不行，就是弹琴弹琴！我弹《命运交响曲》的时候，就想到了我自己，别的小孩都能随便玩儿，为什么只有我不能？为什么，为什么！想着想着，我就在键盘上狠狠地敲，恨不得把钢琴砸碎……我就天天这样想，这样弹……”说着，萧萧干脆号啕大哭起来：“我不喜欢弹琴，我要到动物园看猴子……”

就是你

□ 刘滢滢

有个叫淑花的姑娘，看上了邻村的青年金旺。大伙都说：金旺聪明过头了，就爱说个小谎话，跟那个混小子过，成不了光景！可淑花还是嫁给了金旺。

新婚不久，金旺的老毛病又犯了。这天晚上，金旺突然想和淑花开个玩笑。于是，他故意搂紧淑花，怯怯地说：“花啊，有件事，我说了你可别害怕。”淑花问怎么啦，金旺煞有介事地说：“这间屋常闹鬼。”淑花一听，吓得立马就要哭出来了。金旺强忍住笑，接着说：“不过你别怕，咱们家的这个鬼，就怕小孩子哭，小孩子一哭，鬼就不敢进来了。”

淑花听了越发害怕，第二天一早她就赶去金旺的哥哥家，把他哥那正吃奶的小孩接了来给自己壮胆。金旺没想到媳妇这么容易上当，心里一得意，便想把玩笑闹得更大，于是去了淑花娘家。

一进门，金旺就给二老跪下了，又哭又喊地说是太丢人了，淑花刚过门没几个月竟然给自己生了一个大胖小子，自己做了便宜的爹了。

淑花的二老哪里肯相信，可看金旺肝肠寸断的样子，又有点吃不准，迟疑了一会，淑花爹叫淑花的大姐秀英去看个究竟。

到了金旺的新房外，秀英正要推门而入，金旺忙把她拉住，小声说：“大姐，我和淑花以后还要过日子呢，我怕她难堪，你就透过窗户看一眼吧。”秀英老实，哪想这么多，忙收了脚，扒着窗户往里看，她一时紧张，忍不住咳嗽了一声。

且说这屋里的淑花，胆战心惊地过了一夜，听到窗外有响动，以为鬼真来了，想起金旺说过鬼怕小孩哭，赶紧死命地拧那小孩，这下可好了，“哇呜哇呜”，小孩大哭起来。秀英一看，还真有小孩啊，顿时懵了，一转身回家去报信了。娘家那边立刻闹得满城风雨，可怜淑花还被蒙在鼓里呢。

又过了一些日子，淑花决定回娘家看看，她刚到村口，就被几个大婶盯住了，她们打趣道："淑花，你可胖了啊，孩子怎么没有带来啊？"淑花还以为她们说的是金旺他哥哥的孩子，便随口答道："在家呢，金旺抱着呢。"大家都哄笑起来，淑花跟着傻笑，于是大家笑得更厉害了，都想：这个闺女怎么不知羞呢？

淑花一只脚刚迈进家门，叫了声"爹""娘"，只见她爹抡着一根擀面杖气呼呼地就要打她。淑花一点没防备啊，等她回过神来，那棒子已经打了她好几下了。淑花从小到大哪里受过这个，一阵心酸，瘫在地上就哇哇地哭起来了。这一闹可好，村里的老少爷们也都围着看笑话来了。

淑花娘也顾不上什么家丑不家丑的，连声询问淑花："是谁把你弄成这样的，啊？到底是哪一个啊？"淑花理解错了，以为是问谁打的她呢，就恨恨地说："我爹，我爹，你们没看见吗？就是他！"

众人笑得前仰后合，淑花爹窘得满脸通红，大声喝道："你疯了吗？不是我！"淑花含着泪，气呼呼地顶嘴："不是你是谁？是你是你，就是你！"

淑花娘一听这话，抓起擀面杖就要跟老头同归于尽，几个儿媳怎么拉都拉不住。

故事后来的发展，大家都能猜出来了，金旺把一切和盘托出，众人得到满足回家去了，这件事也就这么流传开来了。而淑花娘家这边，两个老人都气得住进了医院，淑花也在娘家住了好些日子，金旺怎么叫她都不回去。

（**本栏题图、插图**：顾子易　李加　陈升垚）

·本刊信息传真·

2007年免费获赠《故事会》读者名单揭晓

故事中国网　新年精彩多

进入2007年，故事中国网(www.storychina.cn)将为您呈现更多更好的故事作品，并准备了丰富多彩的活动邀您参与！网站结合每期《故事会》，继续推出编辑手记、作者感言、作品赏析，让你了解发生在《故事会》背后的故事，并且对每一篇故事评头论足、抒发己见。

填字游戏展开新一轮的挑战，各路英雄逐鹿中原，争夺各月度冠军和年度总冠军；故事中国周刊每周精华荟萃，让你用最短的时间，看到最精彩的故事；本站还将与其他知名网站联手推出征文活动，让你有机会一展身手。

此外，注册会员免费获赠2007年《故事会》的幸运读者名单已经公布，请登录故事中国网查看。2007年，愿你的生活和故事中国网一样精彩！

383
2007 SEMIMONTHLY
下半月刊

STORIES
欢迎登录本刊主办的"故事中国网"（www.storychina.cn）

故事会
—STORIES—
2007年1月
下半月刊·绿版

主　编：何承伟
常务副主编：吴　伦
副主编：姚自豪（上半月·红版）
副主编：夏一鸣（下半月·绿版）
本期责任编辑：王雅静
电子邮箱：wyjing833@sohu.com
绿版发稿编辑：
夏一鸣　鲍　放　邢　悦　朱　虹
特约编辑：
范大宇　崔新三　申之珉
美术编辑：李宝强
电脑制作：郭瑾玮
通　联：归依玲
本社办公室电话：021-64375030
上半月刊编辑部电话：021-64332325
下半月刊编辑部电话：021-64336469
（上海市绍兴路74号 邮编：200020）
主管、主办：上海文艺出版总社

制作、发行总监：张　凯
电话：021-64313938
广告业务：上海故事会文化传媒有限公司
广告总监：张　淮
广告业务：021-34010383
广告投诉：021-64333738
广告经营许可证
沪工商广字3100320050022号
发行：中国图书进出口上海公司

·笑话·

弄错了

一天，有个人喝得醉醺醺地来到商场，他指着一样东西，直着舌头说：“我要买那个烟灰缸，快给我拿过来。”

服务员好意提醒他：“那不是烟灰缸，那是砚台。”

醉汉又指着一样东西说：“我要那支烟。”

服务员尴尬地说：“那不是烟，那是毛笔。”

“先生，我想要……”醉汉还在没完没了地说着，服务员再也忍耐不住了，大声说道：“我不是先生，我是小姐。”

（徐贺兰）

（本栏插图：包丰一）

中奖以后

杰克和露西是对异性朋友，两人经常在一起聊天。

有一天，他们看到电视上报道一个老人中了巨额大奖，露西便问杰克：“你要是中奖了，会告诉我吗？”

杰克说：“不会。”

露西有些不太高兴：“怎么？怕我追杀你啊？”

“不是，怕你追求我！”

（王　峰）

离婚原因

法庭上，法官问一名男士：“你为什么要与妻子离婚？”

男士回答道：“因为她每天晚上都要去酒吧。”

法官好奇起来：“你妻子爱喝酒，是吗？”

男士摇摇头说：“不，她总是到酒吧缠着我回家。”

（李　静）

担 心

一个男人出门不久，突然叫了起来：“哎呀，我把钱包忘在枕头底下了。”

旁边的朋友安慰他说：“别担心，你家的佣人不是挺诚实的吗？”

那个男人着急地说：“是的，佣人是不会拿我的钱包，可是她会把钱包交给我的太太呀！”（刘　滢）

开心的事

有一个男子站在汽车站前笑个不停，旁边有人看了觉得很奇怪，问他有什么事这么开心。

男子边笑边说：“我把刚才那个售票员耍了。”

“怎么耍了？”

“我买了票，可我没上车！”

（李　勰）

舰长下舰

在一艘军舰上，每当舰长上下舰艇，广播都要播出消息以示敬意。

这天，军舰靠岸，舰长正欲离舰，只听扩音器中传来：“本舰舰长下舰，本舰舰长下舰。”

舰长一听大怒：“谁说我下贱！”

过了一会儿，只听扩音器纠正道“舰长不下贱，舰长不下贱。”（小　山）

没看见

老约翰是个酷爱打猎的人，但是他的视力不太好，经常把自己的同伴当猎物射击，时间长了，就没有人愿意跟他一起打猎。

这天，一个朋友找老约翰叙旧，之后老约翰非常热情地邀请朋友去打猎。盛情之下，朋友只好答应，可他知道老约翰的毛病，于是出发前就把一块布条贴在了胸前，上面写着“我不是猎物”。

可是，老约翰在狩猎时还是朝他的朋友开了一枪，还好没有打中。

他的朋友气急败坏地说：“你没有看见我胸前的布条吗？”

老约翰一脸无辜，说：“看见了，可是我没有看见那个‘不’字。”

（娄晓东）

·笑话·

买窗帘

琳达和杰克是一对夫妻，这天两人正在计划下个月的开销。

琳达对杰克说："看来我们必须为女儿买窗帘了，她已经快成年了，晚上脱衣服的时候，对面楼上的那个混蛋总是盯着她看。"

杰克一听皱起了眉，不满地对妻子说："你真是，又要多一项开销！"他想了一会儿，无奈地说"我看这样吧，这几天晚上我到女儿房里脱衣服，这样，对面那家伙就得给他老婆买窗帘了。"

（程柯棋）

最棒的啤酒

啤酒节结束后，几个啤酒厂的老总决定一起去喝一杯。

几人坐下后，海鸥啤酒厂的老总马上叫道"伙计，给我来一瓶全世界最棒的啤酒，海鸥啤酒！"

飞鸽啤酒厂的老总也不甘示弱，说："我要啤酒之王，飞鸽啤酒！"

只有雄鹰啤酒厂的老总不紧不慢地说："给我来一瓶可乐。"

另外几个老总惊奇地盯着他，说："为什么不喝你的雄鹰啤酒呢？"

只见这个老总淡淡一笑，说："哦，你们都不喝酒，我怎么好意思一个人喝呢？"（默　默）

妙手神探

福尔摩斯不仅探案如神，而且总是无偿帮助穷人。这天，一个衣衫褴褛的人来找福尔摩斯帮忙，可是他刚说明来意，福尔摩斯便拒绝了他。

那人走后，华生很生气"您从来不拒绝帮助穷人的！"福尔摩斯笑着说："是啊，可是那人并不穷。"

"您怎么知道？"

只见福尔摩斯迅速拿出一个钱包递给华生，说："他口袋里有125镑12便士，不信我们数一数……"

（蒋大成）

离我的鹿远点

这天，汤姆准备去郊外猎鹿，他的妻子从来没打过鹿却也要跟他一起去。汤姆没有办法，只好带上妻子。

到达猎鹿区后，汤姆就对妻子说："这个地方很安全，你就呆在这儿，如果看到鹿，就向它开枪，我听到枪声就会赶过来。"

汤姆把妻子安排好后，就开始独自行动。可没走多远，就听到一声枪响，于是他马上向回跑。这时，又是一声枪响，只听他的妻子叫道："离我的鹿远一点！"

汤姆跑过去一看，只见一个人骑着一匹中弹的马，双手举过头顶，可怜地叫着："可以，夫人，您可以拿走您的鹿。不过，您能不能让我先下来？"

（小　山）

小锄头，大锄头

父子两人一个扛着大锄头，一个扛着小锄头，去路边的田间锄草。

不多时，只听远处传来一阵锣鼓唢呐声，原来是村里的栓柱今天娶媳妇。

儿子听着唢呐声心里痒痒的，他放下手里的锄头，红着脸跟父亲说："爸，我今年也二十了。"

父亲望着儿子说"噢，那明天换大锄头。"

（孙明喜）

清白无辜

在法庭上，一场激烈的辩论之后，一直不承认有罪的被告突然认罪。

审判长问："你为什么不早认罪？白白浪费了我们那么多时间。"

被告说："在对方没提出足够的证据之前，我一直以为自己是清白无辜的。"

（刘　璐）

（本栏目欢迎来稿。来稿可从邮局寄发，也可从网上传递。如为电子邮件，请发以下信箱：wyjing833@sohu.com）

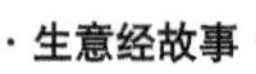

让“战争”结束

□蜀　道

上午，邮局里办事的人很多。小张在柜台里面忙得不可开交。

就在大家排队等候的时候，一个大块头左右开弓，拨开众人，挤到柜台前，“啪”的一声甩下一张百元大钞，嚷道：“买个信封。”

小张抬起头看了大块头一眼，说：“一毛钱，请支付零钱。”大块头扯着嗓子说：“难道一百元就不是钱，就不能买信封？”

嘿，这个大块头，难道还嫌这里不够忙，赶着这会来添乱。有拿一百元钱买一个信封的吗？大家都觉得这个大块头有些过分了。

已经忙了一天的小张，强压着心中的火，继续一丝不苟地给另一个客人办理汇款手续。大块头等得不耐烦了，大声催道：“我很忙，快点给我拿信封。”

小张抬头望着大块头，一字一顿地说：“大家都忙，请你稍等。”

大块头一拳头砸在柜台上，提高嗓门对小张吼道：“我买信封。你耳朵是不是有问题？”

这下，小张停下手中的活，冷笑着递给大块头一个信封，然后打开抽屉，把大块头那一百元钱放进去，又拿出一扎一毛的钞票，从中抽出一张，把其余的扔给了大块头：“请点好，这是九百九十九张毛票，共计九十九元零九毛，您点清楚。”

大家忍不住想笑，小张这招够绝的。

果然，大块头被噎得好半天没能憋出一句话，他翻着白眼愣了一会儿，把那扎毛票给扔了回去：“我不要零钱，给我换成整的。”小张冷冷地说：“刚才你问我：‘一百元钱难道不是钱？’现在我想请问你，这零钱就不是钱？再说我这里除了一百元的票子和一毛的零钞，没有九十元的整钱，今天业务多，都找完了。”说完，“哗”地一声拉开抽屉，随手扒拉了一下里面的钞票，让大块头看。

大块头感觉受了愚弄，就咬着牙，攥着拳头，一字一句地问：“你究竟换不换？”小张头也不抬地说：“没钱我上哪儿给你换？”

大块头的脸已经成了猪肝色，他挽起了袖子，手臂上的青筋露了出来。眼看一场“战争”就要爆发了。

就在这时，一个二十多岁的姑娘从里面的办公室走了出来，问：“请等一等，这是怎么回事？”

待了解了事情的经过后，姑娘对大块头说：“先生，对不起，我们现在确实没有合适的钱找给您，不过这样吧……”只见她拿过那一扎毛票扔进抽屉，又拿出一百元钱递给大块头，说：“信封你拿走，下次来你再给这一毛钱好了。”

周围人一听，都松了一口气，“啧啧”称赞姑娘处理得好。谁知小张却冷笑着对姑娘说：“要是一百个人都这么做，你全部都免费啊？那我们不成了慈善机构了？”

大块头一听更不服气了，又把那张百元钞票扔回柜台上，说：“笑话，难道我连一个信封也买不起？这一百元钱你们还得拿去，另外给我找回九十九元九毛钱，但我不要那扎毛票。不管你们想什么办法，反正我要整的。哼！”

眼看就要熄灭的火焰马上又燃了起来，大家的目光“刷”地一下又聚集到姑娘身上。

纪念品（文：杨保民；图：包丰一）

1. 小丽项链下挂着一个小金属盒。兰兰见了，赞叹道：“真漂亮，里面有纪念品吗？”

2. 小丽说：“有，我丈夫的一缕头发。”

3. 兰兰一听，一脸同情：“那你丈夫还健在吗？”

4. “当然，只是他的头发已经不在了。”

姑娘皱着眉头想了片刻，突然对大块头微笑着说：“先生，我手机没电了，能不能借你手机让我发个信息？一个信息刚好一毛钱，我替你买个信封。这样我们就两不相欠了。”大块头想了想，点头答应了，但看着不服气的小张，他又补充了一句：“要发你就发两个，不然我就不借给你。我不能让人说我连一毛钱都舍不得。”

“行！”姑娘接过手机编好了一个短信息。大家都好奇地看着她，想看她把短信息发给谁，只见她滴滴嗒嗒拨了一串号码。不一会儿，只听小张的手机“嘀嘀嘀”地响了，他打开手机一看，只见上面写着：“冲动是魔鬼。”小张的脸“刷”地一下红到了耳根。

大家虽然不知道短信的内容，但也猜到了一半。大块头催道：“说好发两个信息，你还要发一个。”

姑娘翻了翻手机，又拨了一个号码，然后把手机还给了大块头。

大块头刚接过手机，手机就响了，他打开一看，原来是姑娘借他的手机给他本人发了个信息，内容跟小张的一样。大块头的脸也红了，霸道的神态一扫而光，他不好意思地挠挠头，就像做错了事的孩子，抓起信封一溜烟跑了。

（**题图、插图**：安玉民）

上帝的旨意

□尹利华

杰克是个好小伙，可近来却倒霉透了。他先失业后失恋，接着又被房东无情地赶出门，成了一个流浪汉。

这天，杰克灰心丧气地走在大街上，一不留神，被一颗光滑的石头绊了一跤。“人倒霉时连石头都要欺负他！”杰克气得想要飞起一脚，踢开石头。可刚抬脚，又停了下来。他上前捡起石头握在手中，感觉凉凉的。他嘴里嘀咕着：“伙计，让我跟你学习学习吧，从现在开始，我要做一个冷酷的坏人。”说着便把石头装进了衣袋。

这时，杰克看到一个衣着时髦的女郎突然昏倒在大街上，手里的糖果散落了一地。杰克本能地奔过去，只见那女郎脸色发紫，双手掐着自己的喉咙，却喘不过气来，杰克明白是糖果卡住了女郎的喉咙。杰克想送她去医院，可他一摸到衣袋里的石头，马上就暗骂自己：杰克呀，杰克，你不是要做个冷酷的坏人吗？既然是坏人，你现在要做的就不是送她去医院，而是趁机抢她的东西。

这么一想，杰克便上下打量女郎，只见她脖子上挂着一颗漂亮的绿宝石，那绿宝石应该价值不菲。于是，他就上前使劲拽女郎脖子上的宝石项链。

杰克终于扯断了项链，拿到了宝石。而昏迷过去的女郎也慢慢地睁开了眼睛，她摸了摸自己的喉咙，说："噢，上帝，那块糖终于下去了。"可当她再向脖子下面摸时，突然惊叫起来："我的宝石呢？"

女郎扭头看到杰克和他手里的宝石，马上明白了，忙感谢道："先生，一定是你将项链弄断，救我了一命。上帝保佑你！我的宝石……"

杰克一听，只得把绿宝石递过去，女郎却笑着说："好心的先生，这宝石虽然价值不菲，但毕竟没有我的性命重要，您救了我，我就把它送您留作纪念吧。"

杰克拿着女郎送给他的宝石，哭笑不得：自己明明要做个落井下石的人，不料却成了"好心的先生"，还因此得到了报酬。看来，上帝处处都和自己作对，想做个坏人都做不成。

恰好这时，一个老乞丐端了一个破碗走来向杰克乞讨。杰克在心里默念着自己要做一个坏人的决心，于是，他咬咬牙，快速从口袋里摸出那颗石头，对老乞丐冷笑着说："好，我给你一颗美丽的宝石。"说完，将手里的石头往老人的碗里砸去。

只听"啪嗒"一声脆响，石头落入碗中。老乞丐一愣，转而抓住杰克的手激动地说："感谢上帝，我终于找到了一位有爱心的年轻人！"

杰克这才看清，原来自己一时粗心，竟将刚才女郎给自己的绿宝石丢进了老乞丐的碗中。他正要挣脱老乞丐脏兮兮的手，却听那老乞丐严肃地说："年轻人，你愿意继承一位垂暮老人的事业吗？"

杰克大惑不解："你的事业？你是指要我跟着你乞讨吗？"

老人爽朗一笑说："当然不是。其实，我是个拥有过亿家产的商人，可不幸的是，我的子女为了争夺这些财产，明争暗斗，让我伤透了心。所以我在上帝面前发誓，要把财产送给一个真正有爱心的年轻人，为此，我才化装成乞丐。我等了三年，终于等到了你。所以，我希望你继承我的财产和事业。"

杰克早已听得目瞪口呆，这事如

果发生在几小时之前，他肯定开心不已，可现在，他已经打算要做坏人了，如果接受了老人的请求，那就是做好事了呀。

他觉得自己很有必要解释清楚，便告诉老人说："我是一个坏人。"

老人摇摇头，说"坏人从来不会承认自己是坏人。小伙子，你骗不了我的。"

杰克着急了，看来光说是不行了，现在唯一能证明自己是坏人的，就是做一件足够坏的事情让这老头看看。

正巧，旁边过来一个快乐的小男孩，一边唱歌，一边踢着自己新买的足球。杰克心里一动，上前一步，一把推开小男孩，抢过他的足球，说："让我来踢一踢你的球。"说着就飞起一脚把球踢了出去。

只见足球在空中划过一道美丽的弧线，就"砰"的一声，砸碎了一块玻璃，冲进旁边一家珠宝行。

小男孩见足球被踢飞了，伤心地大哭起来，一边抹眼泪，一边呜呜地说："你是个坏蛋，你是个坏蛋……"

老人也愣住了，嘴里喃喃地说："你怎么能做这种事情呢？这种坏事，不是一位热心肠的年轻人应该做的呀。"

听着小男孩的哭声，看着老人失望的眼神，杰克有一种发泄后的快感，可同时又感觉很痛苦。善良和邪恶在心灵深处交锋——善良说：悔改吧，可怜的杰克，再也不要让相信你的人失望了；邪恶说：做得很好，杰克。你马上就有资格成为一个真正的坏人了！

杰克一伸手，又摸到了兜里的那颗冷冰冰的石头，于是他咬咬牙，故意装出冷酷的模样，对老人说："你看见了，老头，我是一个不折不扣的坏蛋！"说罢，转身就要走。

这时，从珠宝行里飞快地跑来几个保安，将杰克围了起来。杰克见状，明白是刚才自己那一脚闯祸了。

果然，过了一会儿，一个穿西装打领带的中年人拿着那个砸碎玻璃的足球，走过来问："先生，刚才是你踢的球吗？"

杰克点点头，然后摆出一副无所谓的样子。他知道自己马上就要挨揍了。

不料，那中年人却上前拥抱着他，激动地说："感谢上帝，总是在我危难的时侯，派来他的使者！"

原来这个中年人是珠宝行的经理，刚才被一个进店抢劫的歹徒挟持为人质。就在这时，一个足球飞来，砸碎了玻璃。破碎的玻璃，恰好击中歹徒，于是保安趁机将歹徒制服了。

杰克听完，不禁暗自感叹：看来，自己还是要做个好人，这也许就是上帝的旨意……

（**题图、插图**：安玉民）

·快乐辞典·

雪碧的N种喝法

初恋的感觉：雪碧加两粒话梅——酸酸甜甜的味道里混杂着一丝咸味，有种心如鹿撞的感觉。

两小无猜：雪碧加雪糕——如胶似漆地沉醉在甜蜜中。

创意时代：雪碧加二锅头——北京式鸡尾酒 ！

第七感觉：雪碧加柠檬——一种超味觉的享受。

健康感觉：雪碧加绿茶——肯定是绿色饮品。

多姿多彩：雪碧加红茶——冒充可乐。

多重疗效：雪碧加止咳露——不爱吃药的小孩不知不觉就上当了。

动力十足：雪碧加可乐——嫌气儿不够大!

挥汗如雨：雪碧加食盐——解渴又补充体力。

午夜心情：雪碧加咖啡——因为没有糖了。

验明正身：雪碧加雪碧——越喝越像雪碧!

百无聊赖：半升雪碧加一升白开水——怎么喝都像白开水!

自作主张：雪碧加味精——想喝就试试!

（**推荐者**：文　崎）

·本刊信息传真·

《故事会》老茶馆开张　新年月月评换花样

欢迎大家光临老茶馆！喝茶品故事，真是美事一件啊。这期好故事不少，您喜欢哪篇？不喜欢哪篇？只要发条短信，就能把您的意见告诉我们，还有机会中800元的现金大奖哩。

小二上茶！请您评评这期《故事会》（本期期数：02）里的故事吧。

哪篇故事的情节最吸引您——最佳情节奖（奖项编号1）

哪篇故事让您觉得最有趣——最佳情趣奖（奖项编号2）

哪篇故事让您懒得看，还抽空倒了杯水——最佳广告时段奖（奖项编号3）

评选方式：**编辑短信306+奖项编号+期数+故事篇名所在的页数**，比如：你想选本期第35页起刊登的那篇故事为最佳情趣奖，只要发送30620235到3883752(移动用户)/9866752(联通用户)就可以了。每次评选只要1元钱，您就有机会拿走茶馆本期的特色奖品——最新大片DVD光碟共10张哦！本次活动另设一等奖1名，奖金800元，二等奖5名，奖金100元，参与奖200名，各获精美礼品一份。评选结果和中奖读者名单可以上故事中国网(www.storychina.cn）查询，您还可以对本期作品发表意见哩！

客服电话：010-6786 8800（移动）、010-8298 8818（联通）

阅读彩信版《故事会》，移动编辑短信81发送到80013981 ——用手机享用丰盛的故事大餐，获赠精选图铃，每月4期哦！信息费：5元／月

我的警察女友

□高玉芳

可恶的小偷

我家离单位很远，乘公交车有十几站路，每天挤车的滋味真是不好受。

这天，我挤在车上，好不容易到站了，车还未停稳，人们像潮水般朝车门涌来。裹在人群中，我觉得有人撞了我一下，一摸裤兜，钱包不见了，我大喊一声“抓小偷”。

听到喊声，那个撞我的小伙子跳下车撒腿就跑，我也跳下车，边喊边追。那小偷回过头，只见他瘦猴脸、招风耳、一对大牙歪拧在一起。好小子，让我抓到，要你好看。我铆足了劲儿向前跑，眼看就要抓住了。忽然，脚下飞来一条扫堂腿，让我摔了个嘴啃泥。还没等我反应过来，双手就被戴上了手铐，只听有人一声怒吼：“警察，老实点！”我扭头一看，原来是个年轻的姑娘。我气愤地大声辩解，可她却不管，像老鹰抓小鸡一般把我拽了起来。

等到了警局，弄清事情的原委后，捉我的女警一脸歉意地陪我走出反扒队大门。此时的她，抓我时的霸气尽失，倒像个犯错的孩子，红着脸连央求带拖拽，把我拉进一家餐馆。

我怒气未消，不理不睬。女警点了菜，连赔不是：“你们俩朝着一个方向跑，又跑得那么近，我还以为是一伙呢。”

原来女警叫罗英，前年警校毕

业，分到交警队干了两年。因表现好，调到反扒队，今天是她上岗第一天。

原来是新手，我的语气缓和了："得，我就认倒霉吧。"吃饭时，罗英不断给我夹菜倒酒。吃罢饭，她掏出一叠钱递给我："唉，刚才笔录，小偷偷了你四百五十五元，你点点吧。"

我一听这话就愣住了：小偷跑了，警察来赔钱？真是天下奇闻！我不由打量了她一眼，心想：这个女警察倒是挺特别的！可这钱我怎么能收？再说了，比起包里的钱，这只钱包本身更让我心疼啊！鳄鱼皮料，铂金镶边，正中雄鹰标牌上的那双鹰眼，镶嵌的是南非钻石，价值1500美金，是我已故的父亲留下来的，对我来说，意义重大啊！

听我这么一说，罗英温和的脸一下严肃起来："刚才做笔录的时候你怎么不说？"我负气地说"说有什么用，你能给我找回来？"

她沉下脸："你吃好了没有？马上跟我回警局，重新做笔录！""我还有急事！""那不行，1500美金相当于1万多人民币，够上大案了！走，险些铸成大错。"

倒像我故意瞒她似的。得，为那钱包，我又乖乖跟她"二进宫"。

反扒女郎

丢钱包的事已过去半个月了，罗英给我打了两次电话，说小偷画像她已画好，让我去看看像不像。我懒得去，这百万人口的城市去哪儿找，还不是大海捞针。

那天我下班挤车往家赶，感觉身边一个时髦女郎老往我身上靠，那一身香脂气把我熏得晕晕乎乎。我觉得不对劲，就留了个神，果然车子拐弯时一个急刹车，时髦女郎的手就趁机伸进了我的口袋。可出乎意料的是，我还没来得及喊出声，站在她后面的一个灰发老婆婆就闪电般伸出手来，把时髦女郎胳膊一拧，铐了起来。

老婆婆摘下假发套，晃晃头，披散下一头黑亮的长发对她说："跟你三天了，‘千手观音’，果真出手不凡呀。”又扭过头问我，“钱包是你的吗？”

“是！”

“那好，跟我下车，你是当事人得作证。”

我一看，这不是罗英嘛，怎么跟演员似的，装啥像啥。就这样，我又跟她进了警局。办完手续，罗英从办公桌上拿起一幅画像问我：“你看一下像不像上次偷你钱包的家伙？”

我接过画一看，差点笑出声来：“不像，不像……”于是，我边说她边改。不一会，那个小偷的脸就活灵活地出现在罗英的笔下。

钱包丢了一个多月，没任何消息，这是我意料中的。不过，我也算长了见识，我坐的这趟公交车，是小偷出没的地方，也是反扒警察重点部署的场所。罗英就经常出现在这条线路上，有时化装成中年妇女，有时又变成女大学生。每次我认出她时，看着她那副像模像样的装扮，就忍不住想笑，而她却完全不动声色，只是在眼睛里才闪出一丝我读得懂的问候。

那天车走了几站，上来三个年轻人。几乎是同时，装扮成盲人的罗英不知从哪钻了出来，胸前挂着个旧挎包，手里拄着拐棍朝他们靠了过去。

我现在已有了经验：凡是被罗英盯着的，大多不是好东西。不过今天这仨小伙，个个人高马大，罗英能是他们的对手？我不由替她捏了把汗。

因为车上人多，这三个家伙一上车就动手了，一个掏出乘客口袋里的钱包，然后迅速转移到另一个家伙手中。从配合的默契程度看，这三个家伙绝对是作案老手。就在他们准备向第二个乘客下手的时候，只见罗英双臂一挥，从胸前的挎包里掏出两副手铐，“咔嚓咔嚓”同时把两个家伙的手铐了起来。第三个家伙见势不妙，从腰里拔出匕首就朝罗英刺去。

说时迟，那时快。我一边大喝“不许动！”，一边一个箭步冲过去，抱住那个家伙的胳膊。那个小偷拼命挣脱，但胳膊动不了，只得反过手腕用刀往我大腿和肚子上扎，我只觉一阵钻心的痛，可我不敢松手。我知道，松了手，他的刀一挥起来，局面会更麻烦。罗英很快腾出身来，转身狠狠一拳，就把持刀的家伙打昏过去，而我也因失血过多昏倒了。

赚了个媳妇

我是被哭声唤醒的。睁开眼时，我已躺在病房里。罗英趴在我的床头，竟哭得像泪人。我心头一热，却碰碰她开玩笑道：“别哭啦，开追悼会呐。”她抬起头，见我醒了，破涕为笑。

因为没有亲人，反扒队特意安排罗英照顾我这见义勇为的“英雄”。不过令我费解的是，不知啥时，罗英已

经成了我的“媳妇”！护士找罗英，就问我“你媳妇呢？”同室的病友更是口无遮拦：“你怎么一个人出去，你媳妇到处找你呢！”“你媳妇看你睡觉，让我告你一声，她去买水果，一会就回来……”“你媳妇……”

开口闭口就是“媳妇”，我没好气地问：“谁告诉你，她是我媳妇的？”

病友愣了一下，接着恍然大悟地说：“噢，对，没过门应该叫女朋友！”

后来，我总算弄明白了。原来我被送进医院抢救时，医生说刀子扎破了肠子，需要马上动手术。可动手术需要家属签字，由于时间紧，伤情重，罗英想也没想，劈头就问医生：“女朋友签字可以吗？我就是他的女朋友。”于是众目睽睽之下，她在亲属栏里郑重地签下了自己的名字。

就这样，罗英一直陪伴我，倒水端饭，照顾得无微不至。

一天，罗英出去了，病友又给我打趣：“你可找了个好媳妇，漂亮、勤快又体贴，哪辈子修的福啊。”

话虽中听，我却乐不起来：“拜托，人家早名花有主了。”

哪知，这话恰好让罗英听见了，趁病友不在的时候，她气冲冲地问我：“你凭啥说人家‘名花有主’？”

这叫我如何解释？硬着头皮讲吧。那天她掏饭票把警官证掏出来，我无意间看到里面夹着一张小伙子的照片，心里一阵莫名其妙的酸楚：准是她的对象，要不怎么随身带着？

谁知，她听了哈哈大笑，掏出警官证取出照片递给我说：“好好看看，我这‘朋友’你最熟悉。”我一看：瘦猴脸、招风耳、拧门牙，这不是偷我钱包的小子吗，是那张画像的缩小版。原来，罗英一直随身带着它，在茫茫人海里找寻。

永远的保镖

两个月后我可以下床了，罗英让我陪她逛滨河路。一路上，她搀着我，好不乖巧，让我产生表白爱情的冲动。

我一瘸一拐吃力地走着，伤腿有些不听使唤，汗不住地往下淌。我抓着她的胳膊，喘着气说："看来，我还真需要一个像你这样的保镖。"

这个傻丫头不解地问："你做谈判代表也需要保镖？"

我不动声色地回答："当然，终身的形影不离的保镖！"

她准是听懂了，脸红得像芍药花，故意低声说："我可当不了，害你丢钱包，又让你受伤流血，差点为我……"她不说话了，却将我扶得更紧了，我们就这样慢慢地走着。

假日的滨河路人群熙攘，姑娘们提着购物袋穿梭于商场间，可罗英既不看商品，也不购物，两眼不断地扫视着人群。我心里暗笑：职业病，休息也忘不了抓贼。

我们走到9路公交车的站台，准备等车回医院，车上拥下来一群乘客，我刚要上车，罗英忽然拽住我跟着人流走。我很奇怪，等走到小卖部，她忽然对我悄悄说："你看那人！"

我扭头望去，只见一个瘦猴脸、招风耳的家伙，正龇着牙掏钱买烟，手里那个鳄鱼钱包镶着白金边，钻石鹰眼闪闪发光。那不就是偷我钱包的小偷吗？我大吼一声扑了过去。

眼看就要制服这个家伙了，突然，他手臂一抡，几只钱包飞向天空。其中一只被高高地抛出，在天空划出一道弧线，越过河堤，飞进了黄河里，漫天飞舞的纸币慢慢落在河面上。

我还没反应过来，罗英已迅速捡起地上的钱包，又一个箭步跨上河堤，"扑通"一声，纵身跳进河里。不明真相的行人见状围拢过来，大声呼喊："救人啊，有人跳河啦！"

巡警过来了，我把小偷交给他们，就赶到河堤前。只见罗英在河水里奋力追赶那只钱包，河水散开她的头发。她不时地甩头、换气，而钱包在浪中忽隐忽现，很快没了踪影。

看着她绝望地在水中沉浮、觅寻，我跳入水中，抓住她："你疯啦！为个破钱包把命搭上，值吗？"

罗英终于忍不住孩子般哭起来："那钱包，是你、珍贵的纪念，我得找、找回来……"哭着哭着，她清醒过来，冻得下牙打上牙，问："你、你，干、干吗，也跳下来？伤才好点……"

我紧紧搂住她"当你的保镖，当你永远的形影不离的保镖呀。"

我俩紧紧牵着手，幸福中又带些失落地向岸堤上游去。忽然，她黯然的眼睛放出欣喜的光芒。我顺着她的目光望去，只见河岸阶梯边的角落里，一个镶着白金边的黑色钱包在浑浊的拍岸浪里沉浮，那颗鹰眼钻石在阳光下射出了迷人光芒……

（题图、插图：谢　颖）

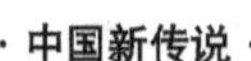

· 中国新传说 ·

桃花运

南山坳村有个老光棍叫李广田，活了大半辈子，从来没有女人喜欢过他。可是突然之间，他却走起了桃花运，几个女人争着抢着要跟他去登记结婚。到底怎么回事，这还得从去年说起……

□黄　胜

是好还是坏

南山坳村地处偏僻，外面很少有人进来。去年开春的时候，来了两个山西人，说是来替小煤窑招收矿工的。他们的条件很诱人：管吃管住，每月还有一千元的工资。南山坳穷啊，有不少人都动了心。可动心归动心，谁都知道下窑采煤不是闹着玩的。电视上经常有大小矿难的消息，看那些遇难矿工的家属呼天抢地的模样，真让人心酸啊。做矿工，虽说挣钱不少，可好死不如赖活着，没穷到极点，谁敢去冒险呀？

结果，山西人在村里呆了两天，只有二贵一个人跟着他们走了。

二贵是和老婆枣花闹了矛盾，一气之下离家出走的。两人自打结婚后，就小吵一四七，大吵三六九，几乎没有消停过。吵架的原因，无非就是枣花嫌二贵窝囊，没本事抓钱。这次吵架，枣花只图一时痛快，对二贵极尽挖苦之能事。二贵伤心之下，正赶上山西人来招工，也就不跟枣花言语，跟上山西人走了。

枣花好不后悔，可找又找不回来，只能天天为二贵担心。不过，当枣花一个月后收到从山西寄来的六百元钱时，她后悔的心就淡了，还学会了开导自己：天下矿工那么多，绝大多数活得好好的，倒霉事不一定就会摊在二贵的身上。

村里人看枣花用二贵卖命赚来的钱吃香的喝辣的，背后都说：等着吧，等二贵出了事，她自己当了寡妇，就知道后悔了。

可不是，那年年底二贵就出事了，一个山西人拿着两个盒子回了南山坳，其中一个盒子装的就是二贵的骨灰。抱着丈夫的骨灰盒，枣花号啕大哭，哭得是肝肠寸断，哭得大家都忘了当初是她把丈夫逼走的，跟着她一起掉眼泪。可当山西人打开另一个盒子，亮出盒子里的二十万时，大家都看呆了：天啊，二十万，乡下人几世几辈也花不完呀！

枣花的哭声不知不觉地小了。

枣花因祸得福，成了南山坳的首富。不久，她就到城里买了楼，做了城里人。随后，又嫁给了一个小学教师。柱子在县城打工，回村就说他亲眼看到枣花跟她老公手挽手在大马路上散步，那模样，要多幸福有多幸福。村里人听了，又是嫉妒又是气愤：二贵死得真是亏呀，全便宜了这娘们。

二贵走了，村里又出了个“名人”，他就是老光棍李广田。

李广田今年五十了，可看上去就像是个六十多岁的小老头。他讨不上媳妇的原因，一个是穷，另一个是丑。几乎所有的人都认为，李广田这一辈子算是完了，到死也是光棍一条。可万万没想到，李广田的桃花运说来就来了。

前些日子，也就是寡妇枣花迁到城里不久，又有一个操着山西口音的人来到南山坳，还是招矿工。不消说，村里人给他的又是冷脸，何况前面有

了二贵的例子，就更没有人愿意拿命去换钱了，除非这个人是活腻歪了。

可李广田就是活腻歪了。

这次，山西人来招矿工，李广田就动了心：反正自己是一人吃饱全家不饿，当矿工，不愁吃不愁喝，死了拉倒，也算是脱离苦海了，如果不死，还能挣点钱，回来后说不定还能娶个女人呢。就这样，李广田报了名，准备去山西挖煤了。

是悲还是喜

很快，南山坳的人都知道了这件事。村长第一个来找他："广田，听说你要到山西挖煤？你可要仔细想想，那营生可危险呢。"

广田满不在乎："可那营生赚钱呢，俺想挣点钱。"

村长依旧严肃地地点点头："出去闯一闯也好，好男儿志在四方嘛。其实，在井下自己当心一点，也不会那么容易就出事的。"这时，村长眼里突然掉出了一滴泪，沉痛地说："可是广田呀，我为你感到亏呀。"

广田从没看到过村长掉泪，那可是比鳄鱼的眼泪都要稀奇呢。他慌忙站起来，手脚都不知道往哪搁。

村长很动感情："广田，我是可怜你，你活了都要半辈子了，连女人的滋味都没尝过，要是现在万一出个什么事，连个……连个……广田，你别怪我说的难听，到时候连个给你烧纸的人都没有哩。你活着的时候是光棍一条，死了也是孤魂野鬼呀。"村长眼睛红红的，"广田，这事想起来我就为你害愁呀。没帮你成个家，是我这个村长失职呀。"

李广田感激涕零："村长，不怪你，怪我自己没本事。"

村长伸出黄黄的巴掌，抹了一把眼泪，然后往下一劈，果断地说："不行，我想过了，一定在你临走前帮你成个家，让你放心地出去闯。"

李广田又惊又喜，要是真能成个家，让他给村长跪下也行呀。

村长看出了他的激动，微微一笑，说："广田，其实，我心里现在有个人选，你看合不合适。"

没等村长说出来是谁，李广田就赔着笑表态说："合适合适，只要人家愿意就行。"

村长又笑了，摇摇头："那你也不能不挑不捡呀。广田，你看我那侄女小娟怎么样？"

"谁？小、小、小……小娟？"李广田惊得几乎要跳起来，"村长，你别开玩笑，小娟比我小好几十岁啊。"

村长却根本不像是开玩笑："广田，你说，你愿不愿意吧？"

李广田脑门子上的汗都下来了，他摸不透村长到底是什么意思，一个劲地摇头，语无伦次："我不敢……不合适……小娟不会愿意的……"

村长哈哈大笑："广田，你别说，小娟那丫头还真愿意，她说，她一直偷偷喜欢你呢。只要你点个头，明天就去给你们登记结婚。你愿意吗？"

打了半辈子光棍的李广田怎么会不愿意呢？他欢喜得都要哭了。

村长雷厉风行，他马上让李广田把身份证交给自己，明天由他负责去镇上办理结婚证。村长又高高兴兴地说："领了结婚证后，你们就算夫妻了。等你到山西干一年，攒些钱，就回来收拾房子办喜事。"

还要过一年才办喜事呀，李广田大失所望。村长解释说："你看看你这破房子，能住人吗？怎么也得翻新一下置点家当吧。当然，你现在要是有钱，我马上就给你们办喜事。"

李广田穷得叮当响，自然没钱，有钱他也打不了光棍啊。

村长安慰他说："你放心吧，只要登记了，媳妇就是你的，谁也抢不去。你现在的任务，就是到山西后，拼命干，多赚钱，回来跟小娟过好日子。"

李广田不吭声了，村长说得很有道理，他默默点点头。

村长走后，李广田好半天不能平静下来，笑一阵，哭一阵，哭一阵，笑一阵，觉得简直跟做梦一样。他想到小娟，想到将来与小娟的幸福生活，就感到未来无限美好。

正坐那傻笑呢，有人"啪啪啪"敲他的门。李广田抹干净脸上的喜泪，问："哪个？"

"我，虎子他妈。"

李广田一怔，深更半夜，这寡妇来找自己干什么？自打虎子爸得绝症死了以后，李广田就对虎子妈有了想法，他主动去给虎子家干活，挑水打柴种庄稼，里里外外的体力活都包了。虎子妈呢，也大哥长大哥短的，对他非常热乎。这样干了一年后，李广田鼓起勇气，表达了想跟虎子妈成家的想法。没想到虎子妈却把他骂了个狗血喷头，说他也不撒泡尿照照，癞蛤蟆还想吃天鹅肉。后来，这事成了

众人的笑话，此后，李广田看见她就躲着走。

这会儿，虎子妈温柔地说："大哥，你开开门，我有话跟你说。"

李广田要去拉门闩，可手拿了起来又放下了，因为他想到了小娟，自己现在是有女人的人了，还是谨慎为好。于是，就隔着门问："虎子妈，你有什么事呀？"

"当然是咱俩的事。"

"啥？"李广田又差点闪了舌头，纳闷地问，"咱、咱……咱俩？咱俩还有事吗？"虎子妈"扑哧"一笑："广田哥，你真坏，故意装糊涂。"

李广田说："我是真糊涂呀。"

"好了，你不是要跟我两家合一家吗？我一直等着你呢。上次我骂你，那是在考验你，谁想你就当真了，也不再去找我。广田哥，这几年，我心里一直有你。我不嫁，就是在等你呀。"

李广田不敢相信自己的耳朵，他猛掐了一下自己的大腿，疼，不是在做梦呀！

门外，虎子妈又继续道："广田哥，我听说你就要去山西了，这一走，没个一年半载回不来，所以，今晚我就不顾脸面来找你了，广田哥，我想好了，如果你心里还有我，明天我就跟你登记去。"

屋里，李广田听了这番火辣辣的表白，一身一身地冒汗。天啊，这是怎么一回事，就这一天，来的全是自己盼了几十年的好事呀！这事要是搁在几个小时以前，他一定会激动地打开房门，将虎子妈迎进屋来，可现在他只能拒绝："虎子妈，你来晚了，我已经有对象了。"

只听外面"扑通"一声，似乎虎子妈一屁股坐在了地上，她急问："是谁？"

李广田喜滋滋地说："是小娟，刚才村长亲自来做的媒。"

虎子妈喘着粗气，恨恨地说："这个老狐狸，又被他占了先。广田，你可别上他的当。你想想，小娟那么年轻漂亮，怎么可能看上你呀？"

李广田说："是村长亲口说的，他把我的身份证都拿去了，明天就要去给我们办结婚证呢。"

虎子妈有些气急败坏了："那她肯跟你马上办喜事吗？我跟你明天领证，明天就办喜事。"

李广田真想马上打开屋门，可一想起小娟，脑子就冷静下来。跟小娟比，你一个寡妇算什么呀。他说："虎子妈，对不起，你回去吧。"

虎子妈还不甘心："广田，我可是真心对你呀，你好好考虑一下，别上别人的当，村长那点心眼我还不知道，不就是为了二十万……"说到这里，她自觉失言，赶紧住了嘴。接下来，她又央求了一会儿，见李广田就是不肯开门，只得说："广田，你先考虑一下，明早我再来。”

这一夜，李广田一夜未睡，他想着虎子妈的那半截子话“为了二十万”，心里明白了许多，他不觉流下了辛酸的泪。

是生还是死

李广田真是交了桃花运了。第二天一大早，来到他家的，除了村长、虎子妈，还有邻村的两个媒婆，她俩也是受人之托，分别来为李广田介绍对象。媒婆说，人家女方都说了，只要李广田同意，马上就可以去登记，个个都是迫不及待。

她们围住李广田，你一言我一语，各摆各的好，上演了一场四女争夫的闹剧。村长见是这么一种局面，急了，将李广田拉到一旁，也改口了：“只要你同意，领了结婚证，我就在你去山西前将你和小娟的喜事办了。”

经过一夜的考虑，李广田想明白了许多事，他看着村长，突然问：“村长，小娟跟我成了亲，将来我要是没死，活着回来了，那可咋办？”

村长愣住了，他这才发现，李广田并不是自己想象中那么傻。他干笑了一下，说：“哈，你当然要活着回来，你不回来，小娟不成寡妇了吗？”

李广田笑笑，说：“有了二十万，当寡妇也很好呀。”

村长脸上顿时变了颜色，像是当众被扒光了衣服。另外三人也面面相觑，脸上都露出了尴尬的表情。

两天后，李广田坐上了去山西的火车。他已经摘掉老光棍的帽子了，就在昨天，在村长的操持下，他已经跟小娟热热闹闹地成了亲。那真是幸福的一天哟，虽然，有时他会觉着别人看他的目光像是在看一个死人。

火车在往前奔驰，李广田木然地看着窗外，他不知道距离自己的终点还有多远，前方等待自己的是什么。现在，唯一能让他安慰的是，自己是一个有家口的人了。

（题图、插图：魏忠善）

·中国新传说·

吃霸王餐的人

□袁菽涛

中午，一个脸上有刀疤的汉子蹬了一辆人力三轮车，在紫竹园酒家门前停下了。他下了车，便风风火火地进了饭店。

服务员见来了客人，忙走过来微笑着问道："先生，您几位？"刀疤脸瓮声瓮气地说"就我一个。"说完，他一屁股坐了下来，胡乱点了几个菜，又要了两瓶啤酒，埋头大吃起来，不一会儿就风卷残云一般，将整桌酒菜扫了个精光。刀疤脸摸摸圆滚滚的肚皮，一抹嘴巴："埋单。"

服务员走过来，说："先生，一共是六十元。"

刀疤脸头也不抬，扬手说："记账上。"就这点钱也记账？服务员差点笑出了声，不过有好几个单位都是平时记账，月末再付钱，他要记就记吧。服务员便问："请问先生是哪个单位的？"刀疤脸抬起头，瞥了她一眼，说："我没有单位。"

没有单位也想记账？服务员知道今天遇上吃白食的了。见刀疤脸凶神恶煞的样子，她小心翼翼地说："先生，请你付现钱吧，要记账只有老板同意才行。"

刀疤脸冷笑道："我今天出门没带钱，不付现钱是不是就不让我走啊？"

服务员怕把事情闹大，就悄悄到里面叫来了老板。

这下周围的客人都来了兴趣，谁都知道这个老板是个铁公鸡，大家想看看他今天遇上这个吃霸王餐的家伙，打算怎么办。

老板是一个四十多岁的络腮胡子，他叫服务员又拿来一瓶啤酒，满脸挂着笑，给刀疤脸敬了一杯酒，说

"兄弟，这年头生意不好做啊，请多关照。"

刀疤脸毫不客气地接过酒杯，将酒一饮而尽，又抹了一下嘴巴说："我已经关照你的生意了，让她记账，她却啰嗦个没完。"

老板本来以为一杯酒敬下去，刀疤脸会识相地掏钱，没想到他仍然要记账。老板的脸上有些挂不住了："请问先生在哪里发财？"刀疤脸说："要是发财的话，也不用记账了，我刚从里面出来，还没找到工作，是蹬人力三轮车的。"

老板吓了一跳，原来这家伙刚从山上下来，这种人惹不起。于是，他回头对服务员说："算了，这位兄弟的钱我付了。"

哪知道刀疤脸并不领情，反倒扯着嗓子说："谁让你付钱了？我说了记账的，我可不想欠谁的人情。"

看来这家伙是有意来找麻烦的，老板想不起自己什么地方得罪了他，只好自认倒霉，就苦笑着给服务员挤挤眼，假装爽快地说："行，记账就记账。"

谁知刀疤脸又提出了一个要求："我看这样吧，老板，反正是记账，干脆就记上五百元好了。"老板莫名其妙地问："你才吃了六十元，为啥要记五百元？"

"哪那么多废话？让你记五百元就记五百元！"

老板本想冒火，但一想刀疤脸可能是成心来找事的，觉得这种亡命之徒还是少惹为好，于是忍气吞声地说："好吧，就记五百元。"

记完账后，刀疤脸把手一伸："拿来我签字。"服务员把记账单拿过来，刀疤脸歪歪斜斜地写下了自己的名字，又递给老板。老板接过来，眯着眼看了看，也看不清他写的是啥，但还是假装客气地对刀疤脸说："你走好，欢迎再来。"

可刀疤脸却并不起身，而是说："老板，字我已经签过了，你是不是应该找我钱啊？"

老板丈二和尚摸不着头脑："兄弟，我没有得罪你啊，我不收你的饭钱，你为什么还要我找你钱？"

刀疤脸一巴掌拍在桌上，厉声说："笑话，我吃了你六十元，给你签字记账五百元，你不是还应该找我四百四十元吗？大伙说是不是这个理？"周围的人一下子面面相觑，这是什么歪理？

老板明白这家伙是成心来找茬儿的，不但要吃霸王餐，还要敲诈勒索，他一张脸气得通红，实在忍无可忍了，只见他腆起肚子，双手卡腰，提高了声音问道："兄弟，我可是客气了又客气，我从来没有得罪过你，你一再得寸进尺是什么意思？要知道我也是白道黑道都有几个朋友的。"他以

为这话能把刀疤脸吓走，哪知道刀疤脸根本不买账，还冷笑着说："我不管你什么黑道白道，反正我只吃了六十元，给你签字记账五百元，你得找我四百四十元才行。"

旁边的服务员一看这阵势，就悄悄打了110……

一会儿，警察赶到了，听了事情的经过后，把刀疤脸训斥了一顿："你才出来几天，是不是又想进去了？"

见警察来了，刀疤脸站了起来说："我确实没有钱，但我妈有钱，她就在前面十字街口，我把她接来，她还没吃饭呢。"说罢就出了饭馆。

过了一会儿，刀疤脸果真扶着一位老太太走进了饭店，对着大家高声说："诸位，我听说这老太太的儿子儿媳不孝顺，他们自己住别墅洋房，却把老太太赶了出来。今后，这老人家就是我妈。老板，先给我妈来一碗饭，再来一碗炖肉。"

什么？老太太不是刀疤脸的妈？大家越听越糊涂，再回头看看老板，老板的脸已经成了猪肝色，望着老太太，从牙缝里憋出一句话来："妈，你——"

原来老太太是老板的妈！

警察哭笑不得："简直是胡闹，你这是解决问题的办法吗？你忘了自己是为啥入狱的，怎么还这么冲动？"原来，刀疤脸最爱打抱不平，尤其痛恨不孝顺父母的人，之前就是为了给一个老人鸣不平，一时冲动伤了人，这才进了监狱。没想到出来不久，就又碰上这样的事，他为了帮助老太太，才演了今天这出戏。

刀疤脸诚恳地说"警察同志，我知道这做法不妥，可我不是惹事，我是真的气不过。"说着，他掏出六十元钱放在桌上，对老板说："今后要是老太太再摊上这事，我还来你这儿白吃，但那时候就不是一个人了。"

明白了真相，周围的人议论开了，再看那老板，脸红一阵白一阵的，已经羞得抬不起头了。

（题图、插图：刘斌昆）

财源滚滚金钱龟

□柴兴志

积善寺里有个放生池，虔诚的香客们常常带着鱼来放生，不过有的香客路远，带来的鱼就死在了路上。原想放生反杀生，害得好多香客懊悔不已。

附近的村民们就此发现了商机，纷纷买了活鱼去寺院卖，几毛钱的小鱼在那里卖一元。香客们虽然觉得价钱太离谱，但积德行善全凭自愿，看那些小鱼挤在盆里痛苦挣扎，就都念着阿弥陀佛买下来放生了。

到积善寺卖鱼的村民越来越多，养鱼户吴有余的生意也越来越红火，因为附近只有他一家鱼塘。这下村里的小混混金贵红了眼，他只想做无本买卖，便借了张鱼网半夜里去鱼塘偷鱼，结果被吴有余当场抓住，没收了鱼网还要把他送到派出所。正好吴有余老婆在，认为为了几条鱼得罪了乡邻不值得，便劝说吴有余放了金贵。

金贵偷鱼不成丢了网，便想把鱼网讨回来。他不知从哪里搞来了两只碗口大的龟，提着来给吴有余赔礼，说这龟是从巴西引进的金钱龟，吃了可以大补……吴有余老婆信佛，听到这话就阿弥陀佛念起来。金贵见状，赶紧改口说这是观赏龟，龟寿千年，养了积德长寿。

吴有余一看果然值得观赏，这龟通体绿色，头上一对鲜艳的红斑，龟壳上的花纹绿里透黄，挺像一枚枚钱币。吴有余觉得这是个好彩头，便还

了金贵的鱼网，把这对龟放进了自家的鱼塘里，让它保佑自己财源滚滚。

转眼到了夏天，那天吴有余正在往鱼塘里撒饲料，突然发现塘边的沙土一鼓一鼓地蠕动，吴有余吓了一跳，以为是水耗子来偷鱼吃。他抄起铁锨刚要挖下去，就见沙土里忽地拱出了几只带红斑的小脑袋，紧跟着钻出了一只只碧绿的小龟，匆匆地划动四肢往水里爬。吴有余乐坏了，忙把它们捉进了饲料盆里，数了数恰好十只，欣赏了一阵刚要把它们放回鱼塘，脑子里突然一动，立刻有了好主意。

吴有余带着这十只小龟来到积善寺，蹲在大门前吆喝起来："金钱龟送金钱，放生积德，增福增寿喽！"这一嗓子，果然引来了不少香客，大家听着这吆喝顺耳，看着这小龟可爱，就想买来放生。吴有余看到了抓钱的机会，马上把价钱从十元一只涨到了二十元一只，有道是物以稀为贵，香客们纷纷解囊，十只小龟很快就卖光了，吴有余一会儿的工夫就挣了二百元。

金钱龟果然带来了金钱，也给吴有余带来了启发：要是在塘里养上一批金钱龟，那不就发啦？吴有余马上外出联系，转天就花两千元搞来一百九十只金钱龟。他把大的放到鱼塘里养殖，剩下的一百多只拿到寺里去卖，这一进一出很快又赚了两千多元。吴有余高兴啊，他每天都在鱼塘边盯着，只等着沙土里爬出小龟来。

这天，吴有余又来到积善寺卖

龟，大概来得早了，没盼来香客却等来一个老和尚。老和尚朝吴有余点点头，说：“施主请随我来。”

难道是要我捐钱？吴有余想想自己是靠着寺里的放生池挣了钱，就是多捐一些也不为过，便挺痛快地跟着老和尚进了寺院，没想到老和尚却一直把他带到了放生池边。老和尚伸手向池里一指：“施主请看。”

吴有余往池里仔细一瞧，不由大吃一惊：池里满是白花花的鱼骨头！

因为今年天旱水位下降，清澈的池水一眼就看到了底。只见水里的鱼已经寥寥无几，却有近百只大大小小的龟趴在池底，缩着头一动不动。吴有余正在纳闷儿，一条鱼游到了龟群的上方，只听“咕”地一声，下边一只龟的脑袋闪电般地伸出来，极为准确地咬住了鱼身，接着拖到池底撕扯着吞吃起来，旁边的龟被惊动了，紧跟着一拥而上，挤成一团疯狂抢食……老和尚闭上眼睛，难过地摇着头念叨：“阿弥陀佛，罪过罪过啊……”

看着贪婪抢吃的金钱龟，吴有余愣了一会儿，突然大叫一声，撒腿就往自家鱼塘跑。他跑到鱼塘，打开放水口发动了抽水机，心惊胆战地看着水面，心里也念起了阿弥陀佛。

吴有余老婆听见抽水机响，跑来看见老公正在抽水清塘，以为他发了疯，一个劲儿地问他为什么，吴有余没心思跟她解释，守着抽水机只管抽水，不消一个小时，塘底渐渐露了出来：只见里面除了几十只碗口大的金钱龟在到处乱爬，只剩下不多几条大鱼！

完了！吴有余心惊肉跳，目瞪口呆，他老婆也一屁股坐在了地下，两口子欲哭无泪。这鱼塘是吴有余的命根子，光买鱼苗饲料就贷款两万元，现在全打水漂了！

吴有余狠狠给了自己一个大耳光，叫唤着：“我糊涂！我混蛋！我财迷心窍呀……”突然，他像疯了一样扒开沙土，掏出龟蛋又踢又踩。老婆看他杀生，哭喊着扑上来阻拦，这哭喊声惊动了周围的村民。

村长也闻讯跑来了，见此情景他马上把情况汇报了上去。很快市里有关部门便派了环保专家赶来考察。

专家查看鱼塘后告诉吴有余，这些龟根本就不是金钱龟，而是宠物贩子非法牟利，从国外走私进口的红耳龟。红耳龟繁殖迅速，一旦流失到池塘、农田里，就会大量捕食鱼虾、青蛙等当地生物，严重破坏生态平衡。为此，今年春天政府还发了专门文件，明令禁止饲养买卖。吴有余发财心切又不关心时事，买来了红耳龟，这才给自己的鱼塘造成了灭顶之灾。

金钱龟变成了吞钱龟，财源滚滚变成了祸水滚滚，吴有余两口子后悔不迭。（**题图、插图**：黄全昌）

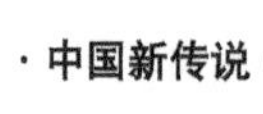

惊弓之鸟

□余　乐

老魏是一家贸易公司的保安。这天，轮到老魏值夜班。此时,公司里已是人去楼空，四下一片死寂。为了防止自己打瞌睡，老魏一边不停地抽烟，一边来回地踱步。

到了午夜时分，一阵急促的电话铃声骤然响起。老魏猛地一个激灵，抓起电话，只听电话那头传来了老婆急切的声音:“喂，老魏吗？我现在正在东群胡同。我后面有两个人，好像一直在跟着我。我好怕，你快点来接我……”

放下电话，老魏已是一身冷汗。老婆阿丽在税务局工作，这段时间正值年末，经常加班到深夜。老魏一直劝她，回来晚了，就坐出租车。可她却不以为意，说回家这段路离老魏他们那儿近，真要有啥，叫他不就行了。这下倒好，还真出事了！老魏顾不得许多，抄起一根警棍，飞速向东群胡同跑去。

跑出大概五百米的样子，老魏才猛地意识到，这样擅自离岗有些不妥。万一公司出了什么事，自己的责任就大了。正左右为难，他忽然想起，有一个哥们儿家就住在东群胡同，让他帮个忙把阿丽送回家，不就行了。

于是老魏掏出手机给朋友打好电话，又给老婆安顿一番，这才转身向公司跑去。

还没到公司，就听到大门那边有响动。老魏暗叫一声:“不好！”撒腿朝大门那边猛跑。只见有个人正在试图翻过大门，进入公司。老魏大喊一声："抓小偷！"就挥舞着警棍，冲了上去。

小偷听到喊声，扭过头见有人来了，吓得跳下大门就要逃。老魏一个百米冲刺，抓住了他的衣领子，扬起手中的警棍，吼道："看你还往哪里跑！"

小偷拼命挣扎了一番，可他哪是老魏的对手，见逃不掉了，就求饶道："这位大哥，小弟家里已揭不开锅了，想找点钱，混口饭吃，没想到，第一次出手就栽到了你的手里！大哥，看在我初犯的份上，您就高抬贵手，放了我吧！"

老魏一皱眉："少在我面前耍花招！今天不把你送到派出所，明天你就会去祸害别人！"

见老魏语气强硬，小偷不再言语，顿时软了下来。

抓住了小偷，等于为公司立下了大功，老魏好不得意。他掏出手机，准备打电话报警，就在这个当口，小偷突然铆足了劲儿，从老魏手中挣脱开来，从身上摸出一把砍刀，朝他砍来！老魏顺势用手去挡。只听"噗"地一声，两根手指生生被砍了下来！一阵钻心的疼痛直冲脑门，很快，老魏就失去了知觉……

从那天起，老魏就少了两根手指。一出院，他就拿着医院的药费清单，去找公司老板尚经贵，希望能给予报销，并申请工伤待遇。尚经贵十分客气，又是让座又是倒茶，他接过清单，粗略地看了一遍，说道："老魏呀，你是知道的，公司现在很不景气！这样吧，看在你是老员工的份上，我给你报销一千块钱的医药费。至于工伤待遇，就实在无能为力了！"

听到这话，老魏急得一下子从沙发上跳了起来："尚老板，医药费你可以少给点，但工伤待遇一定要给我落实！不然，我下半辈子怎么生活呀！"

尚经贵突然提高了嗓门，说道："老魏，你是抓小偷致残，还是与人斗殴受伤，现在还不知道。做人可要知足呀！"

老魏心头的火一下子蹿了上来，

他再也忍不住了，猛地一拍桌子，吼道："尚经贵，老子为公司身负重伤，你小子连去看一眼的情意都没有！现在倒好，竟侮辱起我的人格来了！"

看老魏一副要拼命的架势，尚经贵忙缓和了口气"老魏，有话好好说嘛！这样吧，如果你能找到证据，证明你是抓小偷受的伤，我就给你办工伤待遇！"

尚经贵话说到这个份上，老魏还能怎么办。现在，他手上确实是没有任何证据，唯一的办法就是找到那个小偷，让他给自己作证！

可是人海茫茫，到哪去找小偷啊？老魏在路边抽了一通闷烟，脑袋里反复琢磨着那晚的事。突然他灵光一闪，忽然想起来：那天晚上，两人打斗时，他从小偷身上扯下一张纸片，想想那颜色和大小，好像是张彩票！如果能找到，说不定就是一条线索，这么一想，老魏抱着试一试的态度又折回了公司门口。没想到，还真让他在大门边的花坛里，找到了那张体育彩票。看上面的时间，正是事发当天，老魏心头这个乐呀！

老魏拿着彩票按图索骥，很快找到了那家体育彩票的销售点。他分析，这个销售点地处偏僻，流动人口不多，前来买彩票的人应该就住在附近。再说买彩票一般不会只买一次，如果那小偷再次现身，就一定可以将他抓获！

老魏打定主意，就每天都到销售点守候。这天下午，他正坐在销售点抽烟，耳边突然传来了那熟悉的声音！他扭头一看，这不正是那个小偷吗，这家伙化成灰自己都认得！

老魏没有轻举妄动，他悄悄给几个哥们儿打了电话，让他们赶过来增援。十几分钟过后，几个哥们儿先后赶到。随着老魏一个手势，几个人猛地扑了上去，一举将小偷按住，不容分说，拖出销售点，来到一个僻静所在。

刚开始，小偷死活不承认那天的事，可经不起大家软硬兼施，终于开口说道：“几位大哥，求求你们，千万别伤害我，我全招……”

原来小偷名叫吴二，两个月前，混混出身的尚经贵找到了他，对他说道：“兄弟，税务局最近盯上了我。哥哥我这些年没少偷税漏税，要是被他们查了老底，肯定是死路一条呀！所以我想让你帮我办件事：你到我们公司财务室走一遭，把里面的电脑资料以及账本偷走，这样他们就没证据了。如果成功，哥哥决不会亏待你的！”说完，将厚厚的一沓定金，推到了吴二的面前。

吴二看在钱的份上，答应帮这个忙。他们商定趁老魏值夜班，在半路上拦截他老婆，吓她个半死，再把老魏钓出来……

听完吴二的讲述，老魏早气得七窍生烟。闹了半天，这出戏的幕后导演，就是尚经贵这个王八蛋！

抓住了小偷，老魏立刻报了案。不久，尚经贵也被警察带走了。

终于出了口气，老魏好不开心，晚上吃饭时，还特意喝了两杯，正喝着，他突然想起一个问题，便问老婆：“前段时间，你们税务局真的要去查尚经贵吗？”

阿丽被他问得一愣，低头思索了片刻，才想起来：“那天，我和同事在商场的咖啡吧里休息，恰好尚经贵和一个妖艳的女子坐在了我们旁边的位子上。我想，他平时对你不太重视，就想提醒他一下：你老婆可是税务干部，他可要对你客气点！”

“然后，我就故意大声对同事说：‘小张，你知道吗？局里刚开了一个中层干部会，说是准备到老魏所在的公司查账……’我的本意是想吓吓他，可没想到，尚经贵怎么就当真了呢……”

老魏突然仰天大笑道：“报应呀！他尚经贵作孽太多，早已是惊弓之鸟，被你这么一吓，不自投罗网才怪！虽然咱丢了两根手指，可毕竟替国家抓住了一个大蛀虫，值呀！”

（题图、插图：魏忠善）

（本栏目欢迎来稿。来稿可从邮局寄发，也可从网上传递。如为电子邮件，请发以下信箱：wyjing833@sohu.com）

钧瓷香炉

□曹善起

清代顺治初年，济南城里小偷猖獗，许多店铺连连被盗，官府多次派人缉拿，丝毫不见所获。这年腊月初三夜里，古玩老店“百宝斋”又被盗贼光顾，所有值钱的东西全被卷走，官府照例派人破案，仍是一无所获。眼看年关将近，有钱人个个惶恐，生怕再遭不测。

这天午后，趵突泉北沟一家门楼旁边，有位身形干瘦的老人在晒太阳。他须发如银，面目俊朗，手中焐着一只紫色瓷制火炉，细眯着双眼，好不惬意。

这时，门楼西边走来一个四十多岁的汉子，一身破衣烂衫，形同乞丐，只见他东张西望，无意中瞧见老人手中的瓷炉，两眼不由放出光来：“我的娘哎，怎能拿这件东西取暖，真是糟蹋了宝贝！”原来，老人怀里的瓷炉是一只“茄皮紫”的钧瓷香炉。有道是“家有资产万贯，不抵钧瓷一片”，这可是无价之宝啊！

汉子转身走近老人，跺跺脚说：“这么冷的天，您老用这只小火炉能管用吗？”老人抬抬眼皮：“管用，不信你试试？”

那汉子接过火炉，并不焐手，却从袖中拿出一只半生不熟的土豆，说：“我还没吃饭呢，烤烤吃行吗？”不待老人答话，他就把土豆放在钧瓷香炉里，顺便打量起它来。

只见这钧瓷香炉盘口直颈，兽耳

衔环，釉面莹润，三足匀称，用手轻轻一抹，炉身便露出莹润的茄皮紫色，真是百闻不如一见！汉子烤着土豆，有一搭没一搭的跟老人聊着。原来，老人祖上曾经三代为官，此为家传之物，过去用来烧香供佛，后来家道败落，撤了那座佛龛，只好用它来烤火。

那汉子看土豆烤得差不多了，笑了笑说："您老尝尝，又软又香！"

老人摆摆手，刚要说"不"，就见汉子左手一抬，把那土豆"嗖"地塞入老人嘴里，然后抱着钧瓷香炉，飞也似的跑了。

老人的嘴被土豆塞得满满当当，且被烫得眼泪直流，喊也不能喊，看又看不见，只能任由那汉子飞身越过几丈宽的水沟，一会儿就不见了人影。

丢了家传宝贝，老人怎会善罢甘休？他决心在济南城明察暗访，一定要把钧瓷炉找回来！

第二天，老人就到几条街上走了一趟，没有发现任何可疑线索，他又来到大明湖边"汇泉酒楼"，要了瓶"仲宫老烧"，选个角落自斟自饮起来。老人才喝了一半，发现有些不对劲，一摸口袋，身上多了不少银子，还有一些珠宝首饰。

不一会，就见一位衣着光鲜的汉子跑过来，趴下就给老人磕头："弟子有眼不识泰山，冒犯了您老人家，请您大人不记小人过，还是把那只'银蚂蜂'还给我吧！"

"哈哈"，老人一把揪下眉毛胡须，转眼变成一个眉目俊朗的中年人，"我已经等你多时，快把钧瓷香炉交出来！"

这衣着光鲜的汉子，正是那天抢宝的乞丐。此人名叫崔天明，是济南"白虎帮"的掌门人，自小学得一手偷盗绝技，号称从来没有失手过。不料那天抢夺钧瓷香炉的时候，自己身上的"银蚂蜂"也不翼而飞。

“银蚂蜂”长不过半寸，别在衣领暗处，别看毫不显眼，却是贼首的标志。凡济南城的大盗小偷，一旦瞧见这个东西，不论是否认识贼首，都要“进贡”。

崔天明丢了这件宝贝，认定是老人所为，这才屈尊拜望老人，讨回“银蚂蜂”，并想借此机会结识这位同道高人。

这位恢复了本来面目的“老人”，原来叫秦效良，是唐初名将秦琼的后代，自小在京城混事，很少回济南，今日来家探亲，打算结识几个朋友，没想头一日就遇上同行，便有意露了一手。秦效良招呼店小二又拿来一只酒杯，两人推杯换盏，转眼成了朋友。

崔天明自然恭敬呈上钧瓷香炉，秦效良也小心翼翼摘下“银蚂蜂”，就在两人起身交换时，就听“呼啦啦”，进来七八名官府捕快，将他俩围了个结结实实。为首的大汉嘿嘿笑道：“人赃俱在，两位好汉有何话说？”

捕快们给两人的眼睛蒙上黑布，像牵瞎狗一样匆匆走了。为了防止百姓们围观，他们专拣僻静小巷行走，可左拐右转，没有进入官府衙门，却来到一家剃头铺里。

进了门，一个捕快把门关上，转身扯掉崔天明眼前的黑布。就见这崔天明扭扭脖子，活动活动了筋骨，竟仰天大笑起来：“姓秦的，就算你厉害，今天怕也没想到吧！”

说话间，旁边的“捕快”们也脱掉公服，哄笑起来。原来他们都是崔天明的同伙，而这个剃头铺就是秘密窝点！真是智者千虑，必有一失啊，秦效良做梦也没想到，自己竟让这个贼首给算计了，他冷笑着说：“你们这群毛贼，假扮官府公差抓我，这算什么本事，大爷我死也不服！”

“哈哈，京城来的高手也不过如此，这下你认栽吧！”说着，崔天明让人抬来一只硕大的木箱，冲手下吩咐道：“把这个姓秦的家伙锁到里面，扔到大明湖里去喂王八，我看他服不服？”

崔天明本想对手一定讨饶，果真那样，就放他一马，不料秦效良面不改色，一个纵身“腾”地跳进木箱。

“有种，有种，不愧是秦琼的后代！”崔天明让人把秦效良锁好，又拿出那只钧瓷香炉和“银蚂蜂”反复把玩起来。这时一个喽啰提议：“今日护宝成功，咱们摆酒庆贺吧！”

崔天明正有此意，便开心地笑了起来：“今日同兄弟们相聚，大家出力不小，不喝点儿好酒还行？‘汇泉酒楼’是咱得宝的福地，当然要喝他们酿制的‘仲宫老烧’，快去备酒菜。”

不大一会儿，酒到菜齐，待众人坐下，崔天明得意地说：“今天捉了秦效良，又夺回了宝贝，兄弟们都放松一下，大家举杯畅饮，来个一醉方休！”

这伙梁上君子果真喝得酩酊大醉，直到第二天日上三竿才慢慢醒来，他们睁眼一看，无不大惊失色，头上的发辫全都不翼而飞！包括剃头铺主人在内，一伙贼人全成了秃葫芦和尚。

崔天明不由心惊胆战：没了头发将被官府视为大逆不道，这比小偷的罪名可大多了，他们一个个摸着脑门发呆：娘的，这到底是谁干的？

这时，只听耳边一阵雷响："想不到吧，诸位好汉怎么变成这副尊容？"秦效良笑嘻嘻地走了进来，一把掀开那个锁他的木箱："瞧，你们的辫子在这里呢！"

崔天明倒吸一口冷气，他心里十分清楚，能够轻松剃掉他们的发辫，

同样能轻松要他们的脑袋！此时，他已知道自己远不是秦效良的对手，这才真的服了。不过他不明白，就凭那几斤老酒，何以会醉成这个样子？难道是有人在酒里做了手脚？可是，秦效良被锁在木箱子里面，谁又有这份能耐呢？

就在崔天明纳闷的时候，却见一胖一瘦的两个人走来，他认出那胖子是"百宝斋"掌柜陈长凤，瘦子只是觉得面熟，想了半天才记起是"汇泉酒楼"的店小二。崔天明哪里知道，这个店小二也非一般人物，他正是秦效良从京城带来的高徒，两人就等着崔天明上钩呢！

"百宝斋"丢失的东西，一件不少地从剃头铺里起获，而那只钧瓷香炉却被秦效良丢到一边。崔天明有些不解，遂探问道："这样值钱的东西，怎么随便丢了呢？"

秦效良不屑道："这本来就是一件仿品，根本值不了几个铜钱！"说罢，捡起那个"钧瓷香炉"，对崔天明又说，"真正的钧瓷釉面颇厚，且有隐隐可见的兔丝纹与蟹爪纹，而这种仿品却没有。因你贪心太盛，哪里顾得上真假？就是知道有假，你们也会拿去骗人。记住：做人一不可贪心，二不可欺人，否则不得善终！"说罢，"砰"地一声，就把那只"钧瓷香炉"摔碎了。

（题图、插图：黄全昌）

逃出洛克岛

□曲育乐

保罗的秘密

保罗和里维斯是“蓝天”组合的主力唱将，经过多年打拼，他们终于在乐坛闯出了一番自己的天地。成名之后，里维斯继续致力于他们的音乐事业，而保罗却染上了毒品。不久他便债台高筑，身体也大不如从前。迫于压力，保罗曾多次想要戒毒，可总是无法摆脱诱惑。

毒瘾像魔鬼，逼着保罗动起了坏脑筋：他想，自己是“蓝天”组合的核心人物，但他和里维斯拿的钱却是一样多。要是他和里维斯分道扬镳，凭他的实力，一样可以在歌坛立足。而且这样一来，他的收入也肯定会翻番。不过，他们已经与唱片公司签定了长期合同，如果自己单方面撕毁合同，就必定要面临巨额赔偿，怎样才能既不用赔偿，又能拆散组合呢？他始终想不出什么办法。

这天，保罗过足了毒瘾，舒服地躺在沙发上，他顺手拿起一本《探险洛克岛》，漫不经心地翻了起来。突然，书中的一个细节锁住了他的眼球：探险家在荒岛上误食了一种毒草，几天之后，就出现了失声的状况！保罗的脑子转了起来：只要神不知鬼不觉，让里维斯吃下这种毒草，自己单飞的愿望就可以实现了！

很快，保罗就说服里维斯，两人驾驶着私人飞机，来到了洛克岛。

洛克岛确实是个度假的好地方：只见沙滩、草地、灌木丛、树林，从海边到岛心呈阶梯状排开，简直是妙不可言！里维斯兴奋得就像个孩子，连声赞叹："这真是上帝的安排呀！"

见天色不早，两人很快就搭好了帐篷，开始生火做饭。保罗见里维斯在准备食物，便说："这儿就交给你了，我去找些干柴！"说罢，起身朝远处走去。

保罗知道，那种能让人失声的毒草喜阴怕晒，一般生长在大树底下。所以，他径直走进岛心的树林中。

此时已近黄昏，但光线还算充足。保罗瞪大眼睛，在树林里仔细搜寻，果然让他找到了一棵书中描述的毒草！保罗抑制着兴奋的心跳，小心翼翼地将毒草的汁液挤入早已备好的瓶子，然后胡乱捡了几根干树枝，就回去了。

里维斯早已做好了晚饭，正等着保罗回来。保罗扔下干树枝，一屁股坐在野餐布上，接过里维斯递过的汤碗，两人便一起大吃起来。

正吃着，保罗不小心把汤洒到了身上，他狼狈地拍打着衣服，懊恼地说："真是粗心，老兄你去帮我拿块毛巾擦擦好吗？"里维斯见状，便放下汤碗，起身朝帐篷走去。

见里维斯一进帐篷，保罗马上拿出口袋里的瓶子，将绿色的汁液倒入里维斯的碗里，直到最后一滴液体落入碗中，他才放心地坐回原位，嘴角露出一丝不易察觉的微笑。

不一会儿，里维斯拿着毛巾回来了，还拿来了一扎啤酒："咱们今天好好喝几杯！"说着便坐了下来，又端起自己那只碗……

看着里维斯真诚的笑脸，保罗心底竟产生了一丝愧疚：自己这么做是不是太狠了？

反遭算计

夜渐渐深了，保罗和里维斯却喝上了兴头，他们一边喝着，还一边弹起了吉他，唱起了出道时的老歌，歌声飘荡在荒凉的小岛上，有种说不出的味道……直到舌头打了结，两人才摇摇晃晃相互搀扶着返回各自的帐

篷。很快，保罗便听到了里维斯的鼾声，可他自己却怎么也睡不着。想到打拼的这几年，如果没有两人共同的努力，仅凭一个人的力量，怎么也不可能有今天的辉煌；再想到里维斯失声之后，那悲痛欲绝的模样，他竟有些后悔了，心里不安起来，直到下半夜，才迷迷糊糊地进入了梦乡。

清晨，保罗还在睡梦中，就被一阵巨大的轰鸣声惊醒了。他揉揉惺忪的睡眼，走出帐篷一看，不由大惊失色：里维斯正在发动直升飞机！

不对呀，两人明明说好，要在洛克岛多玩几天的呀！一丝不祥的预感划过保罗的脑海，他一个激灵，清醒过来，马上大步朝直升飞机的方向跑去，边跑边喊："里维斯，快停下！"

可飞机丝毫没有停下来的意思，反而在加速升空。保罗拼命向前跑，纵身一跳抓住了起落架。他大声吼着："里维斯，你疯了吗？"

里维斯低头看着他，冷笑道："老弟，这里环境优美，又没人打扰，非常适合搞创作！你就留在这里写歌好了，我过几天再来接你！"

"里维斯，求求你带我回去吧，我不想留在这里！"保罗连声哀求道。说话的工夫，直升飞机已越飞越高。保罗死死地抓住起落架，就是不松手。里维斯见状，恶狠狠地喊道："你再不放手，我就不客气了！"说着，伸出脚朝保罗的手使劲踩下去！保罗"哎哟"一声终于松开了手，从数米高的空中径直落下，重重摔到地上，失去了知觉……

保罗醒来时，里维斯和直升飞机早不见了踪影，他摇晃着站起身来，跌跌撞撞来到里维斯的帐篷，定睛一看，有用的东西已不见了，只有一件遗落的衬衣。保罗捡起衬衣打算包扎伤口，却见一张纸片从衬衣口袋里飘落下来。他拾起纸片一看，不由又惊出了一身冷汗：这是一份保险单的复印件，上面写着"投保金额：100万；投保人：保罗；受益人：里维斯"。

顿时，保罗的身子软了，这真是应了那句老话：算来算去算自己！他处心积虑要甩掉里维斯这个"包袱"，到头来却偏偏中了他的诡计，成了他骗保的牺牲品！

保罗几乎要绝望了，他几次想要自杀，但一想到里维斯，想到这个最亲密的伙伴将他逼上绝路，就恨得咬牙切齿！他暗暗下定决心，无论如何，一定要活着走出洛克岛找到里维斯，决不能让他的阴谋得逞！

岛上有野果野菜，可以用来填饱肚子，生存下来并不是难事；真正的挑战，是毒瘾发作时那种头疼欲裂的折磨……

一晃两年过去了，保罗风餐露宿，几乎成了一个野人：他蓬头垢面，破衣烂衫，几乎丧失了说话的能力！

在此期间，也多次有飞机从岛上飞过，保罗燃火求救，可都失败了。直到一天，一艘轮船从洛克岛经过，才发现了保罗。

意外的答案

重返熟悉的城市，保罗立马开始寻找里维斯。这天，他经过一个闹市区，看到一个乞丐正在向路人乞讨。保罗不由地站住了，他觉得这人的身材举止都分外眼熟。他上前一步，揪住乞丐的衣领，定睛一看：这不就是里维斯吗？此时，所有的怨恨一齐涌出，保罗二话不说，一拳砸在里维斯脸上……

奇怪的是，里维斯并没有还手，见保罗的情绪平静下来，便擦了一把嘴角的血，从内衣口袋中掏出一封皱巴巴的信，递给保罗。

保罗喘着粗气，瞪了他一眼，一把抓过那封信，只见上面写着：

亲爱的保罗：

我知道你肯定会来找我，而你看到这封信的时候，应该彻底戒毒了吧。几年前，我们的事业好不容易有些起色，你却染上了毒品，为此，我痛心不已。我向医生咨询过，他们说只有让吸毒者远离熟悉的环境，才能成功戒毒！所以，我的计划是将你留在洛克岛上，彻底与毒品隔绝——与其让你这样糟蹋自己，还不如让你戒毒之后，再返回舞台。

考虑到你的人身安全，我为你买了一份保险。我知道，你是个报复心极强的人。所以，我故意将合同复印件遗落在岛上，并将受益人的名字，由你的家人改成了我。目的就是让你恨我。这样，报复的欲望会支撑你活下去！

给你买完保险，我已是一贫如洗。本以为继续唱歌就可以维持生计，哪想，从洛克岛返回后，我就莫名其妙地失声了……

（题图、插图：佐　夫）

好好活着

大热天，太阳很毒，寺院里的花儿在烈日下渐渐没了精神。等傍晚小和尚来给花儿浇水的时候，发现那些花已经被晒得不成样了。小和尚心疼地说“看来这花是救不活了。”

老和尚见状不言语，只是给花浇水。没多久，那些耷拉着脑袋的花朵，居然全抬起头来，而且生意盎然。

“天哪，”小和尚喊，“它们可真厉害，被晒了一天还能撑着不死。”

老和尚笑了：“不是撑着不死，是好好活着。”

“这有什么不同呢？”小和尚歪着脑袋问。

“当然不同，”老和尚拍拍小和尚，“一天到晚怕死的人，是撑着不死；每天都向前看的人，是好好活着。得一天寿命，就要好好过一天。那些因为怕死而拜佛烧香的，死后未必能成佛。你想他今生也能好好地活着，他却偏不好好过，老天何必给他死后更好的日子？”

（**推荐者**：小　林）

学会欣赏别人

一个暖洋洋的中午，丽莎和爸爸在公园散步。正走着，丽莎看见一个滑稽的老太太，很不合时宜地裹着大衣，围着围巾。丽莎轻轻地拽了一下爸爸说：“爸爸，你看那个老太太的样子多可笑呀。”

哪知爸爸的表情却特别的严肃，他沉默了一会儿说“丽莎，我突然发现你缺少一种本领——欣赏别人的本领。这证明你在与别人的交往中少了一份真诚和友善。那位老太太穿得很厚，也许是因为她大病初愈，身体还不太舒服。可你看她的表情，她注视着树枝上一朵丁香花，表情是那么的专注，这说明她热爱春天，热爱大自然，你不认为这很让人感动吗？”

说完，爸爸领着丽莎走到那位老太太面前，微笑着说：“老太太，您欣赏春天时的神情真的令人感动，您使春天变得更美好了！”

那位老太太听后激动地说：“谢

谢您，先生。”说着，还从提包里取出一小袋甜饼递给了丽莎，说：“可爱的小姑娘，这个给你……”

事后，爸爸对丽莎说“一定要学会真诚地欣赏别人，因为每个人都有值得我们欣赏的优点。当你这样做的时候，你就会获得很多的朋友。”

（**推荐者**：张天勇）

节 制

一天，梁实秋先生和朋友们一起吃饭。熏鱼端上来了，梁先生说他有糖尿病，不能吃带甜味的东西；“冰糖肘子”端上来，他又说不能碰，因为里面加了冰糖；“什锦炒饭”端上来，他还是说不能吃，因为淀粉会转化成糖。

最后，“八宝饭”端上来了，大家都猜他一定不会碰，没想到梁先生居然开心地说：“这个我要。”朋友提醒他：“里面既有糖又有淀粉”。

梁大师则笑着说他当然知道，就是因为知道有自己最爱吃的“八宝饭”，所以吃前面的菜时他才特别节制。

“我前面不吃，是为了后面吃啊；因为我血糖高，得忌口，所以必须计划着，把那‘配额’留给最爱。”

许多伟大的人，都因为他们节制自己，集中力量在特定的事物上，才有杰出的成就。

（**推荐者**：瑞　瑞）

岸上的青蛙

老师给学生们出了一道题：“岸上有五只青蛙，它们眼前的池塘很美——绿绿的荷叶，粉红的荷花，飘香的莲子。这时，有四只青蛙准备跳进池塘美美地畅游一番。请问，岸上还有几只青蛙？”

“一只。”学生们异口同声地回答。

“真的是一只吗？”老师问。“一只！”学生们再次肯定地回答。

“可大家的答案是错的，”老师说，“岸上仍有五只青蛙。”还有五只青蛙？学生们想不通了。

老师说，那四只青蛙只是准备跳进池塘，这是它们的一个美丽的想法，并没有付诸行动。没有行动，再美的想法也等于零。

（**推荐者**：卜黎飞）

大师的心态

大师年轻时穷困潦倒，常常为一顿饭发愁。

一日，大师画了一幅画，拿到街上卖。一个外国人看中了问他价钱，大师说："五百美元。"

外国人觉得太贵，希望大师便宜一些。没想到大师不但没有降价，反而把画撕了。

外国人吃了一惊："五百美元不卖，少卖点儿也行啊，为什么撕了呢？"

大师平静地说："这画我要价五百美元，说明我认为它值五百美元。你跟我讲价，说明在你眼里它不值。所以，我要重画，直到画到顾客认可为止。"

那时大师还是个普通的青年。他虽然需要钱，可他没有降低自己的标准。就是这样的心态，成就了青年，这个青年就是一代宗师刘开渠。

（**推荐者**：卜黎飞）

超高难度

学生的指导教授是个极有名的音乐大师。上课第一天，他便给学生一份难度颇高的乐谱。学生弹得生涩僵滞，错误百出。教授没说什么，只是叮嘱他回去好好练习。

学生练习了一个星期，第二周上课时正准备让教授验收，没想到教授又给他一份难度更高的乐谱，教授说："试试看吧！"于是，学生又一头扎进更高难度的挑战中。

第三周，更难的乐谱又出现了。就这样，学生每次上课都会看到一份新的乐谱，然后把它带回去练习，接着回到课堂上，再次面临更高难度的挑战。渐渐地，学生觉得怎么样都追不上进度。

这天，教授走进练习室。学生再也忍不住了，问教授为什么总是这样训练他。教授没有说话，只是抽出那份最早的乐谱交给学生，说："试试吧！"

不可思议的事情发生了，连学生自己都惊讶万分，他居然可以将这首曲子弹奏得自然流畅！教授又让学生试了第二堂课的乐谱，学生依然弹出超出自己预料的水平。放下乐谱，学生怔怔地望着老师，说不出话来。

教授缓缓地说"如果，我任由你表现最擅长的部分，可能你还在练习最早的那份乐谱，也不会有现在这样的程度。要知道，人的潜力是无限的……"（**推荐者**：王丽丹）

（**本栏插图**：安玉民）

□吴相阳

拍卖“状元镜”

何小虎今年高考考了个全县文科第一名，成了人人羡慕的“何状元”，眼看这小小状元郎就要被名牌大学录取了，可他却高兴不起来，因为他有桩心事放不下。

原来何小虎的妈妈去年去世后，整个家就是爸爸一个人撑着。最近，爸爸眼睛不太好，看东西越来越困难，可他一直拖着不愿去看病。

小虎咨询过，爸爸是得了急性白内障，只要动手术就可以恢复。现在正值暑期，省城大医院搞“义诊”，像爸爸这样的手术花费也就在1000块钱以内。如果能在“义诊”期间叫爸爸把手术做了，那就好了。可是，这笔钱从哪来？爸爸正为他那一笔昂贵的学费犯愁呢，怎么才能让爸爸早一天做上手术呢？小虎犯难了。

这天，小虎正走在街上，忽然听到街角一片叫嚷声。他走近一看，原来这里正在搞拍卖，什么“进士靴”“状元帽”，很是热闹。因为是摆地摊，所以大家都把这个叫做“地摊拍卖”。小虎平日忙功课，哪会知道这档子事，现在这片热闹的地摊忽然给了他灵感：自己不也是“状元”吗？为啥不挖掘一下“状元”资源，也拍卖点和“状元”有关的东西呢？

这么一想，小虎乐了，可乐过后他又发愁了：全身上下没啥值钱的呀？要说能上台面的，恐怕只有这副眼镜了——这是高三时爸爸专门为他选配的眼镜，质量相当不错。眼下，卖掉眼镜怕是唯一的选择。

想法已定，小虎决定试一试，他

把眼镜定名为“状元镜”。

又找来一个盒子，把眼镜擦拭干净，摆进盒子里，学着别人的样子，也在盒上贴一张纸条：状元镜，起价500元。

小虎的“状元镜”一摆上地摊，立刻就引来很多围观者。可是待大家看清楚后，就又笑着散开了。一连两天，连个还价的人都没有。可是小虎并不气馁，他觉得凭着这“状元”招牌，应该会有人感兴趣的。

果然，这天，一个大胖子围着他的地摊翻来覆去看了个够，阴阳怪气地说：“小伙子，你这玩意儿不就是个破玻璃镜吗？”小虎点点头：“你说得对，是个玻璃镜。”

“那你还狮子大开口，你以为人家都是傻子随你蒙吗？”小虎寻思碰到找茬的了，忙说：“大叔，买卖靠自愿，我不敢蒙任何人呀！”

胖子摆开了架势：“那好，我问你，这是哪朝哪代状元的‘状元镜’，竟敢标价500元？”

小虎正要解释，就见一个穿着挺朴素的中年妇女挤到跟前插话说：“这位兄弟，你又不买，何必连盘问带教训的？”

大胖子见有人横插一杠，顿时来了冲劲，他“吆嘿”一声，两手一插：“你也不打听打听我是谁，就这样和我说话？”

中年妇女正要开口，旁边一个人拉拉她的衣袖，小声说：“这位大姐，快办你的事去，这一带谁不知道他是‘地摊王’，专门在这样的地方‘淘货’的，看谁不顺眼就有谁的好看……”哪知妇女偏偏长了一根犟筋，说：“管他‘天摊王’‘地摊王’，不买人东西，干吗在那吆喝？”

被中年妇女的话一激，大胖子沉下脸说：“谁说我不买了？只要这孩子说出个道道儿来，我听着是那么回事，没准就买了。我到这地摊儿‘淘淘’，不就是找个乐吗？”

嘿，激将法起了作用，小虎感激地看了这位阿姨一眼，他才不管胖子找乐不找乐呢，只要能换钱给爸爸看病就行。小虎对大胖子说:“大叔,这是今年高考文科‘状元’的眼镜,它原本就戴在这里。”说着小虎指指自己的有些印痕的眼眶。

胖子听得一愣,半天才反应过来:“你就是何小虎?难怪有点眼熟,你前两天不是还上过县里的新闻吗?”忽然,胖子得意地大笑起来,“哈哈,这眼镜我要了,本县‘状元郎’的眼镜我还真没有。500元,我买下了。”

“慢!”只听中年妇女大声说,“这孩子不简单,这个‘状元镜’我也想要!我出800元!”

“你想跟我较劲?做梦吧你,我出1000元!”

中年妇女微微一笑,说:“我出1200!”话音未落,人群里一片惊呼声,再看胖子,只见他涨红了脸,盯着妇女说:“真想跟我斗狠?好……1500!”这个数字一报,人群里骚动起来。

小虎也颇感意外,他注意到这个妇女不像是有钱人的样子,可为什么要这么较劲,他诚恳地说:“阿姨、大叔,你们别争了,谁把1000块的现金拿来,眼镜就给谁。再高,我就不卖了……”

不料中年妇女不慌不忙把提兜里的荷包取出来,对小虎说:“既然是拍卖,就不该限制别人。我出2000,现金就在这里!”

小虎惊得张大了嘴巴,周围也是一片寂静,胖子更是呆住了,他注意到那个妇女的提兜鼓鼓囊囊的,像是装了很多钱,看来是有备而来。他无奈地摇摇头,心想今天是遇上高人了,正要走,可又回过头心有不甘地说:“一个破眼镜,你出2000,算你狠!不过在这地摊‘捞’东西,我可从来不轻易丢手。你要让我‘丢’个明白:你是哪路高人?为啥要和我较劲?”

妇女又一笑:“地摊拍卖,这些问题本不需要告诉别人的,可你既然这么问,我说说也无妨。我不是什么高手,我只是个保洁员……”

话音未落,周围一下子炸开了锅,胖子更没料到妇女是这样的“高人”,一下子弄了个大红脸。小虎呢,迷糊了一阵,拍拍脑门像是记起了什么,难怪这阿姨有几分面熟,原来是在自家旁边的清洁场所照过面的。

“至于为什么要买这个‘状元镜’,”妇女指指小虎继续说,“这孩子这么优秀,一定是遇上了什么困难才来卖眼镜的。我的孩子也在读书,他非常崇拜这位‘状元哥哥’,今天我碰巧遇上了这一出,所以就想买下这个‘状元镜’,好激励我的孩子。”

原来是这样,胖子听后灰溜溜地走了,周围也是唏嘘一片。何小虎见看热闹的人散去,便诚恳地对中年妇女说:“阿姨,谢谢你,可我不会收你

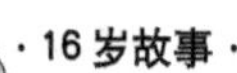

那么多钱的，其实我只是想卖点钱，为我爸爸看眼病，只要费用凑够就行。”

中年妇女笑了：“说出的话总要算数的。你能想出这样的法子为你爸爸看眼病，说明你是个孝顺孩子。这点钱你拿去吧，希望你爸爸能早日康复。”说着，就把钱取出来塞在小虎的怀里。

等小虎明白过来，中年妇女早不见了踪影，而那个“状元镜”还躺在地摊上。难道是那位阿姨有急事忘带走了？小虎收拾好眼镜，急忙去找那个阿姨。可是大街上人来人往，哪里找得到。小虎没办法，只好先回家。

回到家，只见屋里收拾得整整齐齐，可休假的爸爸却不在。他眼睛不好，一个人会上哪儿去呢？小虎着急了，正要去找，却发现桌上有张纸条，上面写道：

小虎，爸爸去医院了，是一位阿姨送爸爸去的，那位阿姨就是要买你眼镜的保洁员。小虎，别怪爸爸一直瞒着你，其实，那位阿姨爸爸是认识的，最早爸爸只是想在你妈妈去世后，找个保洁员偶尔来做做家务，可是后来……怎么说呢？后来一些家务就是她主动来做的，爸爸和她都怕引起你的误会，更怕影响你高考，所以一直没有告诉你。

另外，你的那副眼镜也是这位阿姨专门为你选配的，她这次注意到你的行动后，就赶了过去，她想无论花多大的代价，都要把送你的“状元镜”保留下来，陪你完成今后的学业。现在，你就要出去上学了，这些事原本要当面给你说的，可爸爸心里还是没底，也就写了出来，爸爸希望轻轻松松去医院做手术啊……孩子，你已经长大了，能理解爸爸吗？

看到这里，小虎眼里早已溢出了泪水。他把纸条攥在手心，急匆匆向医院赶去，他当然理解爸爸，他要和那位阿姨一起去守护爸爸。

（题图、插图：刘斌昆）

这世上的怪事真是多，说不定哪天你就会碰上一桩。不过别怕，只要行得正，走得直，晚上不怕鬼打门。不是有一首歌这样唱吗——好人一生平安……

火车司机的爱

□杨晓军

火车司机陈星，是个人见人爱的小伙子，不但人长得精神，技术更是一流，就连老司机们都不得不跷起大拇指，赞一声“行！”

陈星有个妹妹叫小莲，是他妈从外面捡来的孩子，和他一般大小。如今，小莲也出落成一个亭亭玉立的大姑娘，可她的心智力却只相当于一个五六岁的孩子。陈星妈很疼爱小莲，而陈星也打定主意，将来要接替母亲照顾小莲一生。

这天陈星刚上班，老主任便找到他，严肃地说：“南方水灾，有一列救灾物资要运过去，刻不容缓，现在正是暑期运输紧张时期，所有的机车都在线路上，只有60606号机车了，你上！”

60606号机车，那可是辆“名车”，为什么呢？这辆车三年前出过一次事故，此后每年的八月二十五号晚上十点，都会出现问题。司机们都怕了它，私下里说：这车，哼，有鬼。就因为这个，谁也不愿上这台机车。

俗话说养兵千日，用兵一时，今天正是八月二十五号，关键时刻，又赶上这车货物十分重要，老主任当然要把他手下最好的兵派上去。

陈星一听老主任这么说，立即毫不犹豫地接下了这个任务。他给家里打了个电话，就来到了这辆机车前。

60606号机车已被擦得锃光明亮，

陈星仔细检查了机车，没问题。等车开动起来，他就更放心了。凭他的经验，从机车的响声、震动，以及排出烟的颜色判断，这绝对是一辆好车。于是，陈星载着货物出发了。

天渐渐黑下来了，大灯把前面的线路照得清清楚楚，火车在铁轨上飞驰。忽然，陈星发现车头玻璃窗上出现了一个白色影子，很淡，而且仅有几秒钟就消失了。陈星以为自己看花了眼，可过了一会儿，那影子又出现了，停留了几秒钟就又消失了。陈星的汗毛都竖起来了。他明白，玻璃窗上有一个影子是自己的影子，而那个白影就在自己影子的附近，这就是说，自己的身后有个人——一个穿着白色衣服的人！天哪，难道这车上真的有鬼？陈星咬咬牙，猛地回过头去，可身后什么都没有。他抹了一把脸上的冷汗，心紧张得“怦怦”直跳。

忽然，耳边响起一阵悦耳的笑声。陈星又回头，还是什么都没有，那笑声也同时消失了。“有鬼！”陈星不再怀疑同事们的议论了。不过，听到刚才的笑声，他反倒不太害怕了，因为那声音听起来俏皮又可爱。

前面是一段直路，一眼望去足可以看到五架信号机，一路绿灯。陈星检查了一遍自动监控系统，一切正常，现在可以轻松一会了。他轻轻舒了口气，自言自语道：“一个人开车真寂寞，要是有个人说话该多好啊！”

这时，身后又是一阵轻笑，陈星摇着头说：“你若是长得吓人就别出来，我是兔子胆儿，经不起吓；若是长得好看，就出来吧！”话音未落，只听身后一声轻响，陈星回头，真是一个穿着白色衣裙的姑娘站在后面。只见她眉毛弯弯，眼睛圆圆，一脸的调皮。姑娘笑着问道：“真奇怪，你竟然能看到我的影子，听到我的声音。要知道这几年，从没有人能看到我，我说话也没人能听到。”

姑娘的声音像银铃一样悦耳，陈星哪里还会害怕，便问她“你是谁？啥时候上来的？”

“嘻嘻，我在这车上已经三年多了，随着火车跑来跑去，每天都看司机们开车。不瞒你说，现在我都会开了。而且，我还知道很多让火车停下来的办法。”

陈星笑了：“难怪，你老实交待，每年八月二十五号的机车故障是不是你捣的鬼？”

姑娘一听，撅起嘴来，但很快，又像只快活的小鸟叽叽喳喳说了起来。原来她生前是个刚参加工作的小学老师，三年前的一个晚上被这台机车撞了，此后就一直留在这台车上。

正说着，姑娘却忽然不做声了，还轻轻叹着气。陈星不禁同情地问她是怎么回事。

过了好一会儿，姑娘才开口：“三

年前的那个晚上，我去朋友家玩，回家时天黑了，就想走近路，没想到被一个脸上有痦子的男人盯上了。他看左右没人，就想非礼我。我拼命呼救，被一个老大爷发现了。老大爷上前制止，没想到竟被那个禽兽一棍子打死了，我没办法只能拼命地向前跑，男人就在后面追。当我跑到铁路的交叉口时，恰好这列火车开过来……"

陈星终于明白了："那时候正是晚上十点，所以你每年那个时候就让这台机车出毛病是不是？"

姑娘点点头："每年到了老人遇害的时候，我就把车停下来，也算是纪念他的一个仪式。"

陈星望着她，说"你知道今天这列车上装的是什么吗？"

"知道，"姑娘点点头，"你刚刚上车的时候，我就知道了。该是我离开的时候了，我不能再影响这列车的运行了，毕竟那么多灾民在等着这些药品和物资呢。"

陈星点点头，但想到姑娘马上要离开，竟有些不舍。

终于到了分手的时候，只听姑娘轻声说："愿灾区人民尽快摆脱困境，也愿你一生快乐平安！"说罢，便如烟如雾般慢慢消失了。

陈星也在心中默默念着："愿你一路平安！"

第二天早上，陈星顺利归来。机车刚一停好，老主任便一溜小跑迎上来，脸上笑成了一朵花，拍着陈星的肩，不住地说"好小子"。

几天后，老主任当众宣布，任命陈星当队长。这么年轻就当队长，这在整个铁路局也是独一份哩，哪个不羡慕？大家议论着、赞叹着，整个会议室顿时热闹得像一锅煮开的粥。

老主任刚要宣布散会，有人进来报告说：昨天一列货车在运行时撞上

编读往来：你的问题我来答

天津读者孙丽娅： 12月下《故事会》有个故事叫《三个警察》，写得很有趣，其中一个细节讲到钟表店的钟表显示的都是10：10，我觉得非常好奇，后来去钟表店一看，果然如此！这种发现真让人开心，我觉得《故事会》应该多增加一些知识性的内容，告诉大家一些关于天文地理、生活百科方面的知识，让读者在娱乐的同时也能增长见识。

绿版编辑部： 看来你是个很细心的读者哦。据说钟表指示的这个时间是西方许多心理学家共同研究的结果。一则，它呈V字形，是胜利的象征；二则，两根指针同时上扬，这种形式令人感到欣悦；三则，它的形状如鸟展翅，给人奋发之感。此外，在我们国家，它还有十全十美的寓意……

其实，细心的读者都会发现，《故事会》杂志在追求情节的新奇巧之外，还有不少作品都是知识性与趣味性相结合，所以大家往往是在读故事的同时也长了见识。而我们的"编读往来"以后也会针对故事中出现的一些知识点作补充性的解释，以便大家对故事有更好的理解。另外，如果你在读故事的过程中遇到什么问题，也可以写信告诉我们，我们会挑选典型的问题刊登出来，并给予解答。

广西读者李琰： 新的一年已经来了，希望《故事会》的编辑老师天天快乐，日日开心，继续给我们带来好看的故事，也希望《故事会》越办越红火！

绿版编辑部： 谢谢李琰，也感谢所有支持关心《故事会》的广大读者。在这里，谨代表全体编辑祝大家新年快乐！

（本栏目欢迎读者提问，如采用，即致薄酬。）

了一个脸上有痞子的男人，据说那男人喝得醉醺醺的，无缘无故地冲上铁路，当时就被撞飞起来。

陈星猛然想起姑娘昨天的话，他有种感觉，这个男人应该就是三年前作案的那个坏蛋。天网恢恢，恶人终有恶报！可一想到再也见不到姑娘，陈星心中竟有些淡淡的惆怅。

下班后，陈星无精打采地回到家，刚打开门就听到屋里传出阵阵笑声。

陈星他妈见儿子回来了，一把抓住他的手，乐得合不拢嘴，说："你可回来了，今天咱家有大喜事啦，你猜咋了？"还不等陈星说话，他妈从身后拉过小莲说："昨晚小莲的病突然好了！"

只见小莲开心地对陈星说："你说过要照顾我一辈子的，可要说话算话哟！"

陈星疲倦的脸上终于露出了笑容，他心里"呼"的一下像打开了一扇窗……

（**题图、插图**：谭海彦）

东渡奇案

□刘自忠

疑云重重

唐朝天宝元年，鉴真大师应日本高僧荣睿等人邀请，带弟子们去日本传法。船只都已备好，只等着择日出行，没想到就在这时，他的一个叫能静的弟子突然死了。

消息传来，鉴真大惊，他跟着来

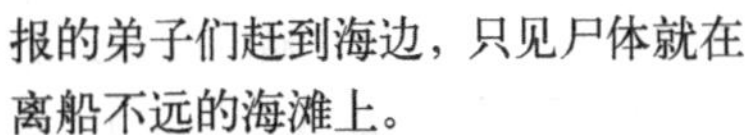

报的弟子们赶到海边，只见尸体就在离船不远的海滩上。

还未出行，就出了这样的事情，鉴真不由皱紧了眉头。

官府的人也闻讯赶到了，经过查看，确定能静是被人杀死的。可是能静平时待人随和，谁会下此毒手呢？

鉴真正准备带弟子回寺里给能静超度，另一队官兵却匆匆赶来，挡住了他们的去路。领头的淮南采访使班景倩高声问道：“谁是道航？”鉴真的一个弟子应声站了出来，班景倩一挥手，几个士兵就立刻扑上去，将他绑了个严严实实。

鉴真急问出了什么事，班景倩说：“据报，道航与海盗有勾结，这次跟你出海，就是准备去投奔他们的。”

鉴真大吃一惊，忙解释说道航是自己的弟子，不可能做这样的事情。班景倩严肃地说：“大师东渡传法无

可置疑，可您怎能保证你的这些弟子也会像您一样讲究德行？我甚至还怀疑能静的死也与他有关呢！”说罢手一挥，就命士兵们去鉴真东渡的船上搜查。可是士兵忙乎了好一阵，却什么也没搜出来，班景倩决定先把道航带回官府再说。

看着班景倩他们远去的背影，鉴真陷入了沉思：道航一直是自己的得意弟子，怎么可能干出这种事来？这么想着，他也走上船去。

船舱已被士兵们翻得一片狼藉，这时候正好有阳光从船舱的窗口射进，照在船板上。鉴真只觉眼前一道亮光闪过，船板上好像有什么东西。他赶紧走过去，蹲下身子一看，只见船板的缝隙里有一颗光滑圆润的珍珠。他小心地把珍珠抠出来，发现珍珠上还有一个小孔，看来是从一串珍珠链上滚落下来的。

鉴真觉得很奇怪：这船上所有的东西都是自己亲自挑选的，除了佛具和经卷，哪有什么珍珠链子，这颗珍珠会是从哪儿来的呢？鉴真收好这粒珍珠，决心一查到底。

端倪初现

第二天，鉴真来到府衙探望道航。仅一天不见，道航已是憔悴不堪，他见到鉴真，“扑通”一声跪在地上，说：“请师父明鉴，弟子实在不知道祸从何来。弟子早已将生死置之度外，只担心坏了师父的名声，弟子实在愧疚！”望着道航，鉴真不由叹了口气，便从贴身的衣袋里拿出那颗珍珠，问：“这个你见过吗？”

道航一瞧，连连摇头。鉴真见状，什么话也没说，收起珍珠，转身就走。

走出大牢，班景倩正在牢外等着。鉴真问他：“你们为何认定我这个弟子有罪？”班景倩说：“是您的一个弟子举报的，难道您弟子说的还会有假？”鉴真瞥了他一眼：“既然如此，那你们现在就可以行刑，我让他的师兄弟们到刑场送他一程吧！”

于是，班景倩命人把道航带出大牢，送上断头台。鉴真也带着众弟子来到刑场。

刑场上的气氛既肃穆又紧张，弟子们连大气儿都不敢喘。时间一分一秒地过去了，鉴真不说话，班景倩也不敢随便下令，就这样足足呆了近一个时辰。终于，有的弟子耐不住沉闷，躁动起来。就在这时，鉴真悄悄对班景倩耳语了几句，班景倩点点头，随即朝执行官下令道：“时辰到，开斩！”听到行刑令，刽子手“呼”的一下举起刀子。

就在这时，场上突然有人大叫：“刀下留人，道航不是海盗。”鉴真应声望去，说话的是自己的另一个弟子如海。

班景倩厉声问：“你怎么知道他不是海盗？”

“我……我……是我胡乱举报了他，”如海的声音突然低了下去，“是我害了他！”

班景倩心头一个激灵，这才悟出鉴真带众弟子赴法场的真正用意。他马上宣布停止行刑，就把道航和如海押回府衙。

来到府衙，如海说了实话。原来一天晚上，如海去鉴真住处请教法事，走到门口，正好听到鉴真和道航在谈东渡人选，说到如海，道航认为如海年纪太轻，这次不宜随行。如海没想到道航竟如此建议，一气之下也未进师父的房间，就回去了。如海一直想报复道航，就趁这次机会偷偷到府衙举报了道航。不过他本意只是想泄泄心头之恨，让道航在牢里关两天，没想到官府竟就此认为道航是杀人凶手。眼见道航真要被砍头了，如海这才站了出来。

道航的冤屈终于被洗清了，但能静被杀一案却仍没有进展，班景倩表示如此情况下鉴真东渡之行必须推迟。鉴真也觉得有道理，他想了想，又对班景倩耳语了几句，就让弟子们把船上的各种物品都卸下来，等官府次日将船拉走。

真凶现身

一切都平静下来，夜渐渐深了。就在这时，一个黑影悄悄爬上了空船，好一阵才从船上出来，出来时还背了一个鼓鼓囊囊的小布袋。黑影正欲溜走，突然周围亮起无数支火把，

原来班景倩早带领士兵们在此候着了。

众人借着火光一看，这人竟是日本高僧荣睿的弟子慧泉。班景倩一声令下，士兵立刻上前抓捕慧泉。慧泉飞起一脚，就将两名士兵踢倒在地，他转身要逃，旁边的士兵一刀挥过去，正好砍在他背着的那个小布袋上。只听“哗啦”一声，一串串珠宝链子从布袋里掉了出来。慧泉也顾不上捡这些宝贝了，他扔掉包袱还想再逃，可已被几十个士兵包围起来，最后只得束手待缚。

原来，这慧泉听说大唐宝物众多，早就动起了心思，他先拜荣睿为师，后又设法跟着荣睿来到大唐，白天做僧人，晚上当偷贼，窃了不少珠宝。但这些东西怎么拿回去呢？正好荣睿邀请鉴真到日本传法，他将窃得的珠宝事先藏到船上。没想藏匿时被能静看到，于是就把能静杀了。他当然不会料到争斗中会有一颗珍珠掉落在地，更不会料到官府会因为能静被杀而不让鉴真出行，连东渡的船只都要收回。情急之下，他只得在船被拉走前把布袋取回来……

而鉴真呢，自发现那颗滚落的珍珠后，就断定有人想在此次东渡时偷运珠宝，但他相信自己的弟子不会干出这等丑事，于是就故意激班景倩斩道航，先为道航洗清了罪名；鉴真又确信那人藏的东西一定还在船上，于是就给班景倩出主意，让官府假装要没收东渡船只，以此引出偷运珠宝的人。

再说荣睿，当他知道自己弟子竟做出这样的事来，愧疚得连夜赶来向鉴真道歉。鉴真安慰他说：“佛家弟子成千上万，谁也无法保证人人都真心向善，所以我们更得要竭尽所能去树德传法啊！”

（题图、插图：黄全昌）

·本刊信息传真·

2007年免费获赠《故事会》读者名单揭晓

故事中国网　新年精彩多

进入2007年，故事中国网(www.storychina.cn)将为您呈现更多更好的故事作品，并准备了丰富多彩的活动邀您参与！网站结合每期《故事会》，继续推出编辑手记、作者感言、作品赏析，让你了解发生在《故事会》背后的故事，并且对每一篇故事评头论足、抒发己见。

填字游戏展开新一轮的挑战，各路英雄逐鹿中原，争夺各月度冠军和年度总冠军；故事中国周刊每周精华荟萃，让你用最短的时间，看到最精彩的故事；本站还将与其他知名网站联手推出征文活动，让你有机会一展身手。

故事中国网将在2007年征集长篇悬疑故事，优秀作品将在年底出版，详情请登录网站了解。2007年，愿你的生活和故事中国网一样精彩！

举轻若重

□周海亮

田大壮是县翻砂厂的临时工，小伙子年轻体壮，并且力大无比。他一直觉得在翻砂厂工作，是屈了他这块良材，所以做梦都想去举重队。

等啊盼啊，机会终于来了。这一次，县里将要举行一场业余举重比赛，时间就在一个月之后。如果能在这次比赛中夺魁，就可以代表全县去市里参加比赛了；如果能在市里的比赛中露脸，就有机会进入真正的举重队。

田大壮知道，他虽然是厂子里的大力士，可是在全县，恐怕前三名都进不了。

见田大壮愁眉苦脸的样子，王江拍着胸脯说“兄弟别愁，不管用啥方法，我都会帮你拿到县里的第一名。”

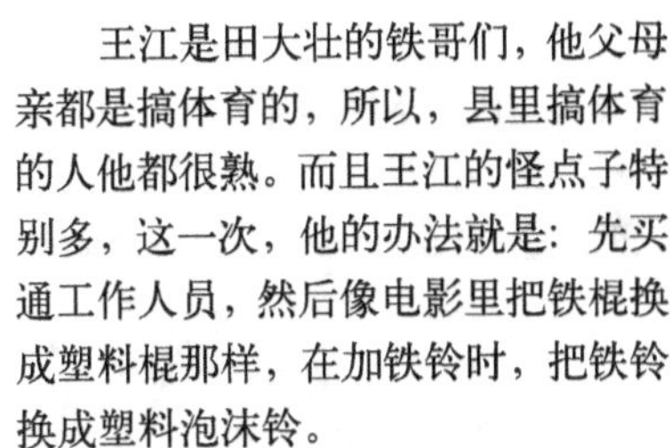

王江是田大壮的铁哥们，他父母亲都是搞体育的，所以，县里搞体育的人他都很熟。而且王江的怪点子特别多，这一次，他的办法就是：先买通工作人员，然后像电影里把铁棍换成塑料棍那样，在加铁铃时，把铁铃换成塑料泡沫铃。

田大壮听了，眼珠子瞪得老大：“这简直就是闹剧嘛，能行吗？”王江笑笑说：“你就瞧好吧！”

距比赛还有七天了，王江真的把四个工作人员带到了田大壮家。王江说：“你不是不相信他们真有这本事吗？现在就让你开开眼界。”说罢，就让四个工作人员演示起来。只见他们先给杠铃加了10公斤的铁铃，让田大壮举举试试。田大壮一试举，果然跟没加重量前一个样。接着，四个人又加了20公斤，田大壮再试举，仍然很轻。王江问他：“你能看出破绽吗？”田大壮乐了：“看不出，看不出。你小子行啊！”

·哲理故事·

尽管有王江这一招，可是田大壮也没敢闲着，因为他最起码也得举起没有加上假重量以前的那个杠铃啊！

比赛的日子到了。按规定，比赛分抓举和挺举，两部分成绩相加决出第一名。抓举结束后，田大壮的成绩排在第六位，距离第一名还差20公斤！20公斤啊，这就意味着田大壮在挺举部分，必须举起比第一名至少多20公斤的重量。现在，除了田大壮还有最后一次试举机会外，所有的选手都已结束了比赛，而那个成绩遥遥领先的选手在挺举部分举起了125公斤的重量。于是，田大壮咬咬牙，要了150公斤。这个数字在大屏幕上一显示，场下立即骚动起来。

终于，田大壮上场了，只见小伙子挺胸凸肚，雄赳赳气昂昂地走上台子。他看了看站在台下的王江，王江冲他点点头，一副胸有成竹的样子。田大壮走到杠铃前，弯腰低头，马步蹲裆，心里默念一遍动作要领，浑身肌肉突然绷起，一口气直提上胸。他大吼一声“呔”，就猛地把杠铃提到胸前！

可是就在这时，意外发生了！只见田大壮怪叫一声，身体向后一仰，竟然四仰八叉，摔倒在地，“嗳哟嗳哟”地叫唤起来。工作人员忙跑上来问他怎么了，田大壮一边呻吟一边说：“腰扭了，唉呀，痛死我啦！”

田大壮足足在床上躺了半个多月，才敢下地走动。王江来看过他几次，每一次来，都忍不住感叹：“田大壮啊田大壮，想不到你这么不争气。”田大壮气呼呼地说“都怪你。你让我举个100公斤就行了，干吗把杠铃换得跟鸡毛似的轻飘飘？”

王江一脸委屈：“我这都是为你好啊！比赛前一天，我实在是担心，就临时嘱咐那几个工作人员彻底把杠铃换掉——不但新加的铁铃要换，以前的铁铃也要换，这样整个杠铃不过10多斤，你还不一举一个准？”田大壮问：“那你怎么不提前告诉我？”

“我哪敢告诉你啊！告诉了你，你的动作肯定做不到位，那还不全露馅了？”田大壮长叹一声“就是因为杠铃太轻，而我又蒙在鼓里，所以才……王江啊王江，你算把我给害惨啦！”

哲学先生评曰：此故事让我想起小学老师讲的一道题目：一斤棉花与一斤铁，哪一个轻，哪一个重？记得当时几乎是众口一词：棉花轻，铁重！现在看来，分不清轻与重，是没有年龄大小之分的。而且，对于成人来说，轻与重的判断似乎更加困难，比如：金钱与友谊相比，孰轻孰重？还有事业、家庭、地位、权力、健康、名声等等，都可以让我们在轻与重的选择中产生动摇与混乱，而最终的回答，也可能弥留在生命的最后一刻。

（**题图**：谭海彦）

 洪水中的父亲

□华登喜

这天，青云村刘老汉过六十大寿，他在城里的三个儿子赶来祝寿。只是老天不作美，听说台风已经在这一带登陆了。

一家人欢欢喜喜闹到傍晚，刘老汉突然想起一件事，就出门去了河边，原来河边的小棚里有他平时晾的鱼干，他想趁儿子们吃晚饭的空儿，去那儿把鱼干用细铁丝串起来，给儿子们带回城里去。就在这时，河边突然传来村民的惊叫声："涨水了，快撤啊！"

听到喊声，刘老汉的儿子们都惊慌起来。青云村常常闹水灾，他们知道洪水的厉害，老大立刻说："一定是西边涨水了，爹就是去了那里，破堤的话大路一定最先被淹没，老二老三你们收拾一下家里的东西，开上车先往村子后面的山坡撤离，我去把爸找回来！"

老二老三把一切安顿好后，久等不见他们回来，就也一路找了过去。

正走着，果然在河堤下碰到了大哥和父亲。原来是老大走在河边把脚扭了，肿得厉害，走起路来不方便，刘老汉只得搀扶着他慢慢往回走。老二老三赶到后，马上架起了老大，父子四人加快速度往山坡上赶去。

可是走没多远，刘老汉就感觉脚底下的大地震动起来，他赶忙喝住了三个儿子，然后把耳朵贴到了一棵大树上，只听树干发出“嗡嗡”的声音，再看四周，一群群鸡鸭牲畜都惊慌地往西边奔跑。刘老汉指着身边的大树说：“别走了，赶快爬到这棵大树上去！”老大不解地问：“爸，就快到山坡了，爬树干什么？”

刘老汉神色紧张焦急，“噌噌噌”爬上了树端，站在最高的树杈上，向西边的河堤张望。只见那边已经是白茫茫的一片了，整个村庄正在一点点被洪水吞没……

刘老汉在大树上急得直喊：“西边的河堤已经垮了，现在洪水跑得比马还要快，已经来不及上山坡了。快快，老二老三快把你大哥拉上树！”听父亲这么说，儿子们赶快就往树上爬。

兄弟三人刚爬上树，就见滔滔洪水如千军万马，穿过稻田，冲到了大树下。

此刻，天上的乌云几乎是压着人们的头顶飞滚而过，狂风怒吼，大雨倾盆。那棵大树在风浪的击打下，不停地晃动。

有乡亲发现了被困在树上的刘家父子，就急忙找船看能不能先把父子四人救上来，谁知船刚下水，就被湍急的水流冲走了。于是有人去请老支书来想办法，有人去找救援船。

短短几分钟，洪水就漫过了大树的一半。雨越下越大，蹲在最高处刘老头望着坐在最下面的大儿子，说：“老大，还记得我小时候是怎么教你的吗？摘些树叶，扔到水里，看看树叶怎么流走的，这一招还会用吗？”

老大边摘叶边说：“我还记得一些，小时候遇到洪水，你带我们走那些不知深浅的急流时，总是会摘一些树叶……”老二也想了起来：“对，如果在水流里打转，就表示这里有漩涡，要绕道走。”刘老汉点了点头，于是三个儿子就摘了树叶扔到了水里，只见这些树叶一落到水上，就飞快地打着转。

刘老汉皱了皱眉，他从上到下又仔细地打量了一下这棵树，好像在琢磨着什么。突然，他问三个儿子："你们几个现在还会游泳吗？小时候你们都能狗刨的！"

老大无奈地摇摇头："爸，我们在城里呆了都快十年了，几乎没下过水，怕是生疏了。"

雨越下越大，树越晃越厉害。刘老汉瞥了一眼水位，突然语气很轻松地说："想当年，你老子可是浪里白条啊，那会儿和村里人比赛扎猛子，谁都赛不过我，今天该是我露一手的时候了。"

"等一会儿，爹你是什么意思，你要下水？""对，我现在下水，你们三个依次往上挪一节。我先游上岸，再回来救你们。"

三个儿子愣了半天才回过神来，老大抹了把脸上的雨水，说："爸，您这么大年纪了，怎么可能游过去？何况水里现在还有这么多旋涡……"老二老三也着急地阻止刘老汉，不让他下水。

见三个儿子都不同意，刘老汉笑了："年纪大怎么了，你老子现在照样身手敏捷。我跟洪水打了一辈子交道，这水里的事你们还能比我清楚？"说着刘老汉一手抱着树干，一手拽下一把树叶放在口袋里，不知在搓着什么。

树干在洪水的冲击下"嘎嘎"作响，刘老汉掏出口袋里的树叶，说："现在水流应该不急了，旋涡也应该没有了！"说完，他把树叶往水面一撒。果然，树叶没有打转，不一会儿就沉到了水里。刘老汉笑道："你们也看到了，这里没有旋涡，很安全！我现在准备游回去了。"这时，刘老汉望了望三个儿子，眼里满是慈爱："记住，你们三个顺次向上面的树杈挪！"

还没等儿子叫出声来，刘老汉已经"噌"地跳进了水中。只见他在水里奋力地游着，瘦小的身子在水中时

隐时现……

三个儿子都相信父亲的话，他们一边向上一个树杈爬，一边紧张地看着水面。

风大雨大，刘老汉在水中的动作越来越费力，他换了口气转头向大树那边望，见儿子们都已爬到上面的树杈，才放心了。可就在这时，刘老汉的身子一挺，被卷进一个旋涡。

恰好，村里的老支书也赶到了。他一路跑一路喊："别下来，别下来啊，蠢老头，快回树上去啊！"可是

水流越来越急，很快不见了刘老汉的身影。

过了一会儿，乡里的机动救援船赶到了，老支书带人把刘老汉的三个儿子救上了山坡。与此同时，一阵狂风吹来，那棵大树"喀嚓"一声，也拦腰折断了。

救援船在洪水里打捞，好不容易找到了刘老汉，可一切都已经晚了。

三个儿子泣不成声。老支书颤巍巍地走过来，苍白的胡须颤抖着，他突然愤怒地吼道："水里全是旋涡，怎么还让你们老子下水？"

老大抹着眼泪说："我们看见他把树叶撒到了水里，没有打转，应该没有旋涡的啊？"

老支书看见刘老汉的手上缠绕着串鱼干的细铁丝，像是明白了什么，他打开了刘老汉的口袋，发现了剩余的铁丝和树叶。

老支书拿起那铁丝说："他把细铁丝缠在叶柄上，树叶当然不打转了。"

"唉，"老支书长叹一声，"他早就知道那棵大树撑不住你们四个人，所以才跳下水，好为你们争取时间。你们知道吗？当年你们的母亲，为了保护你们父子四个，就是这样骗刘老头说水里没有旋涡，跳入洪水中的啊……"

风雨中只剩儿子们的哭声……

（**题图、插图**：魏忠善）

控制欲望，它会变成你前进的动力；被欲望控制，它会把你变成最邪恶的魔鬼。群魔狂舞，一场血腥的战争即将开始……

夺命狗头金

□邱 耕

引 子

狗头金是天然形成的金块，形似狗头，一般重三四公斤。这种黄金极为罕见，而它的发现则与成吉思汗有关。

相传，当年成吉思汗率领大军西征，经过阿尔泰山的时候，发现一处山谷里松涛阵阵、流水潺潺，两岸沙滩在阳光的照射下金光灿灿，景色奇异，好似仙境。成吉思汗觉得很奇怪，便问随行国师沙滩怎么会闪光？国师告诉他阿尔泰山是产金宝地，沙滩里很可能含有沙金。

成吉思汗纵马来到河边，抓起一把砂子，果然见砂中含有金屑。成吉思汗大喜，当即命令留下一队人马开矿淘金，换取物资供应军需。

西征的队伍走后，留下的那队人马立刻大干起来，不到半个月就淘采出了一百多两黄金，大量的黄金勾起了人们内心的贪欲。队长率先中饱私囊，士兵们也纷纷效尤，有的偷有的藏，早忘了什么支援西征。

终有一天，几个士兵发现了一块狗头金，这块硕大的金疙瘩更加激起了人们疯狂的占有欲。几个人之间的争夺很快蔓延开来，一场你死我活的残酷搏斗开始了，士兵们变成了失去人性的野兽，金色的山谷变成了血腥的战场……

一个多月后，成吉思汗见没有采金队伍的消息，便亲自率领卫队前来查看，他们一进山谷就惊呆了。只见山谷里尸骨遍地，血污狼藉，金色的河滩失去了光彩，大群秃鹫在天上盘旋，被秃鹫啄光的白骨堆里，一块硕大的狗头金闪光耀眼……

一切都明白了，国师不禁长叹一声："人之贪欲，乃至如此啊！"

1. 粪坑里埋藏了狗头金

几百年过去了，阿尔泰山已好景不再，从前的采金人已经和当地人融合在一起，打鱼放牧种庄稼，虽然谁也没有见过狗头金，但狗头金的传说仍旧是人们茶余饭后最有味儿的话题，看到谁家有了喜事就会调侃道："看你乐的，捡到狗头金了？"

这年春天开河了，村民们又忙碌起来。村里有个叫丁山娃的小伙子和表弟王财结伴去打鱼。他们避开村边人多的地方，走到河流上游的转弯处捕鱼，撒下网去果然网网不空。忙到天快黑的时候，丁山娃的网不知被什么东西挂住了。他顺着网向水里摸去，摸到了一块挂住鱼网的东西，他把那东西往旁边一掀，只觉沉甸甸的颇有分量，等一鼓劲儿把那东西搬出水面，仔细一瞅，原来是一大块暗黄色的石头。

那石头的形状像个小牛头，是上面两个突起的犄角挂住了鱼网。丁山娃捧着石头犯起了嘀咕：这块石头不过小牛脑袋大小，咋这么沉啊，难道……他脑子里突然闪出一个念头，心猛地狂跳起来。

旁边的王财看见他抱着块黄石头发呆，问了声："啥东西？"就伸手去接，却没想到会这么重，手一软，石头"扑通"掉下来砸在脚上，疼得他抱着脚丫哇哇大叫起来："哎哟哎哟，是……是狗、狗头金吧？"

这一声叫得丁山娃返了魂，他急忙脱下衣服包起黄石头，连鱼网都顾不得收，抱着就往家里飞跑。王财坐在地上揉着砸痛的脚，揉搓了半天，等疼劲儿过了，才爬起来匆匆收了鱼网，跛着脚追到了丁山娃家。

丁山娃家里门大开着，一进屋就见丁山娃满脸沮丧地正在发呆，王财忙问："狗头金呢？"丁山娃叹了口气，指着桌上一小块黄石头说："你看吧，这就是我敲下来的一个小牛犄角，啥狗头金呀，就是块烂石头……"王财一愣："那烂石头呢？"丁山娃"唉"了一声："不小心给掉粪坑里了。"

"你……"王财刚要开口，却又把要说的话咽进肚里。这王财岁数不大，却是个人精。他心里说：丁山娃呀丁山娃，你是怕见者有份儿，想饿狗护食——要独吞吧！什么打断骨头连着筋的表兄弟，屁，你是得了宝贝就六亲不认了！他气得一掌把小黄石头拨到地上，然后一瘸一拐地就往外走。

丁山娃哪晓得他为啥生气，还在后面嘱咐道："别在外面瞎嚷嚷，让人家听了笑话。"

哪知，丁山娃这个嘱咐倒提醒了王财：我凭啥不嚷嚷？你不仁别怪我不义，我先闹他个满城风雨，然后再来个浑水摸鱼，狗头金可不会开口说话，山里跑来的野马——谁抓到是谁的！

王财果然会呼风唤雨，他拿砸肿的脚丫子作宣传品，不过一天，消息就传遍了全村，自然也传到了村主任邬有仁的耳朵里。

在这个村，邬有仁虽说长得小眼睛秃头不起眼，可却是个一跺脚全村乱颤的人物。他听到风声，小眼睛一眯，马上派儿子喊来了王财，看了他的脚丫子，听了他的诉说，心里立刻像钻进了一窝蚂蚁——痒得发慌。可他沉得住气，他料想丁山娃这个老实巴交的小伙子不敢目无领导，一定会主动来找他汇报的。

可是，邬有仁高估了自己的威信，他等到第二天也不见丁山娃上门。邬有仁坐不住了，再也顾不得摆架子，气呼呼地到丁山娃家兴师问罪来了。丁山娃毕躬毕敬地敬茶让座，可一问到狗头金就傻傻愣愣，说王财是财迷心窍看花了眼，那不过是块挺像小牛脑袋的黄石头，让他不小心掉进粪坑里了。

邬有仁当然不信，两眼刀子似的直逼丁山娃，丁山娃赶紧拿出一小块黄石头，说："喏，这就是我敲下来的一个小牛犄角，你看是金子吗？"邬有仁拿起来掂了掂，虽然比一般石头重了些，可怎么看也不像金子。邬有仁也有些拿不准了，他警告丁山娃："小子，你听着，狐狸骗不过猎手，棕熊斗不过老虎，想想撒谎是啥下场！"说罢，揣着那块小石头走了。

邬有仁回到家里，想起王财曾在金矿打过工，便叫儿子把他招呼过来，让他好好看看那块小黄石头。王财点头哈腰地接了过来，刮下些粉末冲洗了一会儿，又一本正经地拿放大

镜照了半天，才说这是块含金的富矿石，按含量估算，那块小牛头大概能提炼出五克多金子。邬有仁一听，气得破口大骂："五克？才值五百多块钱！你不是大嚷大叫是狗头金吗？瞎了双眼的看家狗，到处呱呱的乌鸦嘴，滚！"

王财挺高兴地滚了出来，他把这件事宣扬出来是为了浑水摸鱼，可不想有人插手竞争，现在瞒过了邬有仁最好，挨顿骂也值了。

王财根本不相信丁山娃会把狗头金扔进粪坑里，他认定丁山娃说这话是此地无银三百两，这家伙一定是反穿皮袄进牧场——装佯（羊），把真的狗头金藏起来了。王财"嘿嘿"一阵冷笑后拿定了主意：管你使的什么障眼法儿，我是有鱼没鱼先撒网，先去粪坑探个虚实，你不承认捡了狗头金更好，等我把狗头金搞到手，让你偷吃肉咬坏了舌头——有嘴说不得！

当天晚上后半夜，王财扛起耙子悄悄来到丁山娃家，他侧耳听听屋里鼾声平稳，便放心地来到后院茅厕，搬开盖在粪坑上的石板，轻轻把耙子伸了下去。

粪坑足有半人多深，坑里的粪水又粘又稠，耙子一搅汩汩冒泡，熏得王财直干呕，他憋着气侧着头在坑底耙拉，三耙两耙果然耙到了一个东西，往上一拉很有分量，这不是狗头金是什么？

王财换了口气，憋足力气往上耙，拉到半截，耙子齿一滑又掉了下去。王财往坑边靠了靠，攒足劲儿又猛地一拉，却不防坑边又腻又滑，两脚一"哧溜"，"扑通"一声跌进粪坑，足足灌了一大口粪水。他拼命挣扎站起来抓住了坑沿，只觉肚子里翻江倒海，忍不住哇哇呕吐起来……

突然，丁山娃屋里的灯亮了，紧接着传来一声吆喝："什么人？"王财一听慌了，竟猛地一蹿，爬出粪坑撒腿就跑。他满身粪水淋漓不敢回家，一溜烟儿跑到村外河边，也顾不得山上下来的水冰凉彻骨，就"扑通"跳了下去。他忍着冰冷在水里趴了好一阵子，直到确定没人追上来，这才洗去粪水，然后哆哆嗦嗦地回家了。

2.半夜里跑来了大棕熊

王财掉进粪坑的扑腾呕吐声惊醒了丁山娃，等他披上衣服冲出屋来，只看到一个逃跑的人影。他猜想这个人是冲着狗头金来的，他不想追也不想张扬，管他是谁吓跑就算了。丁山娃无可奈何地摇摇头：明明是块石头嘛，犯不上为它瞎折腾！

其实，当初丁山娃抱着石头往家里奔时，的确以为那是块狗头金，可是回家敲下来一块才发现只是块石头，他大失所望之后觉得把这么重的石头扔了也可惜，不如把它垫在粪坑边的凹地上吧。于是他就抱着石头往那凹地一扔，不料坑边上的土已经被粪水泡酥，石头“咕咚”一下子滚进了粪坑里，溅了他一脸粪水。他顾不得那块石头，慌忙跑回屋里洗脸换衣服。当时觉得掉进粪坑也好，免得别人看了笑话，谁知道自己说了真话没人信，反倒招来了贼惦记，搅得大半夜不得安生。

丁山娃看看那一地的粪水，便知道了那家伙的下场，心里又好气又好笑。索性石板也不盖了，连那耙子也让它戳在了粪坑里，心想谁不怕吃屎就来捞!

丁山娃回到屋里又睡了个回笼觉，天一亮照旧去找王财打鱼。他刚走进王财家的院子，就听见王财他爸在屋里骂：“……这是上天对你的惩罚！要吃手抓肉自家养羊，想抓大鲟鱼深水撒网，贪别人的东西没好下场……”老汉一见丁山娃进来，忙住了嘴，再看王财正躺在炕上哼唧，说是感冒发烧刚打了针。丁山娃看他烧得满脸通红，便安慰了几句自己去了。

丁山娃走后，王财他爸又絮絮叨叨地骂起来。王财后悔自己不该把这件事告诉老爸，没讨到主意反倒惹来了一顿骂，他只好蒙上脑袋装睡觉，等他爸出去了，也不顾自己正在发烧，从床上爬起来，出了家门，像贼似的躲躲闪闪来到丁山娃家的后院。他纵身跳起，扒着墙头往里一看，只见粪坑的石板没有盖上，连耙子也戳在了粪坑里。

王财的心里一下子就凉到底了：完了，丁山娃这家伙把狗头金捞走藏起来了！看来丁山娃已经猜出自己来偷过狗头金，今天他来找我打鱼是假，看我笑话才是真的!

这么一想，王财气得胸闷腹胀，自己喝了粪水跳了河，瞎狗扑鸡白忙活，难道就眼看这一大笔横财飞了？看来光靠自己折腾是不行了，还是该舍出一半横财找个硬帮手。他一路走一路琢磨，寻思寻思忽生一计，立刻转身来到了邬有仁家。

邬有仁本来就对王财憋了一肚子气，看他进来睬也不睬。王财却不在

乎，开门见山地说了自己的打算。邬有仁听着听着眼睛就亮了，心里乐意嘴上不说，眯起眼来只管看房顶。王财当然明白邬有仁的意思，拍着胸脯说：“我王财说出的话栽下的拴马桩，发了财咱们一家一半！”

邬有仁嘴上答应心里冒火：你小子当初说话像乌鸦，现在没了办法才说实话，张嘴就是一家一半，你这只笨棕熊算啥东西，敢跟咱家平起平坐！哼，早晚叫你知道锅是铁打的！

邬有仁冷冷地警告王财：“就按你的主意办吧，你可给我记住，狐狸骗不过猎手，棕熊斗不过老虎，再敢跟我瞎呱呱……哼！”

王财连说不敢，又表白了一番才告辞出来。他其实根本没把邬有仁的警告当回事，一边走一边冷笑，老家伙总把自己当老虎，张嘴就骂人家是笨棕熊，哼！知道路数的羊才是头羊，聪明的猎狗不叫唤！

王财只顾闷着头走路，村民们看见他都主动打起招呼来，招呼完了就问他砸伤的脚好了没有。王财知道他们真正关心的是狗头金，可自己传出的话又不好否认，便说丁山娃又去河边打鱼了，想知道有没有狗头金自己去问。大家听了更是心里发痒眼睛发红，也都带上鱼网去了河滩。

河滩上一下子热闹起来，人们都要丁山娃讲讲捞到狗头金的经过，丁山娃只好一遍一遍地解释，可人们谁也不信，转身就冷言冷语地指鸡骂狗。丁山娃心里憋屈，只好远远地躲开，可人们却像约好了一样，看他在哪儿撒网就凑上来跟着撒，搅得河水一片浑黄，眼看这鱼是打不下去了，丁山娃只好收网回家。

丁山娃可真像离了群的马，往日的伙伴一个也不见了，满肚子委屈没处可说。他闷闷地吃过了晚饭，看看天已不早，就没精打采地上炕睡觉了。

迷迷糊糊地睡到半夜，房门突然“咣咣”作响。丁山娃被惊醒了，他起来一看，只见房门正在不停地晃动，不知啥东西在外面“喀嚓喀嚓”地又推又抓挠。他吆喝一声没人答应，房门反而“咣咣”得更厉害了，他吓得心里一颤：这可不像是人的动静！

丁山娃强作镇定下了炕，摸起根棍子凑到窗前，刚要探头去看，窗上的玻璃“哗啦”一声被打碎了，随即伸进来一只毛茸茸的大爪子。哇呀，是棕熊！

丁山娃早听说这东西力大无穷，自家这木门窗可扛不住它几巴掌，眼下只有逃跑为妙。他急忙跑到后窗，可没等打开窗子，棕熊就跟了过来，“啪嚓”一掌又打碎了玻璃。丁山娃吓得扯开嗓子大喊救命，边叫边把今天打来的鱼往窗外扔。可是棕熊似乎对鱼并不感兴趣，又跑到前边撞起门来。

就在这时，村里响起了呼喊声，接着燃起了火把，棕熊的撞门声停了下来，丁山娃向窗外一看，一个黑糊糊的影子正往山沟里跑，他刚刚松了口气，只见不远处火光一闪，“咣”地一声枪响，那黑影子一声号叫，连滚带爬地钻进山沟里不见了。

村民们纷纷赶到，原以为是有人来偷狗头金，听丁山娃说来了棕熊，都大吃一惊。村里已有几十年没有来过棕熊了，这家伙最爱祸害人，往后村里怕是不得安生了。人们正招呼着快找村长，邬有仁气喘吁吁地跑来了，张嘴就问谁打的枪，村民们这才想起政府去年就把私枪都收缴了，谁那么大胆还敢私藏枪支？大家你看我我看你，嘀嘀咕咕地瞎猜疑起来。邬有仁怒吼道：“糊涂！藏了枪最多拘留几天，棕熊是国家保护动物，打死了要判刑的！”

人们才知道事情闹大了，一起跟着邬有仁打着火把搜寻。大家顺着棕熊逃跑的方向一路找去，最后在山沟边上发现了几滴血迹和一溜被压倒的草，看那痕迹是跑进沟里了，邬有仁松了口气：“没打死就好，散了散了，都回家去！”

邬有仁又把丁山娃喊过来：“你家在村边不安全，你收拾收拾先搬到村委会去住，明天我派人给你在村里另盖间房子。”丁山娃吃了一惊：“为了棕熊就让我搬家，我明天把门窗修结实不就行了？”

邬有仁生气了：“你怎么不知好歹呢？野兔子都知道搬家躲胡狼，命要紧还是房子要紧？再出事可别怪我不管！”丁山娃不敢再顶：“您让我收拾收拾，行不？”邬有仁哼了一下鼻子走了。

3. 无名火烧出了藏枪案

第二天一早，丁山娃收拾东西准备搬家。人们看见反倒说起了闲话：“啊哟，这是要搬到城里去享福呀！”丁山娃懒得理睬他们，自己忙着捆扎了东西，再到王财家里去借架子车。

丁山娃匆匆来到王财家，一进门就见王老栓正愁眉苦脸地在屋里唉声叹气，王财仍是趴在炕上不住地呻吟，看来是病得更重了。丁山娃忙问出了啥事，王财吭吭唧唧地说是胡狼偏咬瘸山羊，昨天屁股上又长了个大疮，丁山娃便要用车拉他去医院，王财听了赶紧摇头，王老栓也说已经上过药了，养几天就好了。

丁山娃又安慰了他们几句，才说了借车搬家的事，王老栓不大情愿地带他到院里推车，一边走一边念叨：“金窝银窝不如自己的狗窝，这房可是你爸留下的呀！”丁山娃接茬说：“我也不想搬呀，这不是为了躲那个棕熊嘛。”王老栓哼了一声：“狗屁的棕熊，啥东西挨这一枪也不敢来了！”

丁山娃知道王老栓曾是远近闻名的猎手，不要说棕熊，连老虎都打过，他说的话一定没错，再说自己也实在舍不得这个家，回去把门窗搞结实些也就是了。丁山娃打定了主意，谢过王老栓就回家了。

回到家里，丁山娃正忙着把东西放回原位，邬有仁来了，一见这样就瞪起了眼："怎么不搬了？"丁山娃点点头："不搬了，这房子是我爹留下的，我不能对不起我爹。"

邬有仁立刻沉下脸"好，那你把枪交出来吧！"丁山娃吓了一跳"交啥枪？你说谁有枪？"邬有仁冷笑："装佯！没枪你敢不搬家？那天开枪的不是你是谁？狐狸骗不过猎手，棕熊斗不过老虎，啥后果你可要想清楚！"说罢就怒冲冲地走了。

这一下倒把丁山娃激火了：我的家我爱搬不搬，能有啥后果？就是警察来了也得讲理，别人家的拴马桩栽不到我院里！

丁山娃就是铁了心不搬，当天就砍了根粗木头加固了门窗，到晚上早早把门窗上了拴，煮了一锅鱼独自喝起酒来，一头喝一头想这些不顺心的事。闷酒醉人，他喝着喝着眼皮子直打架，一头倒在炕上坠入梦乡……

睡梦里，丁山娃又来到河边打鱼，夏天的日头像个大火球，烤得他浑身燥热，河边的青草也被烤得冒了烟，随着热风扑面而来，呛得他一阵大咳睁开了眼：只见屋里红光闪闪浓烟笼罩，门窗被烧得"劈劈啪啪"不住爆响，妈呀，家里起火了！

丁山娃猛地跳下炕来，一边扯着嗓子大喊救火，一边把被子按进水缸里浸湿，抡起来又扑又打，可是扑了东顾不得西，火星子反被甩得到处乱飞，家具杂物也跟着烧了起来。门窗上熊熊的大火断了出路，浓烟呛得他无法呼吸，再这样下去就要葬身火海了，要活命只得拼死一搏。丁山娃拿被子蒙了脑袋，拼尽全力向门上撞去……

赶来救火的村民只听“轰隆”一声，一团火球从门里直冲出来，吓得不住倒退，待看到火球在地下乱滚才知道是人，赶紧扑上去浇灭了火，救起了浑身冒烟的丁山娃。

邬有仁也匆匆赶到了，他一头吆喝村民们救火，一头喊来村医照看丁山娃。村医检查了一番就表扬丁山娃自救得当，除了头上撞起一个大青包，手上只有几处轻伤外，没啥大碍。这时火已扑灭，邬有仁在锅台上看到了半锅烧焦的鱼，便认定是丁山娃没有熄灭灶火引起了火灾。

大家正在扑打余火，忽听一阵急促的警笛声越响越近，邬有仁大发脾气：“是谁报的警？啊？眼里还有没有我这个村主任？想要闹得马炸群呀！”大家面面相觑：都在这里救火，没见有人报警呀！这时警车已到，邬有仁只好迎上去，向边防派出所的钦察所长介绍了情况。钦察所长听了未置可否，详细询问了丁山娃，又去现场检查。因为厨房和门窗都烧得很严重，很难断定起火的原因。

为了查明丁山娃是否跟人家结怨，以致引起了报复纵火，钦察所长又走访了村民，结果没访到失火原因却听说丁山娃捞到了狗头金。待他追根寻底，邬有仁的儿子邬义又揭发丁山娃私藏枪支，还发生了枪击棕熊事件。情况越来越复杂了，这些事情难道是互为因果的吗？

钦察所长决定先从狗头金查起，询问过丁山娃后又找到了王财。王财屁股上的疮还没好，趴在炕上回答了问题，钦察所长听了又找来了邬有仁，邬有仁拿出了那块小牛犄角，证实那所谓的狗头金不过是块金矿石。既然是这样，就不大可能是人为纵火了，但枪击棕熊触犯了《野生动物保护法》，私藏枪支更是严重危害治安，必须一查到底。

丁山娃当然不承认有枪，钦察所长便带人在火场内外仔细搜寻，最后在他房后的菜窖里找到了一支长筒猎枪。人证物证俱在，丁山娃的死不认账只能是态度恶劣。钦察所长决定把他带回派出所留置审查，如果检验枪支上的指纹也符合的话，将依法对他进行处罚。

钦察所长押走丁山娃的时候，邬有仁追上来把一件羊皮袄披在了丁山娃的身上：“这皮袄又能铺又能盖，还缺啥东西就给我捎个信儿。唉，小马不听老马话，离群迷路难回家。你去吧，家里的事别惦着，我回头找人给你盖新房！”

丁山娃感动得连连道谢，含着眼泪跟警察走了。

4. “一咬炸”崩跑了偷金贼

丁山娃被抓走后，邬有仁马上就在村委会旁边划了块地准备给他盖房，自己带着儿子邬义拉了架子车来到丁山娃家，搬运那些能够继续使用的砖瓦木料。村民们看了无不感动，纷纷赶来帮忙。邬有仁却说人多杂乱，让大家先去忙自己的事，等盖房的时候再过来帮忙。

王财听说了村长要盖房的事就再也躺不住了，一瘸一拐地在屋里兜起了圈子，他恨透了邬有仁的歹毒，也哀叹自己做了笨棕熊。

原来，王财深信丁山娃已经把狗头金藏了起来，只是没办法找到藏匿的地点，正着急想办法，就看到他爹王老栓保存的那张棕熊皮。他跟邬有仁商定，由他先伪装棕熊去吓唬丁山娃，然后由邬有仁督促丁山娃搬家，丁山娃要搬家当然不会丢下狗头金，搬家前肯定会在夜里偷偷转移，王财再套上熊皮埋伏监视，只需选准时机，扑上去吓跑丁山娃，那狗头金也就到手了。

原以为计划万无一失，没想到第一次出马就不明不白地挨了一枪，若不是熊皮又厚又韧，只怕半个屁股都给崩飞了！王财挨了枪不敢吭声，连滚带爬地逃回家来。王老栓看了，又生气又心疼，可这种丢人的事怎么敢去医院。幸好老猎人都会对付枪伤，只是没处找麻药，王老栓只好把小刀子烧了烧，硬着头皮剔他屁股上的铁砂，王老栓一边剔一边骂他活该，疼得他把枕头都咬烂了，那份儿罪简直不是人遭的！

事情是明摆着的，装棕熊的事只有邬有仁知道，开枪的不是邬有仁还有谁？王财受了伤就没了竞争对手，邬有仁又打起了丁山娃的主意，他先藏枪后放火，贼喊捉贼再报警，又让儿子邬义诬陷丁山娃私藏枪支，终于达到了赶走丁山娃的目的。现在邬有仁可以独吞狗头金了，他带着儿子哪里是搬什么砖瓦木料，找那块狗头金才是真的！他们白天不过是侦察探路，晚上一定会开始行动。

王财下了决心，就是豁出命也不能让邬有仁得逞，到底要看看谁是老虎谁是棕熊！到了晚上，他早早就躺在炕上装睡，计算着夜里的行动方案，直等到王老栓睡的那间屋里熄了灯，他才轻轻爬起来，偷了几个王老栓过去用剩下的“一咬炸”。

“一咬炸”是猎人专门配制的一种炸药，受到磕碰和挤压就会爆炸，猎人们把这种炸药裹上羊肉，放在胡狼常走的小路上，胡狼一咬就会炸烂嘴巴，猎人就能得到一张没有弹孔的狼皮，比开枪划算多了。王财今天就要拿它对付邬有仁这只恶狼，他把“一咬炸”揣在怀里，蹑手蹑脚地直奔丁山娃家。

大概是来得早了，丁山娃家的废墟上毫无动静，可王财不敢抢先去寻宝，他屁股上的伤还没好利落，一旦遇到邬有仁爷俩儿，明打明斗肯定会吃亏。他趴在旁边的树丛里，屏声静气地耐心等待。熬到了三星偏西还没有动静，王财的眼皮子打起架来，正琢磨自己是不是估计错了，丁山娃家的废墟里突然“哗啦”一响，来人了!

王财探出头一看，只见手电筒闪闪烁烁，两个黑影正在废墟里搜寻，不用说就是邬有仁爷俩儿了。他们这儿刨刨那儿挖挖，几乎是一寸一寸地仔细搜索。王财紧紧盯着他们的一举一动，看着他们搜遍了整个废墟。

看来是一无所获了，两个黑影凑到一起，嘀嘀咕咕不知说了些什么，又到粪坑边上忙活起来，不一会儿就捞出了那块小牛头，他们把小牛头用水冲了又冲，敲了又敲。只听邬义骂道:“王财这个瞎了眼的看家狗，什么狗头金，就是块烂石头!”邬有仁发了话:“管它是啥，先带回家再说!”听爹这么说，邬义抱起小牛头就要走。

是时候了，王财拿出“一咬炸”，瞄了瞄，“嗖”地扔了出去。只见火光一闪，“轰”地一声在两个人脚下炸开了，惊得他们一蹦老高，“哇哇”叫着丢下小牛头就跑。王财又是一个“一咬炸”扔过去，恰好击中邬有仁的后背，“喀嚓”炸了他个大马趴。邬义急忙把邬有仁拉起来，两人跌跌撞撞地向山沟里逃去。

王财急忙跑到粪坑边上，刚要抱起那块小牛头，就见村里人已经纷纷赶来。他自己瘸了吧唧地跑不快，往山沟跑又可能遭遇邬有仁父子，再耽误下去只会暴露。他急中生智，起脚把小牛头踢进粪坑，一骨碌又钻进了树丛，看到人们都冲进了废墟，正在里面瞎嚷嚷，他赶紧趁乱爬出来，兜个圈子回了家。

村民们都以为又是有人开枪，跑来搜遍了废墟却什么也没发现，想到山沟里搜，又害怕自己在明处人家在暗处，黑灯瞎火地挨上一枪可不划算。有人提议报警，有人说要先报告村主任，正在吵吵嚷嚷，邬义不知从哪里钻出来，拿了个炸开的纸壳大叫：“别吵了，你们看，这不是开枪，是有人扔‘一咬炸’！”

大家凑过来看时，又一个村民也捡到了一个炸开的纸壳，纸壳还散发着浓烈的火药味儿，摸一摸尚有余温，这事情就太怪了，谁会大半夜跑到这里放炮玩？

村民们议论纷纷，这几天发生在丁山娃家里的怪事太多了，尤其是那块狗头金，起先传得活灵活现，后来又说是块矿石，可丁山娃家却来了棕熊起了大火，今天又突然响起了“一咬炸”，莫非就是那块石头作怪？有人便说那一定是块“招灾石”，提议找到那块怪石，远远地把它扔进山里去，别让它闹得全村不得安宁。

大家正要找那块“招灾石”，忽听一声大喝，邬有仁出现在大家面前：“胡闹！搞啥子封建迷信！”他一嗓子吼过，又突然“哎哟”一声扶着腰。邬义赶忙上前扶住他，一边给他揉腰一边说：“累得我爹的腰疼病都犯了，大伙儿别瞎折腾了，有话明天再说吧！”村民们一时也没主意，就各自打着火把回家了。

5. 狗头金变成了招灾石

王财正在家里幸灾乐祸，王老栓回来了。王老栓是被爆炸声惊醒的，他起来就不见了王财，赶到丁山娃家看到了“一咬炸”，立刻猜到这是儿子干的。回到家一看，果然少了几个“一咬炸”，气得他狠狠给了王财一个耳光：“你还是不死心呀！记得成吉思汗采金队的故事吗？人为财死鸟为食亡，我看你是不见棺材不掉泪！”

王老栓把大门上了锁，骂了句：“再敢出去我打断你的狗腿！”就气呼呼地回屋去了。

王财才不在乎一个耳光，他看人们回了家，村里渐渐恢复了沉静，心里又骚动起来。他等的就是这个时机，邬有仁他们吃这一惊，至少今天不敢再出来了，正好趁这个时候去把狗头金捞回来，好好看看它到底是矿石还是真金。

估计离天亮还有一段时间，看看王老栓那屋里没了动静，王财悄悄地爬起来，从房后的围墙翻了出去。

王财又来到丁山娃家的废墟上，发现那粪坑里的耙子还在，就立刻挽挽袖子动了手。他把耙子伸进坑里，第一下就钩住了那块狗头金。吃过亏就长了记性，他怕再次滑进坑里，就摆正了姿势，要把脚下踩实。正要使劲，忽听一阵急促的脚步声，猛回头就见两个黑影手持大棒冲了过来，看那势头来者不善，王财顾不得什么狗头金，丢下耙子便逃。两个黑影早有准备，抢上来一左一右截断了他的退路。王财眼见逃跑无望，慌忙抄起耙子准备抵挡，两个黑影子一步步逼过来，王财一步步后退，眼看退到了粪坑边上。

王财急了："站住！再过来我就喊人了！"只听对面那人冷笑："嘿嘿，果然是你这个笨棕熊，你喊吧，我们是来抓贼的！"王财也听出了邬有仁，马上反唇相讥："贼喊捉贼，怎么刚才的一咬炸没把你崩死！"

邬有仁大怒，大棒子"呜"地一声砸下来，王财急忙举耙一挡，耙子"喀嚓"一声断做两截，左手的耙子杆飞了出去，右手里只剩下个耙子头。王财又急又慌，猛地把耙子头向邬有仁砸去，邬有仁"哇"地一声抱着脑袋栽倒，王财同时听到身后一声大吼，后脑勺上挨了重重一击，一个倒栽葱跌进了粪坑。

邬义把王财打进粪坑后，急忙扑到一动不动的邬有仁身上，只见耙子的尖齿已经深深钉进了邬有仁的脑袋里，再一摸胸口也没了心跳，眼见是死定了，他大叫一声："爸呀！"就哇哇大哭起来……

哭喊的声音再次惊起了村民，第一个赶到的是王老栓。他听到哭喊声急忙爬起来，一看屋里又不见了王财，便一路飞奔赶到丁山娃家的废墟，正看到邬义抱着邬有仁哇哇大哭，再看邬有仁脑袋上血淋淋地钉着耙子，一时也吓得呆了，直到村民们围上来才想起了王财。他一把揪起邬义："快说！王财在哪儿？"邬义猛然醒悟，哆哆嗦嗦地指了指粪坑，王老栓"哎呀"一声，纵身跳了下去。

在村民的帮助下，王财被捞了出来。人们一边抢救一边报警，钦察所长接到报警后带着急救车飞速赶到。医生立刻进行了检查，邬有仁脑浆外溢当即丧命，王财被击昏后栽进粪坑窒息死亡。

一阵忙乱过后，村民们这才注意到跟钦察所长一起来的还有丁山娃，原来经过痕迹比对，猎枪上的指纹不是丁山娃的，因为证据不足，就要放了他。本打算天亮让他回家，不想他家又出了大事，正好把他带回来一起

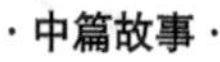

调查。

这次调查没费什么事，邬义很快交代了事情的始末：邬有仁和王财都觊觎那块狗头金，又是装棕熊吓唬又是放火藏枪陷害，两个人都想独吞狗头金，暗中争斗也步步升级。邬有仁开枪打了王财的屁股，王财拿“一咬炸”崩了邬有仁的腰。王财满以为崩跑了邬有仁就可以放心大胆地捞狗头金，但老奸巨猾的邬有仁早料到了他的企图，原是打算埋伏起来狠狠教训王财一顿，没想到动起手来就愈演愈烈，最终酿成了这场惨祸……

人群里响起了一片唏嘘声，两条人命呀！王老栓老年丧子痛不欲生，邬有仁的老伴哭得死去活来，邬义也被戴上了手铐。大家都把目光投向了丁山娃，就是他捡来了那块“招灾石”！

面对乡亲们责备的目光，丁山娃心里一阵阵刺痛，他万万没想到一块烂石头会惹出这么大的祸，早知道会有这个结果，不如当初……钦察所长拍拍他的肩膀：“事情已经发生，难过也没用，快让你那块‘狗头金’见见天日吧！”

大家帮丁山娃捞出了那块小牛头，一桶水浇下去，眼前是一块已经被粪水侵蚀得满是裂纹的黄石头，钦察所长对大家说：“看看吧，这就是你们说的狗头金！”

哭得老泪横流的王老栓大吼一声：“狗头金！你这夺人命的狗头金！”疯了一样地扑上去，抱起黄石头拼命向粪坑里扔去，不想石头太重，“砰”地砸在盖粪坑的石板上，“喀嚓”一声四分五裂，碎石里突现一块狗头大的金疙瘩！

真的是狗头金呀！所有的人都惊呆了，眼睛一眨不眨地瞪着那块耀眼的金疙瘩。钦察所长第一个清醒过来，摇着头感叹不已：“谁想到石头里会包着金疙瘩呀！”他看着丁山娃说：“肚子里的马驹见天了，你说怎么处理吧。”

丁山娃没多犹豫就抱起狗头金，郑重地捧给钦察所长：“请你替我献给国家！”钦察所长也郑重地接过来：“政府会按规定给你奖励的。”丁山娃摇摇头：“这份儿奖励我不能要，”他看着地下两具蒙着白布的尸体叹了口气，“拿这些钱救济他们两家吧！”

天快亮了，远处的阿尔泰山已隐约可见，大家都没说话仍在默默肃立。人们想起了成吉思汗采金队争夺狗头金的故事，过去说起来都把它当个笑话，谁也没想到它竟会在今天重演！

两具蒙着白布的尸体，一块闪光耀眼的金疙瘩，它到底是狗头金还是招灾石？

（**题图、插图**：杨宏富）

阿P也移民

□黄建刚

现如今，世界成了地球村，许多外国人到中国定居，也有不少中国人移民海外发展事业。去年，阿P就有个好朋友移民到了澳洲，过去之后，三天两头给阿P打电话，把澳洲夸得跟天堂似的，劝他也过去发展。一来二去，阿P也就动了心，去领事馆申请了技术移民。

阿P不光自己申请，还替父母做了申请。他是个独子，又是孝子，既然澳洲那么好，没有道理不带着老爹老娘一起过去享福呀。

这天，阿P一家到领事馆接受移民官面试。一大早，他带着全家老少，信心百倍地来到领事馆，排队等候面试。

技术移民要求移民者具有一技之长，阿P对自己很有信心，因为条件摆在那儿：正规大学本科毕业，当过工程师，走上管理岗位后，还获得了行政管理硕士学位和高级经济师称号，并连年获得各种各样的标兵、先进等荣誉称号。就这条件，不说是拔尖人才，起码也算优秀人才吧？

阿P最先走进面试室。移民官一一看过他那二十几本证书后，面无表情地问道："除了这些，你还有什么特长？"特长？阿P一怔，心想：我的特长多了去了，什么跳舞、喝酒、打保龄球，样样拿得出手，不过，这些自然不能说。他稍一犹豫，就说："我的特长就是研究人、琢磨人。"

对方一听，来兴趣了："噢，你是心理医生？"

阿P摇摇头，说："不是。"

对方不解："那你研究人干什么？"

阿P解释说："我是人事干部，研究人才能更好地管理人呀。"

听他这么说，面试官脸上顿时露

出失望之色，挥挥手，让他回去等候通知。

阿P的心立马凉了，他知道看这架势，这次通过面试的希望不大了。

接下来，轮到阿P的媳妇小兰进去面试。小兰进去后，阿P坐立不安地等在外面，心里七上八下。知妻莫若夫，小兰阿P还能不了解，女子无才便是德，从这点来说，小兰可谓德高无比，因为她除了美容打扮，可以说啥也不会。果然，小兰刚进去不久，就气呼呼地出来了。

阿P叹口气，不用问，他也知道什么结果了。小兰还不服气呢，站定后，忿忿地大声说："真没有见识，难道打麻将不是特长？不是技术？有种他跟我摸一圈试试，包管叫他输得连回去的飞机票都没钱买！"

周围的人听了都笑了起来，阿P的脸涨得通红，恨不得上去捂住小兰的嘴，让她少在这儿瞎咧咧，丢人现眼。

随后，轮到阿P的爹娘进去面试了。阿P心说，连自己都不行，爹妈大字都不识几个更是没戏唱了，还是回去另想办法吧。他一拉爹的胳膊，说："爹，回去吧，咱们不符合他们技术移民的条件。"

阿P的爹可是个犟脾气，你说我不行，我倒偏要去试试。其实，老头子本来并不想移民，在乡下过得好好的，干吗非得去外国？不过，他见儿子儿媳接连碰壁，脾气就上来了："我还就不信了，这外国有啥了不起，凭啥不让咱去？走，老婆子，咱进去见识见识。"说着，一拉老伴，"噔噔噔"，斗志昂扬地就进去了。

阿P阻拦不及，只好让他们进去，也好，他们尝试一下也就心甘了。

等了大约二十多分钟，见老爹老娘还没出来，阿P开始着急了，踮着脚探头探脑往里看。他是怕他们不会说话，在里面闯了祸，这可是外交事件呀。

正心慌呢，却见老爹背着手，趾高气扬地出来了。阿P松了一口气，忙迎上去问："爹，你们没事吧？"

老爹腰板挺得绷直，一挑大拇指，得意洋洋地宣布："通过了，大鼻子洋人热烈欢迎我跟你娘移民去他们国家！”

“啥？”阿P一听，眼睛都瞪圆了，吃惊地道：“不会吧？”

老爹说“咋不会？刚才，那个大鼻子问我有什么特长，我一寻思，种地搂锄把子这活儿人人都会，不算特长，把我逼得没法，就给他来了一段东北大秧歌，你猜怎么着？”

阿P忙问：“怎么着？”

老爹哈哈大笑：“那大鼻子看完后就跳起来，嘴里‘狗的、狗的’地叫唤，说我是伟大的舞蹈家。儿子，‘狗的’是啥意思？”

“是英文，就是‘好’的意思呀。”阿P惊得半天没合拢嘴，他挠挠头，又问：“那我娘呢？”

老爹看了老伴一眼，突然乐得腰都弯了：“呵呵，你娘比我更受欢迎，大鼻子说她是艺术大师呢。”

“艺术大师？”阿P又是惊得张大嘴巴。

老爹憋住笑，道“大鼻子问你娘有什么特长。你娘紧张得说不出话来，我就说，她身体不好，也就在家扎个鞋垫绣个花啥的。大鼻子没啥见识，问扎鞋垫是干什么。我就脱下鞋，把你娘扎的鞋垫抽出来给他看。其实上面也没什么，就是绣了对鸳鸯，呵，就这，把那家伙给惊得。我这老汗脚，那个味啊，他也不怕臭，捧着鞋垫跟得了宝贝似的，又是‘狗的、喂了狗的’地一阵乱叫，说神奇真是太神奇了，夫人简直是艺术大师哇。”

老爹脱下鞋，展示给阿P看，说：“这不，鞋垫都被他留去珍藏了。”

这时候，阿P娘抿抿嘴，插话对老伴说：“他爹，咱先搬过去住住看看，要是日子比这边好，回头咱叫乡亲们都移民过去。”

舞蹈大师严肃地“哼”了一声，说：“那可不行，这么多艺术大师一股脑儿都移民过去，还不得把那大鼻子美死呀。”

听到这里，阿P跟小兰对看一眼，都激动起来。他迫不及待地一拉老爹老娘，说：“两位大师，走，咱们赶快回家。”

“干吗？”

阿P说：“教我扭大秧歌呀。”

小兰说：“娘，你教我扎鞋垫。”

（**题图、插图**：李 加 史 琦）

阿P是一个深受读者欢迎，且具有多重性格的喜剧人物。他正直、朴实，却又染有许多不良习气；他自作聪明，却又往往事与愿违，弄巧成拙；面对屡屡受挫的现实，他却能自我解嘲，很有点阿Q的精神姿态，让人啼笑皆非。

您身边有这样的人吗？希望您能把他写下来，寄给我们，从而让阿P这个人物更丰满，更具有典型意义。

本期责任编辑的信箱是：wyjing833@sohu.com。

还是没留住

□冷　空

偏僻的多加西小镇上开着几家旅馆,眼看都要倒闭了，只有布朗太太的旅馆一直在赚钱。原来布朗太太和她的女儿珍妮都出了名精明。有她们在，客人根本别想占便宜。

这天，店里来了个外地小伙子。布朗太太见他抱着一个硕大的行李包，累得几乎走不动了，便乘机多要了五美元房钱。小伙子憨厚老实，一边交钱一边连声说谢谢。

第二天，小伙子下楼退房时，布朗太太盯着小伙子的行李包，让珍妮立即去清点房间物品。不一会儿，就听见珍妮在楼上喊:“枕头不见了！”

布朗太太不禁冷笑:就凭你这傻样，也敢在老娘面前耍手段？于是，她命令小伙子上去找枕头。小伙子没办法，只好“噔噔噔”跑上楼，过了好久才气喘吁吁地下来，抱歉地对布朗太太说:“枕头掉到床底下了。”

看着小伙子沉甸甸的大包，布朗太太又多了个心眼，叫珍妮再检查一遍，结果这次发现遥控器里的电池没了。少东西你还想离开？门都没有！于是，她又让小伙子上去找电池。小伙子无可奈何，又跑上了楼。过了好半天，小伙子才下来，嘴里不住地嘟囔:“昨晚上用遥控器的时候还好好的，怎么会跑到电视柜下面去呢？”

三番两次找不到东西，精明的布朗太太更不放心了，忙叫珍妮再仔细检查一遍。这下不得了，床头灯的灯泡竟然不见了！布朗太太生气了，她让小伙子找到灯泡，然后又亲自上楼把一切都又检查了一遍，才给小伙子退了房。

谁知小伙子刚跨出旅馆大门，珍妮就“哇”地一声大哭起来:“妈妈，那个小伙子真帅噢，我千方百计想留住他，结果还是没留住……”

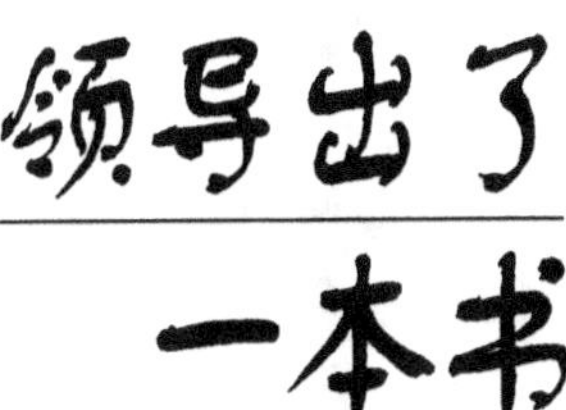

领导出了一本书

□肖　胜

汪处长最喜欢在会上发言，临近退休更是使出了大手笔：将发言稿收集起来，自费出了一本书。

书印了三千册，费用花了两万多，可从印刷厂拿了出来，汪处长就犯难了。虽然签名赠送解决了近一千册，可剩下的怎么办，卖不出去总不能一摞一摞堆在那吧，多没面子啊。

没办法，汪处长只得向各部门负责人求援，让他们帮着推销，并告诉大家买书的钱年终放到书报补贴中报销掉就行了。

左等右等见底下没动静，汪处长正发愁时，却等来了老徐。老徐是个办公室主任，很快也要退休了，他平时很少揽这样的事，可这次却很热心，而且一人就揽下了剩余的两千册。这下，大家都松了一口气，但心里都纳闷：这老徐是不是老糊涂了？

可汪处长不管那么多，他想：看来我的东西还是很有价值的，否则像老徐这样马上就退休的人，弄这书干什么呢？这么想着，汪处长高兴地把书交给老徐。

很快到年底了，这天老徐交给汪处长一张报销单，说是大家的书报补贴。汪处长一看便傻了眼：每人的费用竟然比往年多了一倍！他悄悄地问老徐："我那本书可不值这么多钱，你不会自己涨价了吧！"

老徐一本正经地说："书都是原价卖出去的，但处长您写的东西那么好，我怕他们学不透啊！所以我又出了两本资料，外加三本习题集，每本只收了二十元工本费。咱们处底下管辖八个部门、五个社区，还有十多家工厂，那么多员工，一听说报销，大家都想要，结果人手一套还不够呢！"

举报电话

□宋 斌

老王是公交公司新来的总经理，他刚上任便决定对市民反映强烈的公交服务态度差问题进行整改。

为此，公司专门开设两部举报电话，并且让司机把号码悬挂在公交车醒目的地方。结果，刚一开通，两部电话都快打爆了。

经过初步统计，除了小李开的车外，几乎每辆公交车都有问题。老王觉得奇怪，决定暗访小李的那趟车。

这天，老王来到小李那趟车的站点。等了很长时间，车才慢吞吞地开过来，没待车停稳，人们一拥而上，你争我夺地抢座位，老王从后门上车还没站稳，车就猛地起步了，差点让他摔个跟头，而前门上车的一个妇女包被车门夹住，她大声喊着让司机开门，小李骂骂咧咧的，半天才见动作。老王再看身旁那个女售票员，她竟然拿着小镜子涂唇膏，车都开出两站了，也没报过一次站名。

老王越看越想不明白，这辆车的服务态度这么差，怎么就没有乘客拨打投诉他们的电话呢？

老王忍不住问身边的一位中年男子：“你经常坐这辆车吗？”中年男子说：“是啊。”老王问：“这辆车的服务态度一直是这样的吗？”中年男子气愤地说：“今天算是好的，有时比今天还要差。”老王就更不懂了，问：“那你们为什么不举报，车上不是有举报电话的号码吗？”这下身边的乘客都嚷嚷开了：“举报，你相信公交公司的鬼话？”老王觉得有些冤，自己是诚心诚意听取意见的呀，这时，老王一抬头，就看到一条大红横幅，上面赫然印着“监督举报电话”，再朝下看，老王的脸上就僵住了，原来横幅下面又被人贴了一行醒目的字：“专用电话，话费标准：10元／分钟。”

总得有进步

□李道中

阿黄是个非常有上进心的小伙子，刚开始工作，他就向上司请教“怎样才能把工作干好？”

上司想了想说：“新手首先要做到三快，即眼快、手快和腿快。”

阿黄把上司的话牢牢记在心里，认认真真地去做。可初来乍到，许多工作根本就不会，更不要说快了，阿黄觉得十分苦恼。

这天上司让阿黄整理一份材料，阿黄跳进文件堆，天昏地暗地战斗开了。不一会儿，上司打来电话问：“准备好了吗。”阿黄回答说：“马上就好。”

上司非常满意，便召集大家开会。人到齐了，就等阿黄送材料了。

然而大家等了好久，阿黄还是没把材料送过来。上司等不及了，打电话问他：“老实说多久能好？”阿黄吞吞吐吐地说：“大概两个小时吧。”

上司只好解散会议，他气得脸都白了，冲到办公室质问阿黄：“你不是说马上就好吗？为什么这么久也弄不好？”

阿黄委屈地说：“我‘眼快、手快和腿快’都做不到，心里也着急啊！后来我想，别的快不了，咱就嘴快一点吧！”

·本刊信息传真·

2007年《中国最有影响力的故事》征文启事

四大奖励措施　稿酬外追加千字1000元奖金

为鼓励多出优秀作品，《故事会》杂志社决定继续举办2007年“最有影响力的故事”征文大赛，并对优秀作品实行四大奖励措施：

1. 入选作品除在杂志上发表外，还将收入《〈故事会〉2007年最有影响力的故事》一书。2. 入选作品可得两笔稿酬：在《故事会》杂志发表的作品，首发稿酬每千字400元；获“《故事会》最有影响力的故事”优秀作品奖，再追加每千字1000元。3. 入选作品均颁发奖励证书。4. 本刊将邀请有关作者参加第十二届“故事创作研讨班”、优秀作品改稿会以及年底的颁奖大会，所有费用均由编辑部承担。

征稿范围：1、具有现实感、新鲜感且可读性强的中短篇（包括超短篇）原创作品；2、故事性强、有口传性、能引起读者兴趣的推荐作品。

超短篇（如幽默故事）的字数一般在1500字以内，短篇（如中国新传说）的字数一般在5000字以内，中篇故事的字数一般在15000字以内。

来稿方法：1. 从邮局寄发，请在信封上注明“征文大赛”字样，本刊地址：上海市绍兴路74号《故事会》杂志社，邮编：200020。2. 从网上传递，可寄以下信箱：wulun@vip.sohu.net，请在主题上注明“征文大赛”字样。此外，重点作者的稿件可直接与有关责任编辑联系，本期责任编辑的信箱是：wyjing833@sohu.com。

我和市长很熟

□吴泽武

砖厂新来了个打工的，姓徐，大家都叫他“大老徐”。这个大老徐，块头大，力气足，可是一天到晚只是干活，很少言语。

这天，砖厂老板赵大拐又赚了一大笔钱，心情好，就特意让厨房做了两个好菜，还准备了一大桶白酒，和工人们一起吃喝。工人们肚里早没油水了，一个个甩开膀子、敞开肚皮，直吃得肚滚圆，喝得脸通红。

林子里的兔是狗赶出来的，肚子里的话是酒逼出来的。几杯酒下肚，大家的话就多起来了，吹牛扯皮，偷鸡捣蒜，呼啦呼啦全倒了出来。

大家都唾沫四溅地说着，只有大老徐一个人没说话，闷着头只是喝酒。赵大拐便打趣道：“大老徐，你也是个大老爷们，别光喝闷酒，也把你先前的风流潇洒事说给兄弟们听听，让兄弟们开开眼。”听老板这么一说，大伙也都附和着说：“对啊，大老徐，说来弟兄们听听。”

只见大老徐端起酒杯，一字一顿地说道：“我和市长很熟。”

工棚这下静了下来，大家你看看我，我看看你，都镇住了。

大老徐又呷了口酒，不紧不慢地说：“我和市长在同一个大院里住了三个多月。”

普通百姓，能见到市长的面就不错了，大老徐居然能和市长住一个院子，看来来头不小。

“我和市长一起洗过澡，他右屁股上有一块巴掌大的红色胎记。”

大老徐居然知道市长隐秘部位的特殊标记，说不定两人还经常一起洗桑拿呢，看来他们两人的交情是不一般，工友们这下更竖起了耳朵认真听。

大老徐接着说："我和市长经常在一起学习，市长经常读报纸给我们听。"

更不得了了，大老徐竟然常和市长一起开会。工友们交头接耳地议论，说不定大老徐先前曾是个不小的官儿。

要说最惊喜的还要数赵大拐了，原来他刚好有事求市长，正愁找不到人联系，这下冒出个跟市长很熟的大老徐，真是天上掉下的大救星啊。

这么一想，赵大拐那个乐啊。他端起酒杯，招呼大老徐："来，兄弟，咱哥俩干一个！"一杯酒下肚，他又扭头对大伙说，"今天下午开工，推迟两个小时，大家继续喝！"

听老板这么说，工友们更是喝酒划拳放开了手脚，而赵大拐索性和大老徐坐在一起，称兄道弟，你一杯我一杯地喝了起来。

正喝着，赵大拐兴奋地说："兄弟，在这等哥一会儿，哥马上回来。"说着便小跑着出了工棚。

大老徐边喝边等，可等其他人都吃饱喝足，东倒西歪地出了工棚，也不见赵大拐的影儿。正纳闷，就见赵大拐呼哧呼哧地回来了。

赵大拐走上前，一把搂住大老徐的肩，低声说道："兄弟，帮哥一个忙，你带哥去看望一下市长，礼物都准备好了，车就在外面停着。"

看望市长？大老徐这下酒醒了一半，红着眼问："现在就动身吗？"

"当然，越快越好。"

大老徐有点担心："好几百里地，只怕一夜没法赶到。"

赵大拐疑惑不解："咱们开车到市里，半个钟头就够了呀！"

"哪儿呀，到省第三监狱可远着呢。"说着，大老徐从内衣口袋里掏出一个小本本，递给赵大拐接着说，"市长跟我住同一个监舍，他现在还在里面呐！"

赵大拐接过一看，原来是第三监狱发给大老徐的"刑满释放证"……

非正规理发

□关成彦

李老汉靠卖菜为生，他的摊子就摆在街边大路口上。这天，他见自己的头发长了，就想到对面理发小店里理个头发。可走到门前又犹豫了，看店主是个打扮时尚的中年妇女，看店名又是“时尚发屋”，他想这跟“时尚”有关系的，大概都不便宜，正想再寻其他小店，却被中年妇女一把抓住了：“看你这头发，早就该来理了！”说着就把他拉进了店里。

李老汉有点紧张地问：“理一个发，多、多少钱？”中年妇女说：“三块。”李老汉指着自己的头说：“我一不洗，二不刮，不吹风也不打蜡，只要剪短就行，多少钱？”中年妇女还是头一次遇上这样理发的，想了想说：“两块吧。”李老汉还想讨价还价，见中年妇女那副样子，就把话咽了下去，老老实实地坐下来。

中年妇女做活儿挺利索，“咔嚓”两下就弄得有模有样的了，这时，发屋进来了两三个人，中年妇女明显加快了速度，三下五除二，然后拍了拍李老汉的后脖梗说：“好了！”

李老汉惊道：“什么，这么快就好了？还没给我齐齐边儿呢！”中年妇女说：“你不是理得短一点吗？齐什么边儿呀？”李老汉说：“理发不能不齐边儿啊，我花了两块呐！”

中年妇女嘴里嘟囔着，拿起刀就在他后脖梗子上耍了几下子，李老汉又说了：“连点肥皂沫都不刷，你就干刮呀？”中年妇女也急了，说：“你本来就不是正规理发，还这么矫情？”

李老汉来火了，吼道：“我怎么矫情啦？”中年妇女不耐烦了：“总之你是非正规理发，给你理就不错了！”

说话时，有位顾客已被中年妇女拉到了椅子上。李老汉没法，掏出两元钱，甩在桌子上，气呼呼就出了门……

事情过了很多日子，中年妇女依然在理她的发，李老汉还在对面吆喝他的菜，各不相扰。想不到有一天，中年妇女却来打扰他李老汉了。

事情是这样的，这天中年妇女来了一位多年不见的朋友，她想做几样好菜给朋友吃，于是就跑到李老汉的菜摊子上，她知道青黄不接的时候菜贵，就茄子、黄瓜、芹菜、柿子各来半斤，一算钱，中年妇女说："不对呀，茄子两块一斤，半斤该是一块呀？"李老汉说："不对，茄子两块五一斤了，半斤不就一块三嘛。"中年妇女争辩说："那半斤也该是一块二毛五呀？""不，半斤就是一块三！"

中年妇女问："那，黄瓜呢？""黄瓜？黄瓜一块五一斤，半斤就是八角。""怎么，黄瓜不是一块四一斤么？""不啦，一块五啦。"

中年妇女又问："那，芹菜是两块二一斤吧？""不，也是两块五啦！我这可是纯农家肥的菜呀！"

中年妇女恨得直咬牙：死老头儿，咋都变成五五的啦？这不是存心跟我找茬儿么！

她一气之下扔下了茄子、黄瓜、芹菜和柿子，把脖子一拧："不买了！"李老汉笑了：我就没想好好地卖给你，谁像你这样，半斤半斤地买菜呀！

却说那中年妇女走了几步，又回过头来对李老汉说："你这倔巴老头儿，起高调，我算认识你了——"她一边气呼呼地说着话，一边倒退着走路，突然只听"哎呀"一声，人摔了个仰面朝天！她气恼地爬起来，发现是踩到了一块小石头上！她不解气，就用高跟鞋狠狠地跺了跺那块小石头，嘴里骂了句："你坏，你坏，我叫你坏！"这时她发现李老汉正咧开嘴巴望着她，又狠狠地瞪了他一眼。

不料李老汉用手抹了一下脸，说："自己倒了还怨小石头儿？怨就怨你自己，谁让你非正规走路！"

千万不要开枪

□展　楚

蕾蕾谈恋爱了，男友每次见到她都赞不绝口，说她的脸白嫩水灵、赛过西施！蕾蕾听了，美得心花怒放，更加注意化妆打扮。

这天深夜，蕾蕾和男友从舞厅出来，手牵手走在回家的路上。突然，一个身材魁梧的劫匪拦住了他俩。那个劫匪用枪顶着男友的脑壳，恶狠狠地说："抢劫，快把钱掏出来！"

男友吓得浑身直哆嗦，蕾蕾却毫不畏惧，挺身吼道："要钱没有，要命有一条，你向我开枪！"

劫匪被蕾蕾的架势镇住了，惊慌地问："你、你真不怕死呀？"蕾蕾一挺胸脯，说："我就是不怕死！"

劫匪觉得不可思议，他举起水枪来回翻转着查看着，嘴里忍不住喃喃自语："奇怪，这丫头片子怎么不怕啊？难道她看出我这把枪是玩具水枪？"

蕾蕾本来气壮如牛，但想不到她听到劫匪的话，突然间人好像矮了三分，吓得大叫起来："大哥，行行好，你千万不要开枪啊！"

劫匪莫名其妙，怔怔地望着蕾蕾，他实在搞不明白这姑娘怎么真枪不怕倒怕水枪？刚想问问清楚，就听蕾蕾胆怯地说："大哥，只要你不开枪，我们身上的钱全给你！"说着，连忙里里外外地掏钱递给劫匪，然后一把拉过呆若木鸡的男友转身就跑。

跑了很远，蕾蕾才敢停下来，她暗自庆幸："还好跑得快，没让那劫匪向我脸上喷水，不然，我这张浓妆艳抹的脸蛋就要在男友跟前露出庐山真面目了！"

（**本栏题图、插图**：顾子易　陈升垚）

384 2007 SEMIMONTHLY 上半月刊 2月

欢迎登录本刊主办的“故事中国网”（www.storychina.cn）

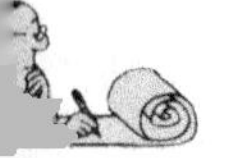

—STORIES—
2007年2月
上半月·红版

本社办公室电话：021-64375030
上半月刊编辑部电话：021-64332325
下半月刊编辑部电话：021-64336469
（上海市绍兴路74号 邮编：200020）
主管、主办：上海文艺出版总社

制作、发行总监：张　凯
电话：021-64313938
广告业务：上海故事会文化传媒有限公司
广告总监：张　淮
广告业务：021-34010383
广告投诉：021-64333738
广告经营许可证
沪工商广字3100320050022号
发行：中国图书进出口上海公司

·笑话·

老张补牙

老张去江湖牙医那里补牙齿，补完牙才发现自己忘了带钱，老张窘迫地向牙医解释。

牙医很大度地挥挥手说：“没关系，钱什么时候送来都可以。来，我再帮你检查一次。”

老张补好牙回到家，张嘴就向老伴炫耀他刚补好的牙。不料，老伴一看大声惊叫起来：“你、你的金牙呢……”

原来老张以前安上的两颗金牙全没了。

（周光林）

（本栏插图：包丰一）

欣　慰

儿子婚后独自返家探望父母。他对母亲说“老婆做的菜哪能算菜？还是妈妈做的菜好吃。”

母亲听了甚感欣慰，父亲却在一旁说道：“每个结了婚的男人都是这么说的。”

（李澍声）

费劲的电话

一匹马会说人话，它想为自己找份工作，于是它给一个马戏团老板打了电话：“您的马戏团需要会说话的马吗？”

马戏团老板以为是有人打来的无聊电话，便挂断了。但过了一会儿，电话又打来，又是这样问。老板一听还是那个声音，又挂了。过了一会儿那电话又打来了，还没等老板挂电话，电话里就骂道：“别挂了，你以为我用蹄子按键容易啊？”

（宋　凯）

值得一读

妻子生气地说："看在上帝的分上，你为什么不能跟我说一会儿话呢？你总是埋头看书，再这样下去，你连我是不是活着都不知道了。"

丈夫忙道歉说"对不起，亲爱的。"

妻子说："有时候，我真希望自己是一本书。那样的话，也许你至少还能看我一眼。"

"嗯，"丈夫嘀咕道，"那倒是个不坏的主意。那样的话，我就能每隔几天将你带到图书馆，换一本更有趣的书了。"

（成　志）

去试了

新工作装发下来了，大家轮流去更衣室试穿。

这时电话响了，小王过去接了电话，一听，是找马姐的，小王扬扬手中的工作装问旁边的同事："马姐去试了吗？"

旁边的几个人齐声回答："对，她刚刚去试了！"

这时，电话那头的人惊讶地问"是心脏病吗，这么快就去世了？"

（李英梅）

对　表

下班时间已经过了四个多小时，老板还没有一点要收工的迹象。大家终于忍不住了，一起走到老板身边，个个都撸胳膊挽袖子。

老板吓了一跳，紧张地问道："你、你们想干什么？"大家齐声说："老板，对一下表可以吗？"

（叶　子）

好丑的观众

夫妻俩一起看电影。

丈夫看到影片里美丽的女主角，便情不自禁地赞叹起来："好美的女主角哦！"妻子立马也发出感叹："好帅的男主角耶！"

说完，夫妻俩互相对望了彼此一眼，两人竟异口同声地叫了起来："天哪，好丑的观众啊！"（王贤明）

请　假

史密斯向老板请假:“老板，我们家明天要大扫除，我妻子需要我帮她打扫阁楼和车库，还需搬运一些重东西。”

老板一听就摇头，坚决地说:“史密斯，我们缺人手，我不能批准你请假。”

不料，史密斯反而兴奋地跳起来说:“谢谢你，老板，我就知道我可以指望你！”　　（蒋宁贤）

牵　手

老张和小李两人在聊天，老张说“我和太太结婚三十年了，到现在我们上街还总是手挽手。”

小李羡慕地说道:“你们感情真好！”

老张苦笑着说:“哪里，我一松手，她就会去瞎买东西。”（杨　有）

还没走远

张老汉家新安了电话，他感到很新鲜，给儿子打了一个。

聊完以后，儿子挂机了，张老汉突然想起还有话没说，赶忙扯着嗓子对着话筒喊儿子的名字:“狗剩儿！狗剩儿！”老伴在一边说“他把电话撂了吧？”张老汉气愤地说“你懂个屁，撂了也没走远！”（王彦民）

付　款

一个老头走进银行为一张婴儿床交最后一笔分期支付的款项。

经理收了钱，热心地问道“现在这孩子怎么样了？”

这个老头一愣，但很快就明白过来了，他微笑着回答:“我很好。”

（王　晴）

不许问

父亲开车带家人去佛罗里达州的迪斯尼乐园玩。出发前父亲告诉孩子们:旅程很长，谁也不许问“还有多远”“什么时候到”之类的话。

旅程刚开始，果然没有人提问题。到了第三天晚上，五岁的小女儿叹了一口气，说:“等我们到达，我会不会已经六岁了？”　　（孙　剑）

寻妻海报

由于家务上的事，丈夫和妻子大吵了一架。第二天早上，丈夫醒来时发现妻子离家出走了，他很后悔，于是来到市中心张贴了一张大海报，上面写道："老婆，回家吧！我爱你，晚上在此相见。"

到了华灯初上的时刻，丈夫怀着紧张的心情来到贴海报的地方，发现有八个少妇在那儿站着……

（惠正龙）

医生巡房

一天早晨，医生正在医院里巡视病房。他走进一间病房，为一位哮喘病人做检查，做完检查之后，医生带着职业口吻平静地说："你现在咳嗽比昨天流畅多了。"

"当然啦，"病人脱口说道，"我已经练习整整一个晚上了。"

（小 恺）

钟的指针

孩子天真地问爸爸："爸爸，为什么钟的指针都各走各的？"

爸爸笑着说："他们的关系不好。"

孩子继续追问道："那十二点时为什么他们在一块儿？"

爸爸答道："十二点他们得一块儿吃饭。"（郝国英）

设备闲置

儿媳为了保持苗条的身材，生产后坚持不用母乳喂养婴儿。她的公公是厂长，平时一脑子的"生产效率"，看到这情景急了，感慨道："唉，设备又白白闲置了！"

（惠正龙）

临危不惧

这天，大学生阿胖去食堂打饭，天啊，米饭里竟然有六只蟑螂！阿胖怒气冲冲地来到打饭窗口，重重地把不锈钢饭盒往窗台上一摔——六只蟑螂！刹那间，喧闹的食堂静了下来，大家都注视着这里……

只见打饭的师傅面不改色心不跳，从容地把阿胖的饭盒往外一推，说："说了多少遍了，集齐七只蟑螂，才能换一个豆沙包！"（洪 峰）

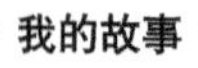

也不例外

□杨富贵

预　谋

我和妻子金琳结婚多年，我对她已经没有了感情，准备和她离婚。但是我对家里收藏的一只价值连城的唐代御碗却很是喜欢，想趁离婚前把它弄到手。可金琳把它锁在一个保险箱里，唯一一把钥匙在她手上。于是我开始琢磨怎样把御碗弄到手。

一天，我在公园闲逛，遇到一个四十来岁的中年男人，他衣衫褴褛，看上去像个混混，我有意和他攀谈，原来他真是个无家可归的社会“混混”，而且，更让我惊喜的是，这个混混对古董文物一无所知，我心生一计，对混混说：“咳！朋友，想发财吗？帮我一个忙，你可以得到一大笔钱。”混混惊恐而迟钝地望着我，不敢说话。我掏出一叠钞票说：“这是两万，事成之后，再付你五万。”混混的眼里突然有了光彩，他喘着粗气说：“您要我帮什么忙？”我掏出一把钥匙说：“瞧，这是我家的钥匙，今晚深夜的时候，你拿着它，打开门，冲进我们家卧室里，你会看见我和我老婆睡在那里，你要利索地把我和她都绑起来，然后，逼迫她把保险箱的钥匙交给你，你打开保险箱后，将会看见一个碗，那东西对你是没有什么用，但对我来说却很有价值，因为它是我老婆出轨的证据。明天早上，我们到这个地方碰头，你把碗交给我，我把

剩下的五万交给你，事情就这么简单。”

混混有些迟疑，我做出拔腿要走的样子说：“如果你不愿意，我另请高明。”混混连忙一把拽住我的手说：“我愿意帮助你。”

我笑了笑说：“不过我可提醒你，我会派我的兄弟们跟踪你，以防你耍花招，如果你不老实，他们会要了你的命！”

混混说：“你怀疑我会拿上那碗逃跑，我才不那么傻呢？它又不是我老婆出轨的证据，事实上我没有老婆——我还担心你不来兑现剩下的五万块呢！不过即便你不来，这两万对我来说已经够了，反正我是会来这里等你的。”我又交代了混混一些话，离开了公园。

晚上，金琳上床的时候，穿了一件短小透明的内衣，美妙而性感，这让我有些兴奋，随即抱紧了金琳，可怜的金琳，她还是那么爱我，哪里知道我心怀鬼胎……

凌晨一点整，是我约定混混行动的时间，我听到门外有了动静。“这家伙还真守信用。”我在心里说，又看了看旁边熟睡的妻子，等待好戏开演。

抢 劫

不一会儿，混混走进卧室，我装出突然惊醒的样子，大喝一声：“谁？”并一骨碌爬起来，拧亮了床头的台灯。金琳也被惊醒，当她睁开眼睛时，看到的是一个五大三粗的陌生男人，他手握尖刀，虎视眈眈地盯着金琳和我。

混混按照我的吩咐，恶狠狠地喊道：“老实点，这样你们都可以保住性命。”说着，拿出早已准备好的绳子，将我绑得结结实实。按照计划，混混接下来要把金琳绑起来，但当他来到金琳面前时，混混的手脚明显慢了下来——金琳美妙的裸体刺激着他！他咕咚咕咚地咽着口水，目不转睛地盯

着金琳。金琳恐惧地望着混混，颤抖地问：“你想干什么？”并用双手捂住胸部。

我觉出混混的异常，赶忙假装咳嗽了一声，这声咳嗽提醒了混混，他想起了我之前的警告：我会派兄弟们跟在他身后，如果他耍花招，我兄弟会要了他的命。

混混惊出一身冷汗，他调整好情绪，恶狠狠地对金琳说：“快把保险箱的钥匙拿出来！”并把尖刀抵在金琳的脖子上，金琳只好哆嗦着身子把钥匙递给了混混。

“密码？”混混接过钥匙，凶狠地命令道。金琳不敢反抗，只好乖乖地说出了密码。

混混很细致地捆着金琳，这样他可以不露声色地触摸金琳的肌肤，终于捆好了，他恋恋不舍地离开金琳，来到保险箱前，轻易地打开保险箱，取出了那个御碗。混混把碗揣好，又把我和金琳的嘴巴堵上，贪婪地看了金琳几眼，匆匆离开。

报　警

我滚到客厅里，用身子撞击着大门，巨大的声响引来了邻居，邻居确定我家里发生了意外，叫来了警察。不一会儿，几个警察砸开门，把我们夫妻解救下来。

金琳用毛毯裹着身子，惊魂未定地向带队的高个警察说：“是个陌生的男人，他闯了进来，抢走了我们的宝贝。”我自然显得比金琳要镇定，说出了事情的经过。

“你们是说，那个男人没有闹出什么动静就进来了。嗯，看起来，那个男人偷偷复制了你们家的钥匙。对了，你们能确定罪犯就是男人吗？”高个警察问。

金琳对高个警察说：“毫无疑问，是个四十多岁的男人，很健壮，很凶狠！我甚至看见他目光里有淫邪的色彩，不过还好，他没有欺负我，只是抢走了我们家的宝贝。”

警察做完现场调查，最后，高个

警察说："我们找不到更多的线索，说实在的，这可能又是一个没法破解的案件，不过请相信我们警方会尽力的。"

失去这价值连城的宝贝，金琳悲痛欲绝，她好像被抽掉了主心骨，整个人瘫软下去。金琳躺在床上，暗自落泪，我安慰着她，但丝毫没有作用。天亮了，我对金琳说："生活还得继续，老婆，我出去买点菜，做点好吃的。"金琳没有说话，我走出了家门。我当然不仅仅是去买菜，我要去附近的那个公园和混混会合。

真　相

我赶到公园，却不见混混的踪影，我突然有种不祥之感：难道他知道了那只碗的真实价值？难道他携碗逃跑了？

正在我焦躁不安时，突然听到背后冒出一个声音："你真是一个讲信用的好人！"原来是混混从树林里钻了出来，他手里捧着那个御碗，"你看，东西我完完整整地带过来了，现在是你兑现那五万的时候了。"

我暗自高兴，连忙接过御碗，就着穿过树木的灯光，认真地查看着。没错，是那只价值连城的御碗。我把御碗收好，笑着对混混说："你是一个讲信用的人，剩下的五万，我这就给你。"我的右手伸进怀里，突然抽出尖刀。混混看出了危险，面色突变，就在我的尖刀凶狠地刺向他时，我突然感觉到双手被钳住了，是那个高个警察……

我和混混都被押到警局。我感到很奇怪，自己的计划应该是天衣无缝，怎么会败露的呢？难道是混混捣的鬼？

高个警察似乎看出了我的疑惑，说："从你家离开后，我们警方就已经注意你们夫妇的行踪，发现你竟然和这个人在公园接头……"

我万万没想到，原来这个混混竟然是前不久刚服刑完被放出来的强奸犯，他这样一个四十多岁的好色男人，在这次入室抢劫中，面对一个没有任何反抗力而又美丽性感的裸体女人，竟然没有劫色……警方不难推断出他不是不想劫色，只是不敢动手，这极有可能是因为现场有让他不敢动手的牵制力……

我沮丧地望着被铐住的双手，心里不得不承认："是的，几乎没有一个男人会容忍自己的女人被别的男人染指，即便男人不爱这女人了，他也不能容忍，我也不例外。"

呆在狱中的这些日子里，我开始反省自己，从心底为以前的所作所为而深深忏悔……

（**题图、插图**：安玉民）

（本栏目欢迎来稿。来稿可从邮局寄发，也可从网上传递。如为电子邮件，请发以下信箱：keyin118@163.com）

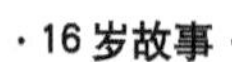

小伟的高招

□苏　春

过完2005年的暑假，小伟就念初二了，可是他一直都很贪玩，经常考试不及格。

小伟倒不怕不及格，只要爸爸不知道有考试这回事就可以逃过一劫！可老师偏偏跟他过不去，非要家长在试卷上签名，这样一来可让小伟受了不少皮肉之苦！

这天放学后，小伟又对着刚发下来的四十分语文考卷愁眉苦脸，晚上一阵猛烈的暴风雨看来是在所难免了，他叹了一口气，没精打采地往家走。

其实这几年来小伟也研究了不少“造假”的对策。

小学一年级的时候小伟就对照着爸爸的笔迹一笔一画地在试卷上模仿了个签名，连妈妈看完后也没认出来，说“咦？这卷子你爸爸已经签过字了啊？”

小伟小时候就有这么高超的临摹能力，现在当然更是了得，只是老师对他早已有了警惕之心，每次对小伟的卷子都像鉴定文物一样检查得十分认真，结果有两次被老师明察秋毫给发现了，小伟被爸爸一顿好打！

后来小伟有了更高级的办法，他先让爸爸在家庭作业上签名，然后用复印纸将签名完美地描到卷子上，这可是有技巧的！中间要用一层纸隔着，否则签名就会同时印在作业本的反面。

当然这个经验也是小伟用皮肉之苦换来的。

有一次，小伟做得完美至极，连老师都被糊弄过去了！结果人算不如天算，那天爸爸骑着车接他放学的时候，从旁边过来一个同学问道："小伟，上次考得怎么样啊？"当时小伟恨不得马上掐死那个家伙。

但今天跟往日不一样，这一次是期中考试！平常小测验还可以隐瞒，但期中考试爸爸肯定是要追问的。虽说现在他模仿签名糊弄老师的技术已经炉火纯青，但爸爸这关却不好过！

小伟正苦恼着，突然听到一阵吆喝声，原来是一个骑着三轮车的小贩在卖书，小伟不由自主地走了过去，马上被一叠白色的试卷吸引住了，他当下问道："叔叔，这里面有初中二年级期中考试的卷子么？"卖书的小贩呵呵笑道："我这什么卷子都有，一般都是大人来买的，小朋友，你真是个用功的孩子啊！"小伟连忙一阵捣腾，居然真的找出一份试卷，他就像中了奖一样兴奋不已地问道："这多少钱？"小贩先是一愣，然后说道："你这个小朋友是我见过最用功的学生了。看你如此好学，这卷子就送给你了！"围观的人们也纷纷赞扬小伟是个勤学上进的好学生，小伟脸上一红，急忙拿了卷子溜走了。

小伟气喘吁吁地赶回家，果然，爸爸还没回来，他连忙将刚刚拿到的卷子铺在桌子上，然后翻开书本匆忙做起题来。好不容易做完题，小伟又急匆匆地找到一支红墨水笔有模有样地在卷子上批改起来。没过多久，一张九十分的卷子就在小伟的自卖自夸下完成了！时间赶得真巧，小伟刚完工，爸爸就推门走了进来。

"小伟，期中考试的卷子发下来没？"爸爸一进来就问。

小伟此刻心跳得厉害，他作了下深呼吸，然后装出很高兴的样子说："语文的先下来了！"

"哦？你小子头回这么爽快啊！"

爸爸有点好的预感，问道，“多少分？”

小伟心虚地说：“九……”

“九分？你小子找死！”

小伟连忙说：“九十分！”

“什么什么？”爸爸以为自己耳朵出了毛病，“快快快，拿来我看看！”

小伟战战兢兢地把自己涂鸦好的大作递了过去，然后笔直地站在爸爸身边，一边哆嗦一边偷偷地观察着爸爸的反应。

爸爸的眼睛瞪得溜圆，过了好一会，突然一把拍在小伟的肩膀上：“好小子，终于争口气了啊……”

小伟刚才吓得差点没跪在地上喊

大王饶命，听到爸爸说这些话才长长地呼出一口气，不料惊魂未定又听到爸爸“咦”了一声。

“我说小伟！”爸爸皱着眉头说，“这卷子怎么没写你班级和姓名啊？”

小伟吓得整个脊梁骨都凉了，没想到刚才太匆忙居然忘记写上姓名了。

小伟脑筋一转，吞吞吐吐地说道：“这个……是考试的时候……忘记写了，老师发完卷子的时候……就我没卷子，然后还批评我丢三落四呢，呵……”

爸爸点了点头说：“这字倒的确是你的字，以后可不能再犯这个错误啊！”

小伟抹了一把汗，正要松口气，不料爸爸一巴掌就劈到了他的屁股上。

小伟痛得跳了起来，顿时所有的防线都崩溃了：“爸，我错了，别打了，我以后好好学习，我……我再也不敢啦！”

爸爸又好气又好笑，骂道：“你小子还真是诡计多端哪！都忽悠到我头上来了，刚才一时疏忽居然还真差点给你蒙过去了，你自己看看这上面写着什么？”

小伟战战兢兢地把头凑了过去，只见卷子的第一行写道：初中二年级上学期语文期中考试卷 2003 年编。

（题图、插图：安玉民）

说大事、小事,普通人的身边事
讲闲话、实话,老百姓的心里话

寻找身边的“文明”

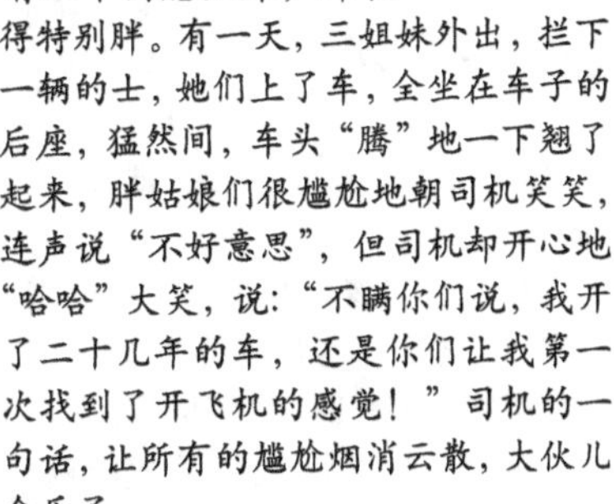

有这么一件真事：有三个同胞姐妹，都长得特别胖。有一天，三姐妹外出，拦下一辆的士，她们上了车，全坐在车子的后座，猛然间，车头“腾”地一下翘了起来，胖姑娘们很尴尬地朝司机笑笑，连声说“不好意思”，但司机却开心地“哈哈”大笑，说：“不瞒你们说，我开了二十几年的车，还是你们让我第一次找到了开飞机的感觉！”司机的一句话，让所有的尴尬烟消云散，大伙儿全乐了……

想想吧，换一个司机会怎么样？即使不拒载，说不定他也会拉长了脸，或许会嘀咕几句，这种生活中的细节，在我们的身边比比皆是：当擦鞋工低头为你服务时，你有没有弯下身子挽起了你的裤管？当看到地震、矿难、空难、洪灾等灾难性画面时，你的心头有没有感受到一种沉重？当下属与你迎面碰上时，你有没有笑脸相迎、招呼在前？当你牵着小狗在小区内蹓跶时，你有没有想到小狗拉的屎污染了环境、小狗深夜的吠声惊扰了居民的美梦？

生活中的这种“细节”，你也许不会在意，但正是这一个个“细节”，折射了你的“文明素养”。今天，我就跟你讲几个这方面的故事……

•第一个故事•

一次小小的失礼

冷先生是一家厂子的老板，因为不少人光提货不给钱，他欠了银行不少款子。年底，他风尘仆仆地

赶到一个城市，找了家酒店安排好住宿，就心急火燎地去找欠账的辛老板，到了那里，冷先生就和辛老板吵了一架，但辛老板还是拿不出钱来，让他再等一周。

冷先生窝着一肚子火返回酒店，门童立即毕恭毕敬地给他开了门，又朝他微微一笑，说：“先生，您好！”要在平时，冷先生肯定也会笑脸相对的，可这会儿，他的心情糟透了，竟然白了门童一眼，没好气地吐出三个字：“好个屁！”

冷冰冰的三个字，让门童呆若木鸡，这门童是进城打工的乡下小伙子，这是他第一天上班，这门童的心情一下变得灰暗起来，以后几个小时里，他就像个木偶似的呆在门口，不敢对客人说话了。说来也真巧，这时偏偏来了个挑事的主，见这门童哭丧着脸，像个瘟神似的，就向当班经理投诉了，经理二话没说，便把门童辞退了。

再说冷先生在酒店等了一周，辛老板还是没送钱过来，也没给个消息，冷先生这回真是忍无可忍了，他就打了个电话：“辛老板，你要我是不是？别以为我好欺负，你要是再不给钱，我就上你家住上十天半月！”

辛老板在电话那头忙着解释：“不是我要你，是出了点意外。宏达公司欠我50万，本来说好昨天给我送来的，没想到出了事……”这种话冷先生听腻了，哪肯相信，没等对方说完他就挂了电话，接着他就退了房，提上行李直奔辛老板家。

辛老板夫妇不在家里，只有一个七八岁的孩子在做作业，就在那一瞬间，冷先生突然起了一个念头，他觉得也许只有这个办法才能让辛老板还钱，于是，他把这孩子骗上了火车，到了家后，就给辛老板打了一个电话，让他拿50万来领自己的孩子，没想到辛老板早就报了案，就在冷先生放下电话的同时，警方不费吹灰之力就找到了他的家。

冷先生后悔极了，一念之差啊，后来，他被判刑三年。短短几个月，他就憔悴得如同一个老人，连他自己也认不出自己了。

就在冷先生进监狱后的第三天，同号子新进了一个犯人，这个小伙子非常年轻，冷先生觉得有点面熟，可又想不起在哪见过，而小伙子见了他也觉得眼熟，也记不起在哪里见过面。不用说大家也知道了，这小伙子就是那个“门童”！在号子里，两人慢慢熟了。有一天，冷先生问小伙子犯了啥事，小伙子沉默了半晌，说，他到城里来打工，好不容易找了份工作，在酒店当门童，谁知在上班的第一天，就碰上了一位蛮不讲理的客人，如此这般，就被酒店辞退了。他到处找工作，结果四处碰壁……

冷先生问：“那后来找到工作没有？”

小伙子接着说：“这天，我去宏达公司求职，仍然被拒之门外，就在我走出公司大门时，我看到了一个女人，我知道她是宏达公司的出纳，只见她提着一个鼓鼓囊囊的袋子，从公司大门里走出来。我确信她的袋子里装的就是钱，当时我一下就昏了头……我带着抢来的这50万潜回了乡下。事后我才知道，这笔钱是宏达公司准备去还一个经销商的钱，而这位经销商因为没有及时得到这笔钱，结果失信于人，儿子遭人绑架。”

冷先生一下子就呆在了那里：原来辛老板没有骗他，辛老板准备还他的50万被眼前这个“门童”劫走了，而这门童就是因为自己的一个白眼而被辞退了，又是因为辞职后走投无路才铤而走险的！他万万没有想到，自己的一次失礼，不仅毁掉了一个小伙子的前程，同时也把自己送进了监狱……

•第二个故事•

见证“世外桃源”

这天，一份地方晚报登了一篇文章，说是我国云贵川交界处有个小镇，镇上的居民祖祖辈辈沿袭一种习俗：每天都在临街的门前摆放一筐水果，没人看管，更不收取分文，供过路行人随意拿了去吃。写这篇文章的人叫“胡锤”，胡锤有一个朋友叫梁星，看了这文章后说啥也不相信，这不是天方夜谭吗？现在哪有这样的“世外桃源”？

两人在电话里聊了起来，胡锤说，这事是他从一本地方志上看到的，不可能有误，再说啦，大千世界，什么事都有可能发生，那里地处偏远，交通不便，一种古朴的民风延续下来是完全可能的；可梁星说啥也不相信，取笑胡锤是“猪脑袋”，还让他

干脆改名叫“胡吹”得了，胡锤被惹急了，在电话那头发了狠，他说“如果哪一天你有确凿证据，证明我的文章是在胡吹，我、我……我的私家车就送给你！”要知道，胡锤的私家车是花10万元新购的，于是两人就说定了：胡锤输，送梁星一辆车；梁星输，请胡锤吃十次海鲜。

“赌注”实在诱人，可是，梁星是公务在身、家务缠身的大忙人，身不由己，到那个千里之外的偏远小镇取

证实非易事，这个“赌”一搁就是两年。

两年后，梁星终于有了一个到云南出差的机会，动身前他特地准备了照相机、摄像机。梁星到了那里，忙完了公务，对方单位安排一个叫小何的，陪同梁星前往小镇。上路前，梁星问小何有没有这事，小何说：“有，确实有这事，两年前我去过那里，那里的居民确实在门口摆着水果，供路人随意吃的。”梁星一听，顿时傻了眼，看来这个“赌”是输定了！

那小镇十分闭塞，原本连公路都不通，不过这一带山清水秀，近年来渐渐引来了山外的游客，小镇才开通了坑坑洼洼的临时公路。长途车开了半天，小镇到了。

梁星一看，小镇的街上铺着青石板，两旁的房舍简陋、古朴，靠街的门前果真都摆着水果筐！

两人坐了大半天车，都是口干舌燥的，小何便带梁星到一家居民门前拿水果解渴。这户人家门开着，但没见到人。梁星走到水果筐前，迟迟疑疑地不敢动手，还是小何胆子大，拿起一个橘子，剥了皮就吃。梁星见此情景也打消了顾虑，也拿起一个橘子吃了起来。吃完一个后，梁星拿出一个食品袋装了一袋子，准备在返程路上吃。

两人离开了那户人家，刚走出没几步，一个当地妇女从身后赶来拦住

了去路，用当地方言“叽哩哇啦”地嚷了起来。小何是本地人，听得懂，他告诉梁星，她是在指责他们不该又吃又拿，临走连个招呼也不打，小何和那妇女讲起话来，讲着讲着，竟争吵起来。正在这时，一个警察走了过来，用普通话问明情由后，便要梁星和小何到派出所去一趟，态度很严厉。到了派出所，警察要他们拿出身份证、工作证，看过证件后，那警察态度才温和了些：“你们都是有工作有身份的人，怎么拿了人家的水果、不付钱就走人？”

“这里居民摆出来的水果，本来就是供路人随意吃的。”小何争辩道，“前几年我到这里拿水果吃，主人家高兴得不得了！”

警察解释说：在门前摆水果供路人吃，的确是小镇居民祖祖辈辈沿袭的习俗，可是这些年，外地来这里旅游的人多了，刚开始，一些游客只是随意到街道两旁拿水果吃，后来干脆连水果筐子都搬走，搬上汽车捎到山外卖掉赚钱。这么一来，镇上的居民就渐渐改了习俗。

梁星听了，满脸发烫，心里更是如同打翻了五味瓶，震惊、羞愧之余，他掏出一张百元大钞，请警察转交给那个当地妇女。警察说，那妇女知道原委后，肯定是不会收的……

梁星出差回来，见到胡锤后，第一句话就是：“有一种财富叫精神，有一种高贵叫文明。”

•第三个故事•

谁是“文明榜样”

张小娃是个山里长大的孩子，20岁那年考上了大学，但家里太穷，一下子凑不够学费，便到城里的建筑工地打工。那时天正热，工地上的活儿又特别累，工作时间也长，中午休息时，张小娃就想找个地方睡一觉。正巧工地旁边就是西郊公园，公园里有不少供游人休息的长椅，工人们一到休息时间，都心安理得地走进公园，躺在长椅上，头上还盖着一张遮太阳的报纸。张小娃觉得这样不文明，但在工地上又找不到一个合适的休息地方，无奈之下，他只得学那些工人，也走进公园找一条长椅躺下。

谁知张小娃躺下没多久，电视台来人了。原来，电视台最近推出了一档节目，名为《文明榜样》。节目组的人每天都在大街小巷里寻访、偷拍，曝光那些不文明的行为，暗中寻找“文明榜样”，一旦发现这样的榜样，节目组就会送出一部手机。今天上午，编导小李装扮成一个遛狗的路人，一路寻访，遗憾的是，整整一个上午，手机却只送出寥寥几部，就在他们准备收兵时，突然接到一个游客打来的电话，说是西郊公园里有很多民工躺在长椅上睡午觉，游人对此意

见很大，希望电视台予以曝光。

小李听说这事后，立即率节目组赶到公园，他们把几台摄像机架在不同方位的隐蔽处，对准公园的各个角落拍摄起来。镜头里，只见民工们一个个横七竖八地躺在长椅上，有人光着膀子，有人光着脚丫，虽然他们用报纸遮住了脸，但随着镜头的拉近，画面越来越清晰，甚至连报纸上的标题都能看得一清二楚。

当镜头对准张小娃时，摄像师发现这人与众不同，他既没光膀子，也没光脚丫，蜷缩在长椅上，尽量少占位子。摄像师再一次把镜头拉近，突然低声惊叫道："李导，快来看！"

小李凑上去一看，顿时眼睛瞪得老大，他欣喜地叫道："拍，继续拍，我过去和他聊聊！"

小李快步往张小娃方向走去，就在这时，不知谁喊了一声："电视台曝光来了！"一下子，熟睡的民工都惊醒了，他们慌不择路地往公园外跑去，张小娃也不例外。

小李带着摄制组的人一路赶去。工地上的老板听说了这事，知道民工们闯了祸，要是电视台一曝光，这不是有损公司的声誉吗？他正在对民工们大声呵斥，摄制组的人赶来了，几台摄像机对准了大伙……

小李冲大伙笑了笑，说道："各位师傅，我们是《文明榜样》摄制组的，每期节目我们都要寻找一个'文明榜样'，今天，我们找到的'文明榜样'是一位小伙子。"说着，他拿出一部崭新的手机走进人群，冲张小娃一笑，然后把他请了出来，"小伙子，请接受我们的礼物。"

张小娃愣了，大伙也感到莫名其妙："凭什么呀？都是睡觉，他怎么还得奖？"

小李笑道："我们在公园里拍摄大伙睡觉时，发现每人脸上都盖着一张报纸，现在有谁能够拿得出这张报纸？"

所有人都你望我、我望你的，说不出一句话来，唯有张小娃从口袋里拿出了一张报纸，其实，这没什么奇怪的，刚才，随着一声叫喊，民工们全都仓皇离开，他们都把脸上的报纸顺手扔在公园里，唯有张小娃把那张报纸折叠起来，放进了自己的口袋。

这时，民工们似有所悟，都不吱声了，虽然有些惭愧，但心里还是不服气：就这也不至于奖一部手机吧？

小李似乎看透了大家的心思，回过头来对张小娃说："小伙子，你那张报纸呢？把它展开来让大家看看。"

张小娃展开手中的报纸，大家凑上前去一看，看到了这样一行字："对不起，我实在太累了，如果您需要座位，请一定叫醒我。"

"一次小小的失礼"作者：许申高；"见证'世外桃源'"作者：尹全生；"谁是'文明榜样'"作者：王国玫。（题图、插图：刘斌昆）

·本刊信息传真·

老茶馆里读故事 优秀作品月月评

天寒地冻，欢迎大家来老茶馆喝杯热茶，品品故事！这期《故事会》里您喜欢哪篇？不喜欢哪篇？只要发条短信，就能把您的意见告诉我们，还有机会中800元的现金大奖哩。

小二上茶！请您评评这期《故事会》（本期期数：03）里的故事吧。

哪篇故事的情节最吸引您——最佳情节奖（奖项编号1）

哪篇故事让您觉得最有趣——最佳情趣奖（奖项编号2）

哪篇故事让您懒得看，还抽空倒了杯水——最佳广告时段奖（奖项编号3）

评选方式：**编辑短信306+奖项编号+期数+故事篇名所在的页数**，比如：你想选本期第35页起刊登的那篇故事为最佳情趣奖，只要发送30620335到3883752（移动用户）/9866752（联通用户）就可以了。每次评选只要1元钱，您就有机会拿走茶馆本期的特色奖品——最新大片DVD光碟共10张哦！本次活动另设一等奖1名，奖金800元，二等奖5名，奖金100元，参与奖200名，各获精美礼品一份。评选结果和中奖读者名单可以上故事中国网（www.storychina.cn）查询，您还可以对本期作品发表意见哩！

客服电话：010-6786 8800（移动）、010-8298 8818（联通）

2006年12月上参评作品的得票数分别为：《乱世知交》（1211）、《植物人醒来》（1160）、《半夜鸡叫》（1064），获奖读者名单请登录www.storychina.cn查询。

阅读彩信版《故事会》，移动编辑短信81发送到80013981——用手机享用丰盛的故事大餐，获赠精选图铃，每月4期哦！信息费：5元/月

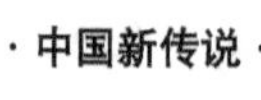

千万别心软

□刘洪林

他想溜号

这天傍晚，县医院住院部推进来一位病人，刚做完手术，挂着盐水瓶被安置在六号病房。六号病房是双人间，另一床位是个姓王的老大爷，王大爷半个月前开刀取结石，现在好得差不多了，整天乐呵呵地找人聊天。

新病号是个二十五六岁的小伙子，看来伤得不轻，麻药醒后，他就一直疼得哼来哼去，奇怪的是，病人的父母都没来，陪护他的只是个毛手毛脚的年轻人，不仅不上心，还明显地露出几分不耐烦。

王大爷好打听事，他凑过去向陪护的年轻人打听，原来新病号是个小偷，呆在看守所里还不老实，跟人打架斗狠，结果让人捅成这副样子。

王大爷听完后，惊讶地问："不是说看守所里要搜身的吗，怎么还能藏着凶器？"

年轻人姓张，是看守所聘请的治安员，所里安排他看守这个特殊病人。小张哼了一声，用手比划着腰间说："用牙刷捅的，前头磨尖了，比刀还厉害呢！算这家伙命大，医生说离肝脏只差了一厘米。"王大爷听了直摇头。

约摸晚上七点的样子，小张的手机响了，一看来电，他马上就兴奋地冲到门外说话去了。回来后，小张二话没说，从包里拿出手铐，上前抓起新病号的手，“咔嚓”一声铐在铁床上。

王大爷睁眼看着，疑惑地问：“怎么，要出去？”小张随口道：“没什么，去趟厕所。”说完转身就要走。

“慢着！”王大爷叫住他，不满地说：“去趟厕所用得着这样？你看他这样子，床都下不了，难道还会跑？”小张急着要走，不耐烦地说：“管这么多干吗，这是所里的规矩，懂吗？出了事谁负责？”

王大爷一听来气了：“你小子，别拿规矩吓唬人！大爷我活了一大把年纪，懂得比你多！上厕所？以为我看不出来是吧，你小子是想溜号，这叫擅离职守，懂不懂？”

临时替班

小张被说了个正着，想走又不敢走了，一肚子气没处撒，只得上前开了手铐，气呼呼地蹲在门外。时间一分分地过去，最终小张还是忍不住了，把王大爷拉到门外，赔着笑说，刚才确实是女朋友打来的电话，两人刚认识，这可是人家姑娘头一次主动约会，他无论如何也要去照个面呀！

王大爷心肠好，见小张说得在理，便答应替他暂时看着小偷。小张千恩万谢，临走时不放心，拿出手铐交给王大爷，一再叮嘱他，千万不能心软，出门离开一定要铐上小偷。

小张走后，王大爷将手铐压在枕头下面，一抬头，见新病号的嘴唇干裂得厉害，问他是不是口渴，新病号赶紧点点头，王大爷便倒了小半杯水，拿根棉签沾湿，一遍一遍地涂在对方嘴唇上，边涂边唠叨，说当初医生就是这样交待自己的，手术后六个小时不能喝水，只能这样对付对付，新病号感激地看着王大爷，嗫嚅着道了声谢。

王大爷嘴闲不住，问对方哪里人、姓什么，对方好像不太愿意说，好一会儿，才让王大爷叫他二虎，王大爷顺着这话唠开了，问对方结婚没有，有没有小孩，这时，小偷的眼睛里倏地闪出一丝亮光，但马上却又摇了摇头。

说话间，王大爷见对方的药水吊完了，便按铃叫来了护士，换了新药之后，二虎好像没那么疼了。

没多久，二虎发现王大爷开始坐立不安，不停地看表，嘴里还小声嘀咕着，于是试探着问：“大爷你是不是有事？”王大爷呵呵一笑，揉着肚子说：“嗨，这两天吃得太油腻，闹点小肚子，没事没事，小张也该回来了，再等等看吧！”

两人都没心思再聊，过了十来分钟，二虎突然说：“大爷，你去上厕所吧，我不会逃的。”王大爷“嗯”了一声，却不动身，心神不宁地瞅瞅房门，随后，又瞟了眼枕头下露出的半截手铐。这个眼神自然被二虎看到了，二

虎的嘴角抽搐了一下，神情渐渐冷漠起来，说：“大爷你去吧，把我铐上就行了。”

“那，要不，就先铐上？反正也就十几分钟。”王大爷不自然地说。

二虎没说什么，伸出细瘦的胳膊搭在铁床上。王大爷从枕头下拿出手铐，一头铐住二虎的手腕，一头铐着铁床，完了又仔细地将铐子收紧，这才匆匆忙忙出了门。

早有安排

在厕所里蹲了足足二十分钟，王大爷洗手出来，走到楼梯口时，正好碰到匆匆赶回来的小张。王大爷乐呵呵地问：“小伙子，跟女朋友约会完了？”小张懊恼地摆摆手：“嗨，别提了，倒霉透了！医院这边怎么样，没事吧？”王大爷晃了晃手里的钥匙：“放心吧，在里头铐着呢！”

两人来到六号病房，推门一看不由目瞪口呆，房里空无一人，手铐已被打开，二虎早已不见了踪影！

“哎呀跑了！”小张朝王大爷大吼一声，转身出门，正要拔腿朝楼下奔时，只听对面病房里一声低喝：“站住！”小张收住脚，定睛一看便愣住了，喝住他的不是别人，正是看守所所长。

完了完了！连所长都赶来了，看来小偷一定是早就逃了！小张垂头丧气地走进来，正要解释时，所长手里的对讲机忽然响了起来：“报告所长，报告所长，犯人乘坐的出租车，开进了世纪花园小区，报告完毕。”所长想了想，立刻发出下一个指令：“注意，不要打草惊蛇，请小区保安配合，查明犯人同伙的藏身之处，务必一网打尽！”

听到这里，小张一下明白过来，兴奋地说：“所长，原来你早有安排呀，吓死我了！”所长鼻子一哼，点着小张的脑袋说：“你小子，无组织无纪律，一个电话就把你勾走了，回头再找你算账！”小张恍然大悟：“啊！

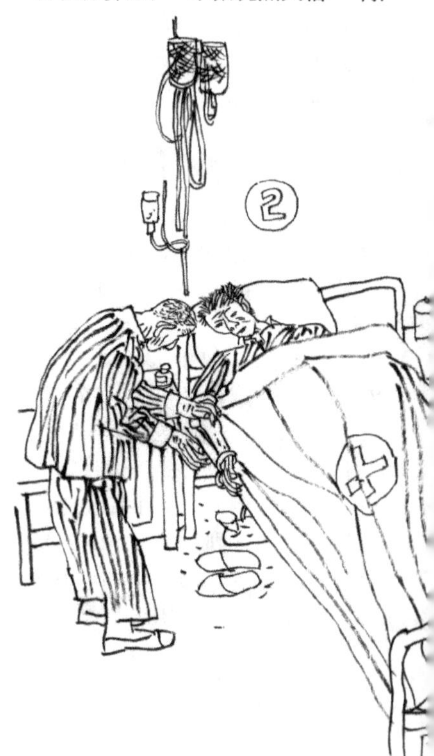

原来那电话也是你安排的呀，难怪了，我在街上白等了两个小时呢！”

这时候，前方又报告说，这个叫二虎的盗贼也真是了得，刚刚缝完针，居然能忍着剧痛，独自从医院来到世纪花园小区，现在走进了其中一栋楼的403室，据保安介绍，403室是出租房，房客是个年轻孕妇。

欲擒故纵

孕妇！小张吃惊地说：“原来这家伙蓄意跟人打架，差点被人捅死，就是想被送到医院，然后找机会逃出来见她呀！所长，这人到底什么来头，不是一般人吧？”

“当然不是。”刘所长说，“一般毛贼我用得着费这么大劲吗？这家伙，从见他的第一面起，我就觉得应该是条大鱼，后来跟市局一联系，果然不出所料，此人和他的女友号称雌雄大盗，作案无数屡屡逃脱，这次市局明令指示，说他的女友已有身孕，估计他会想方设法逃走，必要的时候让我们一网打尽。他这次故意跟人斗殴，不惜以死来寻找逃跑机会，我们也就正好将计就计……”

所长的话，说得小张一愣一愣的，难怪所长要瞒着自己呢，如果事先知道了计划，就凭自己这两下子，能瞒住这个江洋大盗吗？想到这里，小张脑子里忽然跳出个问题来：“对了所长，这家伙不是被铐住了吗，他是怎么开的手铐呢？”

所长转身，指着床头“一级护理”的牌子说：“看到没有，牌钩是用细铁丝做的，这家伙是开锁高手，有了这根铁丝，开手铐还不容易？”原来，一切都在掌握之中！小张伸出大拇指，佩服得五体投地。所长哈哈一笑，指着门口说：“这局棋是下得漂亮，不过下棋的人可不是我，是他！”

小张回头一看，只见王大爷笑眯眯地走了进来。

“王大爷，是你？”小张简直不敢相信自己的眼睛。

“你小子，知道他是谁吗？”所长指着王大爷说，“他可是当年响当当的老侦查员，这次赶巧了，正好也在这里住院，市局领导特别指示，由王老亲自出马，彻底打消犯人的疑虑，欲擒故纵，务必将雌雄大盗一网打尽！”

王大爷还是那副乐呵呵的样子，谦虚地摆摆手，从怀里掏出一个钱包说：“刘所长，犯人逃走的时候穿走了我的衣服，却将兜里的钱包留下了，我看这小子还有点良知。这样吧，我还是继续隐瞒身份，必要的时候再跟他聊聊，让他多替自己孩子想想，主动坦白争取宽大处理，你看行吗？”

所长连声说道：“行啊，行！”

（题图、插图：魏忠善）

·中国新传说·

促销不涨价

□李如有

星期天，夏大爷去一家大超市买食用油，一看标价，45元！这里油涨价了，夏大爷不乐意在这买，于是就走到自己女儿工作的那家小超市买油。今天女儿轮休不上班，夏大爷自个儿来到摆放食用油的柜台，嘿！这小超市的食用油不但没涨价，还在搞促销，比平时更便宜了。夏大爷一乐，买了两桶油开心地回家了。路上碰到好朋友老黄，夏大爷热心地告诉老黄，他女儿工作的那家小超市正在搞促销，油价特别便宜，要老黄赶紧去买。老黄一听，连声道谢，小跑着到小超市买油去了。

可是自从这次买油以后，夏大爷发现老黄这些天就一直有意躲避他，夏大爷弄不明白了，自己究竟哪儿得罪他老黄了？

一天早上，夏大爷在阳台上看见老黄带着钓鱼工具出门去了，他知道老黄要到河边老地方去钓鱼，于是夏大爷连忙收拾好东西，也带着渔具尾随而至。等夏大爷赶到河边柳树林时，远远看见老黄已经选好了位置，还没开始钓鱼，正坐在小板凳上与旁边一个钓鱼人唠嗑呢，夏大爷隐藏在柳树后面，偷听二人的谈话。旁边那人问：“哎，最近怎么老见你一个人出来，你不是老跟夏大爷一块玩的吗？”

老黄说：“老夏那人，看起来挺老实的，谁知，为了帮他女儿多挣点工资，竟骗我去买了两壶高价油，害得我跟老婆吵了一架……唉！不说了，说出来丢人啊！”

夏大爷一听，心里疑云更重了：

自己好心介绍他去买便宜油，他竟说我骗他，难道那小超市的油也涨价了不成？想到这里，夏大爷再也无心钓鱼了，转身悄悄离开，他心里盘算着，一定要将这事情弄个明白。

夏大爷再次来到小超市，径直走到促销处，见那里还摆放着满满一货柜那个牌子的食用油，价格还是一样。这油也没有涨价呀，老黄怎么说他买的就是高价油了呢？他想找女儿问问情况，可女儿还是不在，再问旁边的服务员，别人说她昨天已经辞工了。这让夏大爷好生纳闷！

这天晚上，夏大爷准备了好吃好喝的，让女儿一家人过来吃饭，一来是关心她工作的事，二来想问问油价的事。吃过饭后，夏大爷问女儿："一个牌子的食用油，小超市的价格要比大超市价格每壶便宜五六块呢，可为啥买的人却不多呀？"女儿听罢一愣："不会吧？有哪家超市卖那么便宜？"夏大爷说："就是你们那家超市呀！看，我买回来的两壶还在这儿放着呢！"女儿走过来一看，说道"爸，你上当了，你买的这是4升的油壶，人家卖45元的是5升的油壶！"夏大爷恍然大悟，叹道："不会吧，还有4升的包装，之前我咋没有注意呢？"女儿点点头，说："这就是我们老板的奸诈之处，他促销的调和油全部是厂家4升的新包装，不放在一起比较，人们很难发现的！"

夏大爷连忙跑到阳台找来一个原来的空油壶，放在地上一比较，这才发现，4升的油壶要比5升的油壶低一截也细一圈。再一算细账，夏大爷买回来的两壶油，油价比大超市的要多出好几块钱！

女儿一家子离开后，夏大爷便到楼下去找老黄，他知道老黄心疼钱，可就为这几块钱，也犯不着跟他记仇呀，所以，夏大爷打算去跟对方说明情况，并当面退给老黄多付的钱。

到老黄家后，夏大爷按了两下门铃，并闪身躲开猫眼的视线，等对方打开门后，他猛地站起来一窜，"吱溜"钻进老黄家里，没等老黄他们开口，夏大爷自己先乐呵呵地说道："老哥老嫂啊，老夏今天是负荆请罪来了！可我真不知道这超市促销的油是4升的，害你们跟着买了两壶高价油，这多出的钱，我今天来补给你们！"

老黄听后，也打着哈哈说道："瞧你说的，我是在乎那几个小钱的人吗？那天买油回来，老婆一比就说这油壶小了一些，正闹心呢，一个收有线电视费的人来了，给他钱时，人家拿起超市找给我的20元钱看了看，说是假币，我气得当场就把钱给撕了……这事儿想起来就闹心，我说老夏你也别怪，反正这家超市呀，以后打死我也不会再去了！"夏大爷点点头，难怪女儿也辞工了呢！

（题图：刘斌昆）

小镇出神医

□时英友

真人不露相

这天晚上，湘玉在给三岁的儿子洗澡时，意外地发现宝宝的屁股下面生出一颗小红疙瘩，她立刻惊叫起来："大军，你快过来看呀！"

丈夫大军正在客厅内陪着老爹说话，听到叫声立刻进了卫生间，抱起儿子看了一下，不以为然地说："你别大惊小怪的，蚊子咬的呗！"可随后跟进来的老爹伸头看了一眼孙子的屁股后却郑重其事地说："我看不像，还是去医院看看吧，不能大意了。"说话间，老爹想接过孙子细看，湘玉却抢先一步从丈夫手里把宝宝抱了回来。

湘玉心里有点讨厌眼前这个乡下公公。主要是因为老爹身上总有一股难闻的气味让她受不了，虽说公公很爱干净，来到他们家每天都洗澡换衣裤，可他身上的那股味道却无法清除，因而湘玉尽量不让宝宝与公公接触。

大军有个关系很不错的同学在镇上的卫生院当医生，为了稳妥起见，大军与媳妇一商量，还是决定带上儿子去找老同学检查一下。老爹执意也要跟去，没办法，第二天，只好一家四口一起去了医院。

来到医院，老同学看了看宝宝的屁股，随后就抬起头笑呵呵地说："你们就把心放进肚子里吧，天气热生的毒疮，擦点药水就消下去了。"听了老同学的话，夫妻俩都松了口气。岂料这时，一直跟在他们身后的老爹却开口说："医生，你再仔细检查一下，不会是肛漏吧！"

一句话，让在场的人都大吃一惊。医生转头看了老爹一眼，他显然没把这个不起眼的老头放在眼里，不屑地说："肛漏？你知道什么是肛漏吗？"

老爹在旁边答道："直肠与周围皮肤相通形成的瘘管叫肛漏。"

医生本想一句话把老爹给堵回去的，哪料想老爹竟能出口成章。医生不甘心，接着又问："那你知道如何治疗吗？"老爹还真不含糊，背书一样张口就来："现在通用的方法有三种：切开术，挂线术及手术疗法。"这下医生的脸挂不住了，不高兴地冲着大军两口子说："既然你们请了神医，还用到我这儿来吗？"

大军两口子这才缓过神来，慌忙把老爹拉到一旁，同时向老同学赔起了笑脸，可无论大军怎么解释，老同学始终板着一张脸。没办法，一家人只好闷闷不乐地离开医院。一出医院，两口子同时指责老爹不该出风头，人家是医生，难道没你知道的多？老爹被说得一声不吭，像个做了错事的孩子，远远地落在后面。

当天晚上，一家人早早地都睡下了，当医生的老同学却突然打来电话说，他们走后，他查了一下相关的资料，觉得宝宝屁股上的疙瘩还真有点肛漏的迹象。两天后，如果疙瘩不消的话，老同学让他们去省城大医院检查一下。末了，老同学还问："白天，那个老头是谁呀？真人不露相嘛！"大军这才说了实话："我爹。"

挂断电话，大军也纳闷起来：老爹什么时候精通医术了？

两天后，宝宝屁股上的疙瘩还真是没消。于是两口子便领着儿子来到了省城医院，检查很快就有了结果：宝宝患的还真是肛漏！这下两口子都对老爹刮目相看了，慌忙打电话回家征求老爹的看法。老爹果断地说："别怕花钱，及时给宝宝动手术，否则会后患无穷。"电话里，老爹还交待了一些细节问题。

有泪不轻弹

半个月后，宝宝病愈出院，一家人从省城回来了。一到家，大军就急着问老爹怎么突然精通医术了？老爹不愿意说出真相，大军哪肯罢休呀！问急了，老爹才支支吾吾地说，他每天晚上都在梦里读一本医书，医书很破，没头没尾的，只有中间一章有关肛漏的，因而他才懂得了什么是肛漏。

听了老爹的话，大军不相信："爹，你也学会忽悠人了。"可老爹却不像是开玩笑，没头没脑地接着又说一句："天机不可泄露。"

大军把老爹的话与媳妇说，媳妇

却信以为真:“哎呀!我每天烧香拜佛,保佑咱家平安,心诚则灵呀,菩萨终于显灵了。你想啊,宝宝患肛漏,老爹梦里学肛漏知识,这难道是巧合吗?这是老天爷在保佑我们呀……”看着媳妇说得兴高采烈,又要去烧香敬菩萨,大军是一头的雾水。

湘玉的嘴多快呀!第二天小镇上的人差不多都知道她敬菩萨显灵,家里出神医的事了。一传十,十传百,越传越精彩,老爹成了家喻户晓的人物。

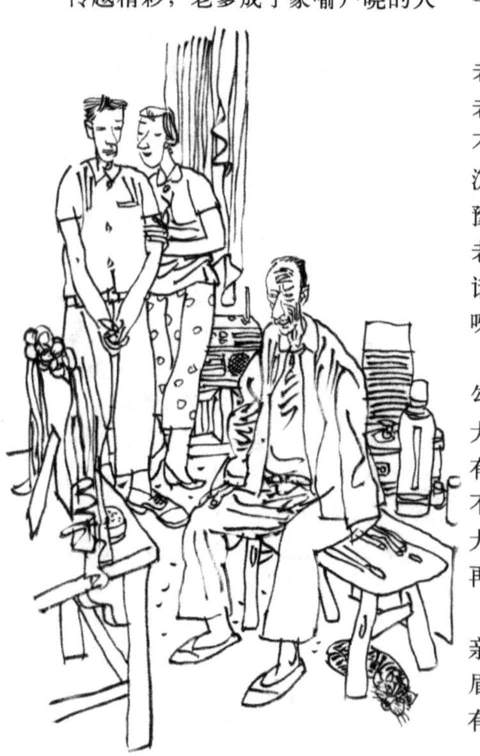

几天后,当医生的老同学竟给大军打来电话说,他们医院有意聘请老爹去当肛漏方面的专家,月薪二千元。

大军惊得合不拢嘴,问道:“我爹,他,他能行吗?”老同学却笑呵呵地说:“你老爹现在是名人了,我们这是在利用名人效应呀,我们还怕他不来呢!”听老同学这么一说,大军赶紧点头答应下来:“行,我回家和老爷子商量一下。”

大军兴奋地回到家和老爹一说,老爹的脸立马就阴了下来。大军知道老爹不情愿,赶紧劝说:“爹,你啥都不用担心,人家是请你去的。”老爹却沉着脸一言不发。“爹,这有什么好犹豫的,一个月两千块呀!抵得上你在老家干上一年啊!”老爹还是不说话。大军急了:“爹,你好歹有一句话呀!”

老爹还是不开口,一双眼睛却直勾勾地盯着案桌上老伴的遗像发呆。大军还想追问,突然,他惊讶地发现有泪水从老爹的眼里溢出。大军惊骇不已,父亲是个硬汉,当年母亲去世,大军都没看到父亲掉过泪,大军不敢再追问下去了……

晚上湘玉回来,大军把医院请父亲当专家的事一说,湘玉皱了一下眉,就喜笑颜开了,她悄声地说:“我有办法,每个人都会有软肋……”

一晃几天过去了，没人再提及当专家的事。这天早上，大军草草地扒了几口饭就说上班去了。大军刚走，湘玉突然掩面抽泣起来："这日子怎么过呀？上有老下有小的，靠我这么点工资……"老爹惊愕地抬起头问湘玉："怎么啦？"湘玉哽咽地说："大军他前几天被单位辞退了，他一直不让我告诉你……"一听这话，老爹的脸色陡然暗淡下来……

一棵摇钱树

第二天，老爹一早就去了医院。大军两口子别提有多高兴了。你还别说，老爹还真神，患者只要靠近他，他闻一下味道，就知道有没有患上肛漏。加上老爹待人诚恳，没架子，深受患者的喜欢。一个月下来，他竟收到好几面写着"妙手回春"的锦旗。

最高兴的莫过于大军两口子了，一个月多出二千块的收入，让他们的生活水平大大提高。两个月下来，湘玉就背着老爹给自己添置了一条金项链。然而好景不长，他们发现老爹的精神状态一天不如一天，饭量也一天天地递减，从医院回来时常一坐就是半天，动也不动。大军不无担心地对媳妇说："老爹不会生病了吧？"湘玉却摇头说："我看老爹是想你妈才这样的，你没见他时常看着你妈的遗像发呆吗？"

为了保住家里的这棵摇钱树，湘玉开始给老爹补充营养，同时给老爹物色新的老伴，甚至不再嫌老爹身上的怪味，要帮老爹洗衣服，却被老爹拒绝了。

这天晚上，老爹从医院回来后，又是呆坐了半天不动。湘玉做好了饭菜殷勤地唤老爹吃饭，老爹嘴里应承一声，身体却突然摔倒在地。湘玉慌了，赶紧喊大军送老爹去省城医院。到了医院后，医生稍做检查，马上把大军叫了过来，严厉地责问："你这个儿子是怎么当的，你爹病成这样了，才知道送医院？"大军疑惑不解："我爹他是什么病啊？"

"肛漏，从症状上看最起码有十多年了，现在产生了并发症，治愈的希望不大了。"

"啊！"大军身子一软，差点瘫在地上，面对医生的责问，他不知如何回答，结结巴巴地说："他、他没说，我们……"

"还用说？他一身的怪味，你们闻不到吗？"医生打断了大军的话。

大军这才明白了，什么梦里读医书、天机不可泄露，都是假的！老爹是久病成医啊！老爹不想让儿子操心，一直拖着病体，帮忙料理家务，帮忙挣钱补贴家用……

大军低下了头，良久，他再也忍不住哭了起来："爹，是儿子疏忽了你呀，我早该想到啊……"

（题图、插图：魏忠善）

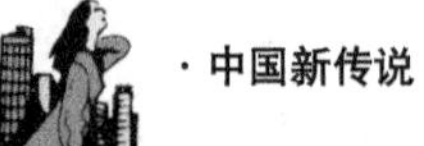

· 中国新传说 ·

这里的学校不平静

□冯　舒

这天早上刚一上班，县教育局的人事科长林强就从门卫那里收到一封信，信上是几行稚嫩的铅笔字："领导，我们老师经常体发（罚）我们，请你们一定来掉(调)查一下。"落款是"后沟子小学的一名同学"。

"后沟子小学"是全县最偏远的一个教学点，这些年，教育局陆续派了近十个教师去那里任教，可因为条件艰苦，竟没有一个教师在那里呆到半年。林强为这事没少操心，直到两年前，他亲自挑了一个师范毕业生，叫谢小霞，让她去那里，并给她许诺只要在那里踏踏实实地工作，三年后一定把她调出来，局面才算稳定了下来。如今，两年过去了，虽然林强没再见过这位谢小霞老师，但那里一直太太平平的，可今天怎么会突然出现谢小霞体罚学生的事情呢？

第二天一大早，林强便赶往后沟子村调查。刚一进村，林强就碰到了村主任许久民，许久民一脸惊讶，林强便将学生反映老师体罚的事情告诉了他。

林强话音未落，许久民就断然说道："不可能！我们这老师对学生可好着呢，别说打学生，就连骂，她也没骂过孩子，这咱们全村人可都看在眼里呢！"听许久民这么说，林强便要到学校去看看，许久民忙拦住了他，说老师不在学校里，而是背一个生病的孩子到镇卫生院去了，说着，他就让林强到自己家去等，并叫来几个学生让林强调查，林强仔细盘问这些孩子，果然几个孩子都异口同声地说老师从来没有体罚过任何一个同学。林强随后又在村里向村民了解了一下，全都夸老师好。这时,一个十一二岁的男孩见了林强张口就问："叔叔，你是来调查老师打人的事吗？你怎么还没有去学校找老师了解呢？"说着，那孩子掀起衣袖，林强低头一看，吓了一跳：这孩子的手臂上有好几条新鲜的血痕！孩子告诉林强："他们都是骗你的！是村主任让他们那么说的，他是怕你把老师开除后，就没有人教我们了！"林强简直有点不敢相信自己的眼睛："这、这是老师打的？"孩子肯定地点了点头，说："叔叔，你快去叫警察来把老师带走吧，不能让她再在我们这里了！"

林强又向那孩子问了一些情况，知道他叫许石头，是村主任许久民的儿子。林强决定去后沟子小学看看，而且要悄悄地去。

林强从一条小道绕过村子，直接摸到了学校的后面。林强走到一间教室后面一看，没见老师，教室里坐着十来个七八岁的小孩，这些小孩正在认真地写字。看来，这正是向孩子们了解情况的好机会。林强走进教室一问，孩子们都说老师对同学非常好，从未见她打过谁。林强眉头一皱，又问道："那许石头手臂上的伤是怎么来的呢？"这时，一个小女孩一下站了起来："我哥哥身上的伤是他自己用赶牛的鞭子打的！是我亲眼见他一只手拿鞭子往另一只手上抽的，他还痛得哭了呢！"看着小女孩一脸认真的表情，林强惊得半晌说不出话来。

就在这时，下课铃声响了，孩子们都涌到了操场上，林强探头一看，只见许石头正一脸沮丧地坐在操场的一角，在独自玩着什么。林强走了过去，在他身边蹲下，和蔼地问道："石头，你身上的伤是自己打的吧？你为什么要那样做呢？"石头还没有回答，突然走来一个姑娘，她看了看林强，大方地伸出手来，自我介绍道："我叫陈艳，是这所学校的老师。"陈艳？林强一听立刻糊涂了，后沟子小学不就只有谢小霞一个老师吗？怎么又冒出一个陈艳老师来了？就在这时，许久民急匆匆地跑进了学校，看着站在操场上的林强和陈艳，许久民一声叹气，双手抱头，瘫坐在地上，在林强的追问下，许久民这才说出了事情的原委：

两年前，谢小霞到后沟子小学没多久，便受不了这里艰苦的条件，不辞而别了，几十个孩子再一次面临失学的困境，就在这个时候，陈艳被人贩子卖到这里，给一个村民做媳妇，这事被许久民发现了，他来到那户村民家，苦口婆心地劝说，终于让那户村民放了陈艳。后来，许久民看到陈

艳耐心地给儿子许石头辅导功课，心里就冒出了一个念头：让陈艳留下，给孩子们当老师！可他又担心陈艳不愿意留在这个偏僻的村里，于是便骗她说：那户村民虽然放了她，但要她偿还买人所花的几千块钱，所以她现在只能留在这里教书，用工资来偿还这笔钱，陈艳也就答应了。因为怕陈艳也像其他老师一样溜走，许久民将她写回家的家信全部截了下来……直到此刻，林强才知道站在眼前的这个陈艳老师，一直以谢小霞的名义在这里教书，不过，他不明白,既然陈艳老师这么好，那为什么还有人写信诬告她呢？林强转身问许石头,许石头突然“哇”的一声哭了，他说，前不久，他看见老师在偷偷地哭，一问才知道原来老师是被拐卖到这里的，现在想家了。许石头觉得老师想家却又不能回去，太可怜，于是就动起了脑子……

林强接过了话头：“你就写了匿名举报信，说陈老师体罚学生，为的是让上面来人调查，只要一查，就会发现在这里教书的陈老师是冒名顶替的，这样，陈老师就可以回家了？”许石头抹了一把眼泪，说：“嗯,有一回，我在电视上看到过一件事：一个学生被教师体罚后，上级部门马上来调查了。”听到这里，林强心里说不出是啥滋味，他指着许久民，半天才说出几个字来：“你啊，怎么这么糊涂，你这是在犯法啊！”说着，他又无力地摆了摆手，吩咐道：“给姑娘收拾一下，让她回家去吧！”在陈艳离开后沟子村的那天，许久民也被两个警察带走了。

两个星期后，林强提前办理了病退手续，准备去后沟子村支教。他正在打理行李的时候，突然，电话铃声响了，电话那头传来了陈艳爽朗的声音：“林科长，我已经回后沟子村了，我要报考教师资格证！”

（题图、插图：谭海彦）

·第一推荐·

快乐的父女俩

宾利是一家杂志社的主编，他已离婚，带着六岁的女儿过日子。他把女儿琼妮当成大人，常常和她探讨：人最宝贵的品质是什么，并就此达成共识——要做一个诚实的人！

但是，孩子毕竟还小，很快就“犯规”了。那天，小琼妮出于好奇，偷偷将幼儿园的拼图带回家，并撒谎说是同学给她的。谎话很快被揭穿，小琼妮在退回玩具并道歉后，无奈地在三种惩罚中做选择：一、一个星期内不准吃冰淇淋；二、取消周日去中央公园游玩；三、接受肉刑——打两下屁股。

宾利给女儿一分钟的时间考虑，可是小琼妮毫不犹豫地说：“爸爸，我接受第三种惩罚。”宾利不想体罚女儿，他说：“宝贝，打屁股是很痛的，你是否再考虑一下？”小琼妮坚决地说：“我决不放弃吃冰淇淋和去公园的权力！”

宾利和女儿看过一部电影，其中有个镜头是一个贵族昂首挺胸走向刑场，行刑官高喊“请这位绅士体面地接受肉刑。”于是，父女俩达成共识：因为过错，女儿愿意接受惩罚，但女儿有自己的尊严，女儿有权选择目击者证实惩罚过程是否伤害了她的尊严。于是父女俩选中了幼儿园的劳拉园长做“监刑官”。

劳拉气喘吁吁地赶来了，小琼妮坦然地用眼神示意爸爸可以行刑了。宾利无奈地苦笑着说：“请这位女孩体面地接受肉刑。”话音刚落，小琼妮已飞快地趴到长沙发上。

时间过得很快，转眼就到了星期天，事先父女俩已说定星期天去公

园，但星期六晚上宾利要赶一篇稿件，一直忙到凌晨三点。早上闹钟响了，宾利毫不理会，过了半个小时，穿戴整齐的小琼妮来到爸爸床前说："爸爸，你得起床了，要不然我们会误了幼儿园的班车。"睡意蒙胧的宾利含混地说："宝贝，让爸爸再睡会，待会爸爸开车送你过去。"

上午十点，宾利开车一路疾驰来到幼儿园，劳拉园长走到小琼妮面前蹲下，面带微笑地问："琼妮，告诉我，你为什么迟到？"宾利锁好车，正好过来，随口答道："哦，小琼妮昨晚身体有些不舒服，因此今天多睡了会，请你原谅。"刹那间小琼妮呆住了，眼里慢慢滚出泪水，她愤怒地大叫起来："不，你在撒谎！我没有贪睡，贪睡的是你！"

宾利不知所措地看着女儿，半天说不出话来。小琼妮不依不饶地说："爸爸，你得向劳拉园长道歉！"这时，宾利才发觉自己是犯了一个多么大的错误，他赶紧向劳拉园长道歉，又转过身来对女儿说："宝贝，爸爸错了，对不起。"小琼妮擦干眼泪，神情严肃地问："爸爸，你承不承认撒谎了？"宾利张口结舌："这个，唔，可是——""现在有两种惩罚方式供你选择。"小琼妮竖起两根小指头，"一、取消本周你和辛蒂小姐的约会；二、接受肉刑——打两下屁股。"

宾利正在和辛蒂小姐谈恋爱，他当然无法接受第一条，但一个大男人在大庭广众之下接受"肉刑"，脸面上又过不去，他还想欺负孩子小，能蒙混过关："宝贝，这事咱们回去解决好吗？"谁知，劳拉园长微笑着走到他们父女中间，说："如果你们不介意，我非常乐意再当一次监刑官。"

在一个阳光明媚的日子里，在一所极普通的幼儿园里，响起一个稚嫩的声音："请这位绅士体面地接受肉刑。"

这一切的确很滑稽，一位杂志社的主编，穿着整齐的西装，铮亮的皮鞋，向自己的女儿撅起了屁股……

（作者：道格拉斯 选自《青春读本》） （题图：佐 夫）

为加强故事的可读性，本刊决定开辟"第一推荐"栏目，面向海内外读者征集"最好听的故事"。除发行量较大的文摘类杂志（如《读者》、《青年文摘》、《特别关注》等）外，凡公开或内部发表的作品均可推荐。推荐作品要求故事性强，有口传性，能引起读者的兴趣。

推荐稿务请注明原作者、出处，一经采用，每篇付推荐费100—200元。

来稿方法：1. 从邮局寄发，请在信封上注明"第一推荐"字样，本刊地址：上海市绍兴路74号《故事会》杂志社，邮编：200020。2. 从网上传递，可发以下信箱：wulun@vip.sohu.net，请在主题上注明"第一推荐"字样。来稿也可直接发至各责任编辑的电子信箱，本期责任编辑的电子信箱：keyin118@163.com。

永远的B角

□黄廷洪

三个月后，一部国际大剧作将在大剧院进行首场演出，剧院青年演员奥玛尔担任剧中男主角，他全身心地热爱着自己的表演艺术，在排练这部剧作时，奥玛尔也一如既往地投入了全部热情。

排练中，奥玛尔向导演提出了自己对剧本的看法：男主角死在情人的枪口之下，故事就该结束了，后面的两幕戏纯粹是画蛇添足，破坏了整个剧本的艺术感染力。

“奥玛尔，请你闭嘴！”导演粗暴地打断了奥玛尔的话，“砍掉两幕戏，就意味着我们的劳务费等等都将大幅度减少，知道吗？”

单纯的奥玛尔没有想到导演会说出这种话来，他涨红着脸说：“先生，我真替你感到害臊，面对一个剧本，你首先想到的不是艺术，而是金钱，你不配做一名艺术家。”奥玛尔说着，气冲冲地离开了排练场。

导演没有想到奥玛尔竟然会用这种口气跟自己说话，气得胡子直翘，冲着他的背影喊道：“你这个不识好歹的家伙，别忘了是我启用你担任男主角的……”

年轻气盛的奥玛尔见无法和导演沟通，就直接找到剧作家家里，直言不讳地提出了自己对剧本的看法。剧作家听后勃然大怒道：“小伙子，你太狂妄了，竟然敢对我这样一个著名的大剧作家指手画脚，你有这个资格吗？”奥玛尔想解释，剧作家却断然地下了逐客令。

奥玛尔很伤心，他失望地回到剧院，剧院院长向他大发雷霆：“奥玛尔，你刚刚有了点小名气就不知道天高地厚了，竟然跑到剧作家的家里去提意见，这下好了，他要收回自己的剧本，你知道你的行为造成了多么严重的后果吗？”

原来，剧作家刚才已经把电话打到了剧院，院长好说歹说，剧作家才勉强同意继续履行合同，让该剧院首演他的剧本；不过，奥玛尔显然是不适合演主角了，剧组换上了老演员库克。院长不忍心将奥玛尔一棍子打死，把他定为男主角的B角。

奥玛尔并没有因为自己是B角就一蹶不振，他仍每天到排练场去看演员们排戏。有一天散场的时候，男主角库克拍着奥玛尔的肩膀说：“小伙子，别灰心，是雄鹰总有展翅于蓝天的那一天。”

奥玛尔眼圈红了：“库克大叔，其实我是太喜欢这个剧本了，才直言提出自己的看法……”

“我知道，我什么都知道，做好你的B角，等着瞧吧！”库克意味深长地朝奥玛尔眨了眨眼睛。

三个月过去了，剧作即将公演，可就在上演的头一天，库克在上班的路上骑车摔了一跤，他是故意的，这一跤摔得可不轻，他的右腿粉碎性骨折，医生在经过一系列诊断之后宣布：作为演员，老库克以后只能扮演坐在轮椅上的角色了。院长和导演听了医生的结论，急得如同两只热锅上的蚂蚁。演出的一切准备工作已经就绪，总统、政府高官都将前来看戏，改变演出计划已经不可能，库克上台无望，现在唯一补救的办法就是启用B角奥玛尔。

那天晚上，大剧院里灯火辉煌，座无虚席。绛红色的大幕缓缓拉开，这部精心排练的剧作以其曲折的情节、精湛的表演栩栩如生地展现在观众眼前，尤其是剧中男主角的表演，极大地丰富了原作的艺术魅力。该剧的剧作家对陪同在身边看戏的剧院院长说：“事实证明，你当初换掉那个名叫奥玛尔的愣头小伙子是多么英明，如果让他上台，还不知要把我的剧本弄成什么样子。”

院长心里暗自发笑。为了避免不必要的麻烦，他严密封锁了库克受伤的消息，演出节目单早就印刷好了，并没有将库克的名字改换成奥玛尔，剧作家自然也就以为台上的那个演员还是库克。

第三幕进入了高潮：道貌岸然的男主角的画皮被一层层剥去，被他欺骗感情长达八年的情人终于看清了眼前这个衣冠禽兽的本来面目，趁着他酒醉酣睡的时候从枕头下面取出一把手枪，对准男主角头部开了一枪。

“砰”的一声，子弹从奥玛尔左边的太阳穴穿进去，一股鲜血流了出来。扮演情人的女演员惊恐地睁大了双眼，吓得将那支手枪扔在舞台上，幕后的演职人员也被眼前这一幕震惊了，所有人目光集中在导演身上，因为这个情节在排练的时候从来没有出现过。看着倒在血泊中的奥玛尔，导演浑身颤抖。这时候，舞台灯光骤暗，演职人员乱成一片，他们将奥玛尔火速送往医院，医生说，他已经死了。

出了这意想不到的事故，演出不得不停止。这场没有完成的公演引起了人们极大的关注，演员奥玛尔被枪杀在舞台上，成了轰动一时的新闻，人们自然都想弄清楚谁是凶手，谋杀的动机是什么？

警察开始严密调查，然而却毫无结果。

一天，剧院院长收到一封信，竟然是奥玛尔生前写给院长的，奥玛尔在信上说，他得知自己将代替库克，能重新出演主角，真是太高兴了。这将是他今生今世最重要的一个角色。该剧的作者是他最崇拜的剧作家，但奥玛尔仍然坚持自己的主张：一部优秀的戏剧作品是不能容忍拖沓和画蛇添足的，可无论导演还是剧作家都不愿听从他的建议删去两幕戏，因此，奥玛尔决定用一种特殊的方式来处理剧中的男主角。演出当天，观众看到的将是三幕话剧，而不是演出海报上写的五幕……

警方经过技术鉴定，确认这封遗书的确出自奥玛尔本人之手，原来奥玛尔是自杀的，他为了坚持自己的艺术主张，把道具手枪换成了真枪，不惜提前将自己的生命结束在他钟爱的舞台上。

面对一个如此为艺术献身的演员，剧作家的内心被强烈震撼了，他仔细研究和审视了自己的剧本，觉得奥玛尔的见解是正确的，他为此而修改了这部剧作，并且在剧本的第一页郑重地写了一句话：谨以此剧纪念伟大的演员奥玛尔。后来，修改后的剧本成为一部传世名作。

（**题图、插图**：佐　夫）

鸡突然都不叫了

□扬　沙

大麦山下有个盐埋村，一天，盐埋村发生了一件怪事，上千只鸡突然间都成了哑巴，公鸡不打鸣，母鸡下蛋后不吱声，即使吆喝它、赶它、打它，它们宁愿落下一地鸡毛，也绝不“喔喔”或“咯咯”叫一声。事情邪乎了，村民们惶恐起来，不约而同地聚集在村长家议论开了。

一个村民说“我看是中了邪，是有人想报复咱村，在鸡身上施了法，要不哪那么齐整，一只鸡不叫就只只鸡都不叫了。大伙想想看我们村的人最近招惹得罪过谁，特别是村外人。”听他这么一说，满屋子人都勾头耷脑聚精会神地想起来，这时，一个中年妇女突然一拍大腿叫道：“对，没错，准是他俩使的坏！”

原来，三天前村子里来了两个乞丐，一老一少，老乞丐年近六旬，是个瘸子；小乞丐大约十四五岁，是个瞎子。小乞丐由老乞丐用根竹竿牵着，从村东头开始，挨家挨户往西头讨要。当他俩讨要到李家时，不知为了啥发生了争吵，李家的人就唆使家里的狗来咬他俩，吓得他俩连滚带爬地逃出村，人虽没伤着，小乞丐的裤子却被狗撕下一大块。当时村子里看热闹的人很多，不但没人驱狗解围，不少人反而幸灾乐祸地捧腹嬉笑。中年妇女说：“我想八成是那码子事得罪了两个乞丐，你们知道不，听说十丐九会法，你欺侮人，伤人家的心，人家能不报复吗？”经她这么一说，屋子里又像爆炒豆一样地热闹了起来，经过一阵七嘴八舌讨论之后，大家一致认为应当尽快把两个乞丐找回来，当面赔礼道歉，并以重金相谢，求他俩解除此灾难。

说干就干，第二天一早，村长领了一帮村民前往邻村寻找两个乞丐。工夫不负有心人，这天下午，果然在邻村碰上了正在行乞的两个乞丐。

村长等人迎上前去，将两个乞丐引至背人处，村长谦恭地说："两位大师，前些天二位在敝村里讨生活，敝村村民无礼，冒犯了二位，使二位受了惊吓，多有得罪，如今村子里发生一件蹊跷事，欲请二位前往破解，万请不要推辞。"

两个乞丐听村长说要请他们重返盐埋村，心里犯了嘀咕，特别是那个小乞丐，回想起被恶狗追咬的情景，依然心有余悸。老乞丐却镇静自若，说："谢谢大村长看得起，过去的事就不提了，现在你们村碰到难事需要我们走一趟，我俩也一定会帮忙的。"

村长一听乞丐愿意效力，当即把两个乞丐请到村里。全村村民一改那天鄙视的神态，把他俩当作大救星看待，当晚就在村长家里摆酒设宴款待他俩。酒过三巡，村长把鸡不叫的事讲了出来，并要求两位大师施法驱邪，以解除灾难。老乞丐终于明白了事情的原委，而那小乞丐仍是一头雾水，他猜不透这次被请回盐埋村究竟是福是祸，一直惶恐地倚在老乞丐身边，如今听村长说要请他俩驱鬼降妖，更是吓得结结巴巴："这、这、这……"老乞丐连忙用手暗地里狠狠捏了小乞丐一把，然后接过话说："这事我们在其他地方也经历过，解决起来也不难，但我需要一千元钱去添置作法的东西，三天后回来帮你们驱鬼降妖。你们若不放心，可以把小乞丐留下来当人质。"

老乞丐走了，小乞丐更加惶惶不可终日，他知道老乞丐是一去不复返了，小乞丐想脱身，可自己是个瞎子，举步维艰，怎逃得过百十双眼睛的监控？

这天中午，小乞丐想出恭，被村民带到一排茅房前。小乞丐摸进了一间茅房，突然被一股膻臭难闻的恶气逼了出来，他又摸着走进另一间茅房，又有一股相同的恶臭向他袭来，由于内急，他只得屏气忍着，走进茅房蹲下，忽然听到茅房里有窸窸窣窣的声音，他仔细地听着分辨着，良久，他突然激动起来，因为他推断出了村里鸡不叫的真正原因。

小乞丐走出茅房后，一改之前满脸的愁容，欢天喜地地走东家串西家，诉说自己十岁丧母、十三岁发高烧无人照管致使双目失明、尔后为了生存沦为乞丐的不幸遭遇。这么一来，村里人对他更加同情，照顾得更加周到，这使小乞丐真正感受到一种从未有过的亲切和温暖。

很快三天到了，仍不见老乞丐回

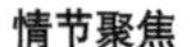

来，村民们又聚到村长家里，七嘴八舌地议论开了，就在这时，小乞丐被几个村民扶了进来，他紧紧抓住村长的衣襟说：“大叔，老乞丐不会回来了，你们受骗了！他哪里懂得作法？他知道我是个瞎子，你们不会把我怎么样，迟早得把我放了。他骗了你们的钱，早跑了！”钱被老乞丐骗走了，法也作不成了，鸡不叫，这可怎么办？村长感

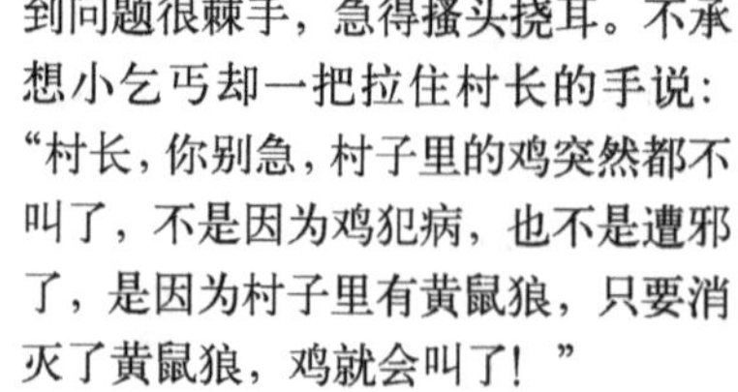

到问题很棘手，急得搔头挠耳。不承想小乞丐却一把拉住村长的手说：“村长，你别急，村子里的鸡突然都不叫了，不是因为鸡犯病，也不是遭邪了，是因为村子里有黄鼠狼，只要消灭了黄鼠狼，鸡就会叫了！”

消灭黄鼠狼！村民们恍然大悟。

原来，前些日子村子里有几个小伙子，听说黄鼠狼是治白血病的良药，在广州能卖好几百元一斤，于是他们纷纷外出收购或捕捉黄鼠狼，他们将收购或捕捉到的黄鼠狼暂时用铁丝笼养着，要等到有了一定数量再去广州卖，眼下村子里积下的黄鼠狼已不下二十只。黄鼠狼是鸡的天敌，鸡见了黄鼠狼就像老鼠见了猫一个样，黄鼠狼不仅会放臭屁驱敌以求自保，同时它身体内分泌出来的一种特殊怪味能放射几百米远，盐埋村里养着二十来只黄鼠狼，鸡还不被吓了个半死，哪还敢吱声呢！那天，小乞丐去茅房闻到一股膻臭难闻的恶气，听到窸窸窣窣的声音，他就找到了鸡不叫的答案了。

村长立即下令把关黄鼠狼的铁笼搬迁到离村子五百米开外的地方统一看管。果然，这天凌晨，公鸡就打鸣了，“喔喔哦”的悠扬啼叫声此起彼伏。上午九点多钟，一家家生蛋的母鸡也开始“咯咯蛋”、“咯咯蛋”地欢叫了起来。

（**题图、插图**：刘斌昆）

装了一回

□孙秀利

小孟出去旅游，到了当地，听说这里新建了一处“金瓶梅民俗文化城”，便欣然前往。

走进民俗城，小孟看到沿街两边仿宋风格建筑比比皆是，再细看牌匾，什么“武大郎炊饼店”、“王婆茶馆”等等，凡小说《金瓶梅》里描述的主要建筑，一应俱全。

小孟正在“王婆茶馆”里喝茶呢，一个导游模样的男人坐到了他面前，满脸堆笑地说：“先生，欢迎你来金瓶梅民俗文化城观光旅游，我们这新开发了一个互动旅游项目：走进《金瓶梅》，感受书中情。具体说就是你可随心所欲地装扮成小说《金瓶梅》里任何一个人物，然后根据书中的情节，身临其境地体验书中描绘的生活，当然，得交纳一定的费用。”

小孟是好玩、爱寻刺激的主儿，当下交了一笔不小的费用，换上了一套宋朝行头，摇身一变，成了风度翩翩的西门庆，立马身后就跟上了几个宋朝仆人打扮的小厮，小孟被小厮们拥着向“西门庆生药铺”走去。

小孟正领着小厮们大摇大摆地在大街上晃荡呢，突然从沿街的二层楼房上掉下一根竹竿子，不偏不斜砸到了他头上，小孟抬头正要发怒，却见从敞开的窗口里露出一个美貌娇艳的妇人脸，一对美目，顾盼生辉，正对着小孟频送秋波呢！此时小孟恍然大悟：砸在自己头上的竹竿，不正是潘金莲那根惹祸的竿子吗？原来已经进入自己梦想的书中情节了。小孟随即抬脚登楼，要与美人相会。没承想却被身后扮作跟班小厮的导游拦住了。

导游提醒小孟说：“心急吃不了热豆腐，一切都要按照书中描述的情节行事，水到自然成。”小孟无奈，只好先买了礼品去拜见王婆，又给王婆封了一个大红包，王婆这才踮着小脚喜滋滋地引着小孟与那装扮潘金莲的娇艳女子见了面，接着又置办酒席。待小孟酒足饭饱之后，王婆又要小孟给潘金莲添置首饰衣物，随着小孟兜里的钱包越来越瘪，情节终于发展到“潘金莲私会西门庆”了。

小孟揣着一颗怦怦乱跳的心，等

着那美妙时光的来临。潘金莲的小手挽着小孟颤抖的胳膊，往“武大郎炊饼店”后面潘金莲的私房走去，在即将进入房门的一刹那，从围观的人群中突然传出一声大喊：“慢！好事不能都让一个人占了，老子也想当回西门庆，我要和他竞争！”

随着喊声，人群中摇摇摆摆地走出一个醉醺醺的男人，腋下夹着一个鼓囊囊的包，男人摇晃到潘金莲面前，一指小孟：“这小子给了你多少钱？”潘金莲伸出一根纤纤玉指晃晃，说：“一千。”男人听完，“啪”地甩出一叠钱“我给五千！”小孟摸摸已经瘪了的钱夹，底气不足地低下了头。笑靥如花的潘金莲，给了小孟一个飞吻后说：“现在都按市场经济规律办事，对不起了帅哥，拜拜。”潘金莲扶着酒醉的男人扬长而去。

走了美人又赔了钱，小孟正懊悔得不行，介绍他装西门庆的那个导游又凑了过来，“对不起啊兄弟，不知道你兜里银子不足，让人抢了甜头，不过不要紧，我这里还有个角色，你装不装？”小孟没好气地说：“装什么？”导游附在小孟耳边说了一席话，小孟紧皱的眉头立刻舒展开了，痛快地把钱夹里剩下的钱全掏给了导游。

再说潘金莲陪着春风得意的酒醉男人刚迈进私房，门还没插上，就被一身武打行头、手握哨棒的小孟紧追而来，破门而进，拦住了他们的去路。两人正愣着，只听小孟高声喊："呵！你们这对奸夫淫妇，勾搭成奸，毒死家兄，我武二替兄长报仇来了，看打！"小孟边喊边朝酒醉男人抡棒打去，酒醉的男人此时早已酒醒了，他一边慌不择路地后退一边喊："错了，搞错了！按照书中的情节此时应该是我和潘金莲风花雪月啊！武大郎还没捉奸呢，也没被毒死呀，你怎么提前演武松报仇的戏了！"小孟不怀好意地笑着说："现在不是市场经济吗，生活节奏加快了，所以武大郎捉奸那段被跳过去了，直接进入武松替兄报仇这段来了，你就受打吧！"小孟说着抡棒又打，打得酒醉的男人鬼哭狼嚎、落荒而逃。

出了一口恶气的小孟得意地扔下哨棒，伸手欲去扶吓得花容失色的潘金莲，没承想潘金莲推开小孟的手，冷冷地说："装了一回武松就不知道自己是谁了，兜里没有几个钱还想来占老娘的便宜，哼，想得美！"说罢，头也不回地走了。

小孟这回真是人财两空，美人没了，连回家的路费也一分不剩了。望着满街满眼的仿宋朝的辉煌和繁华，囊空如洗的小孟急得直搓手。这时，那个导游又幽灵般的靠上来，假惺惺地说："知道哥们有难处，正巧我们文化城的武大郎辞工不干了，你再装一回武大郎如何？这回我们出钱雇你。"小孟听后无奈地接受了。

第二天，小孟开工了，他穿着武大郎的装扮，挑上一副炊饼担子，沿着街巷开始叫卖"武大郎炊饼"。小孟正叫卖着，突然有人扔了个铜板给他，说："喂，武大，来个你家传的炊饼尝尝！"小孟一看，这个买炊饼的男人正是昨天被他装武松打跑的那个酒醉男人，身边还站着个女人，正是那个潘金莲。那男人也认出了装扮武大郎的小孟，他哈哈大笑，从包里掏出厚厚一叠钱递给身边扮作小厮的工作人员，说："去，让你们老板安排一出武大郎捉奸被踹和潘金莲毒死亲夫的戏！"说着又一指，"我就要这个现成的武大郎配戏！"开演了，小孟忍气吞声地装扮武大郎，被那男人和潘金莲尽情戏弄，最后，还要假装喝了潘金莲喂的毒药，喝完毒药，小孟"气绝身亡"。

戏演完了，那男人见小孟半天也没起来，忙俯身摇晃小孟说："喂，我说兄弟，你醒醒，戏演完了！"小孟仍没有反应，那男人急了："你快醒醒，这毒药是假的！快醒醒呀，只要你醒来，什么都好说！"这时，小孟一下坐起来，哈哈大笑说："好，我醒来了，你刚才说只要我醒来什么都好说，那我现在想风风光光装一回西门庆……"

（题图、插图：谢　颖）

□童存云

木匠师傅的绝活

心生不满

张员外儿子的婚期将近，张员外便请了远近闻名的程木匠来家里做家具。说起这程木匠，还真是个能工巧匠，听说他还擅长雕刻，喜欢在家具上雕刻一些精美的花鸟鱼虫，而且花样从不重复，堪称一绝。

张员外是通过一个远房表弟介绍才找到程木匠的，表弟说程木匠人是好人，就是有点小心眼，工钱要得也比较高。张员外并不在意，他对手艺人特别敬重，为了让程木匠能安心干活，他特地给程木匠安排了一间上好的客房，每天吃饭也由张员外亲自陪同，顿顿有酒，餐餐有肉，每天他们吃剩下的菜再撤出去让家里其他人吃。

有一天吃午饭时，程木匠在清炖老鸭汤的海碗里翻来拣去、找了好久，最后叹了口气放下了筷子。张员外忙关切地问："程师傅这是怎么了？有什么不满意的吗？"程木匠不好意思地说："要说这暑天已过，但这秋老虎却厉害，闷热！这样的天，喝些鸭汤还真是没话说，若是再能吃上个鸭肫……那才是真正的享受呢！"张员外点点头，笑道："程师傅喜欢吃鸭肫？犬子也爱吃这个。今天这鸭肫想是被他吃了，下次我跟他打声招呼，说什么也要留给师傅吃呀！"程木匠听了，忙假意推辞道："我随口说说，东家哪能当真呢！"

却说这张员外岁数大了，又连日陪程木匠喝酒，中午还喝了不少凉性鸭汤，这天午饭后便觉得身体不舒服。郎中看了说是偶感风寒，张员外也觉得体力不支，便卧床休息了几天。不过，张员外没忘记告诉夫人，说程木匠喜欢吃鸭肫。夫人听了便叫下人过来，小声地嘱咐后，下人连连点头离去。

张员外病了，只适宜吃些清淡的食物，便没再陪同程木匠一起用餐，只好让程木匠和大家一起吃。程木匠显然有些不开心，但夫人却没在意，只管吩咐下人们每天做个程师傅爱喝的鸭汤。程木匠每天都在海碗里捞来捞去就是捞不着鸭肫，便猜想肯定又是早被东家少爷吃了，心里便有些不满。

迎娶新娘

这样又过了半个月，几样家具都做好了，这天下午，程木匠到张员外这里来辞工并请东家验收活计。张员外看到这些家具做得非常精致，尤其是那张红木大床，上面雕龙刻凤十分好看，他一高兴，多给了程木匠一些工钱，并亲自把程木匠送出门外。

程木匠走后，张员外到内堂告诉了夫人，夫人诧异地问："程师傅走了？老爷怎么不留他吃晚饭？这些天我特意每天都帮他留下鸭肫，叫下人替他腌制好，还没给他呢！"于是夫妻俩赶忙捧上荷叶包好的咸鸭肫追出去，可门外哪里还有程木匠的影子？夫人说："他既然已经走了，反正儿子也喜欢吃，就给儿子吃吧！"

张员外摇摇头说："既然答应给人家的，就不能食言！反正表弟认识程师傅的家，就托表弟带给他吧！"夫人点头称是，当下打发下人把鸭肫送给了张员外的远房表弟，托他转交给程木匠。

张员外开始忙着给儿子张罗婚事，八月初八那天，终于把新媳妇迎进了门，老俩口心里的一块石头总算是落了地。

本来是欢天喜地的事，可第二天早上起来，张夫人却见儿子一脸的不高兴，儿媳妇脸上也隐隐有些泪痕。张夫人心里不由一惊，难道这姑娘有问题？她忙把儿子拉到一边，悄悄地说："儿子，你们是不是有什么事瞒着我？"开始张公子只是苦着个脸不肯说，逼得急了，才冒出一句："她、她、她尿床！"

"啊？"张夫人听了大惊失色，许久才回过神来，叮嘱道，"这件事暂时不要声张，她也许是这几天太劳累了，也许是因为有点紧张，你要给她一点时间，知道吗？"

张公子没精打采地点了点头，新

媳妇远远地看他们在这边小声议论，一张俏脸早涨得通红。张夫人知道媳妇心里不是滋味，便招手让她过来，和蔼地拍了拍媳妇的手，说道：“别怕，没事的，没有人会知道这件事。”新媳妇难堪地点点头。

张夫人原以为这件事就这么过去了，可她早上一起床就看见儿子愁眉苦脸地站在门外，原来新娘子又尿床了。本来按照当地风俗，今天应该是第三天回门的日子，可现在张公子手里却拿着一封休书，她知道儿子对媳妇是死了心了，张夫人不由得心凉了半截，无奈之下，她只得唤来一个下人，让他把休书送到新娘子娘家，让她娘家派人接回闺女。新娘子含泪离去了。

有惊无险

再说这程木匠离开张员外家后，就一直没找到活计。这天，程木匠正在家里喝闷酒，张员外的远房表弟来了，他一进屋就把荷叶包的、满满一包鸭肫递给了程木匠。程木匠愣住了：“你这是干什么？”表弟不好意思地解释道：“这是我表哥张员外托我带给你的，说是你爱吃，特地腌了给你下酒的，当初你走的时候忘了拿给你。我这些天一直也没空，所以到今天才送来。”

程木匠的眼眶不由一红，张员外真是好人哪！程木匠突然问道：“他家的新媳妇怎样了？”表弟叹口气说：“唉，别提了，一进门就尿床，让我外甥给休了。真是怪事了，听说一回娘家病就好了……”程木匠听了后悔不迭，立马赶去张员外家。

张员外听说程木匠来了很是意外，连忙亲自出来迎接。程木匠一脸的羞愧，只说走的时候有东西落在新

2007年《中国最有影响力的故事》征文启事

四大奖励措施　稿酬外追加千字1000元奖金

为鼓励多出优秀作品,《故事会》杂志社决定继续举办2007年“最有影响力的故事”征文大赛，并对优秀作品实行四大奖励措施:

1. 入选作品除在杂志上发表外，还将收入《〈故事会〉2007年最有影响力的故事》一书。2. 入选作品可得两笔稿酬: 在《故事会》杂志发表的作品，首发稿酬每千字400元; 获“《故事会》最有影响力的故事”优秀作品奖，再追加每千字1000元。3. 入选作品均颁发奖励证书。4. 本刊将邀请有关作者参加第十二届“故事创作研讨班”、优秀作品改稿会以及年底的颁奖大会,所有费用均由编辑部承担。

征稿范围: 1、具有现实感、新鲜感且可读性强的中短篇（包括超短篇）原创作品; 2、故事性强、有口传性、能引起读者兴趣的推荐作品。

超短篇（如幽默故事）的字数一般在1500字以内，短篇（如中国新传说）的字数一般在5000字以内，中篇故事的字数一般在15000字以内。

来稿方法: 1. 从邮局寄发，请在信封上注明“征文大赛”字样，本刊地址: 上海市绍兴路74号《故事会》杂志社，邮编: 200020。2. 从网上传递，可寄以下信箱: wulun@vip.sohu.net，请在主题上注明“征文大赛”字样。此外，重点作者的稿件可直接与有关责任编辑联系,本期责任编辑的信箱是: keyin118@163.com。

房里，他今天必须取回来，并强调说他不需要人陪。

程木匠进屋后把门拴上，他确信没人偷看后，便一头钻进床底打开了下面的一个暗格，从里面拿出一个精致的小玩意儿。原来，竟是两个小人儿抬着一个尿桶，这样新娘子每晚睡到想要起夜的时候，梦里就会有两个小人儿抬着尿桶过来给她，劝她如厕……程木匠拿起小锤把这玩意儿砸碎，他决定以后再也不使这样的“绝活”了。

程木匠出来后，一头跪在张员外脚下:“员外老爷! 请原谅小人无知，小人小肚鸡肠! 小人愿去少夫人府上接回少夫人，将功赎罪! 请给小人一次机会! ”张员外听程木匠讲了事情原委，正考虑着要不要伸手去扶起他，突然有个家丁从门外慌慌张张地跑进来，大声说:“不好了老爷! 听说少夫人被送回娘家后一时想不开，悬梁自尽了! ”

程木匠听了，大吃一惊，懊悔得跌坐在地。张员外也险些没站稳，却见那家丁挠了挠脑袋，又说道:“幸好发现得及时，给救过来了! ”

张员外骂道:“狗奴才! 下次说话注意点! 快去通知公子，让他和我们一道去接他媳妇! ”

（题图、插图: 黄全昌）

布丁里的银纽扣

□原著：[美] 哈尼·鲁宾
傅 辕 改编

不动声色的爱

艾琳是纽约一家跨国公司的部门主管，婚后仅两年，她对自己的婚姻渐渐产生了厌倦。

二十三岁那年，艾琳是怀着一种复杂的感恩的心情嫁给瑞恩的。艾琳家里穷，母亲很早去世，父亲又患上癌症，治疗费用昂贵，幸亏父亲有个好友，他派自己的儿子瑞恩带着一笔钱来到了艾琳的身边，悉心照顾病重的老人。

老人去世后，两人回到瑞恩的家乡，举行了盛大的结婚仪式。在那里，艾琳第一次品尝到了乡下风味鲜美的布丁，在布丁里，她吃到了一颗小小的银纽扣。这时，瑞恩走过来微笑着说："亲爱的，祝福你！这是我们老家的习俗，谁吃到藏有银纽扣的布丁，就一定会有好运气的，吃到的越多，好运就越多。"往后的日子，布丁成了餐桌上的必备品，每次，艾琳总能幸运地吃到一颗银纽扣。

婚后，艾琳参加了纽约一家大公司的招聘，她凭着出众的才华和高雅的气质，在高手云集的竞争中脱颖而出。短短两年，艾琳就被提拔为部门主管。随着应酬和交际的增多，艾琳有时几天不回家，瑞恩毫无怨言，他十分支持艾琳的事业。

在艾琳周围聚集着商界的精英和社会名流，不知不觉中她萌生了一种更高的向往和奢求，渐渐对自己的婚姻产生了一种强烈的厌倦感。

这时，一个叫罗森的男人闯进了艾琳的生活。罗森是一家律师事务所的经理，年轻英俊。一次，公司聘请罗森解决一件经济纠纷，艾琳作为公司委派的全权代表，两人就开始了一段愉快紧张的合作。第一眼看到罗森，艾琳内心就泛起阵阵涟漪，自己少女时代心中的“白马王子”，不正是像罗森这样的青年才俊吗？在接触中，两人的好感进一步加深。

合作结束这天，罗森凝视着风姿绰约的艾琳，无奈地耸耸肩，恋恋不舍地说：“艾琳，和你在一起，我真的感觉不到时间在流走。”

一周后，罗森请艾琳去新开张的歌吧听歌，艾琳犹豫了一下说：“对不起，罗森先生，瑞恩正在家里等我回去，我和他今天约好的，下次可以吗？”

罗森直截了当地问：“我能知道你们今晚的主题吗？”艾琳想了想，说：“布丁！”罗森一怔，问：“布丁？它是你们活动的代号？”艾琳笑着说：“傻瓜！布丁是瑞恩家乡的风味小吃，味道美极了，瑞恩可是个行家呢！”接着，艾琳就向罗森详细地叙述起关于银纽扣的故事，谁料罗森听完故事，一把拉住艾琳的手，自信地说：“艾琳，请你给我时间和机会，我会比他做得更好！”

不久，艾琳的公司宣布即将在亚洲建立分公司的决定，罗森于是建议艾琳“如果你被派往亚洲，你就可以借长期分居的理由提出离婚，到那时，瑞恩就没有什么可纠缠的了。”陷入爱情漩涡里的人，往往是盲目的，艾琳经不住罗森的劝说，她决定离婚。

艾琳经过积极争取，顺利地被批准前往亚洲考察。临行前，艾琳无理取闹地和瑞恩吵了一场，瑞恩第一次遇到艾琳发这么大的脾气，可瑞恩只是一个劲赔笑说：“亲爱的，你要保持一个好心情，你肩上的任务太重要了。”艾琳没好气地吼道：“我知道！你配不上提醒我！”

你是我的爱人

一个月后，艾琳考察结束，当返程的班机降落在纽约机场时，艾琳没有见到瑞恩的身影，她心里有点失落，但马上又宽慰起来——瑞恩准是察觉到自己的变心，这样也好，省得摊牌时双方尴尬。忽然，她看见罗森手捧鲜花，站在出口等她。那天正好是平安夜，艾琳就坐上罗森的车去了他家。罗森很会收拾，家里营造出一种浪漫温馨的气氛，艾琳深深地陶醉了，她决定明天就回家和瑞恩正式摊牌。

晚饭时，罗森端出一盘刚刚做好的布丁，小巧的金黄色的布丁散发出草莓的清香，上面还撒了些紫褐色的冰提子干。艾琳一见这么精美的布丁，惊喜万分：自己的判断果然没错，罗森是深深爱着她的！罗森殷勤地为艾琳斟满酒，一边陪她品尝着布丁，一边说："亲爱的，你离开的这些日子，有个男人来找我，他很耐心地教我做这种最精美的布丁。"艾琳心里一惊，佯装漫不经心地问："他还教了什么？"罗森笑着说："一个小秘密，一个小发明。亲爱的，你看——在藏有银纽扣的那个布丁上，嵌着一颗松子，当面粉受热膨胀时，松子就会脱落，布丁的表面就会留下一个微小的凹坑，像颗不易察觉的小水滴。"

艾琳依次拿起几个，果然很容易就找到了那个藏有银纽扣的布丁，她马上就想到以前，自己总是经常吃到银纽扣的缘故，想到这里，艾琳的眼睛隐隐有些湿润了，罗森继续说："他还告诉我，他以前一直这么做，希望把所有的好运都带给妻子，后来他发现妻子移情他人，他首先想到的就是把这个秘密教给他的情敌，希望他能和自己一样来延续那份不动声色的爱。"

艾琳哭了，她终于明白了这颗银纽扣其实就是爱，是自己一直在尽情享有的爱，也是自己一直毫无察觉的爱。

罗森凝神看着艾琳，蓦地，他一口喝尽杯里的酒，十分伤感地说："他是条汉子，一个真正的男人，他身上的东西深深震撼了我，我向上帝祈祷，请求宽恕我对他的伤害！"说到这里，罗森拿起电话，果断地递给艾琳说，"平心而论，我是在很多方面比瑞恩出色，但在爱这点上，我远不会超过他！"

艾琳接过电话，百感交集，她颤抖着手拨通了那串再熟悉不过的号码。电话接通了，艾琳哽咽着说不出话来，片刻，电话那头传来瑞恩温和的声音："嗨，如果一切都过去的话，那么我欢迎你回来……"

（**题图、插图**：佐　夫）

记住那年春天

□王能明

一年春天，省城美院一男一女两位学生结伴来到秀丽的槐花村写生，他们遇到一位美丽的村姑,男学生征得村姑同意为她画像,并把自己画好的画像送给了这位村姑翠花。

自从有了那张画像，翠花就开始有了心事，她天天盼着那个男学生能再来村里画画，到时，她要打扮得更漂亮些，让他给自己再画一张像。翠花一年又一年地等啊、盼啊，就是不见那位男学生来。最后，在父母的操办下，翠花带着那幅画嫁给了邻村一位小木匠。第二年，她的女儿出生了。翠花给她取名叫画画。

光阴似箭，转眼间，十八年过去了，翠花的女儿画画考上了省美术学院。画画到省美院一个月后，几位同学告诉她，说有一幅画上的女孩长得几乎和她一模一样。画画不相信，同学便找来那本画册，画画一看，惊讶万分，因为这幅画几乎就是挂在她母亲房间里的那幅画，画上的景物一样，人物也是她母亲少女时的模样，只是这幅画上的母亲表情很平静、温和，而母亲房间里的那幅画上的母亲含情脉脉，娇羞的脸上还有一丝少女情窦初开的微笑。画画再看画的作者，署名江一哲。画画告诉同学:“我家里也有一幅这样的画，听母亲说是一位下乡写生的大学生给她画的，比这幅画还要美。”同学顿时来了兴趣，

纷纷要画画把那幅画带到学校来，让大家看一看。

画画放假回家时，她把学校的事情告诉了母亲，翠花心里一惊，不自主地问："知道是谁画的吗？"

"江一哲。妈，你那幅画也是他画的吗？"画画问。翠花对女儿说："不晓得。当时，我也没问他叫什么，只晓得是省美院一个学生。"画画说："妈，过几天我回学校，想把那幅画带到学校去，我的同学想看看这画。"翠花不假思索地说："不行！"说完便转身回房睡觉去了。画画犯难了，怎么才能说服母亲同意呢？要是带不去，同学一定会认为自己说的是谎话，要真那样，自己多没面子呀！不行，一定得想办法，把那幅画带去学校。

第二天上午，画画见母亲下地干活去了，便偷偷溜进母亲的房间，想把那幅画偷走。画画走进房里，发现挂在墙上的那幅画不见了。

画画四处翻找，终于在梳妆台镜子后面找到了那幅画，原来母亲把它藏起来了。画画并没有动它，只是每天偷偷溜进母亲的房间摸摸梳妆台镜子后面，看那画是否还藏在那里，只要在，她就放心地出去帮母亲干活。

画画要返回学校了，走的那天早上，画画起得很早，她趁母亲为她做早饭的时候，偷偷把母亲藏着的那幅画拿出来，放在行李箱里，带到了学校。

画画把家里带来的那幅画拿出来给同学看，一下子在同学中引起了轰动，纷纷惊叹这幅画画得太美了，比画册上那幅画要有神韵得多了。于是，有几位同学拿着画去找他们的老师沈倩如评价。沈倩如第一眼看到这幅画，足足呆立了几分钟，之后，才问："这是谁带来的？"同学答道："画画，是她从家里拿来的。"沈倩如接过画，仔细端详起来，喃喃说道："是的，是他画的，这画是用心用情画出来的，不然不会画得这么传神。"说完，她又长长地叹了一口气，然后对一位同学说，“你去把画画找来。”

画画来到沈倩如老师办公室，沈倩如示意她坐下，之后慢慢告诉画画一个故事：“二十多年前，我和江一哲一起相邀到你的家乡写生，偶遇你母亲翠花，江一哲说服你母亲当我们的模特儿，我们俩各画了一幅画，江一哲画的那幅画给了你母亲。我们在返回省城的路上，江一哲不停地夸赞你母亲如何的美丽和纯洁，那时，我深爱着江一哲，凭女孩的直觉，我感觉江一哲爱上了你母亲，我感到很难过，心里却不服输。回校一个月后，江一哲又提出要去你家乡写生，我知道他的意思，就不同意，要另选地方。为了此事，我们争吵了起来。结果，江一哲独自一人背着画夹去了你家乡，不想在半道上发生了车祸，江一哲受了重伤，我们送他去医院却没抢救过来。”

沈倩如似乎陷入了当年的悲哀中，她顿了顿，接着说：“江一哲的死成了我这些年来最痛苦的一件事，要是当初，我没有与江一哲争吵的话，也许不会发生这事，要是我陪同他一块去的话，也许江一哲不会死。我把自己那次在你家乡写生的一幅画进行加工，署上江一哲的名字，送去参加全国美术大赛，竟获得了三等奖。唉，要是把江一哲亲手画的这幅画拿去参赛，一定能获一等奖……”

就在沈倩如给画画讲这画的故事时，突然，画画的手机响了，父亲告诉她母亲突然病倒了，很想见见画画，要她赶快回去。沈倩如也陪同画画一起赶去。

画画回到家，母亲躺在床上，一看到画画，立刻睁大眼睛急切地问：“画画，那幅画带回来了吗？”

“带回来了。妈妈，对不起！我现在明白了，这些年，你是为这幅画活着，为那个希望活着。”画画扑到母亲怀里哭了起来。

这时，沈倩如走到床前，轻声地问：“翠花，你还认得我吗？”翠花笑了笑，说：“嗯，真是你。”

沈倩如从身上拿出一张画，一边递给翠花，一边自责道：“翠花，真没想到你还记着江一哲。江一哲在遭遇车祸受重伤时，想的还是你，他用自己流出的鲜血为你画了最后一枝玫瑰。临终时，他托我送给你，并要我转告你，他很喜欢你。当时我把所有的痛苦都迁怒于你，所以没有去完成江一哲的遗愿，而是将这幅血玫瑰一直留在身边，现在该物归原主了。”

翠花接过那张血画的玫瑰，并没有看，而是紧紧捂在胸口上，深情地合上双眼，仿佛又回到二十年前的那个春天，她轻声说道：“我知道，他会来的，那天，我从他的眼神中看到了他的心，他会来找我的，现在终于来了，来了……”

（**题图、插图**：安玉民）

天堂的隔壁是什么

□陈　杰

刘国华是个全国有名的外科医生，最近，他又得了一个国际医学大奖，这项荣誉每五年才有一个，奖品是一把锋利的手术刀，这把手术刀有个很好听的名字：“灵魂之刀”。

自从拥有了“灵魂之刀”，每天晚上，刘国华都会做一个相同的怪梦，梦中有个白衣人，带着他走到一个白色的大房子里做手术，每次总要让他拿着那把“灵魂之刀”。早晨，刘国华醒来，梦中的情形虽然模糊，但好像真有这么回事，不过他从没在意过，日有所思，夜有所梦，可能是白天工作太辛苦了，晚上才会做这样的梦。

这天，刘国华工作特别累，晚上睡下，刚进入梦乡，那个白衣人又出现在面前，这次梦中的情形变得特别清晰，那白衣人笑着说：“刘医生，经过这段时间的测试，你已经升级为最高一级的灵魂手术师，从今天起需要你做更复杂的手术。”说着，白衣人领着刘国华出了家门，进入了电梯间。刘国华觉得太奇怪了，一切都像真实的生活一样。

电梯一直在下降，显示的楼层号一层层地在减少，最底层的停车场到了，可电梯还是在急速下降，大约半个小时后，电梯终于停住了。走出电梯，刘国华一下被眼前的景象惊呆了：好大一间手术室啊，各种各样的手术器械一应俱全。白衣人伸手在空中一划，刘国华面前立刻出现了一个巨大的手术台，手术台上有一团黑黑的球状物，正在有节奏地跳动着。白衣人走到手术台边，捧起那个蠕动着的黑球，说：“刘医生，你要做的手术就是用你那把‘灵魂之刀’，把这黑色的外层完全剥掉，露出肉红色，一定要小心哦，这种手术是不能出一点差错的。”

刘国华不以为然地暗自一笑：这只是简单的剥离手术，白衣人的提醒纯属多余。接着，刘国华就开始做手术了，当他切下浅浅的第一刀时，才知道这手术并不容易，因为这黑色的外层和内层紧紧缠绕在一起，而且还不断变换着形状，下刀必须稳、准、狠。刘国华不愧是高明的外科医生，他握着那把“灵魂之刀”，对着那个“黑球”敏捷而准确地切下了一刀又一刀，两个小时后，那“黑球”的外层终于完全剥离，一看，裹在里面的竟然是一颗肉红色的心脏！

白衣人接过这颗心脏，小心翼翼地放到了一个大玻璃缸里，摆在陈列架上，那陈列架上摆满了同样的缸，每个缸里都放着一颗心脏，并且都编有号码。刘国华看到这些，忍不住大声叫道：“你们这是在贩卖人体器官吗？这可是犯法的！”

白衣人怔了一下，笑了起来“刘医生，你误会了，这些东西其实不是心脏，而是世间人的灵魂。每个人来到世上，灵魂都是红色的、纯净的，但过了一段时间就会被贪婪、仇恨、妒忌包裹成一个黑球。我们把黑色外层剥离掉，这个人的灵魂就会重新变得洁净，等到他去世的时候，洁净的灵魂就会升入天堂。以往每个拥有‘灵魂之刀’的医师，都参加了这个拯救人类灵魂的行动。”刘国华还想发问，白衣人手中闪出一道亮光，晃得他闭上了眼，等他再睁开眼睛时，发现自己已经回到了家，正躺在暖和的被窝里。刘国华心想：如果这些都是真的，那自己所做的是多么有意义的事啊！从此以后，刘国华每天晚上都在梦中做着拯救人类灵魂的手术，可偏偏在这时候，不幸降临了：医院体检时查出刘国华得了癌症，而且已经到了晚期！

对于死亡，刘国华并不恐惧，当医生这么多年，生生死死见多了，他只是为家里担心：老婆没有工作，儿子在国外读书，乡下老家还有一身是病的父母，用钱的地方太多了。自己上班收入不菲，平时还能维持下去，如果自己一旦离开人世，不是天塌地陷了吗？

这一天，刘国华正在为钱发愁，不料送钱的却来了：有个富豪需要做手术，点名要刘国华主刀，手术还没做，就派人送来了十万元的红包。要是在以前，刘国华根本不会收，他看重的是人品、医德，但是现在情形不同了，他在世上只有一年半载的时间了，再不趁机捞点钱就没有机会了，于是他犹豫了几天后终于收下了红包。收了第一次就有第二次，不到两个月的时间，刘国华就收了两百多万

元的红包，以至病人们给他起了个外号：“刘红包”。

刘国华不在乎别人怎么说他，他不怕，就算自己是个十恶不赦的坏人，最终也会升入天堂的，因为拯救灵魂的手术全都是自己做的呀!

刘国华的癌变越来越严重了，终于有一天，死亡的时刻到了，他把所有的财产办好手续，交给了老婆，儿子在旁边痛哭流涕，刘国华面带淡淡的笑容，对他们说：“你们放心吧，我很快就要升入天堂了。”说完这最后一句话，刘国华坦然地闭上了眼睛……

恍恍惚惚之间，刘国华见到了那个白衣人，白衣人带他到了那个再熟悉不过的电梯间旁，白衣人说：“刘医生，这里你来过多次，但你并没注意到这里其实有两扇门，这两扇门里装着两架电梯，左边电梯向上，通往天堂；右边电梯向下，通往地狱。我很遗憾地告诉你，你将要乘坐的是右边的电梯！”

刘国华一下惊呆了，他哆嗦着身子说：“我知道自己生前做了一些错事，灵魂被贪婪玷污了，但是，我们不是有灵魂拯救行动吗？我的灵魂不是也可以拯救吗？”

白衣人叹了一口气，接着说道：“刘医生，每一个灵魂一生中只有两次被拯救的机会，你的灵魂也曾经被你亲自拯救过两次，可你的灵魂被贪婪玷污了多少次？五次？十次？如果你在第一次收红包时缩回了手，那么你现在将要乘坐的就是通往天堂的电梯了，人们往往都是一念之差铸成大错的，可惜啊……”

刘国华吓得瘫倒在地上，白衣人一把抓起他，推进了电梯，按下了启动键，电梯急速地下降着，从漆黑一团的地下传来了刘国华低微的声音：“原来地狱就在天堂的隔壁……”

（**题图**、**插图**：谢　颖）

白老师的大海

□梅　雨

白雪梅老师来到大青山深处这所乡村中学教初二语文，班上原来有三十二个学生，白老师走进教室的时候只剩下了八个。白老师决定动员那些辍学的孩子重新走进学堂。孩子们的父母都摇头说，山里人家穷困，孩子们不愿意上学，情愿早点出去挣钱。

白老师劝服不了这些淳朴的乡民。有些村民们给白老师出了个点子：村长牛伍的儿子牛大夯也逃学在家，老师不用东奔西跑，能把牛大夯动员回到学校，估计那些逃学的孩子也差不多能返校的。

白老师在村民的指点下找到了牛大夯。牛大夯的脸上布满了青春痘，嘴唇有一圈黑黑的胡子。白老师说："牛大夯，跟我回学校去上学吧！"牛大夯朝白老师翻了翻眼白，继续跟一帮比他小许多的孩子玩石子游戏。白老师说："你都这么大人了，该懂事了，整天玩耍有什么意思？"

牛大夯赢了所有孩子的石子，这才站起来说："要我去上学可以，我有个条件。"白老师问什么条件，牛大夯说："我俩扳手腕，你要是赢了，我就去上学；你要是输了，就别来烦我。"在场的人都笑了起来。不久前，学校的李老师曾经来过一次，动员牛大夯去上学，牛大夯也是这么说的；李老师真的和他扳手腕，结果输给了牛大夯，红着脸离开了村子。现在，牛大夯又故伎重演，他心想："白老师肯定不会和我扳手腕的，身材魁梧的李老

师都不是我的对手，她一个豆腐模样的女子怎么敢？”没有想到白老师竟然接受了牛大夯的挑战，还叮嘱牛大夯要说话算话，不准反悔。

两个人就在旁边的一个大石头墩子上扳手腕，引来了许多人看热闹。牛大夯宽大的手掌抓住白老师的手，两只手一大一小，一黑一白，一个脏兮兮，一个白嫩嫩，形成了鲜明的对比。白老师的手那么软，好像没有骨头；牛大夯的手又脏又大又黑。

白老师故意不使劲，双眼紧紧盯着牛大夯那双暴露在众目睽睽之下的手，牛大夯有些不好意思了，舔了舔嘴唇，就在这时，白老师猛然一用力，毫无准备的牛大夯这只手被白老师扳倒在石墩子上。看热闹的人都鼓起掌来，牛大夯输了，他输得很不服气，因为他还没来得及用力呢！白老师说：“大夯，你是男子汉，可不准说话不算话呀！”

第二天，牛大夯只得背着书包重新回到了学校。白老师送给他一块香皂，说是进口的，包装纸上写满了英文，牛大夯不认识。他吸着鼻子闻了闻，那种香味简直奇妙无比，白老师身上散发出来的就是这种香味。

后来，那些逃学的孩子们也都陆陆续续回到了学校。白老师送的那块肥皂牛大夯舍不得用，放在书包里，让那种奇妙的清香时时伴随自己。有一回，他问白老师：“那肥皂包装纸上的英文是什么意思？”白老师笑着对他说：“老师也不知道，希望你通过自己的努力，把那些英文弄懂，然后再告诉我好吗？”

牛大夯点点头，从那以后，他的英语课学得特别认真。后来，牛大夯很快弄懂了那些英语的意思：牛大夯同学，你性格直率，爱打抱不平，有冒险精神，如果学习上多多用功，我相信你很快能成为一个优秀的学生。牛大夯懂了，原来这肥皂根本不是进口的，写着英文的包装纸是白老师亲手制作的，为的是让牛大夯在爱干净的同时激发他学习英语的兴趣。牛大夯还知道班上三十二个同学每个人都收到了白老师送的“进口香皂”。连牛大夯自己都感到奇怪，自从有了白老师，他仿佛换了一个人，上课听得特别用心，那些以前让他头疼的公式定理现在学起来一点也不难，反而觉得十分有趣。不到一年的工夫，牛大夯的成绩竟然在班上名列第一。

一年后，牛大夯被评为三好学生。成了三好学生的牛大夯不免有些得意和骄傲，听课没有以前专心了，和同学之间相处也傲气起来。

有一天，白老师说要带同学们去看大海，大家一下子兴奋起来。关于大海的课文他们学了好几篇，可山里的孩子谁也没有见过大海。迎着朝霞，白老师带着她的三十二个学生出发了。翻过了一座大山，他们终于看到了一片汪洋。一望无际的绿水翻着阵阵波澜，白鸥在宽阔的水面上展翅飞翔。孩子们激动得张开双臂喊了起来：“我爱你，大海！”

白老师问：“同学们，说说你们看了大海之后的感想。”有的说，大海很辽阔，有的说，大海很壮观，白老师笑了：“同学们，请原谅老师骗了你们。其实你们今天看到的并不是大海，而是一个湖。你们之所以把湖当作大海，是因为没有见过真正的大海，只有没见过大海的人才会把湖泊当作大海，这不怪你们。”

忽然，牛大夯红着脸对白老师说“老师，我懂了。骄傲的人以为自己就是大海，其实只是湖。我总觉得自己懂得了很多，其实还远远不够。”

白老师一把将牛大夯揽在怀里说：“你能这么理解，我真的很高兴。”白老师向她的学生们承诺，等到中考结束，一定带他们去看真正的大海。

然而，中考前夕，一场车祸夺去了白老师的生命。那个星期天，白老师从县城回学校的途中，乘坐的中巴车翻下了悬崖，孩子们心中那个可亲的老师，还没来得及给她的学生留下最后一句话，就这么走了，三十二个学生号啕大哭。

那年中考，三十二个学生全部都考上了县城的高中，大家本来相约要一起去看大海，牛大夯说“再等二十年吧，二十年之后等我们都成才了，一起去看大海，这样才能告慰白老师的在天之灵。”

光阴荏苒，转眼间二十年过去了，当年的三十二个同学都在各自的岗位上取得了成就，牛大夯大学毕业后自己开办了一家公司，专门生产各种各样的香皂，他的“雪梅”香皂成了家喻户晓的知名品牌。白老师当年送给他的那块香皂给他的记忆太深刻、太强烈了，他将用“雪梅”永远纪念当年的白雪梅老师。

（**题图、插图**：安玉民）

·中篇故事·

江湖刀客人人都想拥有这把菜刀，因为它是一件绝世宝物，拥有它的人，是幸运的，更是不幸的……

菜刀传奇

□安昌河

1. 神秘来客

安州有家有名的铁匠铺，铺主叫十八锤，说到这名号的来历，故事还得追溯到他的高祖父那一代。

当时，安州城有两家铁匠铺子，城东的姓张，城西的姓王。两家铺子的手艺都响当当，连官家都要找他们制造刀枪。

照说两家铁铺，各穿各的鞋，各打各的铁，应当相安无事，不料有一天，王铁匠多喝了两杯，听见有人议论他和张姓铁匠究竟谁更了得时，一时脑子发热，口出狂言："你们怎么拿那张铁匠跟我比？我是谁？他是什么东西？就他那手艺跟我比，你们不怕辱没了我？"哪知这话像一阵风就传到张铁匠的耳朵里，他可受不了，于是上门找王铁匠理论，提出比一比高低，谁要输了，就别再打铁，改磨豆腐。王铁匠哪肯服输，双方一击掌，比!

比试那天，安州城万人空巷，都挤来看热闹。风箱轰响，炉火熊熊。张铁匠和王铁匠同时把铁丢进炉火，同时从炉子里取出来，同时挥舞铁锤进行敲打。张铁匠下锤很慢，一下，两下，三下……当当当……敲了十八下锤子，响了十八声，一把刀子就成型了。而王铁匠却挥汗如雨，铁锤使得风车转，铁花溅得四下飞，可是等到张铁匠淬了火，他的刀子还没打出来。张铁匠拿起刀子对着一根木棍砍下去，木棍应声成了两截。张铁匠举着刀子对王铁匠说："你别再敲打了，看看你，敲得不在点子上，铁都敲烂了，刀子还没出来，算什么铁匠，我看你还是去磨豆腐卖吧！"

王铁匠羞愧难当，只恨自己技不如人。罢罢罢，王铁匠也是个说话算数的血性男子，他果真撤了铁砧，藏了锤子，支起石磨，架起铁锅，卖起了豆腐。然而，豆腐没卖多久，王铁匠就郁闷而亡。王铁匠一死，他的子女关了豆腐作坊，离开了安州，从此了无音讯。而张铁匠，从此被人们誉为十八锤。

十八锤是美名，是荣耀。这美名和荣耀一代代传下来，一直传到他的玄孙。他的玄孙依旧叫十八锤，据说此人手艺比起他的祖先们，更加精湛高超。有一年，十八锤因为出色地完成了朝廷的一批活儿，当朝皇帝不仅赐予他一尊紫金高炉，此外，还亲笔给他题写了"十八锤"三个字的金字招牌。这么一来，声名更是远扬，生意好得出奇，弟子三十人，火炉八座，无论白天黑夜，整个铺子都是铁花飞舞，锤声丁当。

这天，十八锤正在作坊里训导几个新入门的弟子，忽见一辆马车驶到门前停下，车上下来一位老人，只见他素衣长衫，银须飘飘，身材精瘦，目光敏锐。他手中拎着两个包袱，进门就要求见十八锤。

"在下就是。"十八锤忙抱拳施礼道，"老先生有何见教？"

老人说，他来自陈州，人称"八先生"，此次远道而来，想请十八锤大师傅帮帮忙。老人说着，打开一个口袋，里面是一堆黄金。十八锤愣了一下，拱手道："老先生，给这么多钱，是要我这个打铁的做什么艰难活儿？宝剑？宝刀？利斧？还是……"

"你看我是使唤那些东西的人么？"老人淡然一笑，说，"我不要大师傅帮我做什么东西，我是请大师傅帮我销毁一样东西。"

十八锤又一愣："销……销毁？"

"是的，销毁。"老人拎拎手中的另一个包袱，欲言又止。十八锤见状，便将他领进一间密室。老人打开包袱，展现在十八锤面前的，是一把又长又阔、又粗又笨的黑乎乎的菜刀，老人指着菜刀说："我请你帮忙把这东西给销毁掉。"他见十八锤望着菜刀，愣怔怔地没回过神来，又提醒道："你仔细看看，相信你不会不认识它。"十八锤这才回过神来，拿起那把菜刀，可是刀拿到手里，又愣了：奇怪，这么厚实阔大的菜刀，怎么这么轻呢？再看看，那刀不是黑色，而是泛着紫光，而且光是内敛的，并不耀眼。十八锤想试试刀锋，可他手指还没挨着，就感到一股寒气透过指尖，钻进心田。十八锤心头一凛，菜刀差点脱手。

老人见十八锤如此失态，问道："你不认识？""请老先生明示，打铁的孤陋寡闻，确实不认识。"

"你家世代都是天下最有名气的铁匠高手，怎么会不认识这把菜刀呢？咳，不认识就不认识吧，即便认识又有什么关系呢？"老人说，"我付钱，你帮我把它销毁掉就是了。"

十八锤问："销毁？怎么销毁？"

老人说："熔化，化成铁水。"

十八锤神色凝重地说："我虽然不知道这把刀的来历，却能确认它是件稀世宝物，你要我熔化掉它，恕我难以从命！"

老人吃惊地说"我给你金子，你不是手艺人吗？你应该清楚手艺人的本分：收钱干活……"

"你太小瞧我了。"十八锤冷笑一声，说，"我不是你想象的那种手艺人！这件宝物，肯定不会是一出来就是件宝贝的，所谓玉不琢不成器，我想这把菜刀，它能成为一件宝物，必定耗去了铸造者许多心血。现在你让我以一个低劣的手艺人的贪欲，来毁掉一件心血之作，我是绝对不干的，给多少金子也不干！你还是另请高明！"

听了十八锤的这席话，老人神情黯然了许久，他轻轻吁了口气，说："不愧是名扬天下的一代大师十八锤啊！我实话告诉你，我已经找过很多铁匠了，请求他们帮我熔化掉这把菜刀，但是他们都无能为力。"

十八锤说："我明白了。你来，是听说我有紫金高炉？"老人点点头。十八锤告诉老人，当朝皇帝赐予他紫金高炉，是希望他制造出更加精美的铁器，绝不是要拿它来毁灭宝物的。他见老人被拒绝显得十分痛苦，感到其中必有隐情。于是，十

八锤亲自沏了香茶，请老人坐下，然后问道：“老先生，你非得熔掉它？”老人点点头。

“那么，你得告诉我理由。如果老先生信得过我，就跟我说个明白。说得在理，我就帮你这个忙。”老人望望十八锤诚恳的样子，长叹一声，说了起来……

2. 哑巴厨师

古镇荟城有一家最大的酒楼，叫福瑞来。酒楼生意特好，几乎天天爆满。酒楼生意好的原因说起来也很简单，因为它的老板叫八大铲，是方圆八百里有名的大厨。八大铲的厨艺和福瑞来酒楼一样，都是祖传下来的，到他手里究竟是第几代，他自己都说不清楚。

八大铲做生意，讲究的是厚道老实，坦诚热情，有钱没钱，进了酒楼就是客。八大铲做菜，讲究的是食材正宗，味道绝佳，要是客人吃了他的饭菜，眉头舒展喜笑颜开，他就心花怒放高兴不已；要是客人在吃他的菜时皱皱眉头，他的心里简直就像刀子割一样难受。

然而为人乐善好施的八大铲，上天却不眷顾，他年过半百，膝下却无儿无女。近来，爱妻又突然过世，更让他悲怆不已。为了排解心头忧伤和痛苦，八大铲便成天闷在厨房里，像个杂役一样一门心思做菜烧饭。亲友见了，都劝他要振作起来，怎么也得把祖宗传下的这座酒楼和厨艺再传承下去！其实八大铲也想过，他要传承下去的东西很多，比如祖传的做菜手艺，比如那件宝物……可是传给谁呢？八大铲思来想去，想到了一个人，这个人就是他店里的哑巴厨师。

哑巴原是个流落街头的乞丐，一天八大铲见他在酒楼门口被一群混混殴打。哑巴见了八大铲就扑过来，紧紧抱住他的双腿，眼泪汪汪地乞求八大铲救他。八大铲顿生怜悯，将他领进酒楼，给他洗涮干净，换了衣衫一瞧，嘿，竟是个头头面面挺英俊的后生！

哑巴进了酒楼，干活勤快，手脚不停，到了厨房就聚精会神地看厨师们做菜。有一天一个厨师生病没来，恰好生意又特别好，哑巴见了，掂了大勺过来，咦咦啊啊地跟八大铲比划说他可以干这个。八大铲说让他试试，结果烧出菜的味道，简直能和八大铲媲美，这让八大铲万分惊喜。哑巴高兴地向八大铲跷起大拇指，告诉他自己这一手，其实是跟他学的。八大铲心头一动，便有了收哑巴为弟子的念头。哑巴确实有烹制菜肴的天赋，加上他好学肯钻，不久就成了福瑞来酒楼有名的大厨。

这天，八大铲办了几桌丰盛的酒宴，宴请了荟城的头面人物，请他们

给自己见证，他要收哑巴为义子，把福瑞来传给他，再传授哑巴厨艺绝学。这个天降的喜事，把哑巴高兴得直抹眼泪。

接下来，八大铲便忙着悉心传授哑巴祖传的厨艺绝学。他先花了三个月教授哑巴刀功刀法。八大铲告诉哑巴，厨艺高低，全仗刀功，要下刀有行，行刀有势，心法自然，了然于胸，只要学得好，就能一刀剥去大象皮，一刀剜剐出蚊心蚁肝……

后三个月，八大铲教了哑巴八道传世名菜。八大铲告诉哑巴，烹制菜肴的烹制方法有煎、炒、炸、爆，熘、煸、炝、烘等近四十多类四千余种，但要做出一道色香味形俱佳的、叫人一经品尝就终生难忘的菜肴，却几乎是不可能的事情，不过他的祖宗做到了，留下了八道传世名菜。八大铲说，这八道传世美味是不可以轻易示人的，它们是镇店之宝，招待贵客拿出一招半式来可以，但不能常用，以免挤垮别的酒楼。

为了检验自己所学，哑巴在一个深夜专门烹制了一道菜肴，请八大铲品尝。八大铲尝了一口，搁下筷子，眯缝着眼睛，回味片刻，想说什么，但又竭力忍住，再次拿起筷子，又尝了第二口，第三口……

哑巴站在一边，忐忑不安。八大铲把一盘菜吃了多半之后，搁下筷子，看着哑巴，说："你告诉我吧，你是谁！"哑巴咳嗽两声，动动嘴唇，没有出声。

"你不用再隐瞒了，我知道，你能说话。"八大铲说着话，一缕鲜血从鼻子里流淌出来。哑巴"扑通"一声跪下，抽泣起来，说："请饶恕我吧！"八大铲揩去鼻血，叹息一声，说："第一口我就尝出来了，这菜有毒。"

"你既尝出来了，又何苦要接着再吃呢！我本不想害你的啊！"哑巴哭着说。

"吃一口毒药跟吃十口毒药的结果都是一样的。"八大铲说着，咳嗽两声，又咯出一口鲜血，"你是得了我的真传，这菜确实味美！"

八大铲望着跪着哭泣的哑巴说："我马上就要死了，你也别趴在地上哭了，赶紧起来，告诉我怎么回事！"他叹息一声，又说"我看你也不是作恶多端的人，这么做，必定是有因由的，告诉我，看看我还有没有什么地方可以帮你！"

哑巴没有起来，他要跪着告诉八大铲原由。哑巴说，他的父亲也是一位大厨，原来在当朝威武大将军府中做厨。威武大将军特别贪吃、好吃，而且会吃，更是一个喜好讲面子的家伙。这天他宴请客人，因为哑巴父亲在做一道菜时搁多了盐巴，惹得这个大将军大发雷霆，说盐巴有什么吃头。哑巴父亲说了一句"天下美味当属盐巴"，大将军听了勃然大怒，便将他家满门抄斩。哑巴是在茅坑里躲藏了三日，才逃过搜捕，留得一条小命，但一家大大小小十多口惨死在屠刀之下的仇，他发誓要报，然而怎么报？如今那个大将军已经升任为大元帅，拥有精兵强将数十万……不过这家伙虽然升任元帅，但他脾性未改，动辄杀人，对吃仍然万般讲究，吹嘘要吃尽天下美味。哑巴说，要报仇，他只能从菜肴上打主意，打算先成为一名顶尖的大厨，获得接近大元帅的机会，但怎样才能成为一名顶级大厨呢？

哑巴接着说道："对于八大铲你，我早有耳闻，早就想前来跟你学艺，但我估计就这么来，你是肯定不会收留我的，即便收留，也会心存戒备，万万不会传授我绝学，我只有装成哑巴蒙骗你。"

八大铲突然问："我的老伴可是你害死的？"哑巴点点头说："她不死，你怎会收我做你的干儿子？怎会倾注心血教授我八道传世美味烹制方法？我也是出于无奈啊！""既然你已经学会了我的厨艺绝学，又为何还要加害于我？"八大铲悲叹一声，又一口鲜血涌了出来。

"大元帅就要前来荄城巡查驻防，他来这里，必然要来福瑞楼。你既然是天下第一名厨，他又怎么肯亲自尝我烹制的菜肴？"哑巴说，"没有你，这座楼就是我的，我就是天下第一……"

"你怎么杀他？也用毒吗？"八大铲气若游丝地说，"那个大元帅为人我也略知一二，他的精明狡诈胜过他的阴险歹毒，防卫严密犹如铜墙铁壁，你想在菜里下毒杀他，简直是痴心妄想。"

"这点我知道。"哑巴说，他已经想好了杀大元帅的方法。他会施展平生所学，尽力将大元帅伺候得开心舒坦，大元帅吃得高兴了，肯定会召见他，只要得到大元帅的召见，他就能在三步之遥将他杀死！

哑巴见八大铲连连点头，连忙跪爬上前，磕着头说："师傅，不、不，是父亲。父亲既然知道孩儿所求，就恳请父亲成全孩儿，将那绝世的宝物赐予我吧！"八大铲叹息一声，指了指墙边的一个大箱笼，告诉他那件宝物就在箱子底下。哑巴起身取出了那件宝物，原来是一把黑乎乎的菜刀。

八大铲叹道："唉——只可惜我祖传的福瑞楼和绝世厨艺，从此真正的绝世了啊！"说罢口喷鲜血，闭上眼睛死了。

三个月后，大元帅果然来荄城巡查驻防了。他到荄城的第二天，就派人抬轿来接哑巴去大元帅的行辕为其烹饪。哑巴坚持带着那把菜刀来到大元帅的行辕，施展他的绝学，做出的菜肴极鲜极美，让大元帅吃了拍案叫绝。

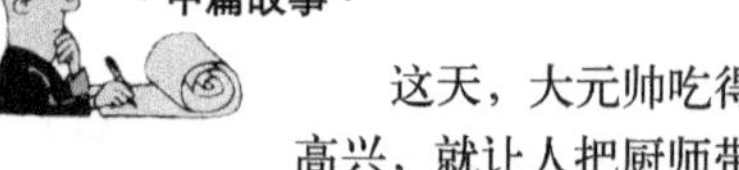

这天，大元帅吃得高兴，就让人把厨师带来见他，他要亲自打赏。哑巴要带着那把菜刀来，还比划着说这些天的美味，应该归功这把菜刀，但官兵不让，双方发生了争执。

大元帅知道了，哈哈大笑道："本帅身经百战，什么刀枪没见过，未必还怕一把菜刀，再说一个做菜的哑巴，就算提着一把大刀利剑又能如何？厨师把菜刀当宝贝，也算是正常的。快带他来见我！"

哑巴来了，见了大元帅，磕了头，作了揖。大元帅打点了赏银，随后好奇地要哑巴把这把被当作宝贝的菜刀呈上来让他看看。哑巴从背后抽出菜刀，突然怒吼一声："屠夫！你为了一餐饭菜，竟然杀死我全家十几口人！我苦等了十三年，今天你的死期到了！"哑巴突然开口说话！这让在场的人万分惊愕，但没等他们回过神来，只见哑巴挥舞起菜刀，顿时紫光闪耀，寒气逼人，等到士兵护卫们醒悟过来，一阵乱刀将哑巴砍翻在地时，发现大元帅已经成了一堆肉泥……

老人说到这儿，不由悠悠长叹道："一代名将，堂堂统领三军的大元帅，竟被一个厨师用菜刀剁成了肉泥……咳！"老人接着说，"得知大元帅死了，一直虎视眈眈的敌国开始进犯边境，闹得国无宁日，百姓苦不堪言。"

十八锤听了，不由浓眉紧锁，愤愤地说："这哑巴也太自私、太可恶了。他为报家仇，害死了八大铲夫妇这样的好人。那个大元帅虽说可恶，但他是个对国家有用的人，哑巴报了家仇，却害了百姓，也害得整个国家失去了壁垒啊！"十八锤说到这儿，望着老人说："老先生，未必这就是老先生要熔化掉这宝物的理由？"

"说来话长啊！"老人望着窗口透射过来的阳光，若有所思。

十八锤又亲自为老人斟满茶水，请老人润润喉咙，老人端起茶盏，轻

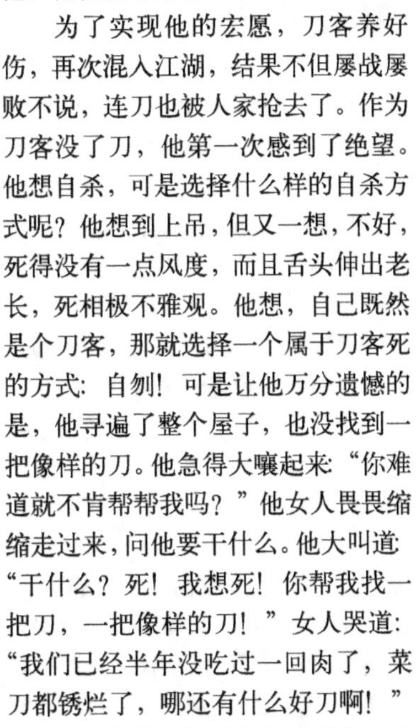

轻啜了一口，放下后，说：“你既然如此有兴趣，我就再给你讲一个吧！”

3. 江湖刀客

在悲壮而浪漫的西北，有个混迹江湖的刀客。这个刀客别看他其貌不扬，武功平平，可他家族历史曾经显赫一时。他的曾祖父是随同皇帝南征北战打江山的勇士，他的祖父就是那个被哑巴剁成肉泥的大元帅的帐前先锋。大元帅死后，敌国进犯，这位先锋领兵抗敌，最后战死沙场。

刀客的祖父死后，刀客的父亲承袭了爵位，也带兵打仗，可是这人却是个怕死鬼，最终当了逃兵，流落到了西北，当起了刀客，没两年就死了。

刀客继承了父亲留给他的耻辱，和一把刀。他立下宏愿，要忍辱负重，先从刀客做起，等自己在江湖上扬名后，就去朝廷谋个一官半职，然后重振家族荣光。然而，在他到处拜师求艺、自以为本领了得开始行走江湖后，他却屡战屡败，不是被打断了骨头，就是被削去耳朵，他唯一的本事就是跪着一把鼻涕一把泪地哀求人家留他一条狗命……

刀客的妻子倒是一个美貌女子，妻子见他当刀客没有作为，就劝他与其这么折腾得灰头土脸，还不如换个营生，比如开家小酒馆，搞个豆腐作坊，哪怕是去帮人放牛牧羊，也比当个不入流的刀客强啊！不料刀客不但不听劝告，还大骂妻子侮辱他，他把妻子暴打一顿。

为了实现他的宏愿，刀客养好伤，再次混入江湖，结果不但屡战屡败不说，连刀也被人家抢去了。作为刀客没了刀，他第一次感到了绝望。他想自杀，可是选择什么样的自杀方式呢？他想到上吊，但又一想，不好，死得没有一点风度，而且舌头伸出老长，死相极不雅观。他想，自己既然是个刀客，那就选择一个属于刀客死的方式：自刎！可是让他万分遗憾的是，他寻遍了整个屋子，也没找到一把像样的刀。他急得大嚷起来：“你难道就不肯帮帮我吗？”他女人畏畏缩缩走过来，问他要干什么。他大叫道：“干什么？死！我想死！你帮我找一把刀，一把像样的刀！”女人哭道：“我们已经半年没吃过一回肉了，菜刀都锈烂了，哪还有什么好刀啊！”

一听“菜刀”，刀客猛地想起他父亲临死时给了他一个匣子，里面用布包裹着一件东西，说是他祖父获得的，是杀死大元帅的凶器，传说是件宝物。当时他以为是什么宝物，打开一看，原来是把菜刀，他气愤地把菜刀扔了。

扔到什么地方去了呢？刀客想了许久，才想起当时是丢进门前的一个地窖里了。刀客马上钻到地窖，整整找了三天三夜，终于从泥土里挖掘出了那把菜刀。让他惊奇的是：刀一点

也没锈蚀，表面是黑色，却泛着幽幽紫色寒光。再看看刀锋，透射寒气。刀客举起刀，随手往身边枣树一劈，那枣树应声断成两截。刀客再对着一块石头一劈，“哗啦”一声，石头成了两半。

“老天啊，原来真的是宝物呀！”刀客打量着菜刀，喜不自禁地说，“有了这样的宝刀，我干吗还要死呀？”

他提着菜刀出了门，遇到的第一个对手，也就是前不久夺了他的刀、将他打得跪地求饶的“大胡子”。

大胡子一见他，就往他脸上吐唾沫，说：“你这个窝囊废，见了大爷还不赶紧跪下！”

刀客仗着身有宝刀，大着胆子说：“我……我是来向你挑战的！”

“哈哈，”大胡子大笑道，“你的刀都被大爷我缴了，你拿什么东西来向我挑战？快滚蛋，别再出来打着刀客的幌子丢我们刀客的脸面！”

刀客从身后抽出那把菜刀。大胡子一见，笑得连腰都直不起来了。刀客生气了，他抡起菜刀，对着大胡子的坐骑一挥，只听“呼”的一声，血光飞溅，大胡子的马脑袋不见了，那马轰然倒地，大胡子跌落在地，顿时吓得浑身哆嗦。

刀客走到大胡子跟前，说：“起来，比试比试！”大胡子哪里还站得起来。刀客说：“拿起刀来，比试比试！”大胡子一脚把自己的刀踢到一边，哀求说：“别杀我，别杀我！”刀客说：“叫爷爷！”

“爷爷，爷爷，别杀我！”大胡子眼泪鼻涕全出来了，一副可怜巴巴的熊样。

大胡子行走江湖几十年，也算刀客中的一个人物，就这么被一把菜刀吓瘫了。其他刀客听说后，莫不惊诧。有人不信这个邪，上门讨教。刀客拿出菜刀，一刀将来者的长刀削成两截，再一刀将来者的双腿削掉……从此，刀客在江湖上的名声大震，被传得神乎其神。

这事传到一个绰号“一刀仙”的刀客耳里，此人是刀客中的霸主，他刀法精深，勇猛无敌，无数刀客都命丧在他那把长刀之下。他感到刀客的出现，使他在江湖上的地位受到了威胁，于是，他决定和刀客决战，灭了刀客，以巩固自己的霸主地位。

决战之日，所有的刀客都来观战。一刀仙使用的是一把精钢打造的长刀，而刀客拿在手里的却是一把怪模怪样的菜刀。一刀仙看着面前这个模样猥琐的家伙，看着他手里的菜刀，实在无法想象那些高手们究竟是怎么输掉的。

一刀仙先出刀，长刀夹带风声，寒光四射地直逼刀客的胸膛，他要一刀将刀客的心脏剜出来，然后砍下他的脑袋当球踢。刀客后退一步，举起菜刀迎向那把长刀。只听“当”一声，长刀被削成两截。一刀仙一愣，就这工夫，刀客又举刀一削，一刀仙的长刀只剩下手中的刀柄了。一刀仙倒吸了口凉气，但没容他把这口气吸完，就觉肚子上一凉，低头一看，肚子崩开了个大口子，鲜血汩汩流了出来……

一刀仙死了。刀客的名声风似的传遍了整个西北。刀客开始享受从来没有过的尊崇，他被人传说成刀神。无数慕名前来的人，要拜他为师，在所有人中，他只看中一个叫“金牙签”的人。

金牙签是西北一个大户人家的公子哥，家财万贯。客人在他家做客，吃了饭，用金子做的牙签剔完牙后，还可以把牙签带走，所以人送美名“金牙签”。

金牙签虽然富贵齐天，却生就一颗江湖心，做的都是侠客梦，老想着手执长刀，纵横武林。刀客之所以看中金牙签，说白了，是看重他家的金银。因为他清楚得很，就凭一把菜刀想要在朝廷捞个一官半职，没有金银开道，是很难成事的。

金牙签也是个明白人，知道刀客看中他什么，在拜师的时候就送了黄金五千两。此后不论大事小事，总是出手大方，这让刀客非常高兴，但他能传授金牙签什么本事呢？刀客清楚得很，他能在江湖站住脚跟，并且有了威名，靠的就是那把宝贝菜刀。他想，万一有一天菜刀丢了呢？这么一想，刀客不由冒出一身冷汗。

转眼三个月过去了，刀客发觉金牙签对自己开始越来越冷淡了，眼神也怪异了，连自己的女人也不再像以前那样对自己知冷知热了。

这天傍晚，刀客从外面回来，突然听见卧房里传出了怪异的声音，推门一看，只见金牙签正和自己的女人在干那苟且之事。刀客大怒，夺门而入，要杀了这对狗男女。金牙签却把手一摆，冷笑道：“你若把我杀了，我

家里必定来向你要人，你如何向他们交代？你如今也是有头有脸的人物了，不怕事情传出去丢了人？”

“我跟你学艺这么久，你就不想知道你究竟教会了我什么？”金牙签说，“你是刀客，我是刀客的徒弟，也算是刀客，咱们何不以刀客的方式来把这恩怨情仇做个了断？”

刀客恨恨地说“好，就依你！看我不把你剁成肉泥！”金牙签一声冷笑：“那也未必！”刀客听了不由一愣，因为他从金牙签的脸上，看出一丝得意，看出了一丝讥讽，金牙签神情从容，好像胜算在握。

决斗就在刀客门前进行。当刀客抽出那把菜刀时他不由又是一愣，因为他看到金牙签的手里，也握着一把菜刀，而且是和自己手中的菜刀一模一样。金牙签掂掂手里的菜刀，冷眼瞟着刀客，等待看笑话似的眼神。刀客大惊，顿时感觉手里的菜刀变样了，变得似乎不那么趁手，好像变沉了，又好像变轻了……

“这不能怪我。”金牙签嗤笑说，“要怪只能怪你的女人，你动不动就揍她，真以为自己有多高的功夫？哼哼，不过是仗着手里有把宝刀罢了。现在，你的女人把刀换给了我，她是成心要跟我过日子的！你看咋办？是拿着一把假刀跟我比试，还是自己做个了断？”刀客完全崩溃了，他歇斯底里地吼叫道：“我要杀了你！”便举刀扑了过去，可他心里发虚，脚法乱了，拿刀的手也软了。他刚刚冲到金牙签跟前，菜刀还没落下，就感觉到脖子一凉，紧接着一热，鲜血喷涌而出。刀客打了个踉跄，菜刀“哐啷”落在地上，自己也跟着倒下了。

金牙签走到刀客跟前，踹了踹他，捡起旁边的菜刀，将自己手中的刀丢在刀客跟前，不无惋惜地说：“真正的宝物还在你手里呢，我这个才是假的！咳，真本事在心里，没有真本事，再好的宝刀，也不过是纸糊的老虎！”

老人讲的这个故事让十八锤听得如痴如醉，好半天才从故事中回过神来。老人望着十八锤，微微一笑说：“你是不是还想听下去？”“我、我想知道这把菜刀，究竟是怎么个来路！”十八锤说，“它肯定不会天生就是一把菜刀，必定得有铁匠打造……”

老人点点头，说：“你说得对。既然你这么有兴趣，我就跟你说说这把菜刀和铁匠的故事吧……”

4. 混世魔王

这个故事里不单单有菜刀和铁匠，还有一个重要角色，他是个将军。这个将军眼似铜铃，身如铁塔，络腮胡须又浓又黑，他脾性暴躁，作战凶猛，人称“混世魔王”。

这个混世魔王，从十几岁就征战沙场，平生最喜好的就是打仗。打起仗来，疯狂勇猛，冲锋陷阵，所向披靡，不久，他便从一个小兵混到一个叫人闻风丧胆的将军。他这个将军是靠人头铺垫起来的，是用鲜血洗濯出来的。

打仗，其实就是杀人。混世魔王喜欢打仗，就是因为喜欢杀人。他三天不杀人，就浑身痒痒。因此他总是喜欢惹是生非，喜欢把清平世界搞得乱糟糟的，然后他就大开杀戒，血溅四野。

除了打仗、杀人，混世魔王还有三大愿望：第一想有一副好盔甲；第二得到一匹好马；第三要有一把好战刀。

好盔甲，好战马，他很快就得到了，而好刀却一直未能如愿。他虽然有许多钢刀，可一上战场，那些刀不是卷了口，就是砍断了，真是大大地不过瘾。他杀了许多人，却感到自己从来没有利利索索、畅畅快快地杀一回人。他日夜盼望有一把好刀，刀一出鞘，就人头飞扬，血花喷涌，而刀不卷刃，不卡口，但是这样的好刀到哪里去寻呢？为此他感觉十分苦闷。

有一天，有个人向混世魔王兜售一块黑乎乎的铁，混世魔王一看那铁，就气得直嚷嚷：“你敢拿这么难看的破玩意儿来糊弄本将军，来人，拿刀来，我要砍了他！”那人吓得“扑通”跪下，说：“将军，你可别瞧这东西难看，它可是真正的宝贝疙瘩呢，你要听了它的由来，保你高兴！”

混世魔王笑道：“你有什么由来会让我听了高兴？若是真让我高兴了，不但不杀你，还给你金子！”那人告诉他，这黑铁是当年大禹王在昆仑山上采得的，名叫玄铁，共两块，一雌一雄，那雌的，大禹王铸了把斩龙剑，斩杀了孽龙妖魔后，就把剑投进了东海。这块雄铁，因为火势不够，没能熔化开来，大禹王就把它存放在黑水龙魂潭。后来黑水断流，龙魂潭干涸，玄铁再次现世。

那人讨好地说：“我听说将军想要一把好刀，就花了五千两黄金，购得这块玄铁，进献给将军。”

“进献？进献的意思是不是白送给我？”混世魔王问。

那人赔着笑脸说：“五千两黄金我哪里白送得起啊，我还指望将军多赏我几个呢！”

混世魔王说：“好，这就赏你！”说罢，拔刀一挥，那人的脑袋就滚到了一边。

得了玄铁，怎么变成一把战刀呢？混世魔王便决定寻找铁匠高手，他到处张贴布告，重金悬赏。有些铁匠，为重赏所诱不知高低，斗胆前来开炉，结果花了人力财力，折腾了好一阵子，那块玄铁还是老模样。不用

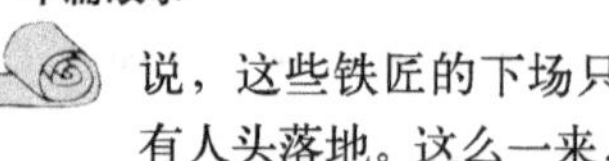

说，这些铁匠的下场只有人头落地。这么一来，再没人敢上门找死了。没人上门，混世魔王就到处去抓，不分青红皂白，只要是铁匠，统统抓来军营，逼他们熔化玄铁。这些可怜的铁匠，不是被砍了脑袋，就是被投进熔炉。一时间，铁匠们到处逃难。有人断言，如此下去，要不了多久，恐怕连找个打菜刀的铁匠都找不到了。

这一天，有位胡须苍白的老翁来到军营，自称是铁匠，愿意为混世魔王融化那块玄铁，铸造成刀。混世魔王大喜，对老翁说，如果他能把玄铁熔化并铸造成刀，他将赏黄金万两。老翁说："金银都非老汉所需，老汉只是想帮将军了却心愿。"

接下来，老翁先搭建了一个封闭型作坊，建造了高高的炉台。开炉后，熊熊炉火一直燃烧到第七天。老翁要求监护的军士和所有人等全部离开，混世魔王本人也只能站得远远的。

过了不久，老翁要混世魔王取来宝甲，他要一试刀火。混世魔王虽然心存疑虑，但还是叫人把盔甲送了过去。又过了一会，老翁要混世魔王将那匹宝马牵过去，他需要些许马血淬火。混世魔王求刀心切，立即叫人把宝马牵了过去。这时只听得一阵"丁当"声响，接着又是一声马的嘶鸣，最后老翁走出作坊，整个人已经筋疲力尽、憔悴不堪。

"宝刀做成了。"老翁指了指作坊，示意混世魔王进去看。

混世魔王进去一看，呆住了。只见他的铠甲被砍得支离残缺，成了一堆碎片。而那匹宝马，也倒在地上死了。马的胸膛上，露着一个刀柄。

混世魔王气疯了，他狂叫道："快！把那老贼给我拖进来！"

"不烦你劳神，我自己来了。"老翁走进作坊，在铁砧上稳稳坐下。

混世魔王喝问道："快说，怎么回事？"

"我是用你的铠甲来试刀，这刀太锋利了，你的宝甲在刀下面，连瓜菜都不如！你的马我是用来淬了火，看见刀柄没有？拔出来吧！”混世魔王上前一把拽住刀柄，哧溜一下拔出来，又愣住了，原来是把菜刀！

“你身为将军，职责本是保家卫国，清匪铲霸，可你却残暴凶顽，肆虐杀戮，把个清平世界搞得民不聊生。有了宝甲宝马，助长了你的杀性，若再给你打造一把宝刀，你岂不要杀尽天下人？老汉我才不干那助纣为虐的事呢！”老翁叹息一声，说，“我来此，本是想毁掉玄铁，以免被你杀尽天下铁匠，但我看了玄铁，觉得毁掉可惜，这才决定打造了这把菜刀，让它落到老百姓手里，也算是物有所值……”

故事说到这儿，老人住口了。十八锤看着老人，问：“后来呢？”

“后来？”老人淡然一笑，说，“后来，有人说那个混世魔王顿悟了，出家做了和尚，也有人说混世魔王杀了老翁，然后郁郁寡欢，在一场激战中被人杀了……”

“那把菜刀呢，后来在它身上又发生了什么故事呢？”十八锤问。

“菜刀不是在这里吗？”老人说，“至于发生在它身上的故事，你如果实在想听的话，等帮我把它熔毁了再说吧！”

十八锤问：“非得毁了吗？”老人默然不答话。十八锤说：“一把菜刀惹出这么多恩怨仇恨，杀戮了这么多人，要是换了一把战刀，不知道情形又是如何啊！唉……我答应你，给你熔毁掉它吧！”

“它虽为菜刀，却是一宝。”老人说，“你在熔毁它前，应当给它做点排场，它存世数百年，也不容易了，就叫它风风光光地去吧！”十八锤说：“那是当然。”

“你要多久可以熔毁掉？”“三天。”

老人说：“好，三日过后，我再来给你讲个关于菜刀的结尾的故事。”

5. 先人遗愿

十八锤要毁掉一把绝世宝刀的消息不胫而走，人们纷纷涌向他的铁匠铺，要一睹那把宝刀，打听他为什么要毁掉宝刀，采取什么方式毁掉宝刀。

十八锤听了老人的话，搭了高台，将那把菜刀供奉在上面，焚香点烛，礼告三番。围观者们这才看清楚，所谓宝刀，不过是一把菜刀，于是嘘声一片。十八锤并不理会，开了紫金高炉的炉火，毕恭毕敬地上台取下那把菜刀，当众显示了它最后的威力，猛地一刀下去，将一个铁砧劈成两半，人们见了一片哄然。

十八锤熔毁菜刀的炭，是一种从地底下挖掘出来的炭精，这种炭助以强劲的风力，会产生凶猛的火势。说是火势，却不见火，只见由红而白，呼呼直响。一般的杂铁，只需放到炉边，瞬间即化，但是这把菜刀乃亘古玄铁所制，要想熔化它，谈何容易。

在烈火熔炼下，第一天，菜刀开始变红；第二天，菜刀开始变形；第三天，菜刀终于熔化了。到下午的时候，一股铁水出了炉子，落地滚成了十二颗小小的铁弹子。

傍晚，老人来了。十八锤将十二颗铁弹子送到他的手中。

老人说："你既然已经熔毁了它，想不想看到它的最后归宿？""当然想。"

于是老人带着十八锤，来到安州城边的安昌河堤上。此刻安昌河上游刚刚发了大水，水势凶猛，犹如千军万马。老人将铁弹子一颗一颗抛进滚滚河水中。老人问："你想不想知道这把菜刀是怎么结尾的？"十八锤叹息道："咳，丢进了波涛汹涌的大河里，不已经是结尾了么？"

"不是。"老人答道，"对于我来说，这个故事已经完了，但是对于你来说，却是刚刚开始。""此话怎讲？"

老人带着十八锤，来到一个偏僻处找了个酒馆，两人相对而坐。老人连饮几杯，而十八锤则酒兴全无，他的心思全被老人刚才的那句话搞乱了。

"你也该有个明白。"老人端起酒杯，一饮而尽后，又娓娓讲述起来。

很多年前，安州城有个著名的铁匠，人称"一声响"。也就是说，只要听到"当"的一声响，东西就打造好了。这个铁匠有件祖传的宝物，是把菜刀。别人打铁用锤子，他打铁用菜刀。什么铁锭到了他手里，先送进炉里煅火，然后拿出来冷却，再根据别人需要，用菜刀削，像削木头玩具似的削。你要锄头，他就给你削一把锄头，你要斧头，他就给你削一把斧头。

一声响收了两个徒弟，一个姓王，一个姓张。膝下没有子女，他待两个徒弟犹如亲生儿子，并且告诉他们，等到自己百年之后，就将那把神奇的菜刀传给他们，但是一把菜刀，两个徒弟，究竟传给谁呢？

一声响临终之际，将两个徒弟叫到身边，告诉他们自己因为贪懒，平时打铁用的都是菜刀，算不上真正的铁匠，沽名钓誉了一辈子。一声响说一个真正的铁匠，还是应该一锤子一锤子地敲打，让铁器出自铁砧和铁锤之间。所以他最大的愿望，并不是把菜刀留给他们，而是熔毁掉，但是现在菜刀还在，一声响说他唯一的愿望，也是要两个徒弟发誓必须遵守的，就是不准使用菜刀，不管是打铁还是做菜……

两个徒弟答应了一声响的要求，但是他们最关心的问题，就是谁来保管这把菜刀。一声响想了许久，告诉他们，轮流保管。怎么个轮流法，得靠比试决定。每过五年，两个徒弟就比试一场，看谁在最短的时间内，打造出最好的刀子。谁赢了，谁就保管那把菜刀。对此，两个徒弟没有异议。

一声响过世后，师兄弟两人根据师傅的要求，接连比试了几十年，慢慢地就厌倦了。他们不约而同地想到了一个彻底解决问题的办法，就是进行最后一次比试，输的关了铁匠铺子去卖豆腐，赢的永远保留那把宝刀。结果王铁匠输了。

王铁匠输了之后，羞愧难当，不久抑郁而死。王铁匠死后，作为同门师兄弟，张铁匠多少感到有些歉疚。就在王铁匠的后人前来辞行时，张铁匠置了好酒好菜款待，并表示将竭力照顾他们，请求他们留在安州。

不料就在这天晚上，王铁匠的儿子潜入张家，打伤了张铁匠，翻出了那把菜刀，拿了张铁匠积累的金银细软。丢失了宝物，张铁匠哪会甘心，就委托人到处寻找。老人说到这儿，声调突然变得愤懑：“说是寻找，其实是追杀！”

十八锤一脸疑惑地看着老人：“你……”老人微笑道：“你说我干吗叫八先生？《百家姓》中第八位不是姓王吗？我就是那王铁匠的后裔。”

十八锤说“这就怪了。我是张铁匠的后代，我怎么从来没听说过关于那把菜刀的事情呢？”

“那是你们家的耻辱。”老人说，“说是派人追杀，其实就是那个张铁匠亲自带着他的徒弟和儿子，终于找到了王铁匠的后人，而且痛下死手，要灭王家的门。”

“不可能！”十八锤说，“你刚才不是说张铁匠待王铁匠的后人很好吗？”

“可是接着他就贪恋王铁匠妻子的美色！想霸占她！图谋不成，加上菜刀丢了，他就动了杀机！”老人恨恨地说，“就在危难之际，王铁匠的后人拿出了那把菜刀自卫，没想到那菜刀能杀人，这才得以逃生。”

"天啊！"十八锤哀叹一声，然后用期待的眼神望着老人说，"不管是真是假，沧海变桑田，就由那些事情过去吧！"

老人这时显得很平静，他倒满酒，一饮而尽后说："此番回安州，我一是为了实现一声响老先人的遗愿，二来是为了实现我的祖先们的遗愿。"十八锤说："实现一声响的遗愿就是熔毁掉菜刀，那么你的祖先们的遗愿呢？"

老人没有直接回答，他告诉十八锤，其实在江湖上，玄铁菜刀的名声就像水底的暗流，一直涌动着，大家做梦都想得到那把神奇的菜刀，而且为此不择手段。老人说他为了保护菜刀，不知道杀了多少前来夺宝的人，也不知道被多少贪恋宝物的人追杀。他已经厌倦了，想过点清静日子了。老人微笑道："所以我把菜刀给你送了回来。"老人望着十八锤，继续说，"你大张旗鼓地说要熔毁掉玄铁菜刀，等于告诉天下人，宝物在你这里，他们会上门来找你的。"

"可是我已经熔毁了啊！你刚才不全部丢进河里了吗？"十八锤叫嚷起来。

"那可是真正的宝物啊！会有人相信你真的熔毁了吗？"老人一副似笑非笑的表情，望着十八锤。

"老天……"十八锤顿时感觉到自己已经陷入泥淖中，无法自拔了。他喃喃说着，"难道这就是你的祖先的遗愿？"老人哈哈大笑。

十八锤拿过老人的酒杯，给他斟满酒，双手敬奉给老人，哀求说："既是同门，何苦这般？你既能想出办法害我，肯定有办法救我！救救我吧，我愿意将铁匠铺子送给你，我去卖豆腐……"

老人接过酒杯，一饮而尽，说："我把那么珍贵的宝物给你，你怎么就不起点贪心呢？你打造一个赝品丢进炉子，把宝刀留在自己手里，不两全其美吗？"老人说完，站起来，哈哈大笑。

"谁说不是呢？"十八锤微笑着看着老人。老人一愣，突然感觉头晕眼花："你……你下……毒？"

十八锤说："我没下毒，这只是蒙汗药罢了。其实从一开始，我就觉得把那么好的宝物毁掉，肯定有问题！你别以为编造几个故事就能说明原由！哄哄孩子还差不多！不过，你讲的这些故事倒使我明白，人不能太贪，不能为宝物而没了人性，滥杀无辜！老先生，你讲得太辛苦了，好好睡一觉，等你醒来，我们再边饮酒边了结我们张王两家的恩怨！"说罢，十八锤背起老人，走出酒馆……

（**题图、插图**：杨宏富）

（本栏目欢迎来稿。来稿可从邮局寄发，也可从网上传递。如为电子邮件，请发以下信箱：keyin118@163.com）

编读聊天室：众手浇开故事花

《故事会》红版的编读“盛宴”又开席了，你一杯咖啡、她一块糖，我一杯浓茶、他一支烟……茶余饭后，我们大家来聊聊吧，把你想要问的、想要说的、想传递的，娓娓道来。在这里，让我们真情相会！

读者张杰：我喜欢写作，也很想给《故事会》投稿，但不知《故事会》最欣赏的故事稿件是怎样的呢？

编辑部：一篇好的故事应该做到三“有”三“得”，即“有见解、有信息、有情趣”；让人“看得进、记得住、传得开”。您写的故事，若具备了这些，就堪称一篇好故事，《故事会》也会乐于采用的。

读者周亦凡：我是一个理发师，平时很爱看《故事会》，里面很多故事我都过目不忘。上次我帮一个顾客剃头，他很怕自己头皮被剃出血受感染，我顺口就跟他讲了《故事会》里一个关于剃头的故事，他听后就完全放心了。后来他每次剃头，都点名找我，我很开心，读《故事会》让我收获很多。

编辑部：《故事会》中的故事来源于生活，更高于生活，它以艺术的形式传递着生活的内容，每个读者从故事中所读到的、所领悟的各不相同。您能从故事中借鉴经验，给自己工作带来了好的效用，这也是《故事会》办刊的宗旨之一。

读者林露露：在我印象中，《故事会》每年都会有创新的栏目，而且每次都让我眼前一亮，我很想知道今年的《故事会》还会有什么新栏目推出，十分期待！

编辑部：谢谢您一直以来对《故事会》的热情关注。今年《故事会》将会推出“第一推荐”和“饭桌闲话”栏目，“第一推荐”将会把国内外优秀的作品选择性地推荐给读者，“饭桌闲话”将围绕一个话题，把最值得传播的小故事小段子齐集后呈现给读者，这两个栏目都有鲜活的生命力，希望能给大家带来阅读愉悦，也欢迎大家荐稿。

读者王鹏运：我是一名台胞，看《故事会》已经十多年了，一天，我注意到版权栏内有一个编辑的名字和我大陆的外甥女名字一模一样，后来我试着打电话到编辑部询问，竟然真的是她！原来她现在到《故事会》工作了，我很激动，也感到很荣耀，十分感谢《故事会》让我与亲人如此贴近。

编辑部：我们倍感欣慰，这也可算是《故事会》中一个温馨的花絮。《故事会》一直都以“真善美”来感染读者，读故事，学做人，我们会努力让大家在读精彩故事、传递友谊的同时，真情牵手。

改变你的思路

经过几番考核，三个应聘者被公司选定进行最后的测试。第一个应聘者进来后，主管直接说：“如果你能猜出我的口袋里有多少钱，我们便考虑录用你。当然你可以先问三个问题来得到一些信息，可以有三次机会猜我口袋里的钱。”接着主管和他助手做了一下示范，让助手问了自己三个问题。助手问道：“你的口袋里有钱吗？”“你的口袋里的钱全是100元整币吗？”“全是零钱吗？”

示范完毕，第一个应聘者开始提问：“你口袋里的钱有几种面值？最大的面值是多少？最小的是多少？”主管一一作答。接着应聘者开始猜，可他没有猜对。第二个应聘者开始猜，他问主管：“口袋里全是人民币吗？在500元以下还是以上？整币还是零钱？”主管仍然一一作答，同样，第二个应聘者也没有猜对。

轮到第三个应聘者，他笑了笑，对主管说：“请问，您的口袋里有多少钱？”主管笑着回答：“你被录用了。”

很多时候不要被别人牵着自己的思路走，改变一下思路往往有意想不到的结果。

（**推荐者**：叶　子）

光芒不会影响光芒

读中学时，王宾和他的同桌学习成绩都特别优秀，每次考试，不是王宾考第一，就是他同桌考第一。两个人在心里暗暗较劲，互不服气，好像一对冤家对头，见了面互不打招呼。

王宾父亲知道这件事后，一天晚上，父亲把王宾叫到跟前，关了房里的电灯，然后点亮了一根蜡烛，说：“这根发光的蜡烛，暂且把它比作一个优秀的人。”接着，父亲又点亮了另一根蜡烛，问：“你看，现在房里是更暗了，还是更亮了呢？”王宾回答说“当然是更亮了。”

“两根发光的蜡烛，就好像两个优秀的人，它们在一起，只会互相辉映，更加生辉。”父亲摸了摸王宾的脑袋，说，“孩子，记住，光芒不会影响光芒。”

（作　者：黄小平；推荐者：聂　勇）

错过的机会

一个年轻人非常想娶农场主漂亮的女儿为妻。于是，他到农场主家里求婚。

农场主仔细打量了他一番，说道“我们到牧场去，我会连续放出三头公牛，如果你能抓住任何一头公牛的尾巴，你就可以迎娶我的女儿了。”

他们来到了牧场。农场主放出了第一头公牛，这头公牛向年轻人直冲过来。年轻人第一次看到这么大、这么丑陋的一头牛。他想，下一头应该比这一头好吧！于是，他跑到一边，让这头牛穿过牧场，跑向牛栏的后门。

牛栏的大门再次打开，第二头公牛冲了出来。然而，这头公牛不但体形庞大，而且异常凶猛。它站在那里，蹄子刨着地，嗓子里发出咕噜咕噜的怒吼声。“哦，这真是太可怕了。无论下一头公牛是什么样的，总会比这头好吧！”于是，他连忙躲到栅栏的后面，让这头凶猛的牛穿过牧场，跑向牛栏的后门。

不大一会儿，牛栏的门第三次打开了。当年轻人看到这头公牛的时候，脸上绽开了微笑。这头公牛不但体形矮小，而且还非常瘦弱，这正是他想要抓的那头公牛！当这头牛向他跑过来的时候，他看准时机，猛地一跃，正要抓住牛尾巴，但是——这头牛竟然没有尾巴！

每个人都拥有机会，但是，机会稍纵即逝，因此，我们一定要学会把握每一个机会，千万不要让机会从身边溜走。

（编　译：宋飏飏；推荐者：洪湘云）

一罐饮料

在火车站的月台上，阿辉遇到一个捡啤酒瓶和饮料罐的小男孩，他大约只有十二三岁的光景，衣衫褴褛、神情麻木，手上脸上都脏兮兮黑乎乎的。小男孩提着一个编织袋，这里转转那里瞅瞅，还总是把捡到的饮料易拉罐用脚踩扁了，再放到袋子里。

等小男孩转悠到阿辉身边时，阿辉手里正好拿着一只尚未拉开的易拉罐，小男孩的目光不时地瞄着阿辉手里的易拉罐，盼着阿辉拉开、喝了、再丢弃给他。阿辉被他“监视”得有种异样的感觉，又没感到太渴，就顺手把这罐未开启的易拉罐递给小男孩说：“给你吧！”

小男孩赶紧接过去，连声说：“谢谢叔叔、谢谢叔叔！”

阿辉以为小男孩会高兴地把饮料喝了，谁知，小男孩居然非常利索地拉开易拉罐，毫不犹豫地把饮料倒在树坑里，然后再非常熟练地把易拉罐踩扁，放进他的袋子里……

是呀，不知有多少人在现实生活和所从事的职业中，习惯成自然，养成了一种“一根筋”的思维模式，这样往往会让许多机遇就像易拉罐中的饮料一样被随手倒掉。

（**推荐者**：黄金玲）

可爱的皱纹

奶奶带着脸上长满雀斑的小孙子吉斯去动物园玩，他们看到公园门口有好多孩子在排队，走近才知道，原来是动物园请来了当地的一位艺术家免费为小朋友们画脸谱。于是，奶奶也陪吉斯排起了长队。

“你脸上的雀斑太多了，根本没有地儿画画了。”吉斯前面的小女孩对吉斯说。

吉斯听完很羞愧地低下了头。奶奶看到这一幕后，为了鼓励吉斯，让他树立起自信心，奶奶便蹲下来边抚摸着吉斯的头边对他说：“我喜欢你的雀斑，在我还是个小女孩儿的时候，我总梦想自己能长出雀斑，雀斑让人看起来很可爱！”

“真的吗？”吉斯抬起了头，开心地笑了。

“当然！”奶奶微笑着说，“那你说还有什么东西比雀斑更可爱呢？”

吉斯想了一会儿，盯着奶奶的脸，回答道：“是奶奶的皱纹。”奶奶欣慰地笑了。

（**推荐者**：蒋宁贤）

验证珍珠

国王听说本国有个女子很聪明，他想亲自验证一下，于是他把这个女子叫到宫殿，然后拿出两颗珠子放到她面前说“这其中有一颗是价值连城的珍珠，另外一颗则只是仿造的赝品。你可以用任何方法，只要能挑出真的珍珠，我就送给你！”女子礼貌地向国王行了一个礼，接着她请宫女拿来一杯醋，然后毫不犹豫地拿起一颗珠子丢到那杯醋里。

“陛下！”女子说，“刚刚我扔到醋里的那颗是真的珍珠！”

“噢？”国王好奇起来，“你这么肯定？”女子平静地答道：“真的珍珠会溶化在醋里，我刚刚丢到杯子里的那颗珍珠已经溶解了！”国王哈哈大笑起来，他笑眼前这个女子真是个傻瓜，珍珠都已经得不到了，就算知道真假又有什么意义呢？

“怎会没有意义？”女子从容不迫地说，“如果我扔到醋里的是假的那一颗，我就可以得到真的珍珠，也就是说我有五成的机会。但如果我什么都不做，就没有机会！因此虽然我不幸失去了这颗珍珠，但我不后悔，因为我努力过！而我的人生也并非只有陛下您赏赐的一颗珍珠而已，只要我有尝试的勇气，总有一天我会得到属于我的珍珠！”

（**作者**：暗　刃）

讨债

□杨　格

赖忠良是个小老板,绰号“赖皮”。怎么会得这个绰号呢？原来他借钱老是不还，而且一般只赖两千块钱左右的账，债主们不会为这点钱和他打官司，而这样的账赖得一多，积攒起来就是个大数目。

赖皮借着这手功夫，发了财，买了房子，娶了媳妇。

有个民工叫小韩，他在赖皮手下辛辛苦苦打了半年工，可到年底，赖皮欠了他两千块钱，眼看都快一年了还没还。

这天，小韩来到赖皮家，摁响了门铃。屋子里面响起一阵杂乱的声音，看样子那是赖皮在找地方躲起来呢!

门开了，是赖皮老婆那张肥胖的脸，赖皮老婆看着小韩问：“你找谁啊？忠良他出国了。”说着，就要关门。

小韩赶紧说：“您是赖忠良先生的妹妹吧？”

赖皮老婆一下子愣住了，好半天才奇怪地看着小韩问：“你什么意思？”

小韩一本正经地说：“是这样的，那天我看见赖先生和你逛街，事后，我问赖先生你是谁？他说你是他妹妹。”

赖皮老婆脸上的疑云越来越重，她拉开门让小韩进屋。

小韩大摇大摆地走进屋，对赖皮老婆说：“是这样的！一年前，赖先生租了我一套房子，欠了我一年的房租，我找了他好长时间，没找到，就问他老婆要，他老婆说她不管这些事情，要钱，就找赖先生要。刚才碰巧了，我看见赖先生到你这里来，就赶上来了。”

赖皮老婆脸色越来越难看，她盯着小韩问：“你是说，赖忠良租了你的房子，里面还住着一个野女人，是不是这样？”

小韩急忙辩白道：“可不能说她是野女人，人家是赖先生的太太呢，两个人的关系好得不得了，上街都手搀手呢。”

赖皮老婆脸色灰白，突然从厨房间拿起一把菜刀，狂奔到一个大衣柜前，嚎叫道：“天杀的赖皮，你给我出来！”

赖皮老婆一把揪住赖皮的头发，把他拽了出来，举起菜刀就要砍。赖皮跪在地上连声求饶。

小韩装着大惊失色的样子喊道：“赖先生，你妹妹是不是疯了？我赶快到外面报警！”说罢，小韩不紧不慢地往外走。刚到楼下不久，后面响起“扑通扑通”的巨大动静，小韩扭头一看，只见满脸是血的赖皮跌跌撞撞地跑了过来，当他看见小韩时，哀求道：“小韩，我服了你，钱我这就给你，可你要回去向我老婆解释清楚啊！”赖皮从口袋里掏出一把钱，数也没数塞给小韩。这个时候，只见赖皮老婆提着菜刀一路追击过来，小韩朝赖皮老婆扬了扬手，高声喊道：“大妹子，赖先生已经把房租给我了，你们兄妹俩有话好好说——”说罢扬长而去。

赖皮惨叫一声：“我的祖宗！”刚站直的身子又像断了脊梁的癞皮狗一样，“扑通”一下瘫在地上。

·本刊信息传真·

2007年免费获赠《故事会》读者名单揭晓

故事中国网　新年精彩多

进入2007年，故事中国网(www.storychina.cn)将为您呈现更多更好的故事作品，并准备了丰富多彩的活动邀您参与！网站结合每期《故事会》，继续推出编辑手记、作者感言、作品赏析，让你了解发生在《故事会》背后的故事，并且对每一篇故事评头论足、抒发己见。

填字游戏展开新一轮的挑战，各路英雄逐鹿中原，争夺各月度冠军和年度总冠军；故事中国周刊每周精华荟萃，让你用最短的时间，看到最精彩的故事；本站还将与其他知名网站联手推出征文活动，让你有机会一展身手。

故事中国网在2007年开始征集长篇悬疑故事，优秀作品将在年底出版，详情请登录网站了解。

2007年，愿你的生活和故事中国网一样精彩！

绝处逢生

□方冠晴

一名士兵接到命令，要他去执行一项任务，充当刽子手处决一名犯人。行刑场上，军官发号施令，由这名士兵执行枪决命令。只听军官对士兵喊道：“预、预、预备……放！”不用说，这军官是个结巴。等军官喊“放”时，士兵懵了，因为正规的行刑命令必须喊：“预备、举枪、瞄准、开枪！”可这个军官是个结巴，嫌话太多喊不清楚，干脆就喊三个字“预备，放！”

士兵和这个军官是第一次合作，想了半天，也没弄明白什么意思：“没喊‘开枪’却让我‘放’，难道是让我放人？”于是他连忙跑上前去给犯人松绑。军官一看，士兵没开枪，而是跑去给犯人松绑，他大叫起来：“好、好！”士兵一听，乐了：“看来，我对长官的意思没理会错，他在表扬我呢，真的是让我放人。”松完绑，他就冲犯人挥手，示意对方快走。犯人愣了愣，倒真的走了。

这时，长官“好”了半天，终于说出了完整的话：“好、好小子，你、你居然敢给、给犯人松绑？老、老子毙了你！”那名犯人还没跑几步，一听这话，心想：“坏了，我这一跑，会害得这小士兵丢了命。不行，我不能坑了别人，我得回去。”

犯人刚转身，就听那士兵冲他喊起来：“跑、跑——”

犯人当时就感动得眼泪稀里哗啦，心里说：“真是好人啊，还让我跑，好吧，我别辜负了别人一番好意，那就跑吧！”于是他撒腿就跑。跑出老远，才隐隐约约听那士兵把话说完：“跑、跑不掉，长、长官，我、我去追他回来！”

原来这士兵也是个结巴。

神奇的夫妻

□张金初

小刘的妻子小芳有个肚子痛的毛病，一痛起来，大汗淋漓，求生不能，求死不得。

小刘看在眼里，急在心上，他多想减轻妻子的痛苦啊！幸好，这种痛来得快，去得快，每天只有一、两次，每次只有十几分钟。寻医问药无数，却无济于事。

后来，更奇怪的事发生了：只要小芳肚子痛，小刘的脑壳就跟着痛起来，而且痛得撕心裂肺，痛得寻死觅活。小芳的肚子痛好了，小刘的头痛也就自然好了。世上真有这种事呀？有！小刘亲口对同事老王说的，红口白牙，岂会有假？

老王是张快嘴，很快，小芳肚痛、小刘就头痛的事弄得人人皆知。人们纷纷猜测着原因，难道世上真的存在第六感觉、心电感应的特异功能？

不久，一名晚报记者慕名而来。记者对小刘夫妇说，他对此事非常感兴趣，特地来采访的。小刘夫妻相视一笑，表示愿意配合采访。

记者问：“小刘，小芳肚子痛时，隔多大一会儿你的头才开始痛的？”

小刘说：“大约五分钟吧！”

记者紧接着问道：“是什么感觉呢？”

小刘泪花闪烁地说：“痛得厉害呀，有时真不想活了。”

记者说：“能不能说得更具体点？”

小刘一听点点头：“能。每当我的妻子小芳肚子痛时，惨不忍睹，我就对她说，快，抓住我。小芳就用一只手抓住我的胸口，另一只手摁在我的脑壳上，把我的脑壳往墙上死撞！我的头就痛起来了！”

半夜回家

□刘六良

小孙刚参加工作，因家在外地，就在单位附近租了一间价格便宜的房子住。

这是民房，民房主人是一对老夫妇，他们自己住正房，把空出来的厢房出租。

房东大妈告诉小孙，她老伴有神经衰弱的毛病，最怕吵闹和惊吓，尤其是晚上睡着后，如果被惊醒就再也睡不着了，所以房东大妈要求小孙尽早回来，晚上尽量不要出去。

小孙见租金很低，便答应了。

小孙遵守承诺，有事尽量白天办完，每天晚上天一黑就回来，半夜里从不惊扰房东夫妇。

可是有一天，小孙单位加班一直到夜里十点多，他头一次破例回来晚了。

小孙来到家门口，他见屋子都黑着没亮灯，知道房东夫妇都睡下了。

小孙蹑手蹑脚地开门进屋，尽量不出声响，进屋后连灯也不敢开，他用手机显示屏的微光照着，正准备脱衣睡觉，突然手机振动起来，原来小孙怕弄出声响，早已经将手机调成震动了。

小孙一接手机，只听电话那端轻悄悄地说道："喂，我是你房东大妈，你这么晚了还不回来，这不，出事啦！"电话里果然是房东大妈的声音。小孙一听，紧张了，赶紧问："出什么事了？"

房东大妈紧张兮兮地说："你住的那屋进贼了，我们老两口都看见了，那贼偷偷摸摸进了你住的屋子，打开手电筒正在翻你的东西呢！"

（**本栏题图、插图**：顾子易　李　加）

挺不住了（文：秦　英；图：包丰一）

1. 小明在菜市场遇见邻居老李，只见老李一动不动蹲在鱼摊前。

2. 原来老李在鱼摊前盯着一条快要死的鱼看。

3. 小明挠挠头，好奇地问：“李大伯，你在干什么呢？”

4. 老李说：“活鱼五元一斤，死鱼三元一斤，这条马上就挺不住了，我盯着呢！”

人生心得

- 出生一张纸，拼搏一辈子；
- 毕业一张纸，奋斗一辈子；
- 婚姻一张纸，折腾一辈子；
- 做官一张纸，权衡一辈子；
- 金钱一张纸，辛苦一辈子；
- 双规一张纸，后悔一辈子；
- 看病一张纸，花钱一辈子；
- 火化一张纸，了结一辈子；
- 淡化这些纸，明白一辈子；
- 忘了这些纸，快乐一辈子。

（**推荐者**：古　风）

你们聊，我先走了

- 小兔说："我妈妈叫我小兔兔，好听！"小猪说："我妈妈叫我小猪猪，也好听！"小狗说："我妈妈叫我小狗狗，也很好听！"小鸡说："你们聊，我先走了！"
- 王家老五说："外面的人叫我王五，好听！"王家老六说："外面的人叫我王六，也好听！"王家老七说："外面的人叫我王七，也很好听！"王家老八说"你们聊，我先走了！"
- 小猫说："村里人叫我小猫崽子，好听！"小牛说："村里人叫我小牛崽子，也好听！"小马说："村里人叫我小马崽子，也很好听！"小兔说："你们聊，我先走了！"
- 0号陪练说："外人叫我零陪，好听！"1号陪练说："外人叫我一陪，也好听！"2号陪练说："外人叫我二陪，也很好听！"3号陪练说："你们聊，我先走了！"
- 浪客说"人们叫我浪人，好听！"武士说："人们叫我武人，也好听！"高手说："人们叫我高人，也很好听！"剑客说："你们聊，我先走了！"
- 老张家的门是柳木做的，老张说"我家的门是木门！"老李家的门是塑料做的，老李说："我家的门是塑门！"老王家的门是砖头做的，老王说"我家的门是砖门！"老刘家的门是钢做的，老刘说："你们聊，我先走了！"
- 师范学院的学生说："我是'师院'的！"铁道学院的学生说："我是'铁院'的！"职业学院的学生说："我是'职院'的！"技术学院的学生说："你们聊，我先走了！"

（**推荐者**：朱玉强）

385 2007 SEMIMONTHLY 下半月刊 2月

欢迎登录本刊主办的"故事中国网"（www.storychina.cn）

—STORIES—

2007年2月

下半月刊·绿版

主 编：何承伟

常务副主编：吴 伦

副主编：姚自豪（上半月·红版）

副主编：夏一鸣（下半月·绿版）

本期责任编辑：邢 悦

电子邮箱：simyyue@126.com

绿版发稿编辑：

夏一鸣 鲍 放 王雅静 朱 虹

特约编辑：

范大宇 崔新三 申之珉

美术编辑：李宝强

电脑制作：郭瑾玮

通 联：归依玲

本社办公室电话：021-64375030

上半月刊编辑部电话：021-64332325

下半月刊编辑部电话：021-64336469

（上海市绍兴路74号 邮编：200020）

主管、主办：上海文艺出版总社

制作、发行总监：张 凯

电话：021-64313938

广告业务：上海故事会文化传媒有限公司

广告总监：张 淮

广告业务：021-34010383

广告投诉：021-64333738

广告经营许可证

沪工商广字3100320050022号

发行：中国图书进出口上海公司

·笑话·

数学好学

母亲："明明，你上学有三个多月了，你觉得语文和数学哪一门好学些呢？"

明明："数学好学。"

母亲："为什么？"

明明："因为语文生字多，数学只有0到9十个数字。"

（言守义）

会打电话的猫

珍妮太太给警察局打电话要找她丢失的猫。

警察回答她说："对不起，夫人，这不是警察的职责范围。"

珍妮太太忙向警察强调："你们不明白……这是一只非常聪明的猫。它简直像人一样，能开口说话。"

"那很好，夫人，请您挂断电话。也许您那只猫会马上打电话给您的。"

（李荷卿）

（本栏插图：包丰一）

买半票

有个年轻的妈妈带着她的孩子上了公共汽车。她往投币箱里扔了一个人的车费，司机拦住了她，说"这孩子看样子已经超过5岁了，根据我们公司的规定要买半票。"

妇女看了看司机，很奇怪地问"这孩子怎么可能超过5岁？我结婚才4年。"

司机丝毫不为所动，说："夫人，忏悔的事情我不管，我只管收费。"

（付秀玲）

只在半场练球

一个记者看完巴西队的训练课后，采访他们的主教练："你们怎么只在半场练球？"

主教练回答："练半场就够了，反正踢来踢去都是在别人的半场里踢。"

记者又看了中国队的训练课，然后好奇地问中国队的主教练："你们怎么也只在半场练球？"

教练回答："练半场就够了，反正踢来踢去都是在我们的半场里踢。"

（罗国强）

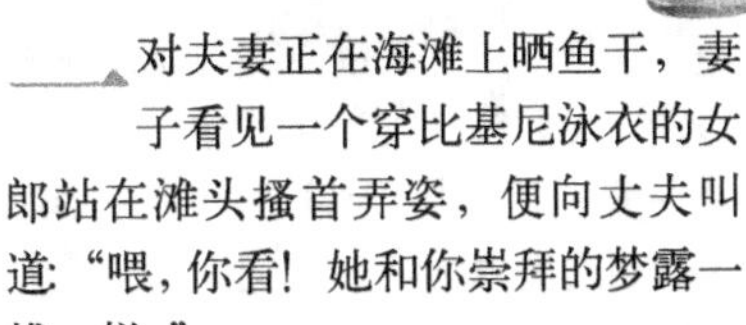

要用简称

丈夫要求自己的妻子说话要简洁，最好使用简称。

一个周末，他妻子出门后很长时间没回家，丈夫就给妻子打电话:“你在哪里啊？”

妻子在电话里说:“我在重婚！”

“啊？”丈夫吃了一惊，“什么？那你什么时候回来？”

“我啊，呆会还要去上床呢，你别等我了。”

丈夫更着急了:“你不但要重婚，还这么急着上床，你怎么回事啊，快回来！”

妻子这才慢悠悠地解释道：“你急什么呀，我们同事要结婚了，我陪她上街，现在正在重庆婚纱专卖店，等一会我们还要去上海床上用品商店购物呢。”

（杨永春）

发挥余热

老张一直在交通部门负责发放驾驶执照，退休以后在民政部门发挥余热，帮忙办理结婚证。没想到上班没几天，群众意见倒不少。主任向老张了解情况，老张挠着头说“都是我不好，办驾驶证惯了，有人来办证，我总爱问:是准备搞营运，还是只想过过瘾？”

（李云贵）

真假梦露

一对夫妻正在海滩上晒鱼干，妻子看见一个穿比基尼泳衣的女郎站在滩头搔首弄姿，便向丈夫叫道:“喂，你看！她和你崇拜的梦露一模一样。”

但丈夫一点都不理会，继续埋头干活儿。

妻子感到很奇怪，诧异地问:“怎么？难道你一点都不感兴趣吗？”

丈夫冷淡地说:“当然，她要是真的和梦露一样，你是绝对不会让我看的。”

（张成龙）

·笑话·

信守合同

有个人在一家银行的门口摆摊卖煮玉米，生意非常好，不久便攒下了一笔相当可观的财产。一个熟人听到这消息后，专门跑来，想从他那里借一笔钱去做买卖。

卖煮玉米的对那个熟人说道："太对不起了，这事本来是不成问题的。不过我刚开始在这里摆摊的时候，已经跟这家银行订下了合同：彼此决不搞残酷的商业竞争。也就是说，银行不卖煮玉米，我也决不经营贷款业务，我要信守合同！"

（牧　野）

应急麻醉

卢克在医院做肠道手术，很成功，第二天就能够下床行走了。他偶然发现头上肿起了一个大包，心里很困惑，他想：肠道手术和脑袋有什么关系呢？

卢克越想越不安，就问护士"护士小姐，手术后我头上起了一个大包，摸上去还有些疼，会不会是手术留下了什么后遗症？"

护士小姐听后，笑着告诉卢克："哦，不必担心，先生。医生说昨天手术进行到关键的时候，麻醉剂突然用光了，出于对您生命的考虑，所以我们采用了'应急麻醉'，往您的脑袋上狠狠敲了一下。"　（秦　伟）

穷　人

有个懒汉整天无所事事，朋友想鼓励他振作起来，便对他说："假如我给你1万元，作为代价要挖掉你的两只眼睛，你干不干？"懒汉摇摇头。

"倘若我出10万元买你的一双手，你干不干？"懒汉又摇摇头。

朋友很高兴，以为懒汉已经明白了健康的身体就是最大的本钱，于是继续道："如果我出100万元买你的双脚，你会卖给我吗？"懒汉伸了个懒腰，打了个哈欠："拉倒吧！难道你真有那么多钱吗？"　（朝　歌）

月 历

某个人演讲离题万里，一讲就是两个小时。最后他发觉有些不对劲，忙向听众们道歉："不好意思，我忘记戴手表了，时间没掐准。"这时，只听从后排传来一个声音："不要紧，你后面有个月历，可以用它来计算时间。" （牧 野）

挂电话

一个农村老太太，家里新装了电话。一天，儿子从外地打电话来嘘寒问暖。聊完了，儿子说："妈，您把电话挂了吧。"

等了好一会儿，老太太那里也没有动静，儿子正纳闷，就听老太太在电话里叫道："墙上没有钉子，我找了半天，还是找不到挂电话的地方。"

（魏得强）

危险的图钉

小明哭着跑来告诉妈妈，自己被爸爸打了。妈妈问："他为什么要打你啊？"

小明呜咽着说："今天客人来家里玩的时候，哥哥放了一颗图钉在客人的椅子上，被我看到了。"

"那也不是你的错啊，你后来是怎么做的呢？"

"我怕客人坐到图钉，就趁着客人还没有坐下来的时候，悄悄从后面把凳子拉走了。" （精 卫 供稿）

记 忆

在一条小河边，一只大象正在喝水，忽然，看见一只乌龟正在河边睡觉，嘴里还说着梦话。大象愤怒地走过去，一脚就把乌龟踢到了对岸。

"你为什么那样做？"长颈鹿问道。

"它就是五十年前咬过我鼻子的那只乌龟。"

"多好的记忆啊！你能想起来这么久远的事情。"长颈鹿惊叹道。

"不，"大象说道，"是乌龟想起来的。"

（牧 野）

（本栏目欢迎来稿。来稿可从邮局寄发，也可从网上传递。如为电子邮件，请发以下信箱：simyyue@126.com）

拦路的石头

□李 媛

去年五月我和大学同学一起去川藏交界地区旅游。我们包了一辆车，沿着川藏公路观赏藏区风光。

司机小郭是一个汉族小伙，据说他以前是内地一家旅游公司的，半年前才调过来。虽然到这儿的时间并不长，可他在这条路上已经跑过好几次了，他说自己已经和这条路有了感情。

沿途风景非常美，只是道路比较艰险。车子行驶到一段陡峭的上坡时，道路变得格外崎岖。小郭也不再跟我们聊天，睁大了眼睛，小心翼翼地把着方向盘。

突然，一个穿藏服的孩子从峭壁上冲了下来，挡到了我们的车前。小郭赶紧踩了刹车，但是事情发生得太突然，车身还是把那孩子轻轻擦了一下。

小郭马上大叫：“不好！可能是‘葫芦’。”

“葫芦”是当地话，意思是搞敲诈的。以前就曾经听人说过，在内地一些贫困地区，孩子上不起学，家里就让他们出来拦车，被撞了就索要高额的医药费。看来这回我们是着了道了。

见那孩子坐在地上不起来，同行的李大哥马上下了车，摆出一副凶神恶煞的样子，虎视眈眈地看着那孩子，恶狠狠地说:“小家伙，我们可不是好惹的！”我们也都下了车，盯着那个孩子。

只见那孩子喘着气，抬头直看着我们，什么都不说。李大哥又上前了一步，从口袋里摸出两张百元的票子:“拿去，皮外伤，这点足够了。”

可那孩子望望这两张票子，又抬头看看李大哥，还是不吭声。小郭见状忙下了车，对李大哥说道:“估计他不懂汉语，我去问问。”

看见司机下了车，那孩子慢慢从地上站了起来，抬手把鼻涕擦掉，整了整自己的衣服，然后一举手给了小郭一个标准的少先队队礼。

然后，那孩子冲我们笑笑，从路边搬来块大石头，摆放在我们车前的路上，他完全没注意到我们全变了脸色，还一脸灿烂地蹲到了大石头上，冲我们直乐。

这可把李大哥给气坏了！他正想冲上去把那孩子揪下来，却被小郭拦住了。小郭摆了摆手，说:“别冲动！人家是救我们的命来的。”

说完，小郭过去和蔼地摸摸那孩子的头，用藏语和他交谈起来，说了几句后，一把抱起孩子，亲了亲，然后抱着孩子，转身对我们说:“我猜的没错，前面路面有一段塌陷了，他赶来是为了阻止我们前进的。这附近的路常常因为冰川侵蚀而小面积坍塌。多亏了这孩子，不然我们今天就都玩完了。”

小郭顿了顿，继续说:“本来这孩子昨天就要在这放石头做警示的，但是昨天他家的牦牛被游客的车撞了，对方立刻就逃跑了。他家里让他好好放牦牛，不让他再出来了。没想到刚才他在山坡上看到了我们要经过，他喊了半天藏语，我们都没听到。他只好自己冲下来拦车。”

听到这里，我猛然想起，沿途也看到有些路段有很多大石头摆放在道路的当中，影响我们行车，有的还沾了些牦牛的粪便。当时，我心里还暗暗责怪当地人不文明，把石头都堆到公路当中来了。这时才知道，原来这些石头都是他们用来警告路人要当心的“警示牌”。

顿时，我觉得心里一阵翻滚，我从小郭手里抱过那个孩子，亲了亲他那红红的脸蛋，要小郭帮我翻译，让他对那孩子说:“姐姐说你好可爱，她很喜欢你，问你喜欢什么礼物。”

那孩子听了，笑眯眯地看看我，腼腆地低头说了几句话。

小郭听了立刻红了眼睛，他翻译道:“他说他不要礼物，他只希望姐姐你能帮他看看他写的作业合格吗。他们这里唯一的老师半年前回家探亲了，到现在还没回来，他的作业还没有交给老师检查呢。”

小郭看到我正盯着他的眼睛看，忙抹了抹眼泪，又用汉语补充道:“他

们的老师在回家的路上，遇到了塌方，遇难了，但是没人敢告诉这些孩子，他们的老师过世了。所以……”

我一下子再也说不出话来，只是不停地点头，答应帮孩子看作业。

孩子兴奋地从胸口掏出一个粗糙的黑皮本，上面密密麻麻写满了字，有数学算式，有汉语拼音，还有儿童歌曲歌词。最亮眼的是封面上有几个歪歪扭扭的汉字：我爱中国。我一边忍住泪水，一边做手势表扬他字写得好。

临走前，小郭用藏语问了那孩子一句什么，那孩子说了三个字：“离——书——青”。

听到这三个字，小郭愣了一下，呆呆地站在车前，望着孩子远去的背影，沉默了很久……

回程的路上，小郭告诉我，他有个很漂亮的女朋友，是个师范大学的学生，毕业后她来到西藏支边，在当地一所小学里当老师。半年前回家探亲时，在这条路上遇到了泥石流，她受了重伤，临死前留下了一句话：“别告诉孩子们，我怕他们伤心……告诉他们，我回去了，以后会有新老师来的……”

从那以后，小郭就申请调职来到了这里，并成了专跑川藏线的司机。他说要在这里陪着他的女朋友，而他的女朋友叫李素清。

一个月后小郭又送我去了那个地方，这次我不再是一名游客，而是一名教师。因为在看到那本黑皮作业本的一刹那，我就决定要继续小郭女朋友未完成的心愿，让这里的孩子都有老师为他们批改作业。

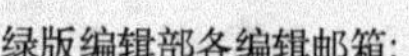

（题图、插图：安玉民）

柏林墙，1961年8月建于东、西柏林交界处，由高墙和铁丝网等构成，总长度为154公里，是冷战时期的产物。关于它，有许多鲜为人知的幕后故事。

蝴蝶

翅膀上的爱

冷战时期，一堵高墙将美丽的柏林一分为二。十二岁的娜莎与爸爸克鲁兹就住在离高墙不远的一座小房子里。

这天周末，娜莎兴冲冲地回到家。放学时，老师布置了一项作业——做一只蝴蝶标本。

克鲁兹记得，离家很远的地方有片小树林，那里原来总是有美丽的蝴蝶飞舞。父女两人来到林子边，可是，多年的战火已经把美丽的小树林糟蹋得不成样子，以前在草丛中飞舞的蝴蝶也不见了踪影。父女两人举着网兜转悠了半天，一无所获。

克鲁兹见女儿很不开心，就给她打气："宝贝，我们再往前走走，也许会有收获的。"

果然，两个人不一会儿真的遇到了一只色彩斑斓的蝴蝶。娜莎尖声叫起来："爸爸，快捉住它！"

克鲁兹举着网兜冲过去，一下便将蝴蝶捕获了。娜莎小心地把蝴蝶捉出来，用钉针把它固定在了标本盒里。

回家的路上，娜莎捧着标本盒爱不释手，翻来覆去地看，突然大叫起来："爸爸，你快看，蝴蝶的翅膀上有字。"

克鲁兹以为女儿跟他开玩笑，可当他接过标本盒仔细一瞧，不禁大吃一惊。只见蝴蝶的翅膀上果然有一行细小的字，如果不用心观察，几乎看不清楚。克鲁兹慢慢拼出上面的字:“7月20日，晚上10点钟，辛克尔公园……”后面还有几个字，已经看不清楚了。

天哪！蝴蝶的翅膀上竟然会有字，这究竟是谁写的呢？那人写字的目的又是什么？

克鲁兹皱着眉头，百思不得其解。

自从冰冷的高墙将柏林城分开，局势就变得相当紧张，人们盛传东德与西德为了争夺对柏林的掌控权，互相派遣了许多间谍，他们用秘密的手段传递情报。

这蝴蝶翅膀上的字会不会就是间谍们的杰作？传说二战中，军方曾用昆虫和小鸟传递情报，如今用蝴蝶传递情报不是没有可能。

想到自己很可能截获了间谍的情报，克鲁兹心中又兴奋又害怕。

根据当局的法令，举报间谍会得到重赏。不过克鲁兹并不想要金钱和奖赏，而是只想让妻子从监狱里出来。十多年前，克鲁兹夫妇怀抱尚在襁褓中的娜莎，企图爬过柏林墙，结果妻子被当场抓获，以“叛国罪”送进了监狱。十几年来，克鲁兹无时无刻不梦想着妻子重获自由，可现实是残酷的，自己有什么办法能解救她呢？

如今机会终于来了！克鲁兹捧着标本盒，心里非常激动：只要向当局举报这个用蝴蝶传递情报的间谍，妻子肯定会得到释放。

经过深思熟虑，克鲁兹下定决心，他要自己先把那个间谍给找出来。根据蝴蝶身上的提示，间谍可能是在7月20日晚上，去辛克尔公园秘密接头，自己如果提前埋伏在那里，一定能发现那个间谍的真面目。

说干就干，20日晚上，克鲁兹提前来到辛克尔公园，找了处比较隐蔽的高地躲了起来。

10点钟到了，空无一人的公园里响起了脚步声，克鲁兹的心都提到了嗓子眼，他屏住呼吸，偷偷望去。在

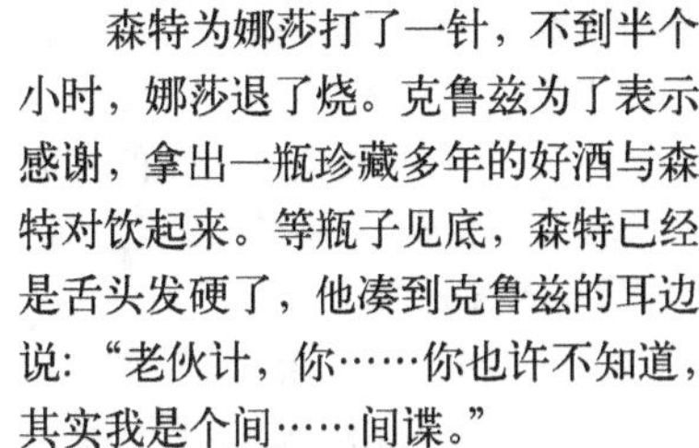

明亮的月光下，一个男人从树林里走出来，来到空旷的草地上。那个男人在原地徘徊，不时看着手表，仿佛在等人，克鲁兹伸长脖子，想看清他的真面目，但光线太暗，怎么也看不清楚。

几分钟后，男人从衣服里掏出一只小盒子，拿出一块漂亮的小蛋糕。他在蛋糕上插上蜡烛，然后掏出一张生日卡，小声唱起了生日歌。歌唱完了，男人把蛋糕端起来，轻轻地吹灭了蜡烛。那一瞬间，克鲁兹惊奇地发现，那个男人竟然是自己的邻居——昆虫学家森特。看来在蝴蝶翅膀上写字的人一定是他了！

森特吹完蜡烛，烧掉了生日卡片，才慢吞吞地离去……

公园里静悄悄的，只剩下克鲁兹。揭开了这个间谍的真实身份，反倒让克鲁兹犹豫不决了。

森特是个好人。他不但是个昆虫学家，还是个出色的大夫，当年在柏林流行霍乱，森特免费给大家量体温、送药片、打预防针，有时候半夜里也要出诊。当时娜莎与克鲁兹也感染了病毒，如果不是森特，他们的生命会非常危险。如今为了解救妻子，要去举报森特这样的好人，克鲁兹真有些于心不忍……

回到家中，已是深夜了，克鲁兹还是睡不踏实。突然，他听到娜莎在喊“爸爸”，过去一看，原来是娜莎在发高烧，情急之下，克鲁兹叫来了森特。

森特为娜莎打了一针，不到半个小时，娜莎退了烧。克鲁兹为了表示感谢，拿出一瓶珍藏多年的好酒与森特对饮起来。等瓶子见底，森特已经是舌头发硬了，他凑到克鲁兹的耳边说：“老伙计，你……你也许不知道，其实我是个间……间谍。”

“啊？”克鲁兹装出惊诧的样子。森特大肆吹嘘他的本事，说他已经当了十几年的间谍，杀过不少人。他养的蝴蝶中有一种特殊品种，它们只对紫兰花感兴趣，要知道，整个欧洲都没有野生的紫兰花。只要他在蝴蝶翅膀上写上情报，将它们放到野外，蝴蝶就会自己飞到种了紫兰花的同伙家中。

原来如此！

克鲁兹恍然大悟。森特走后，他越想越害怕：等森特酒醒了，回想起自己知道了他的秘密，会不会杀人灭口呢？克鲁兹打了个寒噤，他考虑再三，终于下定决心，走进了警察局的大门。

很快，森特就被逮捕了。三个月后，他以间谍罪被处决。随后，因为克鲁兹举报有功，他的妻子被提前释放。克鲁兹在欣喜的同时，内心却惶惶不安，对森特有一份说不出的愧疚……

一眨眼十几年过去了，柏林墙随

着德国的统一，终于轰然倒塌，克鲁兹一家也过上了梦寐以求的自由生活。一天，克鲁兹正与家人闲聊，突然有人敲门。克鲁兹开门一看，门外是位不认识的老妇人，她满头银发，一脸皱纹。老人问："你是克鲁兹先生吗？"

克鲁兹点点头。老妇人取出一只盒子，交给他："这是我儿子临终前托我交给你的。由于我一直生活在高墙那边，没有办法见到你，如今我终于完成了他的遗愿。"

克鲁兹吃惊不已，他小心翼翼地打开盒子，发现里面是二十只蝴蝶标本，每只蝴蝶的翅膀上都写满了文字——

亲爱的兄弟克鲁兹：

其实我并不是一个间谍。当那道该死的柏林墙竖起时，我和我的母亲便生活在两个世界中。我与母亲暗地里商定，用喜欢紫兰花的蝴蝶传递信件，想不到被你意外发现了！你也许不知道，那天晚上在辛克尔公园，我看到了你，你躲藏的地点实在是太糟糕了。那天晚上，我是去给母亲庆祝生日的，我相信在那里点起蜡烛，母亲一定能在高墙那边看到我的烛火，听到我的祝福与祈祷……

你一定会问，我为什么要冒充间谍？事情很简单，我不愿意让可爱的娜莎和我一样，承受失去母亲的痛苦。我得了癌症，快死了，我希望在生命的最后时刻做一件非常有意义的事情：让一位母亲回到她的孩子身边。克鲁兹，我不怪你，换了我，我也会那样做。

我不是个伟人，我只是一个失去母亲的孩子。我的愿望是让所有的孩子都能围绕在母亲身边。可我做不到，如今能用我残存的生命拯救一位母亲，我死而无憾。

克鲁兹满脸泪花。第二天，克鲁兹一家三口捧着鲜花来到了森特墓前……

（**作者**：于　强；**推荐者**：梁衍军）

（**题图、插图**：安玉民）

每个人心里都有一所大学，它是梦想升起的地方。

穷人的大学

□黄　胜

天上掉馅饼！

杨柳庄的杨瘸子有两个特别会念书的儿子。大儿子杨富读大三，小儿子杨贵读高三，两个儿子的成绩在学校里都是拔尖儿。

旁人都羡慕煞，说这两个娃将来一定能成才。杨瘸子听了脸上有光，心里却叫苦：按现在这行情，上个大学要几万元，像他这样的家庭，供一个娃读书都难，何况是两个呢。

这年春节过后，大儿子开学，杨瘸子将缸里的麦子、苞米一粒不剩全兑成了钱，又将圈里的肥猪卖了，好歹才为他凑够了路费、生活费。大儿子走的时候，眼泪汪汪地问："爹，你把粮都卖了，你们吃啥呢？"

杨瘸子说："那不是还有半窖子地瓜吗？反正再过三四个月，新粮就下来了，没问题。"

打发走了大儿子，还有小儿子呢。杨贵在县城读高中，没钱吃食堂，他每星期都回家带一次干粮。杨瘸子面带歉意地看着小儿子，说："要不，爹出去借点粮食吧。"

杨贵拦住爹，尽量显得轻松地说："爹，我也吃地瓜好了，吃地瓜还不用就菜。"

杨瘸子的眼圈红了，儿子已经十八了，正是发育的时候，可因为营养没跟上，身架脸型仍跟孩子似的。杨瘸子心里滴血：这孩子，懂事啊。他

说："二贵啊，你别怨爹没本事。你的学费……你要不要去跟王老师商量一下？"

杨贵低下头，轻声说："爹，你别为我的事操心了，王老师已经说了，他跟学校商量好了，这学期还是免去我的学杂费。"

杨瘸子听了，点点头，感叹道："王老师是好人呢，二贵，将来，咱可不能忘了人家啊。"

两个儿子走了后，杨瘸子松了一口气。不过，这气也仅是暂时轻松了一下而已，因为再过半年，二贵就要高考了，以他的成绩，考上大学没问题。一想到二贵上大学，杨瘸子就不寒而栗，那一大笔钱从哪里来呢……

夜深人静，杨瘸子常常愁得睡不着觉，有时候，他甚至想，要是儿子不这么会读书就好了。不过，一有这想法，他就忍不住打自己耳光，骂自己：哪有你这样当父亲的，竟不盼着儿子有出息，死后你还有脸皮去见先人啊？

日子一天天过去，再有三个月就要高考了。

正当杨瘸子为学费的事愁白了头的时候，天上掉下馅饼来了。

这天上午，一个穿着体面的人来到杨瘸子的家里，自我介绍是县里育才中学的副校长，姓黄。

杨瘸子听儿子说过这所中学，这是一家私立中学，教学条件不错，但学费昂贵，在里面就读的都是有钱人家的孩子。

黄副校长开门见山说："老杨，你家的情况我们都了解，杨贵同学的学习情况我们也知根知底，如果你愿意，我们可以为杨贵同学提供读大学的一切费用。"

杨瘸子以为自己在做梦，狠掐了一下自己大腿，傻呆呆地看着黄副校长，结结巴巴地问："你是说，你愿意出钱供二贵上大学？"

免费的午餐?

黄副校长点点头:“是。当然,我们不是白帮你,是有条件的。”

此时,杨瘸子知道不是在做梦了,他喜出望外,忙说:“什么条件你尽管说,只要能让二贵读大学,要我的老命都行。”

黄副校长笑道:“没那么严重,其实这条件很简单,让杨贵同学转学到我们学校就行了。”

杨瘸子愣愣地说:“听说你们那儿的学费老高,我们上不起呀……”

黄副校长打断他:“你误会了,我们不但一分钱不收,还免费提供食宿。你也知道,剩下这几个月可是高考的冲刺阶段,耗精费神,营养必须得跟上。”

这条件更吸引人,想到现在二贵在学校里天天啃地瓜,杨瘸子心里就跟针扎一样,只是,他也清楚,天下没有白吃的午餐,他不明白对方为何要这么做,就问:“无功不受禄,黄校长,我想问一下,你们为什么要帮我?”

黄副校长略一沉吟,说:“我也不瞒你,我们学校刚建了没几年,招生情况还不太理想。所以,我们想让杨贵同学过来,作为我们育才中学的学生参加高考。”

杨瘸子看着他,还是不明白。

黄副校长进一步解释说:“好学生是最宝贵的财富,如果杨贵今年成了高考状元,就能提高我们学校的知名度,帮我们学校打开局面。”

杨瘸子恍然大悟:“你是想让杨贵帮你们做广告呀?”

黄副校长呵呵笑道:“对、对,就是这个意思。你想想,现在请明星做广告动辄几十万,我们只供应杨贵读大学,比请明星做广告便宜多了。这件事,对我们双方来说,是双赢啊,何乐而不为呢?”

杨瘸子笑逐颜开了:儿子上大学的钱终于有着落了,长久压在心里的一块大石被搬走,心中是一片豁亮,是呀,何乐而不为呢?他说:“太感谢您了,我这就去学校找儿子,让他转学。”

黄副校长叮嘱他,这事暂时不要张扬,特别不能让一中的老师知道,只要让杨贵他人到他们学校就行了,别的事情由他们来办。

杨瘸子不解地问:“这事咋还要偷偷摸摸的?”

黄副校长解释说:“你想呀,哪个老师舍得放自己的好学生走?谁都想让好学生为自己争光呢。”

听他这样说,杨瘸子马上想到了儿子的班主任王老师,心里隐隐觉得有些不安。

黄副校长察言观色,从提包里拿出一万块钱,重重地放在桌子上:“老杨,这是定金,只要你儿子到了我们

学校，高考名列前茅，我们再付给你三万。四万块钱，读个大学基本上就够了。”

穷了一辈子的杨瘸子什么时候见过这么多钱呀？他喘气都不匀了，但他又觉得拿人家这么多钱，心里还有点不踏实。

黄副校长见他犹犹豫豫的，就说：“老杨，我知道你是个老实人，要不这样，钱放你这儿，你写个借条给我，算暂借，等高考好了再清账。”

杨瘸子同意之后，就兴冲冲地来到县一中。他本想偷偷地将儿子叫出来，把这好事告诉他。没想到，在学校门口，却迎面遇到了王老师。

以往，每见到王老师，杨瘸子都要主动迎上去，表达感激之情，因为王老师为了能让杨贵上学，到处奔波，费尽心血，在校长那里磨破了嘴皮，校长才勉强答应免除杨贵的学杂费，但校长提出条件，那就是杨贵的期终考试成绩必须在年级里名列前茅，否则，将从王老师的工资里扣除杨贵的学费。

想到王老师对儿子的情义，杨瘸子心中有愧，本想躲开王老师，王老师却主动迎过来：“杨师傅，你来了？我这几天正打算去找你。”

杨瘸子忙问：“有事吗？”

王老师说：“杨师傅，最近家里的情况怎么样？我看到杨贵天天吃地瓜呀。”

杨瘸子眼窝又红了，无可奈何地说：“王老师，不怕你笑话，为凑老大的学费，家里的粮食都卖光了。”

“现在正是学生冲刺的时候，耗精力，营养一定得跟上，不能让孩子太苦了。”王老师说着，从兜里摸出二百块钱，递过来，“你交给杨贵吧，剩下这两个月让他到食堂吃饭。这孩子，太犟了，我给他钱他高低不要。”

杨瘸子慌忙摆手推辞："王老师，咋好光拿你的钱呢？这些年你为杨贵贴补了不少钱了，你也不宽裕呀。"

王老师拉起他的手，将钞票硬塞到他手心里，说："别推辞了，算我借给你们的也行，等有钱了再还。"

杨瘸子握着这钱，心中一冲动，就想把要让杨贵转学的事告诉他，可话到嘴边，又赶紧咽下。

王老师见他欲言又止，问："杨师傅，你有什么话要说吧？"

杨瘸子慌忙摇头："没事，我就是想说谢谢您，王老师，您为我们家杨贵费心了。"

王老师说"没事，应该的。对了，杨贵考大学绝对没有问题……上大学要不少钱，你还要为他早作准备呀。"他见杨瘸子面有难色，就叹了口气，说，"你来找杨贵一定有事吧？你稍等，我去把他叫出来。"

杨瘸子看着王老师的背影，心里说：多好的老师呀，就这么悄没声息地让杨贵离开他，怪对不起人家的。

是鱼，还是熊掌？

过了一会儿，杨贵从楼里出来，跑了过来。杨瘸子一拉儿子的胳膊，将他拉到一堵墙壁后，悄声说："二贵，好事，大好事！你上大学的钱有着落了，咱们再也不用愁了！"

杨贵一怔，惊喜地问："真的？"

杨瘸子就把黄校长去找自己的事情说了一遍。

杨贵听了，脸上的笑容却消失了，他着急地问："爹，你答应了他？""当然答应了，定金我都接了，这种好事往哪里去找呀？"

杨贵盯了他一眼，脸都涨红了："爹，你马上去把钱退给人家，这种钱你怎么可以拿呀？我绝对不会转学的。你想想，王老师辛辛苦苦教了我三年，到了最后，别人给几个钱，就想把成绩抢过去，这叫什么事呀？就像你辛辛苦苦种了一年庄稼，临到收获，别人却要来收，你会干吗？"

杨瘸子懵了，细细一想，儿子说得也有道理，可是，好不容易有这机会，还能就这么放弃掉？于是说："二贵，你可要想好了，爹真的没有本事弄钱供你上学了，将来你上不了大学，你可不要后悔。"

杨贵说："爹，我不会后悔，我宁肯不上大学，也不会背叛王老师的。今天我跟你说句心里话，咱家这种情况，我和哥哥都去读大学是不现实的，所以，我根本没有上大学的打算，即使考上了，我也不会去上。我之所以坚持读到现在，就是为了王老师，我不想辜负他，我要考出最好的成绩，来回报他。爹，学校有政策，哪个老师班里出了高考状元，学校要重奖一万块钱。爹，我想为王老师挣这一万块钱。"

杨瘸子呆了，他默默地看着单薄

瘦弱的儿子，心里的失望渐渐消散，涌上来的是无限的欣慰。他拍拍儿子的肩头，哽咽着说："好孩子，你做得对，是个有情有义的好孩子，是爹错了，被钱迷了心窍，我这就去把钱还给人家。"

父子两人从墙后转出来，却发现有个人站在他们面前，不是别人，正是王老师。

这些天，王老师也听到育才中学花大钱来一中挖尖子生的传闻，而且五班的一个尖子生已经被他们挖走了。刚才，他发现杨瘸子的神色不太自然，不知怎么，就有了不祥的预感。所以，当杨贵出来见他爹时，王老师就跟在了后面。杨贵父子的谈话虽然没有全听清，却也听了个八九不离十，尤其是杨贵最后吐露心声的几句话，他听得清清楚楚，听完后，他心中无比震惊：这个孩子，寒窗苦读，只是为了报答我呀。他又是感动又是生气，当即沉着脸，看着杨贵，说："杨贵，你刚才说了些什么？再说一遍我听听！"

杨贵低下头，不敢看老师的眼睛，嗫嚅道："王老师，我……"

王老师厉声道："杨贵，你太让我失望了，你也太不了解老师了，我教你，难道是为了让你报答吗？是为了那一万块钱奖金吗？我跟你说，你一定要读大学，读了大学，就有机会改变你的命运。"

杨贵动情地说："王老师，没有您的帮助，高中我也读不完，现在我已经很满足了。上大学，对我来说是个遥不可及的梦。我家的情况您也知道，我不想让我爹我娘为难，他们为了我，已经竭尽所能了。我认命。"

王老师看着心爱的学生，目光渐渐柔和下来："杨贵，听老师的话，没有解决不了的困难。我早已经想好了，高考完后，只要你能夺得高考状元，学校给的那一万块钱奖金我就给你做上大学的学费。那是你挣来的，应该给你。”

杨贵的眼圈红了，他给王老师深鞠一躬：“老师，谢谢您。您为我付出了这么多，我无论如何不能再给你添麻烦了。我已经下了决心，您就别劝我了。”

杨贵说完，擦了擦眼泪，低着头径直跑回教室去了。

不散的筵席……

王老师看着他那小小的瘦弱的背影，心里感到酸酸的，他转向杨瘸子问：“杨师傅，你一定要劝劝杨贵，现在，大学里都有助学贷款，家里再填补着点，坚持坚持，一定能读完大学的。”他顿了顿，突然问，“杨师傅，育才中学答应给你多少钱？”

杨瘸子急忙说：“四万。王老师，您放心，现在他就是出再多的钱，我也不会让儿子过去的。”

王老师嘴角抽了抽：“呵，他们倒是舍得下血本，看来，他们倒是有眼光，是看准杨贵一定能考出好成绩了。”他看着杨瘸子，认真地说，“杨师傅，你去找他们，再加一万，就让杨贵过去。”

杨瘸子吓了一跳，失声说“王老师，您……”

王老师摆摆手：“别说了，杨贵不是想报答我吗？多出的这一万，就是给我的奖金。”

杨瘸子将信将疑地看着他，摇着头，说：“王老师，您不是这样的人。”

王老师苦苦一笑“说实话，杨贵并没有把握当高考状元，我呢，也就没把握得那奖金。现在只要把他送过去就得一万，旱涝保收，我何乐而不为呢？”

杨瘸子这才看出王老师并不是开玩笑，他不安地说：“王老师，你可要想清楚，学校领导知道后一定不会罢休的。”

王老师说：“所以这事你一定要保密。其实，学校知道了也无所谓，我是为了钱，学校同样也是。本来嘛，学校的工作就是教书育人，只要能成才，学生在哪里高考都一样。可现在，学校这样来控制学生，说穿了也是为了一己私利，无非是把优秀学生当成手中的筹码，为了给学校争来荣誉，来年可以多招生、多挣钱。”

杨瘸子还担心儿子：“二贵他也不会答应的。”

王老师说：“这你就别操心了。”

……

时间转瞬而过，春去夏来，高考结束，成绩公布，育才中学的学生杨贵以优异的成绩，成为全县理科状元。

为了广造影响，育才中学出钱，以状元杨贵的名义，在县城最豪华的酒楼举办谢师宴，大放鞭炮，大宴嘉

·本刊信息传真·

2007年《中国最有影响力的故事》征文启事

四大奖励措施　稿酬外追加千字1000元奖金

为鼓励多出优秀作品,《故事会》杂志社决定继续举办2007年“最有影响力的故事”征文大赛，并对优秀作品实行四大奖励措施:

1. 入选作品除在杂志上发表外，还将收入《〈故事会〉2007年最有影响力的故事》一书。2. 入选作品可得两笔稿酬: 在《故事会》杂志发表的作品，首发稿酬每千字400元;获“《故事会》最有影响力的故事”优秀作品奖，再追加每千字1000元。3. 入选作品均颁发奖励证书。4. 本刊将邀请有关作者参加第十二届“故事创作研讨班”、优秀作品改稿会以及年底的颁奖大会,所有费用均由编辑部承担。

征稿范围: 1、具有现实感、新鲜感且可读性强的中短篇(包括超短篇)原创作品; 2、故事性强、有口传性、能引起读者兴趣的推荐作品。

超短篇(如幽默故事)的字数一般在1500字以内,短篇(如中国新传说)的字数一般在5000字以内，中篇故事的字数一般在15000字以内。

来稿方法: 1. 从邮局寄发，请在信封上注明“征文大赛”字样，本刊地址: 上海市绍兴路74号《故事会》杂志社，邮编: 200020。2. 从网上传递，可寄以下信箱: wulun@vip.sohu.net，请在主题上注明“征文大赛”字样。此外，重点作者的稿件可直接与有关责任编辑联系,本期责任编辑的信箱是: simyyue@126.com。

宾。不过，令到场采访的电视台记者感到意外的是，谢师宴的主角——状元却并没有到场。

可是，状元到不到场似乎并不重要，谢师宴依然举办得轰轰烈烈。当天晚上，育才中学的老师们都在电视上露了面，大谈教书育人的心得体会和学校的辉煌成就。

同一天，在一中附近的一个小饭店里，杨贵跟王老师相对而坐。因为没有看管好自己的学生，让优秀学生被其他学校挖走，王老师被学校停课，等候处理。王老师酒已半酣，他取出杨贵当初离校时交给自己的那一万块钱，放到桌子上:“杨贵，这些钱，我一分不会要。”

杨贵诚惶诚恐:“老师，这是你该得的，你一定要收下。”

王老师爱怜地看着自己的学生，不知是喝多了还是别的原因，眼里流下了两行泪水，说:“杨贵，你想一想，如果我拿了这钱，我还配当一名教师吗?”

杨贵捧着钱，哭了。

(题图、插图: 魏忠善)

(本栏目欢迎来稿。来稿可从邮局寄发，也可从网上传递。如为电子邮件，请发以下信箱: simyyue@126.com)

我是你奶奶

□庞洪成

俗话说：人善被人欺，马善被人骑。金童玩具厂有个善良的打工妹叫时兰蕙，她人长得漂亮，性格又温柔，结果进厂不久，就被车间主管戌纪辉瞄上了。

戌纪辉三十多岁，家里有老婆孩子，可是总喜欢在外面拈花惹草。他虽然官不大，却很有些权力，车间里二十几个打工仔打工妹都得听他摆布。他常常晃着自己的大脑袋，对手下的工人说："在这里我最大，谁不听我的话就给我滚回老家去。"大家背地里都叫他"戌大头"。

戌纪辉见时兰蕙长得漂亮，便起了邪念，经常找机会和时兰蕙东拉西扯，软磨硬泡，后来又发展到吃饭、唱歌、跳舞。

一个休息日，戌纪辉不知在哪儿喝得酒气熏天，死缠着将时兰蕙拉到舞厅，然后搂着时兰蕙跳起来，一双不安分的手在时兰蕙身上一阵乱摸。跳完舞，他突然拿出一个钻戒，硬塞到时兰蕙手中。时兰蕙想把钻戒还回去，可一抬头刚巧看到一个小姐妹从舞池边上走过，慌乱之下便把戒指塞进了自己的口袋里。

见时兰蕙收下钻戒，戌纪辉心中暗暗得意，心想：凭这枚价值昂贵的钻戒，就一定能让她动心。谁知，第二天一早，时兰蕙突然哭哭啼啼地找到他，说是她父亲打电话来，说家中出了事，让她赶紧回去一趟，要请几天假。戌纪辉见她那副悲痛的样子，不像是装的，只得准了她七天假。

七天很快过去了，时兰蕙没有回来。戌纪辉不免犯起了嘀咕，难道这小妮子不回来了？自己被她耍了？戌纪辉正忐忑不安，忽然又接到他父亲

的电话，让他马上带着媳妇一起回去。戌纪辉的父亲住在郊区，他不知家里发生了什么事，急忙叫上媳妇，搭车回到乡下。一到家门口，却见父亲满脸笑容地在那忙活着，就问道："爹，你着急忙慌地把我们喊回来，干啥呀？"他爹道："家里来了贵客，叫你回来见见面。"说着，将他夫妻俩引到屋中。一位七十岁上下的老汉正坐在炕上，他爹介绍道："纪辉，这可是咱们戌家的老祖宗了，你们得叫太爷。"

因为戌姓奇少，族谱不乱，一旦遇到本家，都是同宗同族的，定能分出个大小辈分来。平时很难有族亲上门，今日突然来了个太爷，戌纪辉也很高兴，便热情地上前打招呼。这时，只见门帘一挑，一个姑娘抿着嘴从里间屋出来了。戌纪辉一见，不禁又惊又喜："兰蕙妹子？你？你怎么上这儿来了？"话音未落，只听他爹喝道："放肆！那妹子是你叫的？她是你太爷的义女，我叫小姑，你们得叫小奶！"戌纪辉一听，目瞪口呆。

原来，别看时兰蕙性情柔弱，却是个极有心计的姑娘。她早就看穿了戌纪辉的鬼主意，可她又不敢得罪他，左思右想，她突然想起了自己村里的孤老汉戌仁忠。

时兰蕙的父母待戌老汉很好，时常给他一些帮助。戌老汉也经常到时家坐一坐，唠唠家常。时兰蕙听他讲过有关他的姓氏的故事，还帮他排过族谱，发现戌老汉竟然是戌纪辉的祖宗辈。

那时时兰蕙就留了个心眼。这次戌纪辉塞给她一枚钻戒，她觉得这样下去自己的处境更危险了，灵机一动，便假称家中有事回了趟家。回到家后，时兰蕙找到戌老汉，说要认他当干爹。因为兰蕙对戌老汉很好，老汉又一辈子无儿无女，如今要认干爹，哪能不乐得应承？当即认了这个闺女，还给了她取了个戌姓的名字。

时兰蕙跟戌老汉说自己在城里认识了个戌家人，鼓动戌老汉跟她去认亲，戌老汉也答应了。就这样，时兰蕙按照平时从戌纪辉那里得来的信息，带着戌老汉找到了戌纪辉他爹家，双方一谈论，亲得了不得。

戌纪辉他爹说"纪辉，听说你小奶在你厂里上班，你可千万要照顾好了。咱们戌氏家族一向家风严谨，崇尚孝义，如果出一点错，我唯你是问！"戌纪辉只得连声答应。

时兰蕙则拉着戌纪辉媳妇的手说："孙媳妇，初次见面，我也没啥送你的，就送你一枚戒指吧！"说着，将那枚戌纪辉硬给她的钻戒，放到了戌纪辉媳妇的手里。那个憨婆娘，见时兰蕙以这么贵重的礼物相赠，乐得嘴都合不拢了，一口一个小奶，叫得脆甜。戌纪辉只能打掉牙往肚里咽。

（题图：谢　颖）

角色

□叶　强

刘长乐天生一副好嗓子，能唱京剧，和李县长是铁杆戏友。结果没几年，他就由一个不起眼的小办事员升为李县长的首席秘书，真是前途不可估量。

李县长迷戏，那可是全县有名的，他最爱演包龙图，县剧团每次排《铡美案》都要打电话邀请他。刘长乐是李县长钦定的"陈世美"，他擅长察言观色，在台上和李县长一唱一和，把陈世美演得活灵活现，让领导过足了清官瘾。

这天，县剧团又排《铡美案》，李县长应邀而至。他喝得有点高，临上场前，不知脑子动了哪根弦，竟突发奇想要反串一下角色，自己演陈世美，让刘长乐来演包龙图。这可把刘长乐急坏了，让他坐在大堂上审领导，就是再借给他十个胆子他也不敢呀！吓得连连摆手："不行不行，瞧我这小鼻子窄脸的，哪演得了包龙图啊？还是李县长你亲自上阵吧！"李县长劝了几句，见刘长乐还是不肯"就犯"，就有点不高兴，把脸一沉："嗯？你是不是说我长得黑，就非得演包龙图不可？"

刘长乐赶忙解释："不……不是这个意思，哎呀李县长，我真的演不来呀！"

李县长喷着酒气，哈哈大笑："我说小刘，今天晚上你是演也得演，不演也得演，你现在不提前实习实习，将来我怎么好放手让你独当一面？"

既然李县长把话说到这个份上，刘长乐再不答应就是不识抬举了，只好硬着头皮穿上了戏袍。锣鼓一响，众人朝台上一望，一个个都想笑，那"包公"怎么看都像个娘们，而"陈世

美”却像猛张飞，不过大家伙没一个敢笑出声的，还一个劲地鼓掌呢！

戏里有这么句台词，就是包公一拍惊堂木，用手指着陈世美，一声厉叱：“陈世美，你为何要喜新厌旧？”戏一演到这儿就梗住了，那刘长乐的声音太小，像蚊子哼哼，眼睛怎么也不敢正视李县长。李县长就停下来开导他“看着我，大声点，这是在演戏，你怎么就进不了角色？告诉你：不要把我当成县长，你是包公，我是陈世美……”可一连开导了好几遍，刘长乐还是进入不了角色，动作完全变了形，声音也越来越结巴。李县长气得酒劲直往上涌，整个脖子都红了：“再演不好就下去，免得别人看笑话！”

刘长乐实在是被逼糊涂了，只见他猛吸一口气，横眉怒目，狠命地盯着李县长，“拍”地一拍惊堂木：“李县长，你为何要喜新厌旧？”台下的人一听闹出了笑话，便再也忍不了了，一个个捧着鼻子“哧哧”直乐：传闻最近李县长与一个“小蜜”关系不一般，家里正闹得不可开交……只见李县长愣愣地望着刘长乐，好半天都不说话，刘长乐猛一激灵，赶忙纠正过来：“陈世美，你为何要喜新厌旧？”听到台下响起了掌声，刘长乐这才放下心来。过了这一关，接下来的戏还算顺利，刘长乐最后总算完成了任务。

按说这事大家笑一笑乐一乐也就过去了，可是第二天早上，刘长乐却发现有点不对劲。李县长总是有意无意地避开他的眼睛，有时就是难免碰上了，神情也总是怪怪的，一点都不自然。

刘长乐思前想后，心里“咯噔”一下：完了，李县长才是真的进入角色了！

（题图：黄全昌）

· 本刊信息传真 ·

故事中国网给您拜年

各位读者新春快乐！新年伊始，“故事中国网”(www.storychina.cn)将为您呈现更多更好的故事作品，并准备了丰富多彩的活动邀您参与！网站结合每期《故事会》，继续推出编辑手记、作者感言、作品赏析，让您了解发生在《故事会》背后的故事，并且对每一篇故事评头论足、抒发己见。

“填字游戏”展开新一轮的挑战，各路英雄逐鹿中原，争夺各月度冠军和年度总冠军；故事中国周刊每周精华荟萃，让您用最短的时间，看到最精彩的故事，最新一期周刊还为您准备了新年礼物；本站还将推出各项征文、互动活动，让你有机会一展身手；您还能在网上了解最新的故事会图书优惠消息。

“故事中国网”在2007年开始征集长篇悬疑故事，优秀作品将在年底出版，详情请登录网站了解。

厨房机密

□十士子

一品楼酒家在城里名气很响，据说它烹饪用的配料都是根据当年皇宫里传下来的秘方制作的，风味非常独特，在同行业中堪称一绝。

最近，因为市政动迁，一品楼移了新址，门面也扩大了一倍，眼见生意越做越大，一品楼老板王福林整天笑得合不拢嘴。不过他不知道，就在他笑掉牙的时候，有个人正恨不得要拿把刀来跟他拚命。谁？他新店对面醉满楼酒家的胡老板胡海。

胡海的生意本来做得好好的，就是因为来了一品楼，从此门庭冷落。看着一品楼门口整天进进出出川流不息的客人，胡海把满肚子怨气全发在王老板身上。有什么办法能把他手里的秘方挖过来呢？退一步讲，就是挖不到秘方，能拿到用秘方制作的配料也不错啊，说不定能从中找到什么呢！胡海开始动起了脑筋。

这天晚上，胡海无意中看到一个工作人员从里面出来，觉得挺眼熟，突然想起来，这人是自己的小学同学二胖。胡海心里一愣：这小子读书时就是个死脑子，怎么也能在这么有名的酒楼里找到事做？不过他立刻又眉开眼笑起来：这不是老天爷给自己送机会来了吗？秘方的事就问问他嘛！于是胡海赶紧冲出酒楼，三步两步追上去给二胖打招呼，硬把他拉到自己酒楼里一起喝酒。

可让胡海感到扫兴的是，三杯酒喝下来，二胖的嘴巴出乎意料的紧，只要胡海一提及秘方的事，他就支支吾吾起来，而且喝了没多会儿酒，就急着要走。当然，胡海也不是一点收获没有，从二胖的片言只语中，他硬是打听到一品楼用的配料都是王老板用秘方配好后直接送进配料房的，为了防盗，王老板还特地在配料房里养了两条狼犬，而二胖就是王老板专门雇来喂狼犬的。

王老板如此防范，别说秘方根本拿不到，就是要想得到配料，也难啊!

胡海觉得没了指望，二胖一走，就垂头丧气地回了家。

胡海的老婆不知内情，扑上来问寒问暖，胡海一把推开她："去去去，别烦我！""出什么事了？"老婆疑惑地看着他。胡海脚一跺"你们女人懂什么？"老婆生气了，屁股一扭，转身就走。

看着老婆的背影，胡海突然想到了二胖，刚才二胖急着要走的时候，胡海顺口和他开玩笑说："大概怕回去晚挨老婆骂吧？"谁知二胖脸色就阴了，叹口气说："我这个穷样子，哪个女人肯跟我啊？"胡海猛拍自己的脑壳：嘿嘿，怎么就不用这个女人来做鱼饵，想办法通过二胖把配料搞到手呢？胡海立刻跑过去一把抱住老婆，狠狠亲了一口，求她一定要帮自己这个忙。

胡海的老婆叫小美，她还没等胡海把话说完，就狠狠甩了胡海一个耳光。

胡海不死心，捂着火辣辣的腮帮，死皮赖脸地硬缠着小美说："嘻嘻，好老婆，我的心肝宝贝，就求求你帮我这一次忙吧，酒楼生意做大了，这赚来的钱还不是你的？戒指项链铂金珠宝任你挑，怎么样？就是要周游世界也没问题！”

“这话可是你说的？”小美瞥了胡海一眼。

胡海咬着牙唾沫四溅：“我什么时候说话不算话了？”他心里对自己说：哼，这回豁出去了，舍不得老婆套不来秘方赚不得钱哪！

胡海为自己能想出这个计谋而洋洋得意，而且很快，他就对小美刮目相看了，因为小美没用了多少时候，就把二胖迷得个团团转了。不过让他挺失望的是，小美说，无论她再怎么和二胖亲热，二胖都没让她进过一回配料房。胡海心想：看来，非得自己亲自出马不可了。

这天傍晚，按着胡海的意思，小美跟着胡海悄悄溜进一品楼后院，胡海自己躲在僻静处，小美则去配料房找二胖。就在小美缠缠绵绵地挽着二胖的胳膊走出配料房的时候，趁二胖不注意，胡海带着两个掺过蒙药的肉包子，悄悄溜了进去。

出乎胡海意外的是，他原以为配料房里那两只狼犬很厉害，但实际上却是两只草包，他把那两只肉包一扔过去，就把它们给治住了。

胡海的心定了下来，反正外面有小美挡着，他就在配料房里仔仔细细看了起来。走了一圈，没发现有什么特别的装置，只有一排排大大小小的坛子整齐地排列在那里，坛子里浸泡的都是一些普通的菜蔬肉食。那些配料放在哪里呢？突然，胡海看到墙边靠着一把长勺，他心里不由一动：王老板会不会把配料浸在坛子里？他拿过长勺，小心翼翼地插进靠近身边的一个坛子里，轻轻搅动起来，果然，一个黑糊糊的东西被他从坛底搅了上来。

胡海心中一喜：哈哈，你再有办法也逃不过我的眼睛！可没想借着配料房里昏黄的灯光一看，他竟恶心得差点要吐出来：这黑糊糊的东西竟然是一只死蛤蟆。胡海不甘心，把长勺插进隔壁坛子里一搅，又是一只死蛤蟆，一口气连看了十只坛子，只只坛里都一样。

胡海心里琢磨开了：为什么王老板要把死蛤蟆浸泡在坛子里？难道一品楼鼓吹的所谓宫廷秘方和配料，就是这么个东西？

从配料房回来以后，胡海一直在想这个事情，突然心里一亮：对呀，只有做常人不敢想之事，才称其为奇妙啊！难怪一品楼的风味与众不同，谁会想得到用死蛤蟆浸泡过的汁水来做菜？好啊，既然你一品楼想得出用这种办法，还会有这么多人喜欢吃，那我醉满楼为什么不用？

胡海说干就干，真就悄悄让伙计们把这办法用上了。可奇怪的是尽管他用了这一着，可生意却没有什么大

的起色，而且有一次为客人上菜时，不知怎么搞的，那只被浸泡过的死蛤蟆，居然被堂而皇之地端上了桌。这一来，不亚于在酒楼里放了一颗原子弹，检疫人员闻讯赶了来，一调查，把酒楼都给封了。

胡海气得一跳八丈高，一怒之下，把一品楼给举报了。检疫人员乘胜追击，马上对一品楼进行突击检查，果然在配料房发现了问题。但是一品楼的王老板不买账，他指着被检疫人员从坛子里捞上来的死蛤蟆，说：“你们别看这东西看上去很恶心，

其实它肚子里装着我们特制的配料，我们一品楼的菜所以受欢迎，就是因为这个的缘故。”王老板一面说，一面将那只死蛤蟆的头部轻轻一拉，蛤蟆竟然打开了，里面果然有一个装着配料的药包。

也就在这个时候，大家才发现，所谓的死蛤蟆其实是假蛤蟆。王老板解释说：“这是我们用特殊的皮质材料制成的蟾蜍，它的肚子里专门用来放配料，之所以要用皮制作，是考虑尽可能让配料保持长久的香味。另外，因着配料品种的不同，我们还请人特制了兔子、牛等各种皮囊，专门盛放香料。”

王老板说着转过身去，走到另一排坛子前，用长勺从其中一个坛里捞出一个黑糊糊的东西，大家伸过头去一看，是一只形象逼真的皮制兔子；又换了一排坛子，捞出来的是一只皮制的牛。

胡海连连跺脚，这才发现自己其实那天晚上是看走了眼。可为什么后来小美也这么对他说，而且还说是她亲眼看见二胖将死蛤蟆放进坛子里的呢？

这时，小美挽着二胖走了进来，递给了胡海一张离婚申请书，说自己要和二胖在一起，再也不会回到原来那个家了。小美还告诉胡海她和二胖是故意做戏给他看的，二胖早就把前前后后的事情告诉王老板了。

胡海万万没有想到等待自己的会

是这样的结果，看着小美一副大义凛然的样子，他酸溜溜地说："你……你不会是看上那个二胖了吧？你也不想想，他算什么东西？不过是替老板喂狗的伙计而已！你……你还是跟我回去吧？"胡海的声音这时候竟然变得有点可怜巴巴起来。

王老板在一边听不下去了，对胡海说："胡老板，你家里的事我不想管，不过要说二胖这个人，我还真要感谢老天爷，给了我一个这么忠诚的伙计。"

说到这里，他话头一转，"你胡老板的酒楼现在已经被查封了吧？不用说赔偿顾客的精神损失，就是那些罚款，你怕也交不齐。如果你不介意，我们一品楼倒是可以帮帮你这个忙，你们醉满楼好好整顿后，可以作为我们一品楼的一个分店继续经营，不过分店老板就不是你胡某人了……"

胡海听了王老板的这番话，两腿一软，险些瘫坐在地：唉，秘方没拿到，饭店被查封，老婆又跟了别人，我这可真是自作自受啊！

（**题图**、**插图**：黄全昌）

·本刊信息传真·

老茶馆里读故事　优秀作品月月评

这期《故事会》您喜欢哪篇？不喜欢哪篇？发条短信，把您的意见告诉我们，就有机会中800元的现金大奖哩。

小二上茶！请您评评这期《故事会》（本期期数：04）里的故事吧。

哪篇故事的情节最吸引您——最佳情节奖（奖项编号1）；

哪篇故事让您觉得最有趣——最佳情趣奖（奖项编号2）；

哪篇故事让您懒得看，还抽空倒了杯水——最佳广告时段奖（奖项编号3）

评选方式：**编辑短信306+奖项编号+期数+故事篇名所在的页数**，比如：你想选本期第35页起刊登的那篇故事为最佳情趣奖，只要发送30620435到3883752（移动用户）/9866752（联通用户）就可以了。每次评选只要1元钱，您就有机会拿走茶馆本期的特色奖品——最新大片DVD光碟共10张哦！本次活动另设一等奖1名，奖金800元，二等奖5名，奖金100元，参与奖200名，各获精美礼品一份。评选结果和中奖读者名单可以上故事中国网（www.storychina.cn）查询，您还可以对本期作品发表意见哩！

客服电话：010-6786 8800（移动）、010-8298 8818（联通）；

详情可登录 www.storychina.cn 查询。

阅读彩信版《故事会》，移动编辑短信81发送到80013981——用手机享用丰盛的故事大餐，获赠精选图铃，每月4期哦！信息费：5元／月。

生死时速

□雨　含

猝然的灾难

布鲁斯是美国洛杉矶一家金属制品加工厂的工人，他有一个幸福的家庭，太太丹尼丝和10岁的儿子约翰逊是他的精神支柱。

这年6月1日，布鲁斯夫妇兴致勃勃地应邀到学校观看儿子的棒球比赛。赛场上，约翰逊的出色表现，让全场的人为之欢呼，突然，当轮到约翰逊击球时，他的手还没举起来，竟猝然倒地，昏死过去。

布鲁斯夫妇心急如焚，火速把约翰逊送到医院，医院院长凯瑟琳和心脏外科专家特洛克大夫介绍了约翰逊的病情：约翰逊患有先天性心脏病，倘若不做心脏移植手术，最多只能活两个月。而选择做手术，就需要事先在心脏移植等待供体名单上登记。

听了特洛克大夫的介绍，布鲁斯急切地说："那还犹豫什么，我们做手术！"

然而，心脏移植手术的费用非常昂贵，最少也要25万美元！

两个星期过去了，布鲁斯只筹到了3万美元，躺在病床上的儿子气息微弱地说："爸爸，我什么时候能够出院呀？下个月我还要参加棒球比赛呢！"

悲情难抑的布鲁斯冲到院长办公室，跪在凯瑟琳的面前："求求你救救我儿子，千万不要把他从名单中删去。我发誓，我会把欠款还上，用我的余生报答医院的救命之恩！"

凯瑟琳一时有些无措，可是最终她还是硬着心肠说："医院治疗是要成本的，它不是慈善机构，你还是赶快筹款去吧！"

疯狂的劫持

第二天布鲁斯去卖了血。可当他

来到医院，却看到妻子丹尼丝在病房外抹泪。她看到布鲁斯过来，一头扑到他的怀里：“我们的儿子没救了，刚才特洛克大夫已经把约翰逊从名单中删除，放弃了对他的治疗。”

这个消息让已有心理准备的布鲁斯还是心头一震，他紧紧地抱了抱妻子，然后径直来到约翰逊的床前，像往常一样给约翰逊念起了他最爱的《哈里·波特》。刚念完一节，约翰逊出其不意地说：“爸爸，如果我也能找到哈里·波特的魔法石，就不会死了是吗？”

儿子的话让他最后下了决心，他决定去实施使他犹豫了无数次的那个念头。他飞速地跑回医院，找到特洛克大夫，拉着他的手恳求道：“求求你不要放弃我儿子，为了他我愿意舍弃一切！”

布鲁斯的肺腑之言让特洛克涌起一丝感动的暗流，他有些无奈地说：“这是董事会做出的决定，我无能为力！再说现在也没有合适的供体。”

布鲁斯听到这话，犹如五雷轰顶，全身冰凉，只觉得自己一直朝着深渊坠下去……他哆哆嗦嗦地掏出准备好的手枪，指着特洛克的脑袋大声喊道：“不！不！我不求你了，你必须救我的儿子！”说着他用枪把特洛克大夫逼进了急诊室，看到特洛克被劫持，急诊室里的病人和医生四处逃窜。

接到报警后，火速赶来的警察将医院包围得水泄不通，医院院长凯瑟琳气愤地对警察局长哈里斯说：“警方一定要严惩歹徒，保护人质和院方的安全！”

哈里斯局长通过对讲机与布鲁斯取得联系。布鲁斯急躁地说：“我不想伤害任何人，我只想救我的儿子。”

哈里斯了解了急诊室的布局结构后，立刻与防暴队研究制服布鲁斯的方案：允许丹尼丝拨打急诊室里的一部电话，趁着布鲁斯接电话，完全暴露在枪口之下时，让狙击手从通风管道潜入击毙他。

很快丹尼丝母子被接到医院监控室里，在这里通过监视器可以看到急诊室的一切。凯瑟琳院长对丹尼丝说“布鲁斯的举动虽然疯狂，但他的爱子之心真的让我很感动，我同意把约翰逊的名字重新列入等待器官移植的名单。”

不知情的丹尼丝按照授意拨打了电话，泣不成声地说：“布鲁斯，他们答应把约翰逊的名字列在名单上了。”

布鲁斯闻讯脸上涌起一丝苦涩的表情，他让丹尼丝把话筒搁在约翰逊的嘴边，此时的约翰逊已是气若游丝，他微弱地叫了一声“爸爸”后再也无力说话。

就在这时，急诊室响起了尖厉的枪声。丹尼丝情不自禁地扑向监视屏，只见中弹的布鲁斯应声倒下。丹

尼丝转过身疯狂地厮打着凯瑟琳“你们这些骗子，杀死了我的丈夫，他没有恶意，只是想救自己的儿子啊！”

沉重的礼物

然而令人吃惊的事情发生了，原来布鲁斯只是被击中了左臂。只见他用手枪指着特洛克说“我知道即使医院真的把约翰逊的名字列在名单上，他也无法支撑等到合适的供体，前天我在医院做了配型，我的心脏完全适合约翰逊，因此我请求你杀了我，把我的心脏移植给我的儿子，请成全我作为父亲的最后心愿。”

布鲁斯的话让特洛克目瞪口呆。他感动地劝慰道“你想救儿子的心情我可以理解，可是我们必须面对现实，我怎么可能为了救你的儿子把你杀了？这也是犯法的呀！”

布鲁斯绝望地说：“你可以不杀我，你却无法阻止我自杀。我死后，请你不要浪费了一颗鲜活的心脏，请成全一个父亲最后的心愿！”

这时布鲁斯从裤袋里掏出一枚子弹缓缓地放进手枪里，特洛克吃惊地说：“你一直拿着一把空枪？”

布鲁斯喑哑地答道：“我从来就没有想要伤害任何人，我准备手枪是想在走投无路时用它把我的心脏献给儿子。”说着他一手掏出事先写好的心脏捐献协议书递给特洛克，一手把枪对准了自己的太阳穴，然后缓缓地躺到手术台上。

目睹这一切的丹尼丝抓过哈里斯手中的对讲机喊道：“布鲁斯，你不要这样，我和孩子离不开你，你说过要陪我一生一世！”

然而布鲁斯在这一刻已经关闭了对讲机，于是丹尼丝发疯似的冲向急诊室。

而此时，凯瑟琳同样心潮起伏，从没有一种力量让她如此感动，布鲁斯如山的父爱深深震撼着她的心灵，她和丹尼丝一起冲向了急诊室。然而，布鲁斯已经扣动了扳机。

爱心的奇迹

老天有眼啊！就在这关键时刻子弹居然卡壳了。趁这个空当，特洛克扑上去摁住了布鲁斯，凯瑟琳在门外高声喊道："请不要放弃生命，让我们一起来想办法！"

随后赶来的警察砸开了大门，凯瑟琳气喘吁吁地说："我有办法挽救约翰逊！马上给约翰逊安装电动人造心脏，等待有供体心脏后再接受心脏移植。"

"可是我没有足够的手术费！"

"你不是已经发誓会把欠款还上，用你的余生报答医院的救命之恩么？"凯瑟琳郑重地说："请相信我，接受我对一位父亲的敬意！"说着她着手安排约翰逊的手术，当她得知哈里斯马上要把布鲁斯押上警车时，她诚恳地说："请让布鲁斯等儿子做完手术，这个案的重点是生命，不是审判！"

同样深受感动的哈里斯局长让警员守着布鲁斯留在手术室外，直到手术完成才把布鲁斯押回警局。

很快，这一起离奇的劫持人质案件被媒体报道，立刻成为全美关注的焦点。布鲁斯真挚的父爱感动了洛杉矶，一笔笔爱心捐款飞到了布鲁斯的账户，不到一个月捐赠的善款高达50万美元。

约翰逊等来了和他相匹配的心脏供体，心脏移植手术成功后的约翰逊笑靥绽放，依旧是那个活泼、幽默的男孩……

对布鲁斯的审判如期进行，布鲁斯的故事感动着充满爱心的人们，也撼动着陪审团。法庭最后以劫持人质的罪名从轻判处布鲁斯三年徒刑。

判决过后，布鲁斯被押往监狱。在为他送行的人群中，重新恢复了健康的约翰逊做了一个强力挥棒的姿势，高声喊道："爸爸，谢谢你！"那一刻布鲁斯心中感到了无限的宽慰和坦然。

（**推荐者**：邓伟明）

（**题图、插图**：佐 夫）

·情感故事·

老人的心愿有时只是希望多见见自己的儿孙，快过年了，远方的你带着孩子回家看看吧！

丢失的白裙子

□杨汉光

一放暑假，何文彬就带女儿贝贝回乡下的老家看望母亲。看见孙女回来，老人高兴极了，带贝贝到地里拔花生、捉蚂蚱，一天到晚牵着贝贝的手。贝贝穿一条洁白的裙子，走过绿油油的田野，像一朵白云在青草上飘动，惹得村里的孩子纷纷来尾随。邻居有个叫二丫的女孩，忍不住在贝贝的裙子上摸了一把，洁白的裙子上立刻留下了五个手指印。

午饭后，何文彬让女儿把脏裙子换下来，洗干净晾在门前的竹竿上。二丫站在竹竿前，望着湿漉漉的裙子不肯离开。何文彬叮嘱她只准看，不准动，就和贝贝睡午觉去了。

午觉醒来，何文彬想看看女儿的裙子晾干没有，可到门前一看，发现裙子不见了。何文彬断定是二丫偷了那条裙子，坚持要到邻居家里去，把裙子要回来。母亲劝阻说："乡里乡亲的，闹僵不好，何况二丫的父母帮过我们不少忙，我一个人在老家，往后要他们帮忙的事还多着呢，你就看在我的面上，不要去问了，啊？"

母亲把话说到这个份上，何文彬就不好意思去问裙子了。

第二天，妻子打电话来，催何文彬和女儿回去。何文彬见母亲一个人在乡下太孤单了，就请母亲跟他一块儿到城里去。母亲说，在老家虽然孤单一点，但空气清新，心里也舒坦，还是在乡下好。

何文彬知道母亲是不愿跟媳妇在一起生活。父亲去世后，何文彬曾把母亲接到城里，可是母亲跟媳妇之间的生活习惯差异很大，常常出现矛盾。母亲不想为难儿子，收拾衣服回了老家……

想起这些事就令人伤感，何文彬不再难为母亲，留给了母亲几百块钱，就回城了。临走时，他叮嘱母亲要提防小偷，特别是邻居的女儿二丫，别让她把钱也给偷了。母亲摸着孙女的头说："知道了，我会小心的。你要常带贝贝回来让我看看啊！"

过了段日子，何文彬出差路过家乡，顺便回去看看母亲。他远远看见母亲牵着一个小女孩，走过绿油油的田野，小女孩穿着洁白的裙子，像飘荡在青草上的云朵。那不是贝贝吗？她怎么回到老家来了？何文彬差点叫出声来。母亲走近后，何文彬才发现，她手里牵着的不是贝贝，而是邻居的女儿二丫。二丫身上穿的，正是上次回老家时，贝贝丢失的那条裙子。

看见二丫穿着贝贝的裙子，何文彬很不舒服，他拉拉二丫身上的裙子对母亲说："这裙子不是贝贝的吗？上次我就断定是这小东西偷的，妈你还不信。"

小家伙看看何文彬，居然抗议说："裙子不是我偷的。"

何文彬在二丫头上轻轻拍了一下说："小东西，你还敢嘴硬？裙子不是你偷的，那是谁偷的？"老太太把二丫一把揽到怀里说："是我偷的。"

天下哪有奶奶偷孙女衣服的？何文彬认定母亲是在给二丫开脱，不高兴地说："妈，贝贝的裙子都穿到她身上了，你还护着她。"

母亲说："这条裙子确实是我偷偷藏起来的，我本来不想让你知道。"

何文彬责怪母亲说："如果你想送一条裙子给二丫，说一声就行了，干吗要偷偷藏起来呢？"

母亲说"我拿裙子的时候，还没想到给二丫。"

何文彬奇怪地问："那你要贝贝的裙子干什么？你又穿不了。"

母亲叹一口气说"唉，你大半年才带贝贝回来一次，我藏起这条裙子，只是为了在你们走后拿出来看看，看见裙子，就像看见我的孙女一样。后来，我发现二丫穿上这条裙子活像贝贝，就让二丫穿了。"

何文彬心里酸酸的，他深深体会到了母亲的孤单寂寞。自己丢失的原来不是裙子，而是做儿子的一份孝心啊！他动情地说"妈，你还是跟我回城里去吧，我会说服你儿媳慧芳，让她和你好好相处的。"

母亲搂着二丫说："其实不能怪慧芳，都怪妈在乡下过惯了，适应不了城里的规矩。你就不要难为慧芳了。要是你不介意，就多拿几套贝贝的衣服回来，让二丫一年四季都穿上贝贝的衣服，我也就天天能见到贝贝了。"

（题图：安玉民）

“绝杀”小子

□ 张春雨

神秘的小子

袁号是鹏程篮球俱乐部的助理教练，这天带了五万元现金，去购买运动员的装备。他拐过一个弄堂口，突然一个青年男子从背后蹿出来，一下子将袁号的手提包抢下，转身飞快地逃走了。袁号一愣，马上明白了是怎么回事，一边喊一边追了上去，可却越追距离越远，眼看自己的气力就要用尽，这时，一个十五六岁的男孩正巧路过，见此情形不由分说，顺手从地上捡起一个土坷垃，向前一个垫步、扭腰、送肩、出手，土坷垃画出一条完美的抛物线，不偏不斜正砸在抢包者的脚跟上，抢包者一个趔趄，向前冲了几步，一瘸一拐地还要往前跑。

男孩见他还要逃，又从地上捡起一块砖头，丢了过去，这下砖头结结实实地砸在了抢包者的另一只脚上，抢包者“扑通”摔倒在地，再也爬不起来了。袁号趁机赶到，夺回了包，同时报了警。做完这些，他才仔细地观察眼前这位男孩。这男孩身高1米7，长得眉清目秀。袁号笑道：“小子，看不出，你还真行，砖头蒙得挺准。”“什么？蒙？”男孩不屑道，“那叫准，不是吹，50米以内不论固定的、移动的，保证百发百中。”“真的？”袁号心里一动，就让男孩再扔，果然都被男孩打准。“真厉害！”袁号认真地问男孩道，“小子，你会打篮球吗？”“篮球？”男孩定睛看着袁号，什么也没说。

“走，我带你去见识一下。”袁号径直带男孩回到了体育馆。他将一个篮球交到了男孩手中，让他往篮框里扔，距离越远越好。男孩接过球掂了掂，接着像扔石头一样将篮球直接扔向对面近20米的篮框，只听“刷”的一声，篮球准确无误地入筐。旁边的袁号已惊喜得瞪大双眼，连声叫道："再来一个！再来一个！”

男孩接过篮球又是一扔，进了。接着第三个、第四个……男孩连续进了十几个。“真神了！”袁号惊叹道，“孩子，到我这里打球吧！”说着给了男孩一张名片。男孩静静地看了名片良久，说道：“我回去问问我爸爸，明天，还在这，我给你回音。”说完，男孩默默地走了。

袁号心里可高兴了。鹏程篮球俱乐部六年前失去了冠军宝座，如今想在新赛季重振雄风，非常需要一个擅长“绝杀”的队员，这男孩大有希望啊。

第二天，袁号老早地等在了体育馆，内心充满了期盼。快过了晌午，才看见一个身影从门口走来，正是那个男孩。到了袁号跟前，他将包一扔，微笑着说道：“我爸爸答应了，但是说好，我可只会这一招，派不上用场不怪我。”

“好，好！剩下的我来教你。”袁号早已兴奋得合不上嘴。“你叫什么？”“你上回不是叫我小子吗？就叫小子好了。”“好！小子，我这就带你去见主教练，他一定会像我一样喜欢得不得了。”

主教练宋鹏此时正在办公室起草今年的训练计划，他是个老教练了，从鹏程俱乐部成立时就在这任教。看见袁号领进了一个男孩，略带惊奇地问道：“什么事？”袁号兴奋地将男孩的神奇之处介绍给宋鹏，本以为宋鹏会像自己一样震惊，可他失望了，宋鹏只是淡淡地笑了笑，转身问男孩道：“绝杀？你能从多远的距离命中呢？”男孩答道：“差不多一个篮球场吧。”

“孩子呀，绝杀是令人兴奋，可包含着太多的幸运与偶然，赛场更多的是要靠实力。”

“我……”男孩想要说什么，可宋鹏早不想听了，只是淡淡地吩咐：“留下吧，先跟袁教练试试看。”

袁号的热情无疑被泼了冷水，可他相信比赛时宋鹏会知道的。他决定好好地训练小子……

神奇的替补

赛季开始，跟预料的一样，场场都是硬仗，场场都很艰难，但是，每到比分落后的关键时刻，袁号就将男孩换上，小子总是不负所望，投中一两个令人惊叹的超远篮，接着又被换

下。尽管如此，所有的人还是开始留意小子了。宋鹏对小子也关注起来。

鹏程俱乐部一鼓作气打进了半决赛，这可是六年来鹏程的最好成绩了。半决赛那天，队员们都异常兴奋，都有超水平的发挥，硬是和实力强于自己的对手打了个不相上下。在比赛时间还剩4秒时候，鹏程落后对手两分。小子又被换了上来，人们关注了，对手也关注了，可谁也不相信，这个看起来平平常常的小子总有那么好的运气。球直接发到了小子手上，他拍都没拍，直接上步、扭腰、送肩、挥

臂，球出手了，画着一条美丽的弧线进入对手的篮筐，“绝杀！绝杀！”鹏程胜了，全场沸腾起来，“这小子真厉害，简直是绝杀小子。”“绝杀小子”的名头很快在篮球界传开了，很快便无人不晓。

决赛的对手是海鹰队。他们的实力超过鹏程，并且对“绝杀小子”的场上特点和弱点进行了研究。

决赛终于在鹏程的主场上演了，海鹰队尽遣主力，一开始便靠实力大举压上，这也是他们的战略，比分一旦被拉开了，什么绝杀也用不上了。果然，半场下来，海鹰就已领先了近20分，第三节比赛在平淡中进行着，似乎胜负已定，场下急坏了袁号，可事实如此，比分太大，绝杀确实没有用。此时平时比赛一直在场下默不作声的小子也急了，他抓住主教练宋鹏，急切地请求道:“教练，让我上吧，我行的！”宋鹏默默地看了一眼小子:“好吧。去试试。”

“谢谢主教练，可我还有一个请求。”

“哦？”宋鹏没想到关键时刻，小子还要跟他谈条件，“你说吧！”

小子接着说道:“如果我将胜负扭转，你得答应我一个条件。”宋鹏想这小子的条件无非是多要点奖金，只要拿到了冠军，什么都好说，想着便一口答应了下来:“好！一言为定！”

看到小子走到场边准备上场，全

场发出了欢呼声："绝杀小子上场了！"海鹰队却不屑一顾，20分的差距，你进一个两个，还能全进？何况他们还有方案，就是小子的弱点——个不高、不会拍、不会传，只要去一个人紧逼防守，准没问题。最后一节开始了，小子接球不走不动，就是一扔，一个、两个……每个球都能越过防守队员的头顶，不偏不倚地钻进篮筐。小子奇迹般地连进了七个，时间在减少，分数在迫近，眼看一个绝杀的机会就要上演，海鹰此时才恍然大悟，急忙派上了两个身高2米的中锋。小子又一次接球了，刚回过头，两名中锋已经扑了上来，像一堵墙一样拦在小子的身前，封死了他的投篮角度。宋鹏、袁号以及所有的人都为这关键一球捏了一把汗。

关键的一投

突然，小子运球向左前方走去。"完了。"袁号绝望地闭上了眼睛，他心里最清楚，之所以让小子投进两个球就换下，就是因为小子根本就不会运球，这下准得丢球。可奇迹出现了，小子连续两个左上步，接着一个极其漂亮的右转身，防守队员的重心早失向左边，小子的面前顿时空无一人，扭腰、送肩、挥臂，球出手了，画出一条完美的弧线奔向篮筐。

所有的人都屏住了呼吸，空气似乎也凝固了。三米、两米，球终于到了篮筐，只听"咣啷"一声，球被弹了出来。终场的哨声已吹响。顿时，欢呼声和感叹声混成了一片。鹏程的人都沉默了，小子呆呆地望了一会儿篮筐，长长叹了口气向赛场的门口走去。"小子！"主教练宋鹏将他叫住，"就这么走了吗？"

小子耷拉着脑袋："对不起！我让您失望了。"

"呵呵呵，"宋鹏笑了起来，"小子，你没有什么对不起我的，走进决赛已是鹏程六年来的最好成绩了。我应该谢谢你。""可是……""没关系的，胜败乃兵家常事！而且，绝杀本身就有幸运和偶然在里面，你总共投了17次进了16次，这已经是个奇迹，你不愧为绝杀小子的称号。"

"谢谢教练。"小子泪水不知道何时已经涌满了眼眶，"如果六年前宋教练也这么想就好了。""六年前？"宋鹏疑惑地看着小子。

"您还记得刘胜吗？"

"刘胜！"宋鹏的眼睛一下子模糊了。六年前的情景又浮现眼前。六年前，鹏程俱乐部处于鼎盛时期，在主力队员刘胜带领下，连续九年夺得冠军，球队成了神话，主教练宋鹏更成了篮球界的传奇。可就是六年前的那一场决赛，在最后的绝杀时刻，刘胜将球投偏了，神话被打破了，宋鹏心中那十全十美的第十个冠军梦灭了。被荣誉塞满头脑的他根本容不下

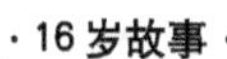

半点失败，他愤怒地斥责了刘胜，将全部责任推给了他……当时的刘胜没有争辩，可此后就消失了。

“你……”

“我是刘胜的儿子。”小子一笑道，“当年的比赛我也在现场，虽然我小，可心里却什么都明白。当年的绝杀球投偏之后，我爸爸非常苦恼和自责，背上了极重的心理负担，他觉得无颜再呆下去，所以选择了离开。从那时，我就立志要练成绝杀，将来为爸爸弥补这个遗憾。我无时无刻不在练，遇到什么抛什么，准头倒也练得十拿九稳，遇到袁教练后，我更加以为，这是上天的安排，我做了充足的准备，要在赛场上替爸爸弥补遗憾，让他能堂堂正正地再回一次俱乐部，完成他这多年的心愿，只可惜……”

“孩子！”宋鹏已流下了泪水，“你爸爸在哪儿？”此时，一个熟悉的身影从观众席的方向走了过来，正是刘胜。

见到刘胜，宋鹏没想到六年来自己无时无刻不在牵挂的人竟然离自己这么近。两个人紧紧地抱在一起。“回来吧！鹏程欢迎你！”宋鹏诚恳地说道。“算了！我岁数已经大了，技艺更不如以前，倒是我儿子，”刘胜轻轻地拂着小子的头，“带上他吧！他很有潜质的。”

返回的路上，袁号严肃地问道：“小子，决赛场上那个后转身是怎么回事？”

“我本来就会呀。”

“你会篮球？”

“我爸爸是刘胜，你说呢？”

袁号一拍脑袋：“原来你连我也唬。”“那是疑兵之计。”小子笑着跑了。

以后的日子，篮坛一直活跃着一个新人，球技精湛，尤其是关键时刻经常表演绝杀，人们送了他一个不俗的绰号——“绝杀小子”。

（题图、插图：安玉民）

希望青香蕉不再流泪，也希望这样的情节只出现在故事之中。

流泪的青香蕉

□刘克升

我买青香蕉

李平是个香蕉贩子，这年初冬的一天，他和妻子到南方进了一卡车香蕉，风尘仆仆赶回小城时，天早黑了，等二人把车开到放香蕉的仓库前，顿时傻了眼。

这是咋回事呢？原来几年前李平和他的高中同学薛军，瞅准了从南方贩运香蕉来小镇再转卖给小贩这个商机，两人共同承包了这座仓库，一人占据仓库的一半空间。不料这次薛军趁着李平外出，单独同仓库主人达成了协议，一人独占了仓库。薛军这样做的目的就是排挤、打击李平，为扩大自己的香蕉贩卖生意做好铺垫。

这时，正好仓库的承包合同已到期，李平只得哑巴吃黄连，有苦说不出。夫妻俩望着仓库，长叹一声，然后把装有香蕉的大卡车开到了附近的一片开阔处，李平开始不停地拨打手机，到处联系新的仓库。可是，一直折腾到夜里十点多钟，也没找到合适的地方。李平和妻子只得灰心丧气地蜷缩着睡在驾驶室里。

也不知睡了多久，李平迷糊中被轻轻的敲打车窗玻璃的声音惊醒了。他睁开睡眼，抬头看了看，车窗外，只有一片昏黄的灯光，不见有人，他以为是自己劳累过度引起的幻觉，就又闭上了眼睛。可是，刚合上眼皮，耳边又传来了轻轻的敲打车窗玻璃的声音。这次李平听得非常真切。他连忙打开车门，下了车。

只见车窗下面站着一老一少两个人。那老人，是个矮小精瘦，身子有点佝偻的老奶奶，躲在老奶奶身后的，是个小男孩。老奶奶见了李平说“不好意思，打扰您了！这是我的小孙子，半夜了，他睡不着，吵着、闹着要吃香蕉。我只得带他出门，巧得很，一出门就看到了您运香蕉的大卡车……”

李平一听，忙解释说：“老人家，我这车香蕉刚从外地运过来，只有七成熟，还不能吃，所以不能卖给您！”

老奶奶一听乐了：“我们就是要买七成熟的香蕉，你这香蕉要是熟透了，我们还不敢要哩。年轻人，快给我称十斤！”

李平心想，这老奶奶好奇怪，怎么专门要不熟的香蕉呢？但奇怪归奇怪，他也不忍心拒绝老奶奶，于是，他爬上卡车，挑了三大把香蕉，直接装在袋子里递给了老奶奶，说：“老人家，这些香蕉绝对不止十斤，您信得过我的话，就不用称了。因为这是不熟的香蕉，我只收您十块钱，您看可好？”老奶奶感动得一个劲地说：“好，好，小伙子，你真是个好心人！”李平试探着又问了一句：“老奶奶，你孙子是不是喜欢吃不熟的香蕉啊？”老奶奶瞪了李平一眼：“瞎话，谁喜欢吃不熟的香蕉啊？”李平摸不着头脑了：“那你们这是……”老奶奶“扑哧”一声笑了：“傻小子，别问这么多了，反正啊，从你这里买的香蕉，我拿回家就熟了！”李平一听更觉得奇怪了：这么青的香蕉，拿回家就熟了，哪会这么快呀？李平正犯疑时，老奶奶却关切地问道：“年轻人，我看你愁眉不展的，是不是遇到什么难事了啊？”李平叹了口气，就把自己的遭遇一五一十地讲给老奶奶听。

老奶奶一听，笑道：“嘿嘿，原来到外地贩香蕉的人就是你和薛军两个啊！终于找到你们了！”老奶奶顿了顿又说，“不过，年轻人，你今天晚上的表现还说得过去，看来你的心地还不算很坏！下半夜就要来寒流了，你这车香蕉不尽快出手的话，恐怕要冻成烂泥了。为人处世，行善为上。冲你今天晚上的实在和坦诚，我老人家决定帮你一帮，等会儿鬼市就要开始了，会有很多人来买你的青香蕉的，你们小两口就等着忙乎吧！”

抢手的青香蕉

就在这时，一直躲在老奶奶身后的小男孩，忽然探出了半个脑袋，向李平喊了一声：“谢谢叔叔卖给我们青香蕉！”李平循声望去，不禁心里“咯噔”了一下：奇怪！这个小男孩看年龄不过七八岁，他的下巴上怎么会稀稀疏疏长了胡须呢？

没等李平回过神来，老奶奶已经领着小男孩走了，走到前面小巷的拐角处。老奶奶回过头来，冲李平一笑，接着便轻飘飘地一转身，和小男孩消失在了小巷深处。

老奶奶和小男孩走了没多会儿，鬼市就开始了。挑担的、提篮的、推车的……三三两两的商贩和买家陆陆续续地聚集了过来，影影绰绰，十分热闹。李平猛地想起，自己停放卡车的地方，正是小城每夜一次的俗称的“鬼市”所在，恍恍惚惚间，只见一大群人围了过来，纷纷要买他的青香蕉。李平想起了老奶奶临走前说的那句话：“会有很多人来买你的青香蕉的！”他不明白，老奶奶怎么会预测得这么准？

一车青香蕉很快卖完了。李平点着到手的票子，心里美滋滋的。这时过来一位卖地瓜的老伯。李平乐呵呵地问道：“老伯，你咋这么晚才来，鬼市都开始两个多小时了，您瞧，我整车的香蕉都卖完了！”

老伯望了李平一眼，似笑非笑地说“小伙子，你说梦话吧？咱们这里的鬼市，可是每天下半夜两点才开始哩，现在大家刚开始入市，你的一车香蕉怎么会就卖完了呢？”李平忙掏出手机看了看，可不是嘛，现在才两点钟呀。莫非自己遇到鬼了？他急忙向四周扫视了一圈，发现那些买自己香蕉的人，好像蒸发了一样，瞬间都消失得无影无踪了。李平马上把今晚上的奇怪经历向老伯讲述了一遍。

落泪的青香蕉

老伯听得目瞪口呆，好半晌才回过神来，他想了一会儿，便沉痛地说道：“巧了！你说的那个老奶奶和她的小孙子，原先和我住在一个小区。小孙子的爸妈都在外地上班，孩子托给老奶奶照管。这个小孙子啊，特别爱吃香蕉，一顿能吃三四根。老奶奶也宠他，每天到市场上买熟透了的香蕉给他吃。可是，没过不久，老奶奶发现小孙子的下巴上竟长出了胡须，她又惊又怕，忙打电话把小孙子的爸妈叫了回来，到医院让专家一检查，才知道是吸收了过多的激素导致性早熟。结果，老奶奶挨了儿子、儿媳好大一顿埋怨。打那以后，老奶奶就变得精神恍惚，有一天早上，她在送小孙子上学的路上，遭遇车祸，祖孙俩双双被当场撞死了。你可知道老奶奶为什么喜欢买青香蕉了吗？因为你这次运来的青香蕉还没有来得及喷上激素，而市面上卖的香蕉，看起来黄澄澄的，其实有些是经过激素催熟的，老奶奶虽然到了阴间，可她仍记住了阳间的教训啊……”

老伯话音未落，北风骤起，寒流

袭来了！李平暗暗惊骇道：原来老奶奶和小孙子都是鬼啊！想起自己也曾使用过激素催熟香蕉，李平内心特别沉重。他向老伯道了声谢谢，裹紧了大衣，正要钻进驾驶室，突然从不远处传来了一阵“噼里啪啦”房屋倒塌的声音。李平循声望去，那响声好像来自薛军那座仓库。他急忙赶了过去，果真是薛军的那座仓库被狂风吹塌了。李平急忙报了警，救援人员很快赶来，从仓库里面救出受了重伤的薛军。原来，薛军从仓库里赶走了李平后，连夜往刚从外地运来的青香蕉上喷洒催熟剂。没想到屋顶突然塌陷，差点送了小命。

救护车救走了薛军，围观者渐渐散去。李平站在一片狼藉的仓库前，忽然听到身后传来了一个熟悉的男孩声音：“奶奶，快看，青香蕉流眼泪了！”李平一惊，急忙回头看去，只见一老一少两个影子在他眼前一闪，就消失得无影无踪了。

这时，天大亮了。李平向仓库里望去，只见薛军喷洒的那些催熟剂，沾附在青香蕉上，交错着徐徐滴落，活像一滴滴浑浊的、伤心的泪珠！

李平惊出了一身冷汗。他思前想后，决定今后再也不能为了个人私利、昧着良心向青香蕉上喷洒激素，再也不能让青香蕉流泪、让人心流泪。

（**题图、插图**：谭海彦）

数学考12分的孩子

一个学生数学只考了12分。老师觉得很奇怪，决定进行一次家访。进门后，她看到孩子正在客厅里罚站。老师走过去，轻轻拍拍他的头，和蔼地对孩子说："你非常聪明，老师很欣赏你。"

孩子的妈妈撇撇嘴："他还聪明呢，我看他笨得像头猪。就知道吃了玩儿，玩儿了吃。"

儿子听到这句话，嘟着嘴生气地望着妈妈。

老师忙暗示这位妈妈不要出声，她拿出一张空白的卷子，拉着孩子的手来到院子里，悄悄说："我知道你一点都不笨，你有意气妈妈，故意考低分是吗？"

孩子笑了，仰着脸望着老师："老师，你怎么知道？"

老师说："我知道你很棒，所以怎么会只考12分呢？"

她蹲下身对孩子说，"好了，把那卷子重做一遍，让老师瞧瞧，我的学生有多棒，行吗？"

"行！"孩子自信地应着，接过试卷蹦蹦跳跳跑进了另一个房间。

老师回到客厅，妈妈不时用纸巾擦拭脸上的泪水，说道："这孩子快把我的肺气炸了！老师，他还有救吗？"

老师没有回答她，而是怒气冲冲地说："你这么大一个人，连自己的小孩都管不好，还能干什么？你简直笨到家了！"

妈妈没有想到老师会这样说，一下子愣住了，张着嘴一句话都说不出来。老师立即把语气缓和下来："怎么样，不愿意听吧？你想连我们成年人都不能接受的语言，你天天都重复说给孩子听，怎么会不刺伤孩子的心？现在要拯救的不是孩子，而是你自己……"

语言如剑，刺伤的往往是心灵。

（**作者**：傅秀宏；**推荐者**：王　蕊）

懂得双赢

一个醉心戏剧的人，不顾亲朋的反对，毅然选择一处并不热闹的地区，兴建了一家超水准的剧场。

奇迹出现了。剧场建起后没多久，附近的餐馆竟一家接一家地开设起来，百货商店和咖啡厅也纷纷跟进。没几年，那个地区竟然发展非常繁荣，剧场的上座率更是高。

那人的妻子对丈夫抱怨："看看我们的邻居，一小块地，盖栋楼就能出租那么多钱，而你用这么大的地，却只有一点剧场收入，岂不是太吃亏了吗？我们何不将剧场改建为商业大厦，也做餐饮百货，分租出去，单单租金就比剧场的收入多几倍！"

那个人想想确实如此，就草草结束剧场，从银行贷来巨款，改建商业大楼。

怎料楼还没有竣工，邻近的餐饮百货店纷纷迁走，房价下跌，往日的繁华又不见了。

这个人终于想通了，是他的剧场为附近带来繁荣，也是繁荣改变了他的价值观，更由于他的改变，又使当地失去了繁华。

事物是相互消长、互为因果的。人们常因建设自己而造就别人，又因别人的造就而改变自己。在这种改变中，不能忘记的是它的初始。

（**推荐者**：流　云）

该给他什么

有个村庄，因为前任族长老了，要选一个新族长，候选的几个人无论是德行还是素养都相当的高，其中尤其以一个秀才最得民心，他不但博学多才，还乐善好施。因此得到了很多村民的支持。

可是最后结果出来以后，当选族长的却不是那个秀才，而是一个樵夫。秀才很不平，找到前任族长进行质问。前任族长问他："刚才村口有个乞丐，他是我特意派去试探你们的。”秀才更加不平地叫道：“我给了那乞丐十个铜板了，难道还不够么？”

前任族长说：“就是因为你给了他十个铜板，所以不能让你当族长，因为那十个铜板是我们发给你们的，让你们用它做一件最有意义的事。难道你认为施舍钱财给他，就是对他好么？他拿了钱财以后，用光了之后还是个乞丐。”

秀才继续申辩道：“那为什么是那个樵夫当选呢？”前任族长捋捋胡子道：“他一个铜板都没有给那个乞丐，而是用那铜板买了斧头和草鞋，给那个乞丐，这样乞丐以后就可以靠打柴为生了。樵夫他胜就胜在他为乞丐指明了一条路，而不是单单给他一餐饭。”

（**推荐者**：一　叶）

向仇人学习

一个武士盛怒之下杀死了自己的师父，他立刻后悔了，但是错已铸成。他知道被抓住一定会被处死，只得亡命天涯。

他流浪到一个偏远的村庄，这个村庄位于群山包围之中，只有一条狭窄的山路通向外界。山路极其艰险，许多村民葬身在路上。于是武士决定以一己之力开辟一条大路，为自己赎罪。他每天拼命地劳作，四年过去，路已经开辟了一半。一天他正在坑道里忙碌，忽然有一个年轻人喊他出来，原来是师父的儿子报仇来了。

武士说道：“我的确该死，但是请等我修好这条路再杀我。”年轻人同意等他。他看到武士为了一个似乎不可能的任务，终日辛勤地劳动着，不知不觉间，他竟对武士的执著产生了敬意。终于他忍不住出手相助，和武士肩并肩地干起来。

又是几年过去了，他们终于挖到了山的那头。大山被征服了，村子从此不再与世隔绝。

武士跪在年轻人面前说道：“现在我心愿已了，可以死了，请砍下我的头吧。”

终于可以给父亲报仇了，年轻人热血沸腾，大吼一声举起剑来。但他发现自己下不了手，慢慢地垂下了剑。

“你杀了我父亲，”年轻人说，“但是这几年里我跟你学到了很多。我怎么能伤害自己的老师呢？”说罢他把剑插入鞘中，转身离开。

（**作者**：房立辉；**推荐者**：白金香）

（**本栏插图**：安玉民）

你想对我说什么

□酸秀才

小白的男人在城里打工，年底回来，屁股还没沾着凳子，就掏出一卷卫生纸那么厚的钞票，炫耀地往小白面前一丢，然后就趾高气扬地开始享受小白的服务：擦脸、洗脚、热茶……

晚上，男人乐滋滋地搂着小白睡觉，小白要男人讲讲外面的世界，男人就神气活现地给她讲他造的大楼有多高，讲他盖的商场有多漂亮，讲到得意处，男人告诉小白，他们工程队在城中心风景区的湖堤上铺路面砖的时候，他曾经在一块路面砖上悄悄用刀刻下过一句话，这句话是说给小白一个人听的，刻好后他还数过，这块砖就铺在第19号石凳的凳脚边，他现在还记得清清楚楚。

小白一听，好奇地从床上蹦起来："你刻的什么话呀？快说给我听听！"

男人不知怎么，突然就挠着头支支吾吾，没有出声。

小白的心痒痒的，非要男人说出来。男人想了想，咬着小白的耳朵嘻嘻笑道："现在说多没意思，等我以后赚了大钱，带你进城去玩，你不就能自己亲眼看到了？"

男人说完翻了个身，不一会儿就打起了呼噜，可小白心里却还是痒痒的，看样子男人不像是在和自己开玩笑，那么他到底在那个遥远的地方要对自己说一句什么话呢？小白心里拿定主意，等过完年男人再进城之前，一定得逼他把这句话说出来，说什么等有钱的时候去看，再有钱也不能拿钱去玩呀!

可让小白万万没想到的是，刚过完年，小白还来不及让男人把这句话说出来，男人就突然死了。男人是在朋友家喝醉了酒后，回家路上不小心跌到山崖下跌死的，大伙找到他的时候，他已经差不多就要不行了。小白哭着喊着赶过去，男人嘴里只嘀咕了一句话，别人听不懂，可小白听清楚了，男人是说:“别去看!”

小白哭着喊着跺着脚:“为什么?为什么别去看?”男人没有回答，救护车到的时候，男人已经没了气。

男人带回的钱，大部分都用在了男人自己的丧事上。把男人送走以后，小白一个人的日子过得很艰难，晚上睡不着觉的时候，她常常想起男人曾经对自己说过的这件事，那一天实在忍不住了，于是就咬咬牙，用剩下的那点钱，乘车来到了城里。

好不容易找到男人说过的城中心的那个风景区，没想到一张门票竟要138元，小白身上所有的钱加起来，也不到这个数啊!她站在景区大门口，急得只会哭。

望着进进出出川流不息的游客，小白心一横，看准一个面相和善的男人要进公园去，就跑过去对他说:“先生，你能不能……能不能帮我一个忙?”

“什么事?”男人停下了脚步。

小白说“我男人在里面，给我写了句话……”

小白流着泪，把事情从头说了一遍。男人听了很惊讶，立刻叫她在外面等着，然后就快步进了景区。按照小白说的位置，男人果然在湖堤上第19号石凳的凳脚边，找到了那块隐隐约约有字迹的地砖，他艰难地辨认了好久，才把那些歪歪扭扭的字连成了一句话:老婆，我错了，我再也不找小姐了。

男人想了想，掏出笔和纸，匆匆把话写了下来，然后朝景区大门口走来。

小白又焦急又紧张，迎上来问他:“先生，找到了吗?”

男人微笑着把手里的纸条递给她:“你自己看吧!”

小白接过纸条一看，顿时哭了，哽咽着埋怨道:“这死鬼啊。就知道，你就这点能耐……”

纸条上这样写着:老婆，我想你!

（**题图**:谭海彦）

（本文获得“故事中国网”www.storychina.cn首届新锐写手故事大赛一等奖。你喜欢这个故事吗?登录“故事中国网”吧，还有更多新奇、精彩、富有创意的故事在等着你!）

·海外故事·

致命的呼唤

□赵守玉

亨利是约克镇警察局的探长，这天，亨利探长一下班便急忙往家赶，因为他的宝贝儿子凯瑞在家里等着他。儿子在外地上中学，今天早上打电话说晚上要回来，亨利兴奋得恨不得一步就赶回家，一下子就见到儿子。

终于到家了，楼里一片昏暗，看来儿子还没有回来。亨利一边哼着流行歌曲，一边打开房间的门，刚刚打开电灯开关，一个硬邦邦的东西便顶在他的腰间，紧接着一个声音冷冰冰地说："别动！"

亨利一愣，扭转头，发现一个年轻人已用枪顶住了他，脸上透出了阵阵杀气。

亨利稳了稳神，冷静地问道："这位先生，你是不是找错人了？"

年轻人冷冷地说："找错了人？哼，你是不是叫亨利？"

亨利点了点头。

"是不是和老婆离婚三年，有个儿子在外地读书？"

亨利又点了点头。

"告诉你，我认错了总统也不会认错你！"

亨利耸了耸肩："你找我有什么事吗？"

"我要杀你！"年轻人咬着牙恶狠狠地说道，"也许你早就不记得我了，可我死也不会忘记你。还记得路易斯吧？"

路易斯？亨利听了心中一动……

十年前，约克镇发生了一桩震惊全国的大案。一个叫路易斯的嫌犯，一夜之间杀掉了仇家五口人，然后潜入深山老林，凭着他在山区的生活经验和过硬的身体素质，和警方玩起了“老鼠玩猫”的游戏。警方出动大批人马，连围带困搜山一个多月，可连他的一根汗毛都没有碰到。这时，亨利主动请战，仅用了一天时间，就抓到了那个杀人狂魔。亨利也因此获得政府的嘉奖，后来步步高升，当上了探长。

想到此，他看了一眼年轻人，冷冷地说：“这么说，你是路易斯的儿子小路易斯？”

年轻人一阵冷笑：“嘿嘿，你终于想起来了！十年前，你当着我的面抓走了我父亲，又把他送上了电椅，今天我要杀了你为父报仇！”

亨利看了看小路易斯：“你父亲是个杀人狂魔，不抓住他，不杀掉他，他会祸害更多的人，你怎么能恨我？”

年轻人的眼中露出仇恨的目光，“呸！你当年用那么卑劣的手段抓住了他，他直到死都闭不上眼睛，我今天一定要杀掉你！”

“好吧，看来只能这样了，”亨利叹了口气，说，“在我临死前，能否让我抽口烟呢？”他用手指了指茶几上的雪茄。

小路易斯皱了皱眉头，向亨利扬了扬下巴。亨利便在小路易斯的枪口紧逼之下，向前两步，伸手去抓雪茄。

“啪！”亨利的手刚刚碰到雪茄上，头上的电灯便一下子炸成了碎片，原来那是亨利的一个机关。楼里顿时一片漆黑，亨利一脚踹碎玻璃，纵身从二楼跳了下去。

小路易斯一愣，接着，也急忙从二楼窗台上跳了下来，手里捏着枪，四下里寻找亨利，可找了半天也没有找到，他简直气极了。

正在这时，亨利的儿子凯瑞走了

进来，他一见小路易斯像头发疯的狮子，不禁愣了一下：“你在我家干什么？”

小路易斯眼前一亮，想也没想，一个箭步蹿过去，一把抓过他，把枪顶在了他的脑袋上。

“你要干什么？放开我！”凯瑞拼命挣扎着。

“啪——”小路易斯狠狠扇了凯瑞一个耳光，凯瑞这才不再挣扎。

小路易斯挥舞着枪，朝四周大声吼叫着：“亨利，你这个懦夫，给我出来！”

四周寂静无声，亨利没有出现。时间一分一秒地过去了，小路易斯恼羞成怒，猛地把枪顶在了凯瑞的头上：“亨利，你这个混蛋！再不出来，我就打死你儿子！”

说着，他再次把枪对准凯瑞的头：“我开始数数了：10 ——9 ——8 ——”

“爸爸！快出来吧，爸爸！”凯瑞声音颤抖着，拼命地叫了起来。

小路易斯手脚突然痉挛起来，眼睛里的杀气消失了，脸上露出一种痛苦万分的表情。

就在这时，刺耳的警车声此起彼伏，响成一片，警察从四面八方涌了过来，纷纷喊话，叫小路易斯放下武器。

小路易斯向周围扫了一眼，发现四面都是黑森森的枪口，感到自己已是穷途末路，于是大吼一声：“亨利，你给我听着：孩子是无辜的！”说完，一扭枪口，饮弹自尽……

这时，亨利不知从哪里冲了过来，几步上前，一把把儿子搂在了怀里。凯瑞像一只受了惊的小鹿一样，紧紧扎在亨利的怀里，拼命地抽泣着，一个劲儿喃喃地喊着：“爸爸！爸爸！”

亨利不由打了个寒噤，眼前又浮现起了十年前抓捕路易斯的场景：那天，他把小路易斯带到密林前，让孩子向密林里喊话，叫路易斯出来自首。在亨利的逼迫下，小路易斯泪流满面喊了整整一天，当天晚上，路易斯便悄悄潜回了家，被埋伏的警察抓了个正着，小路易斯亲眼目睹了警察抓获自己父亲的全过程，当场便吓昏了过去……

亨利突然明白了，自己叫小路易斯喊话，然后又让他一起抓捕路易斯，在小路易斯幼小的心灵里，早已埋下了恐怖和仇恨的种子。

亨利抚摸着凯瑞的头，安慰道：“孩子，一切都结束了，爸爸在你身边，你别怕！”说完他扫了一眼小路易斯的尸体，耳旁又回响起小路易斯的话：孩子是无辜的！

（**题图、插图**：佐　夫）

（本栏目欢迎来稿。来稿可从邮局寄发，也可从网上传递。如为电子邮件，请发以下信箱：simyyue@126.com）

象棋案

□ 马凤文

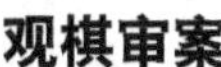

观棋审案

这日，狄公狄仁杰正要拉参军洪亮对弈几局，忽听堂外鼓声大振，狄公让洪亮把击鼓人带上来一看，原来是城里杂技班老班主的大弟子马成。

马成进得大堂就哭倒在地，说师父昨夜暴卒。狄公闻听此言心里一惊，这个杂技班在城里名气很响，狄公平时虽与这位老班主没有什么交往，但欣赏过他空中飞棋的绝活，老班主蒙着眼睛站在凳子上，把棋谱上的三十二颗棋子往空中一抛，然后两只脚在地上摆着的十几只凳子上来回穿梭，瞬间就将漫天散落的棋子又重新摆回棋谱。如此高手不幸辞世，狄公心里也不免怆然，不过算来老班主年纪已七十有余，辞世应该也在情理之中，大弟子为何要来报官呢？狄公觉得很奇怪：“莫非，你有隐情要告知本官？”

马成哭道：“大人有所不知，师父生前曾留下遗嘱，百年之后杂技班由小的接管，可谁知昨晚师父突然离世，师弟们都说是因为小人等不及，遂起杀心害死了师父。小人真的是冤枉啊，小的只能求大人前往，把事情查个水落石出，还小的一个清白。”

狄公点点头，这案子应该接，于是带上洪亮和众衙役，跟着马成前往。

老班主一生未娶，只收了三个弟子，老大便是马成，老二叫冯相，老三叫殷清。狄公到时，老二冯相和老三殷清正哭得伤心，见狄公来了，先

是有点吃惊，随即哭得更甚，只求狄公快些将马成绳之以法，替恩师报仇。

狄公安慰了他们几句，而后来到老班主遗体前吊唁。冯相哭道：“大人，师父肯定是被马成害死的，你看！”他一面说一面掰着师父的手给狄公看。狄公见老班主的两只手里各攥着一颗棋子，便伸手想把棋子拿来细看，没想棋子却被老班主攥得很紧，他用了很大力气才把这两颗棋子抠出来，只见是两颗“马”棋。狄公立刻联想到来报案的老班主的大弟子马成，难道这是老班主断气前的暗示？

狄公于是便对老班主的遗体作了仔细勘验，发现疑点不少：按说如果老班主是被害致死的话，应该面相凄惨，可他脸上却不见丝毫痛苦之色；可如果是自然死亡吧，那又为何瞪着双眼？狄公沉吟着，把老班主的遗体侧转过来，发现他后脑上有一道不易察觉的伤痕。狄公抬起头来，朝四周打量了一眼，冷笑一声，立刻命衙役把马成带走。马成连连跺脚喊冤枉，狄公道：“是不是冤枉，你到大堂上再说。”随后便带着洪亮等一干人，带上马成离开了杂技班。

摆棋问案

回程路上，洪亮试探着问狄公：“老爷，难道您已从死者身上发现了蛛丝马迹，认定马成就是凶手？”狄公瞥了他一眼，说：“死者手中攥着两颗‘马’棋，我也推想过可能是死者的一个暗示，可如果真要暗示，一颗棋子就够了，为何要用两颗呢？”洪亮立即接口道：“所以老爷断定马成是冤枉的，故意押他回来，其实是保护他？”狄公点点头：“定是有人在栽赃马成，陷害马成之人也肯定在他的两个师弟中间。”

两人一路说着话，回到府里。洪亮见狄公仍然双眉紧锁，知道他还在考虑杂技班主的事，便想拉他下盘棋稍微放松一下。谁知狄公看到洪亮摆好的棋盘，却突然击掌大喝一声:“此案可以告破矣！”他附着洪亮的耳朵如此这般说了一番，当机立断又带着原班人马返回杂技班。

二弟子冯相和三弟子殷清见狄公走了不到一个时辰又返回来，不觉有点意外。冯相上前问道:“大人，凶手不是带走了吗，您为何又回来了？”狄公呵呵一笑:“你们的大师兄是冤枉的，真凶还逍遥法外，我怎么能不回来？”冯相愣住了:“大人可真会开玩笑，师父死前已如此暗示，怎么说大师兄不是凶手呢？”

狄公道:“但凡人死，攥紧的手会自然松开，可你们师父手里的两颗棋子攥得这么紧，足以说明这玩意儿是在他死后有人为制造假象故意塞在他手里的。”在场的众人大吃一惊，细细一想，狄公所言不无道理啊!

冯相问:“大人，既然如此，何不当众把真凶找出来，也别冤枉了好人。”狄公不紧不慢故意道:“你们老三是哪一位啊？”站在一侧的殷清一怔，赶紧上前回话:“大人，小的正是。”狄公说:“大丈夫敢做敢当，你怎么就没有勇气站出来承认陷害大师兄的事呢？”殷清顿时倒吸一口凉气，强作笑颜道:“大人可真会拿小人开玩笑，师父死前又没攥着写‘殷’字的棋子，这事儿怎么就扯上我了呢？”众人也觉得奇怪。

狄公冷笑一声，命人把棋盘拿过来，亲自布棋。当布到‘马’棋时，他在棋盘上一指点，众人立刻恍然大悟:这两颗‘马’棋，正好分别横排在“将”棋左右第三个位置，这不正暗示凶手就是三兄弟中排行老三的殷清吗？殷清顿时脸色灰白，一个耳光甩在二师兄冯相的脸上“都是你出的馊主意！”

据殷清交代，杀死师父的凶手应该是冯相，因为冯相早就准备不择手段搞掉马成了，而且他还答应，自己若做了班主，就把师父的一半财产分给殷清，条件当然是要殷清帮他一起把马成搞掉。昨天夜里，殷清刚睡下，冯相突然来敲门，说师父死了，殷清吓了一跳，冯相却不以为然，因为有约在先，殷清只好跟着冯相来到师父房间，冯相拿出两颗早就准备好的“马”字棋子，让殷清分别塞到师父的两只手里攥着，直到师父身子完全冷却下来才放手。殷清当时根本没想到冯相会给自己栽赃，看到“马”字就以为他要陷害的是马成。

殷清刚说完这番话，冯相竟哈哈大笑起来“荒唐，真是荒唐啊！三弟，你什么时候学会编笑话的本事了？”随后他脸一沉，转向狄公说:“大人，明明是三弟自己干的事，却偏偏赖到我的头上，大人您可要为我做主哪！”

狄公沉吟着，说是要殷清拿出证据来。殷清傻眼了:冯相从来都是和自己口头有约，哪拿得出什么证据？

狄公于是转向两人问道“你们弟子几个都跟师父学得一手飞棋绝活，想来每人都有一副棋吧？”三个弟子个个点头，说他们因为怕手生，平时下棋从来都不用外人的，所以确实每人都有自己的棋子，而且棋盒还都是锁的。狄公微微一笑，便让三人把棋拿了来。

只见殷清和马成各拿出一个精致的木盒，用钥匙打开，狄公一数，正好三十二颗棋子。而冯相却愣在了那里，迟迟不见动作，经再三催促，半晌才将木盒拿了来，打开一看，只有三十颗棋子，而缺的那两颗正是“马”。冯相只好跪地求饶，说出他欲借“马”字棋子来达到一箭双雕的阴谋真相。

马成和殷清在一边听着，火冒三丈，真恨不得冲上去扇他几个大耳光“你害我们也罢，你怎么能害死师父呢？”冯相哭着说：“大师兄，三师弟，我虽然想害你们，可我怎么有胆量去害师父呢？师父真不是我杀死的。昨天夜里，我听到师父房里一声闷响，便好奇地去看，只见师父这时候已经倒在了地上……”

这话让马成和殷清如何信得？就在这个时候，狄公把他们两个拉住了。狄公开口道：“冯相行为固然可恶，不过要说真凶，确实不是他啊！”眼见曙光初露，却又出来一片迷雾，不仅是马成和殷清，在场的众人都大吃一惊，疑惑地看着狄公。

凭棋断案

狄公缓缓言道：“依本官之见，面容平静而双目圆睁，大多死于突然。是什么原因使死者突然身亡的呢？本官在勘验遗体的同时发现，室内木凳摆放错落有致，凳面上还留有死者的脚印。据此推断，死者极有可能是在温习飞棋绝活时不小心栽下来，后脑坠地而死。”

狄公说到这里，让洪亮把老班主的遗体侧转过来，让众人细看。果然，在死者后脑处发现一处圆形塌陷，伤口周围还有零星碎屑，正是室内地上

编读往来：你的问题我来答

吉林读者胡洁： 春节就要到了，在过去的一年里，《故事会》给我的生活带来了许多欢乐。在这个辞旧迎新的季节里，我祝《故事会》的编辑们新春愉快，万事如意，祝《故事会》杂志越办越好！

绿版编辑部： 谢谢读者们对我们杂志的关心和支持！在此，绿版编辑部所有编辑恭祝各位读者身体健康，阖家欢乐，工作和学习更上一层楼。我们在新的一年里，也会更加努力，将最好的故事带给大家。

海南读者郑国华： 各位编辑新年好。这段时间我收到了许多贺卡，不知道有没有关于贺卡来历的故事？

绿版编辑部： 中国是世界上最早使用贺卡的国家之一。早在宋代，民间拜年时，亲朋好友之间就会相互送帖致贺，这种“拜年帖”就是贺年片的雏形。到了明代，这种贺年片设计更加精致，除了有赠送者的姓名、地址外，还会写上“吉祥如意”等贺词。清代，贺年片改用大红纸制作。关于西方圣诞卡的由来的说法很多，其中一种说法是1844年英国维多利亚女王和阿尔伯特亲王在伦敦的温莎堡里庆祝圣诞节，邀请王族儿童入宫参加宴会，请柬上印有祝贺的词句。欧洲人从此纷纷仿效，用这种写上祝贺词的卡片来互相祝贺圣诞和新年。

陕西读者常丽： 各位老编新年好，为感谢《故事会》一年来给我带来这么多好故事，我想送你们一件礼物，但不知道送什么好，能不能给点提示啊？

绿版编辑部： 您好，收到您的来信后，编辑部内部就礼物问题进行了激烈的讨论，最后得出结论：今年过节不收礼，收礼只收好故事。一个好故事不仅仅是给《故事会》编辑们最好的礼物，也是给《故事会》广大读者最好的礼物。而且，《故事会》每年都会举办“故事创作培训班”，如果您能创作出好故事，说不定就有机会到上海来参加培训，吃住行的费用我们全包了。

物屑。众人不由对狄公露出敬佩和景仰之色，冯相更是涕泪横流，感谢狄公断案如神，解了他的杀师冤屈。

临离开杂技班之前，狄公将冯相和殷清好一顿教训，告诫他们师兄弟几个今后一定要精诚团结，将师父的绝技发扬光大，而不是互相算计。

回衙路上，因为案子的水落石出，狄公颇为高兴。可跟在旁边的洪亮却闷闷不乐，狄公问其缘故，洪亮说：“老爷破此案为什么要绕个大弯子呢？如果让小的破，我第一个就抓冯相。”“喔？”狄公笑问原因。洪亮道：“死者左右手各握一个‘马’字棋，二‘马’不就是‘冯’吗？”狄公听罢哈哈大笑：“看来此案真是‘玄机’重重啊，那下一个案子就交给你喽！”　（**题图、插图**：佐　夫）

·哲理故事·

生死之交

□童树梅

二宝做山货生意很赚钱，他有个同村人叫得贵，因为急需钱，就找上二宝，非要跟着他一起去赚钱不可。二宝向来就是个替别人操心胜过自己的人，见得贵急需用钱，就点头答应了。于是，他带着得贵一起出山去卖山货，真的赚了不少钱，眼下两个人正有说有笑地一路往家赶。

二宝是个实诚的人，只顾说笑着头里走，不提防跟在身后的得贵脑子却在溜溜地转。原来前阵子得贵和人赌博，欠了“锥子”三百两银子高利贷。锥子是大山里头一号混球，心狠手辣，他限定得贵半个月之后还债，拖一天就剁他一个手指头。眼看着再过两天就是还款期限了，可得贵现在口袋里的银子离三百两还差得远。锥子是个说得出做得出的家伙，得贵一想到要被他剁手指头，冷汗就“刷刷”地往下流。怎么办？

得贵就这么一路走一路脑子里胡思乱想着。拐过一个山嘴，前面山路边是一片小树林，得贵一拍脑袋突然有了主意，于是走到树林边的时候，他对二宝说“我渴死了，你在路边等我一下，那里有个潭子，我去喝口水，回头给你带一杯来。”说完，撒腿就朝树林里跑。二宝也走累了，于是一屁股就在路边的石头上坐下来，等他。

得贵一口气跑进树林，那里果真有个潭，不过得贵不是来喝水，他是来找毒蛇的，这地方他以前来过几次，在潭边抓了毒蛇卖给人家。得贵抓蛇很有一套，果然很快就在潭边找到了毒蛇的踪迹，他熟练地从树上折了根树枝，在地上三下两下地一划拉，只见“呼”的一下，草丛中立刻昂起一个形状可怖的蛇头来。随后，得贵把手轻轻一挥，他手里的那根树枝不偏不倚正好盖住了扁扁的蛇头，毒蛇挣扎着想脱身，得贵一步上去踩住蛇头，又从口袋里掏出一根锃亮尖利的细铁丝，穿过蛇尾，然后把它的两头绑在潭边一块大石头上。看着毒蛇愤怒地扭成一团，可就是脱不了身，得贵终于松了口气，他把手里的树枝朝毒蛇身上一盖，然后扭头就朝树林外的二宝大叫起来。

等得心急的二宝以为他出了什么事，连忙循声跑来，只见得贵正站在潭边，朝他两手一摊，说："二宝，不好意思，杯子掉潭里了，只好叫你自己过来喝了！"二宝一看潭里的水清绿得诱人，于是就伏下身喝了起来。

就在这当儿，得贵悄悄松了绑在石头上的细铁丝，毒蛇得了自由，蹿上来对准二宝的屁股就是一口，然后"吱溜"一声蹿进了草丛。二宝痛得大叫一声，脚一滑，一头栽进潭里。站在潭边的得贵一看不好，眼疾手快一把把他拉上来，得贵当然不是真心要救二宝，他心里惦着二宝口袋里的银子啊！

此时，二宝脸色已经发黑，蛇毒已经开始在他的体内蔓延。得贵知道二宝将银子藏在上衣口袋里，于是就做出一副分外伤心的样子，扑在他身上呼天抢地地叫唤，其实是趁机在摸他的上衣口袋。可是一摸之后不由大吃一惊：口袋瘪瘪的，哪还有银子！

得贵猜想这钱肯定是二宝刚才栽进潭里时从他上衣口袋里滑出来掉进潭里的，可是这潭水深不见底，就是跳下去也不见得一定能摸得到啊！

得贵懊恼极了，唉，真是白忙了一场！现在怎么办？眼看二宝的呼吸越来越急促，得贵不由害怕起来：出来是两个人一起出来的，回去怎么就突然死了一个，而且二宝口袋里一两银子也没有，这让他怎么向村民们说得清楚？得贵拉着二宝的手惊慌地大哭起来："二宝呀，这可怎么办好啊？你让我回去怎么跟村里人交代啊？"

就在这时候，只见二宝身子一动，嘴巴里轻轻地哼了一下，然后挣扎着伸出一只手，吃力地在地上比划起来。得贵不知道二宝是什么意思，情急之下一摸口袋，摸出一张记山货账的单子，他把它背过来，又摸出一支笔，塞到二宝手里。二宝拼命咬着牙，抖着手，歪歪扭扭地写了起来，可是还没写完，头一垂就昏死过去。

得贵伸头一看，脸顿时变得刷白！原来，二宝在纸上写的是这么几个字：我被蛇咬，与得贵无……

得贵发疯似地一把把二宝抱在怀里，大叫道："我不是人，二宝，我不是人啊！二宝，你不能死，我救你，我一定要救活你……"

第二天一大早，村里人吃惊地发现，村口土路上趴着一个人，走近去

一看，不对，是两个人：得贵背着二宝。村里人赶紧跑过去，只见趴在得贵身上的二宝嘴唇乌黑，气若游丝，而得贵自己脸色苍白，衣服完全像是从泥水里捞出来的。得贵挣扎着对村里人说："快，快给二宝请老……郭……"话没说完就虚脱了过去。

老郭是山里最有名的蛇医，村里人把二宝和得贵都送到了老郭那里。老郭一看，说幸亏这次咬二宝的不是剧毒蛇，他用祖传药方给二宝引身体内的蛇毒，二宝的命终于保住了。得贵不久也恢复了元气，两人从此成了生死之交，无论做什么事，都相互照应。

不过即使这样，得贵心里总觉得自己对不住二宝，有一次两人喝酒，得贵心里实在憋不住，就想把那天他在潭边干下的丑事向二宝说个明白。可是他刚开口，就被二宝堵了口，二宝只说了一句话"我知道，赌债逼死人。"得贵听着哽咽了半天，和着滚滚热泪，把一大碗烈酒全倒进了肚里。

锥子这次破天荒没有剁得贵的手指头。大伙都觉得奇怪：锥子啥时发善心了？问锥子，锥子眼一瞪，说："别再提那号子事。我是真心服了，世上居然能有这样的朋友！唉，我只恨我自己，怎么就碰不到这样的人？"

哲学先生评曰：常言说"一生一死，乃见交情。"在生死之间建立起来的友情是最珍贵的，因为这一刹那的选择折射出的是本性的善恶。与其说二宝写下的那半句话挽救了自己的性命，不如说是拯救了得贵的灵魂。而在二宝身上更让人动容的，是那句"我知道，赌债逼死人。"朋友相交，贵在理解和宽容，交情到了这个份上，才是真正的"生死之交"。

（**题图、插图**：黄全昌）

大戏即将开演，鼓师和女演员却神秘失踪，迎接他们的是怎样的命运？戏外的故事往往比戏里的故事更加精彩。

魂惊仙女湖

□赵 风

1. 梅胖子失踪

梅咏才是梨山县黄梅戏剧团的打鼓佬。此人刚过不惑之年，体态肥肥胖胖，脸上也是一副糯米菩萨模样，特别善于和那些同样胖胖的中年女人打交道。县一级的小剧团每次到外地演出，最使剧团演职员头痛的事，莫过于找睡觉的地方。旅店住不起，只有自带行李卷，找个好说话的人家给搭个铺。这对别人来说是件难事，对梅胖子来说小菜一碟。只见他每到一地，就在剧场附近转悠一圈，一看准和自己体型相近的目标，就走上前去搭讪套近乎，然后是一通海侃神聊。不一会儿，便弄得胖女人眉开眼笑，住宿问题就迎刃而解了。

这天，剧团又出外演出，坐了一夜的船，渡过仙女湖，来到了邻省的昆阳县。一下船，梅胖子照例又在街上晃荡开了。一会儿，梅胖子便锁定了目标。这目标便是剧场旁边一间杂货铺子的胖女人。果然一击就中，梅胖子几句好话一说，胖女人就一口答应。

胖女人叫来凤花，住在离剧场不远的一条小巷子里，一栋三层的小

楼，十分整洁漂亮，楼后就是仙女湖。

不一会儿，梅胖子便把床位安顿好了，他正得意地想蹽出门去，听得有人叫了一声："梅老师！"抬头一看，是自己的徒弟米芹。"咋啦？"米芹哭丧着脸说："我还没找到睡觉的位子。"要是以前，梅胖子才懒得管这鸟事，团里有团长，找团长去！可今天不一样，一来是他找的房东来凤花老公不在家，孤男寡女的，梅胖子想避嫌；二来这米芹刚进团，人又长得俊俏秀气，挺文静的一个姑娘。梅胖子的儿子二十多了，还未找对象。梅胖子老婆喜欢米芹，有事没事总把米芹叫到家里来吃饭。这时，看着米芹那满脸无奈的样子，梅胖子就想起了儿子，又想起了老婆肚子里的花花肠子。

"帮我同老板娘说说吧。"见米芹恳求自己，梅胖子心里一动：说不定日后这姑娘真的成了儿媳妇也未可知呢。于是，梅胖子就把头一点，鼻子一擤，说："好吧。你去把行李搬来，待会儿我同老板娘说说。"

梅胖子话刚说完，老板娘来凤花回来了。一进屋，见家里突然多了个漂亮的女孩子，不禁眉开眼笑，打趣地说："哟！仙女下凡了呵？"梅胖子就说："老板娘，这是我的学生，还未找到睡觉的地方，你看……"来凤花爽快地说"什么你看你看的，不就加个人吗？好说，就来我家住。"见老板娘同意了，米芹就喜滋滋地去扛行李卷儿。

昆阳人喜欢黄梅戏，剧团都来好几天了，看戏的人还很踊跃，团长喜得合不拢口。这天晚上，演出《七仙女下凡》，剧场又是一个爆满。可离开演不到半个小时，演员们大多化好了装，乐队也都定好了调，梅胖子和米芹还不见人影。米芹这天晚上还得临时客串扮演一个小仙女呢。团长急了，赶紧派人去找。一会儿，去的人慌慌张张地回来说：梅老师和米芹不见了！

这是咋回事儿啊？团长急忙和乐队队长来到来凤花家。一问，来凤花说："走了！"走了？到哪里去了呢？来凤花说她也不清楚。乐队队长把团长拉到一边，小声说："团长，梅老师该不会把米芹带去搭班了吧？"乐队队长的话，被来凤花听见了，她眼睛骨碌碌一转，接过话头："真的哎，清早，我见他们是和一个外地人走的，当时我还以为他们是嫌我这屋里不好呢。"来凤花的话说得团长一怔：是呵，这几年团里效益不好，留不住人，好几个演员都跑去和别人搭班走穴，梅老师带人去搭班不是没有这种可能。团长来到房里一看：可不是真的，两人的行李卷儿都不见了。

团长一跺脚，一边往剧场走，一边想：梅胖子啊，梅胖子，你就是要走，也该跟我打声招呼啊！打鼓佬是乐队指挥，这一下指挥没了，还缺个小仙女，这戏怎么演？把全团几十个人撂在这里，你这不是坍我的台吗？第二天，剧团便打道回府了。

2. 红白两游艇

再说那梅胖子一觉醒来时，只觉得头痛欲裂，浑身酸软无力。他努力地睁开眼皮，抬头一看，见自己竟睡在一个乳白色的房子中，用手一摸，墙面冰凉，原来是钢板铸成的。

我这是在哪里？梅胖子摆摆头，想找个人问问，可屋里静悄悄的，没有半根人毛。一拉门，门锁着。一见那墙上有个圆圆的小窗，梅胖子忙踮起脚尖，想看看窗外的情景。可那窗口太高，啥都看不见。他丧气地坐下来，然后，拼命地回想。想了一会儿，他终于想起了头天晚上的情景：演出完，他和米芹回到来家。一进门，就看到屋里坐着一个头特别大的男人，一脸的络腮胡子长得很是茂盛，就像那山里的野鸡窝。那大头男人一见梅胖子就起身跟他打招呼，然后对着米芹眯眯地笑。来凤花介绍说："这是我老公，叫邬正雄。"男人瓮声瓮气地说："就叫我大头。"

梅胖子就一见如故地说了声："大头师傅好。"大头回说："你们演出很辛苦，来，我带你们去喝酒消夜。"梅胖子这人爱点酒，常说酒是个好东西。一听说有酒，喉头就"咕咕"作响，舌头舔开了花，就不由自主地带着米芹，随大头来到湖边一条船上。那船不大，却十分漂亮，船上灯火通明。大头让两人坐下，动手摆上了酒菜。

这时，天上挂着一轮弯弯的明月，湖风轻轻地吹，湖水微微地荡，船舱中的音响，正播放着轻柔的江南风味乐曲《梦里水乡》，让人恍然如梦。大头和梅胖子你一杯我一盏地大口喝酒，米芹一小口、一小口地抿着饮料。

后来呢？后来只依稀记得自己昏昏欲睡，米芹也伏到桌子上……

梅胖子正在回想，“哐当”一声，铁门被打开，大头走了进来。“怎么，梅老板醒啦？昨晚睡得可好？”大头走到梅胖子跟前，用手托着他的下巴，笑眯眯地问道。梅胖子看见邬大头，心里明白了八九分：自己是着了他的道儿。可自己与他无冤无仇，他干吗要劫持自己呢？

梅胖子哪里知道，此时，他已被大头关在了一条叫作“白天鹅”的豪华游艇上。

原来这仙女湖地处三省交界，背靠横岗山，南临洗马河，虽然风景秀丽，空气清新，是国内少数几个未遭污染的内陆湖，可紧挨湖边的昆阳县却是个贫困县。这里山多水多耕地少，县里的头头脑脑，为振兴本地经济，绞尽了脑汁。前些年，本县下屋场乡有个叫刘六财的人，在南方狠发了一把。县里招商，一招就把刘六财招了回来。

县里的领导陪着刘六财，在湖边转了一天一夜，最后敲定了投资方案。几个月后，这仙女湖中就漂荡着两艘豪华的游艇，一条漆着红色的叫“红仙鹤”，一条漆着白色的叫“白天鹅”，就像两只大鸭子浮在这仙女湖心。

不知刘六财用了啥魔法，在不到一个月的时间里，“红仙鹤”和“白天鹅”成了两个生金蛋的“宝鸭”。这湖堤上，常见小车不断，人来人往，而且来往的小车档次越来越高，来的客人也越来越有派头……

这时，大头见梅胖子疑惑地望着自己，便“嘎嘎嘎”笑了起来。可这回梅胖子没敢附和着笑。大头笑完，把脸一板，厉声地对梅胖子说：“梅老板，我把你请来‘做客’，你可得要守规矩，在这船上不可乱说乱动，更别想跑。”梅胖子结结巴巴地问：“你……你这是什么船？你把我带到这里来干……干什么？”“这你就不用多问了，等明天你肚子里的药消尽了，再让你‘上班’！”大头说完就往门外走。

梅胖子见大头要离开，一下子慌了，跟在大头的屁股后头问：“那个姑娘呢？”“她呀，好得很哪，我另有安排，不用你替她操心！”

大头走出门外，“哐”地一声，门又锁上了。梅胖子一震，心一下子跌到冰窟窿……

3. 奇怪的鼓点

第二天开始，梅胖子便被大头安排在“白天鹅”的厨房里打下手，刷锅洗碗，淘米拣菜。他能自由活动的空间，只有这底舱。

自一上船，梅胖子想家想得厉害。可如今，陷在这鬼门关，上天天无路，入地地无门，四处一片汪洋，底舱全部封闭，那墙面上的一排窗户，圆圆的，小得连只狗也钻不出去。而每个楼梯口，日夜都有手持警棍的保安守着，别说是人，就是一只蚊子也别想飞出去。

这天，大头来到底舱，叫梅胖子从今天中午起，和保安一道，到红船上送饭。大头一走，正在洗菜的梅胖子忽听大厨师说："胖子，把这泔水桶抬上去！"梅胖子就放下菜，和二厨去抬泔水桶。泔水桶很大，刚上到二楼，梅胖子就累得气喘吁吁，心想：泔水桶做这么大干啥？装猪啊？这木匠只怕有毛病哩！从二楼望下一看，梅胖子见紧靠"白天鹅"下，有条小船，是来收泔水的。当他准备再往船下走，却被保安喝止："回底舱去！"

梅胖子一边往底舱走，一边不甘心地回头望着那舷梯下的小船和泔水桶，顿时想起了戏文《三打白骨精》里的孙悟空，心想：要是自己能像孙猴子一样会变化就好了，变成一个泔水桶，神不知鬼不晓，岂不是可以远走高飞，脱离苦海？

梅胖子回到底舱，刚想坐下来喘口气，大厨又说："胖子，快打饭打菜，到'红仙鹤'上去送饭！"梅胖子心里猛地掠过一个心思：和他同时被药倒的米芹，兴许就在"红仙鹤"上！

米芹果然被大头弄在"红仙鹤"上。那天刘六财盯着米芹来回地看了半天，喉头"咕咕"作响，直咽口水。见她一副清纯秀丽的模样，心道：啧啧啧，这妞儿怕还是个未开苞的嫩芽菜吧？刘六财把大头叫到一边，直夸他会办事，随手甩给他一个红包，并暗地交待："这妞儿给我重点看护，任何客人都不准动！"大头就把米芹安排在"红仙鹤"顶层的一间房子里。

米芹是个十分单纯的姑娘，父亲死得早，自从剧团把她分给梅胖子当徒弟，她心里一直把梅胖子当父亲看。如今被人稀里糊涂地弄到这湖中孤船上，一天到晚啥都不用干，而且

每天还好吃好喝地被人招待着，心里直犯疑：大头把我骗到这船上来究竟是想干啥？虽然前两天，大头对她说，等过些日子她熟悉了船上的情况，就陪客人跳跳舞，唱唱黄梅戏，每月工资三千，还有小费。这可比在剧团里干半年还要挣得多，但米芹就是高兴不起来，心里老在打鼓，老想见到梅老师问个明白。

快近中午了，米芹躺在床上，正在哼着黄梅调《蓝桥汲水》："一根扁担肩上担，歪歪扭扭下河湾……"突然，她听见楼下传来一阵鼓点"慢长锤"："哐七得七哐七得七……"米芹赶忙立起身来，侧耳细听半天，不错，真的是"慢长锤"！虽然那鼓点不是敲在鼓上，而像是用什么东西，敲击在木桶上发出的声音，十分沉闷，可那节奏，米芹毕竟十分熟悉。

莫非是梅老师到"红仙鹤"上来了？米芹又惊又喜。米芹不明白大头为啥要将她和老师分开，前些时，她问大头，大头说，那胖子在"白天鹅"上，好得很，不用操心。话虽如此，但米芹总想能见上梅老师一面。

这时，听见那鼓点不紧不慢地传来，米芹赶紧打开房门，可一来船舷边，又听见那鼓点的节奏变成了"搜场"锣鼓点："空七哐，空七哐，七哐七哐一七哐，哐七哐七……"这一下，米芹明白了，真的是梅老师到红船上来了。以前，梅老师教她时说过："搜场"锣鼓，主要用在搜查、寻人找物等场面。

顶楼舷梯门被保安锁着，米芹将头伸出舷梯外，朝下一看，果然梅老师手持一柄大饭勺，在那饭桶沿上起劲地敲击，嘴里像个街头小贩一样，不停地吆喝着："开饭啦！开饭啦！"顿时，米芹明白了梅老师的心意，"慢长锤"是告诉她，他一切平安；而敲那"搜场"鼓点，是在寻找她呢。

米芹心里一热，刚要开口叫声"梅老师"，忽见大头从一个房间出来，一把夺过梅胖子手中的饭勺，在他头上猛敲了一下，吼道："敲什么敲？你还以为这是在戏台上当你的打鼓佬啊？"

见梅老师用手捂着脑袋，往后边挡边退，米芹心里一紧，情不自禁地大叫起来："梅老师！我在这里！我在这里——"

4. 杀猴给鸡看

可她还未叫完，一旁蹿出两个保安，架着她到了楼下。

米芹来到楼下一看，见二楼船廊上满满当当地站着两大排新来的姑娘，刘六财正在给她们训话，一见米芹下来了，朝保安做了一个手势，保安就把她带进了旁边的一间卡拉OK厅。

卡拉OK厅里坐着一个长着招风

耳的男人。那人一见米芹走了进来，眼睛一亮，急忙放下二郎腿，涎着脸说："来来！小姐，陪我唱个'夫妻双双把家还'！"米芹虽不曾学过戏，但嗓子甜润。自进剧团学击鼓，平时听演员唱，自然也能哼几句。她心想：大头不是让她陪客人唱吗？于是便不扭捏，拿起话筒说："好，唱就唱！"

没想到米芹唱完一曲，招风耳随手朝她身上甩过一叠钱来，她正不知所措时，身子已被人抱住。米芹一惊，面前门已被关上，那保安不见了人影。扭头一看，见招风耳那大嘴巴凑到了她的脸上，米芹顿时吓得狂呼乱叫起来。

保安听到动静，"咣当"一声把门打开，见米芹满脸泪水，在招风耳的怀里拼命挣扎。刘六财冲进来，指使保安把米芹架了出去。然后，走到招风耳面前说："戏演得不错！可你狗日的别真的想打她的主意！"

原来，这是刘六财故意试试米芹，为的是早日把她驯服，日后好接待省里的一位重要客人。如今这一试，看她那生死不从的样子，刘六财便断定米芹果然是个未开苞的嫩芽菜。刘六财暗中高兴，可一来到门外，见米芹缩在一旁，还在哭哭啼啼，就想，不如再给她一个下马威，还可吓吓那些刚来的女孩子。只见他眉头一皱，对保安吼道："还愣着干什么？抛下去！让她清醒清醒！"老板发了话，保安不敢犹豫，只听"扑通"一声，米芹硬生生地被保安抛入湖中。

新来的姑娘们哪见过这种场面？眼看抛入湖中的米芹手脚乱舞，快没命了，一个个吓得脚筋打颤，噤若寒蝉。偏在这时，大头又对她们吼道："看到没有？今后有谁不听招呼，这就是下场！"

此时，梅胖子已送完饭，回上了送饭船，他正在为打了一阵"搜场"鼓，仍不见徒弟踪影而怅然，忽见从"红仙鹤"上抛下一个人来，大吃一

惊，赶紧双手用力，小船飞快地转了个头。仔细一看，那落水之人竟是米芹。梅胖子吓得魂飞魄散，心里暗骂一声：这些王八蛋！便想冲过去救人。

这时保安却冲了上来，一把夺过双桨，冲他吼道："滚到一边去！谁叫你多管闲事？"

红船上的大头见米芹淹得差不多了，凑到刘六财耳边咕哝一句，刘六财点了点头。大头便对身边的保安喝道："发什么呆？快去把她捞起来！"

保安把淹得半死、浑身湿淋淋的米芹架上了"红仙鹤"。米芹悲泪横流，直到这时，她才醒悟过来，自己如今是陷在一个魔窟里了。什么月工资三千，只陪客人唱歌跳舞，那都是骗人的鬼话啊！

米芹被保安架着正往顶层上走。突然，她听见身后传来吵闹声，扭头一看，见梅胖子被两个保安死死地按在船板上。梅胖子被保安摁在身下，手脚乱舞，口却不停："你们这些王八蛋，要遭天雷打呀！"

米芹一见梅胖子，就像受了委屈的孩子见到久别的亲爹娘一样，情不自禁地高叫起来："梅老师！梅老师！你要救救我啊！"

米芹一关进顶楼，刘六财就冲小船上的保安嚎道："给我狠狠地打！"

打得皮开肉绽的梅胖子被送回了"白天鹅"。他躺在床上，抚摸着满身伤痕，痛得直哼哼，翻来覆去地怎么也睡不着。半夜时，梅胖子见大厨他们发出了呼呼的鼾声，便轻轻地爬起来，双手撑着隐隐作痛的腰肢，悄悄来到舷梯口，朝"红仙鹤"望去。只见那边还是灯火辉煌，人声鼎沸，时不时传来几声叫骂和浪笑。梅胖子恨恨地暗骂一句："他娘的！这帮醉生梦死的家伙！"可他刚骂完，却从对面船上飘来一阵哀伤忧怨的黄梅调："天黄黄，寒风吹，哥哥房中沉沉睡，……妹像笼中金丝鸟，如今插翅也难飞……"

是米芹！梅胖子心头一动。他转身冲进厨房，抄起两把锅铲，在船廊栏杆上有板有眼地敲起了一阵"乱锤"："仓仓仓仓仓倾仓……"紧接着，他又敲起了一阵急骤的"急急风"："仓仓仓……"那鼓点声就像冲锋号一样，穿过夜色，直朝红船飘了过去……

5．泔桶出蹊跷

再说来凤花除了开杂货铺之外，每个星期，还要到这湖中来走一趟，运走一船泔水，湖岸东北边有个养猪场，几桶泔水可卖百多块钱呢。

老公大头原在县造纸厂工作，后来下了岗，找亲戚借了两万块钱，开起了卡拉OK。起初生意还行，不到一年，家中就盖起了一栋小楼房。后来不知市场变化，还是其他原因，生意越来越差。到头来，除了家里那栋房子，还倒欠了好几万块钱的债。正当大头走投无路时，刘老板找到他，大头就上了船，为刘老板找姑娘。那天大头从游艇回家，听老婆说，家里住了个唱戏的姑娘。大头大喜：刘老板前些时就交待，最近要接待一个大人物，让他尽快物色个漂亮的女孩子。来凤花一听大头要打米芹的主意，坚决不同意，可她哪犟得过大头？

大头一见米芹就喜得直咧嘴，这可是顶级的货色哟！于是就骗他们喝酒，等两人昏了过去，驾着小船急急地朝湖中飞驰而去。本来大头不想要梅胖子，可他们两人住在一起，留下梅胖子事情不好办。心想船上还缺杂工，干脆一不做二不休，梅胖子就成了陪斩。大头做了伤天害理的事，来凤花心里着实不安一阵子，只是怨自己胳膊扭不过大腿。今天又轮到运泔水，她将小船靠上岸，就准备上去找人来卸泔水，谁知还未来得及下船，只见其中最大一个泔水桶的盖子打开了，从里面拱出一个满身油水淋淋的大胖子。衣裤上沾满了饭渣菜叶，脸上蒙着一层油污，眉目不清，嘴里含着一根橡皮管子，鼻孔直喘粗气。来凤花哪想得到会从泔水桶里冒出一个人来，直吓得大叫一声："哎呀！我的个娘啊！"

那人跨出泔水桶，身子还未站稳，就听来凤花猛地一声大叫，他刚要往前走去，脚下一滑，仰面朝天，"扑通"一声，掉到湖里，顿时溅起一大团水花。

来凤花见那人掉到湖里，大吃一惊，不容细想，忙将船桨取下，伸了过去。好在船已靠岸，湖水不深，来凤花拉起那人，来到岸边。此时，被湖水一洗，那人身上的残渣油污全掉了下来，来凤花抬头一看：天哪！这不是梅胖子么？

原来梅胖子瞅了个空子，躲进了泔水桶。可泔水桶哪是人呆的地方？憋得他难受极了。心想有朝一日，一定要找到来凤花和大头那对狗男女算账！可等他爬到岸边一看，见刚才大叫之人正是来凤花时，梅胖子不由心

里一紧，暗道一声：不好！真是冤家路窄，又落到这贱人手上了！

梅胖子来不及多想，转身就跑。浑身伤痛还未好，又在泔水桶里憋了多时，加上时令已进初秋，刚才仰面跌进湖里，冰凉的湖水呛得他差点背过气去。这时，他只觉双腿酸软，胸口憋闷，刚跑几步，脚下一个踉跄，摔了个狗吃屎，倒在地上，怎么也爬不起来。

来凤花见梅胖子跌倒在地，急忙跑过来将他扶起，问道："梅师傅，船上看得那么紧，你是怎样躲进泔水桶里逃出来的？"

来凤花一问，梅胖子气就不打一处来，朝她一翻白眼，鼻翼呼呼地翕动，犹如打铁匠的风箱。

来凤花见他不开腔，知道他是恨自己，忙赔着笑脸说："都怪我家的死老头子伤天害理，只是你这样是逃不远的，他们发现你不在，很快就会追过来，到你们梨山县只有坐船一条路，从昆阳出湖，每天只有一班船，这船早就开走了。"

梅胖子听她一说，从头凉到脚：天哪！好不容易从船上逃了出来，若再被他们抓回去，那肯定是死路一条啊！可他心里对来凤花有火，就气鼓鼓地一甩手，自顾自地朝前走去。

来凤花见梅胖子不理她，叹了一口气，对着他的背影喊了一声："梅师傅，你转来！"梅胖子一回头，来凤花就急急地说："你先等等，让我去同猪场老板商量一下，看他今天有没有往外地运猪的车。"

梅胖子见来凤花语气恳切，觉得不妨信她一次，便和她一起走进猪场，恰好看到有台车正在往上装猪。来凤花找到猪场老板，说是有个亲戚想搭个便车。猪场老板说驾驶室已坐满了，若不嫌的话，就到车厢上去，在猪笼边挤一挤。梅胖子听说，就把头点得如同鸡啄米，心想能逃回梨山就行，哪还顾得上是不是与猪为伴？

梅胖子爬上车厢，刚在猪笼边找了个位子坐下来，抬头朝湖里一望：天哪！只见大头带人开着快艇，箭一般地追了前来。梅胖子赶紧把身子一缩，吓得浑身发抖，上牙磕下牙。这时，他对来凤花夫妻两个真是恨之入骨，眼睛一眨，心道："你大头追老子，老子就不放过你的老婆！"便站起身对来凤花说："大妹子，把你的手机借我用一下。"来凤花跨上驾驶室的踏板，手臂伸直递过手机。可梅胖子说："你也上来吧。"一把将来凤花拉上了车，这时她也看见了大头的快艇，急得她忙对司机大叫："快开车！快开车！"

来凤花一边大叫，一边想往车下爬。可梅胖子却一把死死地拉住她的手。这时，猪场老板仿佛也明白了什么，说了声，走吧。司机说，还有一笼呢。猪场老板把手一挥说，不装了，开车吧！就这样，运猪车载着满满的一车大肥猪和梅胖子、来凤花两人，“呼”地一声，跑了个五里不见烟……

大头冲到岸边，只见小船空空的，既不见梅胖子，也不见老婆来凤花，便急忙带人冲进猪场。可里里外外搜了个遍，哪里还见人影。

6. 再次陷魔掌

梅胖子紧紧攥着来凤花的手，坐在运猪车上，心想，狗日的大头，只要老子逃回梨山，就有你好瞧的，你的老婆就是人证。这下好了，总算逃出了苦海！下一步，就是尽快地救出米芹。望着那些肥猪挤在笼子里直哼哼，心里来了劲，准备来口“二黄散板”：“我本是卧龙岗……”谁知刚一起音，那车却“吱”地一声，停了下来，抛锚了！

见司机钻进车底捣鼓了半天，也没修好，梅胖子急得两眼望青天，围着车子团团转。心想，我这真像戏文里的姜子牙卖面，偏偏遇上了旋涡风啊！这时，来凤花猛地一下挣脱他的手，气呼呼地说：“真是好人做不得！”可一见梅胖子那急得团团转的样子，又忍不住“扑哧”一笑说：“你这人真是个大蠢猪，昆阳不就在这身后么？何必舍近求远呢？”

一句话提醒梦中人。梅胖子向司机打声招呼，顾不上来凤花，转身就往昆阳县城跑去。

一会儿，人们就在昆阳县城大街上，看到一个浑身湿透的大胖子，神色慌张地在街上乱窜，随后，又见他跑进了一条小巷。

小巷子里的副食店有公用电话，梅胖子拿起听筒，还未来得及拨号，就听到巷子里有人哼哼呀呀地乱唱：“我到你身边，带着微笑，……噢呵，心中有个他，噢呵，他比你先到……”梅胖子探头一看：哎呀，我的个妈妈哎！吓得他差点闭过气去。

你道唱歌的是谁？他是大头啊！

梅胖子赶紧将头埋在裤裆里，蹲到柜台脚下，假装系鞋带。心想：大头千万别进来呵！谁知大头偏就进来了。大头打了个响指，说“来！老板，拿包烟。”老板拿烟的当口儿，大头往前走了一步，脚下一绊，一低头，见个胖乎乎的身子蹲在地上，很奇怪，就用脚一拨拉。梅胖子心想，完了！完了！但又一想，横竖是个死！于是，就猛一起身，将正低头看他的大头，撞了个仰面朝天。

跌倒在地的大头，一下看清冲出门外的是梅胖子，急忙爬起来，也冲到门外，朝着梅胖子背影大吼：“死胖子，你给我站住！”

梅胖子略一迟愣，忽又听有人喊道：“梅师傅快跑！”他忙回头一看，见来凤花竟将大头死死地搂住。直到这时，梅胖子才知道来凤花不是个坏透了的人，他赶紧掉头，夺命狂奔，像没头苍蝇似的一阵瞎闯，终于在一条街道上，看到一个写着昆阳县公安局的牌子，便一头冲了进去。

接待梅胖子的是一位副队长，副队长一听案情，很诧异："有这样的事？"随着，就见他走出门外，不知给谁打了一个电话，然后转身对梅胖子说："走！我们看看去！"

副队长带了两个警察和梅胖子一起上了"白天鹅"，梅胖子就看见了刘六财和已回到艇上的大头。副队长就对迎候在艇上的刘六财说："刘老板，有人报案，说你这船上劫持姑娘，逼人卖淫，可是真的？"刘六财冲着梅胖子一瞪眼，然后又笑眯眯地对副队长说："怎么会呢？我们做的可是正道生意。"副队长说"不管会不会，我可要查看一下！"刘六财说："尽管查，尽管看。"梅胖子也远远地跟在副队长和刘六财的身后，可转遍了几个舱房，只见一些姑娘陪着客人喝茶唱歌，文雅得很，并未见任何不轨行为。

副队长两手一摊，沉着脸对梅胖子说："这都是正当营业嘛，哪有你说的事啊？"

梅胖子结结巴巴地，正准备解释，谁知，副队长根本不理，转身就往舷梯边走去。刘六财一见副队长要走，忙说："等等。"于是走上前，拉住他的手，两人进了刘六财的舱间。

梅胖子哪里知道，这副队长原是刘六财一伙的，如今，他正做着刘六财的眼线，刚才他的电话就是打给刘六财的。

刘六财给副队长塞了一个红包，又把他送到舷梯口，笑容满面地说："有空常来玩呵。"副队长也不避梅胖子，连连点头，一边把红包往兜里塞，一边说"一定！一定！"看着两人亲热的样子，梅胖子心里冰凉：天哪！原来他们是一伙的！这不是在小鬼面前告阎王吗？他刚想跟副队长一起上快艇，副队长伸手将他一推，说了声："你是这里的员工，怎么跟我上岸？"

说完快艇火速开走了。

副队长一走，刘六财就从保安手中接过警棍，敲木鱼似的，在梅胖子头上“乓乓乓”地敲着，嘴里嗷嗷怪叫：“给我绑上，关起来！”接着，他又狠狠地对大头说：“此人不能留！”梅胖子一听这话，顿时吓得热尿流了一裤裆。

黄昏时分，大头驾着一艘快艇，朝着西南边的湖汊冲去。艇上的梅胖子手脚被绑，成了一个大肉粽子。快艇冲进了湖边的芦苇荡，大头和一个保安，将梅胖子抬了起来，只听“咕噜”一声，大肉粽子成了祭湖的供品。望着那随即而起的一连串气泡，大头“嘎嘎嘎”地大笑道：“死胖子，到阎王那里去报案吧！”

沉入湖中的梅胖子，过了好半天，才敢从水里冒出来，只见他把头摆了摆，侧耳细听，四周没一丝动静。于是大喜，心道：大头呵，大头，你哪知道十年前，胖爷我得过梨山县游泳冠军啊！此时，虽然他的手脚被绑，但这难不倒水里蛟龙梅胖子。只见他将身子一仰，那胖胖的躯体，就像个浮在水中的油葫芦。可他刚要游出芦苇荡时，耳边却有了人声。梅胖子扭头一望：我的个妈呀！那游艇就停在芦苇荡前不远处，只听那保安说：“走吧，死胖子手脚被绑得那么紧，就是龙王也没辙啦！”大头说：“再等等！”

梅胖子打了一个激灵，赶紧咬断一根芦管，含在口中，将身子一翻，沉入湖底……

估摸天黑尽了，梅胖子胆颤心惊地浮出水面，一看，快艇不见了，湖中一片静悄悄，只有那湖心游艇上的灯火，将夜空上方映成一团橘红。

梅胖子双脚齐动，朝着洗马河方向，一拱一拱地死命蹬去……

7. 计上红白艇

刘六财一处置完梅胖子，第二天就接到省城的电话，说是那位重要人物下午就要到昆阳。紧接着，又接到县里通知，南方一个大老板，从邻县转道来到了昆阳，大老板此行的目的，是要在这仙女湖边建一个度假村。所以，县里要求他好好接待。

傍晚时分，两辆高级轿车一先一后地开出县城，朝着仙女湖畔急驰而来。刘六财和大头带着两个保安，立在湖边等候多时。前面一部轿车在刘六财面前停了下来，刘六财急忙走上前去打开车门，车里走出一个精精瘦瘦的中年人。那人戴着防风镜，刘六财刚准备开口，那人作了一个手势，刘六财立马噤声。刘六财走到大头面前，在他耳边咕哝了一句，大头马上掏出手机，不一会儿，一艘快艇从湖心飞驰而来，把中年人接上了“白天鹅”。

后一辆轿车赶到湖边时，从车里

走出来的是从邻县转道来的南方大老板，身后跟着一个戴墨镜满脸络腮胡子的大块头跟班。

大老板被刘六财安排上了“红仙鹤”，走上舷梯，来到顶层一间豪华的密室。大块头跟班立在门边，目不斜视，像尊黑煞神，看得刘六财心中一愣一愣的。大老板一坐下，就叫刘六财把照片拿来。刘六财急颠颠地取来一大摞玉照，捧到大老板面前。大老板一招手，大块头跟班就走到跟前，从刘六财手上接过照片，仔细地翻看。可翻着翻着就皱起了眉头，盯着刘六财，沉声问道“你就拿这种货色糊弄我们老板？”

刘六财一怔，随即满脸堆笑地说“先生您别急，还有，还有。”一会儿，刘六财又拿来一叠照片。大块头跟班看了几张，就把其中的一张送到大老板手上。大老板接过去，审视半天，然后往沙发上一靠，懒洋洋地说：“就是她吧！”刘六财凑过去一看，见南方大老板选中的是米芹，就诡诈地一笑“大老板好眼力，请稍候，待我通知她准备准备。”说完退了出去。

其实此时米芹已被保安带在“白天鹅”顶层一个豪华而又宽敞的房间。她预感到今天是在劫难逃。前些时，为了不被招风耳糟蹋，小命都差点丢了。那天晚上，她站在船顶唱着自编的黄梅戏，宣泄着满腹的忧愤，可刚唱几句，就听见对面白船上传来“乱锤”和急骤的“急急风”鼓点。顿时，她想起梅老师说过：“乱锤”用于紧急撤退或逃跑；“急急风”一般用在急步行走、冲锋开打或胜利的场面。米芹心里一激灵：莫非梅老师打算逃走，并已想好了逃走的主意不成？

第二天，米芹暗暗地留意着“白天鹅”上的动静，吃过早饭，果然看见大头带人驾着快艇急急地朝湖东北方向追去。吃罢午饭，她刚想到船廊上散散步，可一打开房门，守在梯口的保安却喝道：“回房里去！”

保安为啥这么凶？突然，米芹明白过来，肯定是梅老师逃走了！

那天黄昏时分，米芹爬在床头上，从那扇小窗朝“白天鹅”望去，探看对面的动静，可落入眼底的情景，却使她大吃一惊：只见大头和两个保安，架着手脚捆绑的梅老师，上了游艇下的快艇，朝着西南方芦苇荡驶去。米芹顿时手脚冰凉，眼泪不由自主地就涌了上来：天！这一回梅老师只怕活不成了啊！

米芹正在房里想着心事，保安“哐”地一下，把门打开了。随后便见刘六财陪着一个瘦瘦的中年人走了进来。刘六财媚笑地对中年人说：“祝您老玩得开心，今后还要多多仰仗您老关照。”说完，又沉着脸对米芹说“给我把客人陪好！”

刘六财是准备让米芹伺候好那个

重要的中年人以后，再来应付红船上的南方大老板，他哪里知道这大老板其实是梨山县公安局刑侦队长雷震。

原来那天梨山县公安局接到梅胖子报案，刚好雷震出差归来，听了这个情况，心下明白，这昆阳县地方保护主义厉害，常规操作肯定不行，于是，他主动请缨，先去了昆阳邻县，邻县公安局的刑侦队长，是他的老朋友。老朋友配合他放出风来说，南方来了个大老板。果然，昆阳方面上钩了，自己如愿地上了船。

这时，雷震见刘六财走了好一会儿，还未把照片上的米芹送来，心知事不宜迟，便掏出手机下达了命令。

此时的仙女湖面上，笼罩着一层薄雾，西南边的一个湖汊里，突然驶出几艘快艇，箭飞一般，直朝湖心而来。

刚想从“白天鹅”返回“红仙鹤”的刘六财一踏上舷梯，忽见那从天而降的快艇，朝着他的两艘游艇包抄而来，不禁一怔 他妈的！是谁这么大的狗胆，敢来冒犯撒野？

可看着快艇驶近，不像是昆阳方面的人，刘六财心里一“咯蹬”：哎呀！莫非是梨山来人了不成？难道那胖子没死？想到这里，刘六财慌了神，心里暗叫一声：不好！就想去喊人将两艘游艇启动，可他慌慌张张地跑到舷梯口，就见那荷枪实弹的警察正往船上冲呢。启动游艇已来不及了，当务之急是逃走……

正在“红仙鹤”上值班的大头，也发觉了大事不好，急忙掏出手机，给刘六财打电话，可真是要命，越急越是拨不通。而此时雷震已带着“跟班”从顶楼上飞冲下来。大头一见两人来势不对，转身就往舷梯口跑。雷震一个箭步上前，抓起大头，往后一拽，大头跌了个仰八叉。雷震一脚踏在大头身上，正要处置，他的部下们冲了上来。雷震抬起脚，对部下说：“将他铐起来！”然后冲上了快艇，赶到“白

天鹅”。

雷震一口气冲上顶楼，见部下们已将顶楼团团围住。顶楼的几个房间已被打开，只有最里面的一间紧闭。雷震抬起一脚踹去，可门纹丝不动。当即掏出手枪，对着门锁“砰”地就是一枪。然后往后一退，再将整个身子往门上一撞。只听“哐当！”一声，门被撞开了……

房里的米芹已被剥得只剩下内衣内裤，正蜷缩在床头一角，吓得浑身发抖，那瘦瘦的中年人身上也在筛糠。雷震从他的口袋里搜出证件一看，不禁目瞪口呆：这人竟是一名地位显赫的人物。

米芹终于得救，罪犯全都落网，唯独搜遍了两艘游艇，不见主犯刘六财。他哪里去了呢？难道他还能插翅而飞不成？正在这时，那大块头“跟班”像踩着快速的“急急风”锣鼓点一样，从“红仙鹤”赶了过来，听说刘六财还未抓住，想了想，就对雷震说：“你们跟我来！”

雷震带着两个警察，随着大块头“跟班”来到底舱，见那底舱舷廊上排着一溜泔水桶。

大块头“跟班”拿起一根大铁棍，沿着泔水桶一只只地捅过去，捅到倒数第二只泔水桶时，众人终于听到一声杀猪般的嚎叫。紧接着，就见浑身裹着油水和血水的刘六财拱了起来……

8. 奏响“急急风”

米芹被救上快艇，由于惊吓过度，一直昏迷不醒。船靠梨山时，米芹才悠悠醒来，刚一睁眼，便听见岸边锣鼓喧天。大块头“跟班”搀着她一上岸，她就看见团长、梅师娘和剧团里的伙伴们在岸边敲锣打鼓地迎接她和雷队长他们。

米芹扑到梅胖子老婆面前，想起了被绑得像个肉粽子一样的梅胖子，顿时泣不成声：“师娘，梅老师他……”谁知，她话未说完，雷震和团长不禁哈哈大笑起来，指着她身边的大块头“跟班”说：“你看看，他是谁？”

米芹瞪着大眼，望着大块头“跟班”，只见他伸手摘下墨镜，然后用力捋着那满脸的胡子。这时，团里的化妆师走到他面前说：“梅老师，你这样捋法要不得，我粘贴上的胡子得用胶水洗，不然会把脸皮撕下来的。”

米芹呆了一刹那，才猛然明白过来，喜极而泣。可就在她噙着泪水，刚想冲到梅胖子跟前时，梅胖子却猛一转身，冲到鼓手面前，从他手中夺过鼓槌说：“你这打的是什么乱七八糟的鬼鼓点？看我的！来！徒弟们，转‘急急风’！”

顿时，一阵阵欢快而又急骤的“急急风”锣鼓声，就飘荡在洗马河上空，经久不息……

（题图、插图：杨宏富）

借狗成名

□唐雪嫣

阿P一向走在时尚的前沿，最近，他看到很多年轻人养宠物，也不甘落后，赶紧买了条京巴。这京巴好哇，毛色雪白，没有一点瑕疵，不但可爱，而且模仿能力特强，阿P很喜欢它，给它取了个名字“欢欢”，一有时间就训练它做各种动作。

后来阿P发现，欢欢对美国的摇滚乐情有独钟，阿P便上音像店买了几张摇滚乐的碟片，放给欢欢看，屏幕上，黑人歌星们纵情狂舞，欢欢一边睁大眼睛看，一边“爪”舞足蹈地模仿着，逗得阿P乐不可支。

那天，阿P的朋友豆子来玩，阿P便叫欢欢给他表演节目，行礼、谢谢、握手等各种动作做完之后，阿P打开音响播放摇滚乐，欢欢立马来了精神，扭腰晃腚，两只后脚立地，边跳边舞，动作花样繁多，足足跳了十来分钟，把豆子眼都看直了。

阿P得意地说：“哥们儿，别看我没什么能耐，但咱训练的这条狗怎么样？可以说得上是狗中的明星吧？”

豆子呆呆地不说话，突然他兴奋道：“嗨，哥们儿，你的机会来了。昨天我在电视上看到，电视台正要举办一次‘秀秀狗’大赛，凡是有表演特长的狗都可以去参赛，冠军狗的主人可以得到三千块钱的奖金。钱是小事儿，但你的欢欢要是拿了冠军成了名狗，你不也借光成了名人吗？”

这番话说到了阿P的心里，他做梦都想成为名人呢。他马上给电视台挂了个电话，询问具体事宜，然后带着欢欢度身定做了一套比赛服装。为了确保欢欢夺冠，他特地跟单位请了

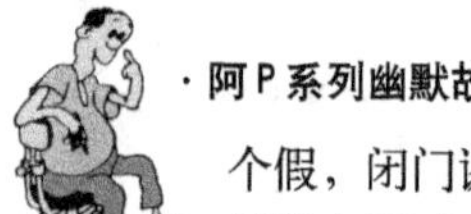

个假，闭门谢客，把全部心思都投入到对欢欢的训练上。一个星期后，欢欢的舞姿有了相当大的进步，动作标准规范，已经达到了完美的境界，阿P的信心膨胀到了极点，他仿佛看到了冠军奖杯在向他招手。

在无数人的关注期望下，"秀秀狗"大赛终于开始了，电视台将对整个赛程进行现场直播。参赛狗的形状各异，种类繁多，每条狗的表演都很出色，不过，越看下去，阿P心里越有把握——这些狗充其量是演员，而他的欢欢却是明星。

轮到欢欢出场的时候，阿P缓缓地抱着欢欢来到台上，他沉着冷静地向摄像头挥挥手，然后将欢欢放下，突然，他用力地拍起了巴掌，并且绅士一样向台下微微一躬身，示意人们为欢欢加油助威，台下的人们被他感染了，不约而同地鼓起掌来，一时间，满场掌声雷动，还有小朋友朝台上扔荧光棒……阿P要的就是这个效果：未来的冠军嘛，没有冠军的声势怎么成？在出场这一环，就要对其他的狗有压倒性优势。掌声稍歇，阿P踌躇满志地示意工作人员奏乐，顿时，铿锵的摇滚乐声响了起来，可就在这时，意外出现了，欢欢呆呆地愣在那里，别说跳舞，连动都不动一下。

阿P慌了，急忙命令欢欢表演，可是欢欢四下看了看，突然扑进他的怀里，还在瑟瑟发抖。阿P赶紧把它放回舞台，但是欢欢好像换了只"狗"，对他的命令充耳不闻。

阿P气坏了，真想给欢欢"啪啪"两巴掌，可当他看到欢欢眼里的恐惧之色，才猛然醒悟到，是自己弄巧成拙，刚才那阵势把欢欢吓坏了，它怯场了！这下阿P肠子都悔青了，这可怎么办啊？此时台下已经有人发出窃窃私语声。就在阿P快要绝望的时候，脑子里突然灵光一闪，对着欢欢开始笨拙地扭动身体，想唤回欢欢的表演欲望，台下的人们哄堂大笑，但阿P什么都顾不得了，帮助欢欢夺冠要紧啊。

还别说，这招真灵，欢欢见主人

戏说馒头

从前，有一只胖得像包子一样的馒头。

- **见义勇为篇：** 一天，馒头在马路上行走，发现一辆汽车向丸子撞来，馒头奋不顾身地冲上去救丸子，结果，世界上多了一种食品——比萨。
- **浪漫篇：** 馒头爱上了香肠，他们发誓永不分离，于是人类多了一种食品——热狗。
- **无辜篇：** 一天，馒头看见哥哥在和肉团、生菜打架，于是上去劝和，结果餐桌上多了一种食品——汉堡包。
- **强壮篇：** 馒头觉得自己的身体不够强壮，于是每天坚持喝牛奶、吃鸡蛋，锻炼身体，经过不懈的努力，他终于炼成了——饼干。
- **成长篇：** 馒头小的时候是——旺仔小馒头。
- **休闲篇：** 馒头去大众澡堂泡澡，一只山羊也来洗澡，于是他们变成了——羊肉泡馍。
- **恐怖篇：** 馒头有梦游的习惯，一天早上，馒头突然发现睡在自己身边的丸子不见了，找了半天也没找到丸子。洗脸的时候，他无意中从镜子里发现自己成了一个——包子。
- **奋进篇：** 馒头到国外留学，回来之后，他变成了——面包。
- **不自量力篇：** 某天，馒头找菜刀单挑，结果他变成了——刀削面……

（**推荐者：** 言守义）

（本栏目欢迎来稿。来稿请投以下信箱：simyyue@126.com）

跳舞，慢慢地抬起前爪直立着跟着他跳，可是它跳得大失水准，尽管阿P跳得满头大汗，欢欢却连平时的一成水平都没发挥出来。

乐曲终于停下来了，阿P擦擦头上的汗，心里沮丧极了，这下完蛋了……倒是现场观众依然报以热烈的掌声。

果然，评委们不约而同地给欢欢打了很低的分数。借狗成名的梦想破灭了，阿P失望得差点哭出声来。没想到在颁奖结束后，主持人含笑对大家说："各位，这次比赛过程中，我们接到了很多观众的热线电话，他们说这里有一个人的表演比狗还要出色，他们都笑破了肚皮，所以我们组委会临时决定特别设立一个'最佳主人秀'，现在我宣布，'最佳主人秀'的得主是——阿P先生。"

摄像机立刻转向阿P，当然还有他怀里的欢欢，阿P如在云里雾里，脸上一阵红一阵白，我的妈呀，到底是借着这条狗成名了……

（**题图、插图：** 顾子易）

现场采访

□谢元清

大牛是市电视台记者，他嘴皮子伶俐，脑子机灵，人称牛铁嘴。这一天，他听说大山村有个叫土根的小伙子会做小型根雕，便带着摄制组专程赶去采访。

大牛来到土根家，看到满屋子都是精美的小型根雕，土根本人正坐在桌边聚精会神地拨弄一根口杯粗的树根，心里一乐，赶紧走上前，喜滋滋地说："土根师傅，我们是市电视台《走进生活》栏目组的记者，今天来采访你制作根雕，因为我们是现场直播，希望你能配合。"

一听说是电视台的记者，土根心里就有些不痛快，前年他爹在河滩种了五亩西瓜，瓜还没上市就被洪水冲走了，可电视台为了树立典型，愣是报道说他爹净挣了两万余元，结果搞得他爹好一阵子都不敢出门。今天见记者又要来捣鼓，土根把嘴一撇，没好气地说："哼，你们芝麻大的事也要吹成西瓜，我可不稀罕你们这一套。"

大牛一听这话，连忙解释道："土根师傅，你放心，我们这个节目强调的就是生活的真实，你只顾做你的活，我把你根雕制作过程介绍给观众朋友就行！"正在这时，助手提醒他时间到了，大牛便不管土根同意不同意，叫摄像师打开摄像机凑了上去，自己捏着话筒，在一边口若悬河地解说开了："观众朋友，这期《走进生活》栏目，我们为您介绍一位来自大山深处的小型根雕艺术家，他的名字叫土根。小型根雕是最近几年兴起的根艺新品种，它以造型小巧而倍受人们青睐……"

虽然现场直播对记者而言是个考

验，但“牛铁嘴”的绰号也不是白来的，这样的小场面，对于大牛来说简直是小菜一碟。此刻，他看见土根正拿着一把凿刀小心翼翼地削手中的树根，便不失时机地切入正题，侃侃而谈：“现在大家看到的是土根师傅制作根雕的初坯，他刀法娴熟，游刃有余，可见其非凡的功底。”

哪知，说到这里，土根好像有意跟他作对似的，把凿刀一扔，拿着手中的树根端详一会儿，把树根调转头，改用小斧削了。

这点小事自然也难不倒大牛，他灵机一动，又滔滔不绝说开了：“根雕制作的关键，就是要根据根的形状琢磨主题。土根师傅以其敏锐的触角，超凡的审美情趣，从观察中获得了创作灵感……”

话音未落，土根随手丢了斧头，把树根掂了掂，瞧了瞧，改用柴刀削。

大牛见了，马上话锋一转，煞有介事地说道：“刀是根雕制作的主要工具，‘削’是根雕制作的基本功，也是根雕成型的重要环节，应该说经过凿、劈、削等工序后，根雕造型的轮廓马上就要出现在我们面前，土根师傅到底要创作什么造型呢？我们拭目以待……”

哪知，土根手中的树根越削越细，越削越短，没几下，一只口杯粗的树根，已被削成拇指般粗的四方形。大牛大吃一惊，捏着话筒的手不禁颤抖起来：这是搞什么名堂？哪有见过四方型的根雕？

然而，大牛毕竟是个名嘴，他略加思索，又有了解说词：“根雕制作是个不断修改、完善的过程，有时对既定造型不满意，中途还得忍痛调整造型。大家看，现在土根师傅已将刚才圆形树根削成了方形，方形应该说更具阳刚之美……”

大牛的话还没说完，只见土根手中的树根又被削成了圆形。大牛一看，叫苦不迭，喉咙就像塞了一个糯米团，语无伦次说不出话来。

土根却不管这些，他挥舞着刀继续削着，树根被越削越小，不一会儿已所剩无几，他索性操一把刨刀，“啪，啪”没几下，全刨成了碎片。

大牛惊得目瞪口呆，脸上憋得红一阵白一阵的，瘪着嘴一句话也说不出来。

土根看也没看他一眼，进屋拿来一个瓦罐，将地板上的木屑装进瓦罐，提着就走。

大牛忍无可忍，再也顾不上正在做现场直播，一把拽住土根的手，大声问道：“你、你到底是做什么？”

土根哈哈大笑道：“没做什么，我只是把一根满山白药的根削成碎片储存起来，给我爹泡茶喝，专治他的慢性气管炎。”

（**本栏题图、插图**：顾子易　王　俭）

再加一把盐

□刘六良

这天，好再来饭店的厨师胖周刚炒好一盘溜肝尖要出锅，突然，服务员宋姐抓了一大把盐撒进锅里。胖周惊得大叫："你干什么呢？"

宋姐安慰胖周："放心，没你的事！出了事我顶着。"说完让他把菜盛入盘中端了出去。

胖周想：一定是宋姐和哪位顾客发生过矛盾，才故意报复。可这不是害我这个大厨吗？胖周赶紧去办公室把事情的经过告诉了老板。

老板忙跑了出来，想问问到底是怎么回事。可一进餐厅，就看见一个顾客指着那盘溜肝尖在大声嚷嚷："菜太咸了，还让不让人吃了？"

"爱吃就吃，不吃就滚蛋，哪来那么多废话！"宋姐沉着脸说。

这太不像话了，老板赶紧过去批评宋姐："你怎么能这样对顾客说话呢？"一边忙向那位顾客道歉。

宋姐一看老板来了，连忙摆着手说："没事，老板。"

老板一听很生气："什么没事，你对顾客这种态度，以后谁还来我们这儿吃饭？"

"他不来正好！"宋姐小声嘟囔着。

"你说什么？大声点！"老板严厉地问。

"老板你别管了，真的没事，他不是什么客人，他……"宋姐犹豫了一下，说，"他是我老公！"

原来，宋姐上班前和老公吵了一架，还说要三天不给他做饭。没料到她老公自有办法，专门跑到这儿来吃饭，还让宋姐亲自端给自己……

听到这儿其他顾客都停下不吃了，转过头来要看这事怎么收场。

只见老板指着那盘溜肝尖，不紧不慢地对宋姐说："饭店里炒的菜由厨师负责放调料，不准私自添加，下次你要想多放盐的话要从家里带盐来，知道了吗？"

老婆的风景

□吴　港

星期天，李庆阳和老婆明月出去逛街，忽然看见一个身穿露脐短衫的女郎迎面走过来，庆阳两只眼睛就不由自主地朝她的白肚皮瞟了过去……明月用力掐他一把说：“瞧你这点儿出息！”庆阳忙辩解道：“我只是随便看看风景，老风景看厌了，游览一下新景观也不错嘛。”他本来只是想开开玩笑，谁知明月一听到这话就生气了，冷冷地抛下一句：“你干脆找别的女人看风景去吧！”说着甩开丈夫，转身走了。

庆阳知道老婆的脾气，现在回去肯定是一场“大战”。他在街上捱到傍晚，估计老婆气已经消了，这才蔫蔫走回家。

敲开门，明月讥笑他说“你不是喜欢别处的风景吗？咋又回来了？”庆阳耍贫嘴说：“别处的风景都收门票，只有你这里对我免费开放。”明月本来是想放他进屋的，一听这话又来气了，说：“你走吧，从今以后，我这处风景区也要买票才能进来！”说着“砰”一声把庆阳关在门外，庆阳敲了几下没敲开，只好怏怏离去。

晚上十点一过，明月就有些沉不住气了。她知道丈夫身上没钱，怕他出啥事。可她刚要出去找，老爸打来电话，说庆阳在他那里吃了晚饭，多喝了几口酒，现在已经睡下了，他叫女儿别惦记着。放下电话明月骂道：“你小子真有主意呀，这头把我气个半死，那头又去讨酒喝。”

第二天中午，庆阳下班回家，一开门就看见明月也买了件露脐衫穿在身上，她冲庆阳笑道：“告诉你，本风景区不接待免费游客。”庆阳忙拿出一叠钱，说：“那俺买张月票。”

明月见到钱，脸一板道：“你哪来的钱？”庆阳忙赔着笑脸说：“今天刚发的工资，我如数上交。”

大卫点名

□张晓明

大卫是某大学的外籍教师，第一节课他见逃课的学生实在太多，便公开宣布，以后每次上课他都要点名。旷课三次，学科成绩做零分处理。

第二天，他特地将学生的名单列在一张纸上，上课时，每点一个，就用黑色签字笔打一个“叉”。

没想到，“叉”没打完，就有个姓张的同学跳起来了，哇哇哇嚷起来：“大卫老师，我代表全体同学给你提个意见！”

大卫一听，忙放下笔，洗耳恭听。

张同学说：“在我们中国，只有坏人名字，才能用黑笔打‘叉’，你这样子点名，把我们都弄成坏人了。”

“Sorry, sorry！”大卫听了，连说“对不起”，责怪自己不懂得中国风俗。

第三天，大卫决定不打“叉”了，要打“勾”点名。他想：批改作业时，勾代表正确，应该不会有问题；考虑到红色在中国还代表喜庆，他还特意带了一大瓶红墨水。

谁知同学们更不开心了，一个姓王的同学提意见说：“老师，过去中国判犯人死刑，就在名字上用红笔画勾，然后拖出去斩立决。”

大卫听不懂了，就问：“什么叫斩立决？”

“斩立决，就是杀头！”这个同学还做了一个喀嚓的手势，大卫这时差点汗都下来了。

第四天，大卫变老实了，还是拿了黑色签字笔点名。他想，既然叉不能打，勾也不能画，那就在名字上画个框吧！

没料到，同学们还是不依不饶：“大卫老师，在我们中国，名字上画黑框，表示这个人去世了……”

“停——”大卫打断了同学们的话，大声说，“这回我明白了，你们是不想点名，故意来忽悠我，是不是？”

刺激游戏

□伊　豆

周末，天气不错，周星星约了几个朋友去市郊的红山公园游玩。

在路上，周星星拍着胸脯向朋友们保证：“这次，我肯定让大家玩得刺激。”

听他这么说，大家心里都痒痒的，忙问：“怎么个刺激法？”

周星星得意地说：“这次我们要——逃——票。”

一听这话，胖子郑亮亮把头摇得像个拨浪鼓：“逃票？那可不行。前两天报纸上说公园最近增加了管理人员，专抓逃票的，有的保安还穿着便装，让你防不胜防，被逮到，罚款那可是门票的三倍啊。”

周星星不以为然地说：“所以逃票才刺激，才有成就感嘛。而且，我知道公园哪边有缺口，只要运气好，我们就可以很容易地从那里爬进去。”

听了周星星一番唾沫飞溅的游说，几个朋友的兴致也被调动了起来，跟着他来到了红山公园大门一百多米外的一丛毛竹旁。

周星星指着那丛毛竹告诉大家：“从这里穿过去，前面有一面铁丝网，网的那面就是红山公园。铁丝网上还有个被人钳开的洞，顺着洞钻过去，我们就可以不花一分钱进公园了。”

郑亮亮好奇地问：“这么说，你以前来过了？”

周星星他眨了眨眼：“没有。前儿，一个逃过票的哥们告诉我的。”

看着他胸有成竹的样子，大家觉得心里有了底，都跟着他钻进了毛竹丛。果然，在毛竹丛里有一道铁丝网，网底有个能容一个人钻进钻出的洞，被一片杂乱无章的荆棘掩映着，如果不仔细看还真不易被发现。

周星星更加得意了："看，我那哥们说得没错吧。"说着，就地一跪，率先爬了进去。因为爬得太快，耳廓边上不小心被划了一道血口。

"还愣着干什么，赶快钻吧，让人看见，罚款那可是三倍呢。你们不会真的想被罚吧。"周星星在网那面一手捂着耳朵一手招呼朋友们。

众人见状，都争先恐后地去钻那个洞，因为太着急，等从洞里钻出来，差不多人人都"挂了彩"。

正当排在最后的郑亮亮脑袋越过洞口时，毛竹丛里突然传来零乱的脚步声。

周星星躲在一棵大树后急切地喊道："快点，胖子，有人来了。"

郑亮亮吓得差点没晕过去，他赶紧用力往里钻，可怜他太胖了，钻不进去，情急之下，他只好往后退，可领口又被铁丝挂住了，他是钻又钻不进退又退不出，急得满头是汗。只听得脚步声越来越近了，郑亮亮也顾不了那么多了，狠了狠心，把脸往泥地上一贴，头才好不容易从洞里抽回来。

这时候，毛竹丛里的人已来到了跟前。一共三个人，年纪和周星星他们差不多。他们凶巴巴地看着一脸狼狈的郑亮亮。郑亮亮愣了一下，突然来了个脚底抹油，哧溜一下消失在毛竹丛里。还别说，人虽胖点，逃跑起来倒还挺快。

过了一会儿，郑亮亮才从公园售票处进了公园，找到了周星星他们。

一见到他，周星星劈头盖脸就是一通埋怨："你小子干吗逃那么快？知道吗，那几个人不是公园里的人，他们也是打算从那里逃票的。我想喊你回来，可眨眼工夫你就没影了，打电话你也不接。你小子是不是钱多了？"

"啧啧，我没糗你你倒先糗起我来了，"郑亮亮向周星星不满地咂巴着嘴，"逃票找刺激？可真够刺激的。我刚从售票处那儿过来，也没买门票，到现在我才知道今儿公园是免费开放。"

女管家

□李荷卿　编译

一个男人和同伴正要出门，突然，桌上的电话铃响了。男人皱了皱眉头，返回桌旁，拿起了电话：“你好！”

“你好，伯斯科曼先生，”电话那头传来一个欢快的女高音，“我是你的女管家蒂芬妮，听得出吗？”

“听得出，”男人说，“嗨，蒂芬妮。”

“很抱歉，这么晚了还打电话给您。我想，您可能很晚才会回来。我本来打算留字条给您的，不过我怕在字条里说不清楚。”

男人催道：“有什么事吗？”

女高音说：“是这样的：上午我在整理床铺的时候，我发现您的钱包掉地上了。”

男人忙问：“是吗？”

“我不知道应该把它放到哪儿，就把它放在褥子下面靠左角的地方了，您看行吗？”

“行，没问题。谢谢你告诉我这件事。蒂芬妮，我很感激你。”

“噢，还有一件事，伯斯科曼先生。我在用吸尘器打扫起居室的时候，找到你以前丢失的那个钻石戒指了。”

“那太好了，蒂芬妮！你把它放在哪儿了？”

“当然放在梳妆台上的那个首饰盒里了！”

“你是怎么锁上它的？”

“我就是按照你教我的方法开的：先把钥匙向右转，然后抽出来，插进上面的锁孔里，以确保它被锁上了。”女管家对答如流，表明她把主人的指示记得一清二楚。

·漫画故事·

挤不下了（文：於全军；图：包丰一）

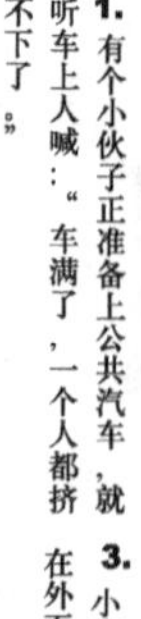

1. 有个小伙子正准备上公共汽车，就听车上人喊：“车满了，一个人都挤不下了。”

2. 小伙子装作没听见，仗着年轻体壮硬是挤了上去。

3. 小伙子心里洋洋得意，却听见司机在外面敲车窗。

4. 只听得司机大声喊：“小伙子，你给我下来！你看 你在这头挤上来 我在那头被挤下去了！”

“很好！你把钥匙放在哪儿了？”

“放在厨房里靠右边的那个橱柜的顶上，就在那个上等瓷器的下面。”

“真是太好了！”男人感动地说。

“噢，我还遵照您的吩咐，把那辆保时捷汽车的钥匙包起来装进那个可爱的小盒子里了。我想，夫人看到后一定会惊喜万分的。”

“太好了。非常感谢你，蒂芬妮。你真是一个好管家！”

“谢谢您的夸奖，伯斯科曼先生，你嗓子有点沙哑，请注意保重身体，晚安！”

“也祝你晚安，蒂芬妮！”

“改变行动计划！”男人挂上电话，朝同伴打了个响指，咧着嘴笑道，“快查查电话簿，看伯斯科曼的家在哪里，哎呀，真没想到，这是有生以来最容易的一次抢劫！”

www.ingramcontent.com/pod-product-compliance
Lightning Source LLC
Chambersburg PA
CBHW051931220626
47052CB00004B/651

* 9 7 8 7 8 0 6 8 5 7 1 8 2 *